폭발적인 사랑

www.b-books.co.kr

www.b-books.co.kr

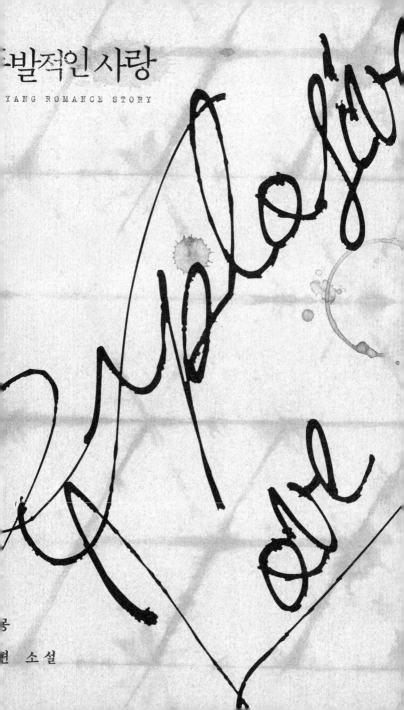

발적인 사랑

YANG ROMANCE STORY

maybe love

룡

련 소설

contents

프롤로그

아아악!

염병할 년 같으니라고, 차라리 죽어 이년아!

퍼퍽. 퍼억. 퍽. 퍽.

둔탁한 파열음과 함께 귀를 찢는 날카로운 비명 소리가 울렸다. 그리고 다시 들려오는 지저분한 욕설들.

이 잡년, 미친년, 씹어 먹어도 시원찮을 육시랄 년······.

시궁창에서 풍겨 나오는 악취만큼이나 지저분한 냄새가 나는 욕설들이다. 남자의 입에서 나오는 말들은 늘 그런 썩은 냄새가 나는 더러운 말들뿐이었다. 미움과 증오만이 가득한 악에 받친 날카로운 폭력적인 말들.

더러운 욕설들을 퍼붓고 있는 남자의 두 눈엔 광기가 가득했다. 붉게 핏발 선 두 눈은 폭력과 증오로 물들어 있었다. 악마의 눈빛이었다. 영혼이 없는.

'대체 어딜 싸돌아다닌 거야?'
'어떤 놈팡이 같은 새끼들이랑 붙어먹으려고?'
'아니, 아니. 이미 붙어먹은 거지.'
'이 찢어 죽일 년! 오늘은 어떤 놈하고 붙어먹은 거야!'

퍽. 퍽. 퍽. 퍼억.
아악!
광기에 찬 눈을 한 채로 남자는 주먹을 내질렀다. 그의 주먹이 아래로 향할 때마다 방 안에선 새된 비명이 울렸다.

남자의 주먹은 비명을 내지르는 여자에게 끔찍한 상처를 만들어 내고 있었다. 여자의 얼굴엔 붉은 핏물이 가득했다. 입가와 코, 그리고 눈가에서도 피가 흐르고 있었다. 여자의 얼굴은 처참했다.

여자의 육신도 마찬가지였다. 여자는 엉망으로 찢겨 있었다. 입고 있는 옷은 걸레보다 못한 상태였고 핏물이 여기저기 튀어 있었다. 찢긴 옷 사이로 적나라하게 드러난 몸은 온통 검붉었다. 새로 시작된 폭력으로 인해 생겨난 상처와 오랫동안 폭력에 시달려 왔음을 증명해 주는 지난 폭력의 상흔이 어지럽게 뒤섞여 있었다.

이 미친년! 나쁜 년!

퍽.

죽어! 죽어! 차라리 같이 죽자!

퍽. 퍽. 퍽.

여자의 입에선 더 이상 비명이 나오지 않았다. 나약한 흐느낌 소리가 그 자리를 차지했다. 오래된 폭력에서 벗어날 수 없다는 절망감으로부터 오는 고통스러움에 내는 울음소리였다.

"흐흐흑."

흡사 동물의 울부짖음 같은 소리였다. 아니, 여자는 짐승이었다. 남자에 의해 사육되는 인간의 존엄성이 말살된 짐승의 신세와도 같았다. 남자의 거친 주먹을 막아 내려는 여자의 연약한 움직임마저 멈추자 남자는 그제야 마구잡이로 내지르던 주먹질을 멈췄다.

여자의 눈에 한 줄기 안도감이 퍼졌다. 그러나 그 빛은 오래지 않아 사라졌다. 남자의 손이 바지 벨트로 향하자 다시 공포에 허덕였다.

철컥.

벨트를 푸는 그 서늘한 소리에 여자가 널브러진 몸을 일으키기 위해 버둥거렸지만 마치 바닥의 중력이 여자의 몸을 강하게 빨아당기고 있는 것처럼 계속해서 바닥 깊은 곳으로 쓰러지길 반복할 뿐이었다.

바지를 내린 남자의 손이 검붉은 멍이 든 여자의 허벅지를 거칠게 붙잡았다. 여자는 저항했지만 돌아오는 건 폭력이었다. 남자의 거센 주먹질에 여자는 절망과 고통이 점철된 비명을 내질렀고 다시 흐느꼈다.

얼마의 시간이 더 흘러갔을까?

상처로 가득한 여자의 몸을 짓누르고 있던 남자가 잠이 들었다. 그제야 남자의 몸 아래 짓눌려 있던 여자가 정신없이 코를 골아 대는 남자의 육중한 몸을 밀쳐 내고 바닥에서 일어났다. 여자의 얼굴엔 표정이 없었다. 마치 영혼이 빠져나간 듯 초점을 잃은 눈동자가 멍해 보였다.

여자는 찢겨 나간 옷을 부여잡고 어떻게 해서든 벌거벗은 것과 별반 차이가 없는 몸을 가려 보려 애를 쓰더니 이내 그것이 소용없음을 깨달았는지 비틀거리는 다리로 방구석에 놓인 서랍장으로 걸어갔다. 여기저기 해지고 낡은 옷을 꺼내 만신창이가 된 몸을 가린 여자가 다시 비틀거리는 걸음으로 몸을 옆으로 돌려 걸었다.

툭. 툭. 툭.

여자의 비척거리는 걸음이 지나간 자리엔 붉은 핏방울이 떨어졌다. 허벅지를 지나 종아리 사이로 붉은 선혈이 흘러내리며 방금 갈아입은 옷을 다시 물들이고 있었다.

"아가…… 진아……."

핏기라고는 전혀 없는 창백한 여자의 희미한 음성이 들려오자 장롱 속에 숨어 있던 아이가 움찔했다. 작은 몸을 둥글게 말며 좁고 어두운 장롱 속으로 더 깊이 파고들려 하다가 멈추었다.

평소와 다르게 숨을 죽이고 여자의 부름에 대답하지 않았다. 무릎 사이로 파묻은 고개도 들지 않았다. 잠이 든 것처럼 보이도록 가만히 있었다.

여자는 한참 동안 고개 숙인 아이를 바라보았다.

"……미안해…… 미안해……."

아이는 눈치챘다. 오늘에야말로 여자가 이 지옥 같은 곳에서 떠나갈 것이란 걸.

여자는 너무나 오랜 세월 고통받았고 이곳에 붙잡혀 있었다. 여자의 아이 때문이었다. 아이는 자신이 여자를 붙잡아 두기 위한 악마의 도구라는 걸 알고 있었다. 악마가 늘 그렇게 소리쳤기 때문에.

'아이가 내 손에 있는 한 네년은 절대 못 떠나. 아이는 널 옭아맬 수 있는 아주 좋은 족쇄야.'

'아이를 데리고 도망쳐 봤자 네년이 할 수 있는 건 아무것도 없어. 전처럼 넌 결국 나한테 돌아오게 되어 있어. 족쇄를 차고 네년이 뭘 할 수 있겠어. 흐흐.'

그렇게 말하며 악마는 비릿한 웃음을 길게 흘렸다. 그때마다 아이는 여자의 얼굴에, 눈에 떠오르는 절망감을 숱하게 봐야만 했다. 그리고 갈등하는 눈빛도.

하지만 여자는 주저했다. 아주 오랫동안 망설였다.

주저하고 갈등하는 동안 여자는 죽어 가고 있었다. 악마에 의해 파괴되고 있었다.

그러나 여자의 갈등과 주저하는 마음도 오늘이 마지막이다. 아이는 자신을 부르는 여자의 간절한 음성에서, 붉은 핏물이 가득 고인 두 눈에서 결국 때가 왔음을 어렴풋하게 알아차릴 수 있었다. 그래서 평소와 다르게 여자의 부름에 대답하지 않았다. 여자의 부름에 고개를 들고 대답을 하면 여자는 오늘도 이 집을 떠나지 못할 거라는 걸 알고 있었기에.

"미안…… 더, 더는…… 못 견뎌…… 주, 죽을 거…… 이곳은…… 지옥이야."

여자의 말은 옳았다. 아이도 알고 있었다. 이곳은 여자를 병들게 하고, 서서히 말라 죽게 하는 살인의 공간이었다. 살아남기 위해서는 도망쳐야 했다. 멀리멀리 떠나야 한다. 악마가 찾을 수 없는 아주 먼 곳으로.

상처투성이인 여자의 얼굴에선 여전히 붉은 핏물이 흘렀다. 여자는 한계에 달해 있었다. 여자의 영혼은 악마에 의해 파괴되었다. 악마에게 먹혀 버렸다. 악마는 여자를 영혼이 빠져나간 살아 있는 시체로 만들었다.

아이는 무릎에 파묻은 얼굴을 들지 않았다. 두 눈을 질끈 감아 버렸다. 여자의 상처로 가득한 얼굴이 주는 공포감에서 벗어나고 싶었다. 다시 눈을 뜨면 이 끔찍한 악몽이 끝나기를 바랐다.

그리고 여자를 해방시켜 주고도 싶었다. 떠나지 못하게 붙잡고 있는 악마의 도구일 뿐인 자신에게서. 여자를 위해 해 줄 수 있는 게 그것밖에 없었다.

악마가 두려웠다. 그래서 잔인하게 여자를 때리는 악마에게 대들지 못했다. 여자에게 도움의 손길을 내밀 용기가 아이에겐 없었다.

다시 비척비척하는 여자의 힘없는 걸음 소리가 작게 울렸다.

끼익. 탁.

문이 열렸다가 이내 닫혔다. 문은 한참의 시간이 흘러도 다시 열리지 않았다. 이제 방 안에는 코를 골아 대는 남자의 거친 숨소리만이 시끄럽게 울렸다. 아이는 무릎에 파묻은 얼굴을 들지 않고 작은 몸이 더욱 작아지도록 둥글게 말았다. 습한 장판 밑을 기어 다니는 공벌레처럼.

남자의 코에서, 입에서 뿜어져 나오는 더러운 숨소리를 피하려는 듯 작게, 더 작게 몸을 움츠렸다. 그리고 어느 순간 작은 몸이 앞뒤로 흔들렸다. 고사리처럼 작은 두 손을 펼쳐 입을 막은 채 아이는 숨죽여 흐느꼈다. 가늘게 떨리는 작은 어깨가 진한 슬픔을 표현하고 있었다.

결국, 여자가 떠났다. 여자는 다시 돌아오지 않을 것이다. 어쩌면 영원히. 여자가 떠났다는 사실이 두렵고 슬프면서도 한편으론 기쁘기도 했다. 이제 여자는 저 악마에게서 자유였으니까. 악마의 끔찍한 폭력으로부터 마침내 자유로워진 것이다. 여자는 살아남기 위해서 도망쳤다. 악마에게서. 그리고⋯⋯.

이젠 아이만이 혼자 남았다. 홀로 남아 악마와 대면해야 했다. 무서웠다. 끔찍한 현실이 주는 숨 막힐 듯한 두려움에 아이는 숨 죽여 울었다.

"……엄……마…… 엄마……."

이미 떠나 버린 엄마를 뒤늦게 부르며 작게 흐느꼈다. 그마저도 잠들어 있는 악마가 깨어날까 두려워 숨을 죽인 채 울어야만 했다.

○ ● ○

10년 후, 서울.

"서로 인사하렴. 이쪽은 류지혁. 그리고 여긴 류지수. 아저씨 아들, 딸이란다. 이제부터 진이 네 오빠고 언니야. 친하게 지낼 수 있지?"

류 중령의 질문에 진은 아무 대답도 할 수 없었다. 날카로운 눈빛으로 자신을 노려보고 있는 눈앞의 소녀가 내뿜는 적개심에 주눅이 들었다. 그저 고개를 숙인 채로 발끝을 바라보다가 더러운 운동화의 발끝 부분에 나 있는 작은 구멍을 발견하곤 이 순간 변할 수만 있다면 손가락 한 마디도 되지 않을 티끌보다 작은 개미로 변해 그 구멍으로 숨고 싶다는 생각을 하고 있었다. 소녀의 적개심 어린 눈엔 혐오감이 가득했다.

그녀의 몰골을 보는 누구든 그렇게 생각할 터였다. 이미 해질 대로 해진 낡은 교복은 아무리 열심히 손빨래를 해도 도통 깨끗해지지 않았다. 검은 그림자를 드리우고 있는 교복은 볼품없이 초라했다. 바싹 마른 나뭇가지에 걸린 낡은 자루 같았다.

사실 조금 전까진 지금의 낡은 교복이 문제로 여겨지진 않았다. 이 교복마저 없었다면 새로 진학한 고등학교에서 교복조차 입지 못한 상태로 다녀야 했기 때문에 낡은 교복이나마 무료로 얻었을 때는 그저 감사한 마음뿐이었다.

하지만 노골적인 적개심을 표출하고 있는 소녀와 마주한 지금 이 순간엔 이 더럽고 낡은 교복이 커다란 문제로 느껴졌고 동시에 부끄러운 감정마저 들었다. 더불어 구멍 난 운동화는 그 창피함을 배로 증폭시켰다. 그녀의 몰골은 한마디로 구질구질했으며 가난함 그 자체였다.

"거지 같아!"

소녀의 날카로운 힐난에 진은 몸을 움찔거렸다. 몸 안의 모든 열기가 얼굴로 향하는 느낌이었다.

"저 옷이랑 신발 좀 봐. 벼룩이나 빈대가 있는 거 아냐?"

"류지수!"

류 중령이 엄하게 꾸짖는 음성이 크게 울렸다.

"버릇없게 굴지 말라고 했다."

"난 절대 저 거지 같은 애랑 가족이 되지 않을 거야! 너 나한테 언니라고 불렀단 봐, 가만 안 둬!"

류 중령의 경고에도 소녀는 아랑곳하지 않았다. 분노에 찬 고함을 거칠게 내지르고는 몸을 돌려 요란한 발걸음으로 계단을 올라 2층으로 사라져 버렸다. 뒤이어 쾅 하는 불만이 가득 섞인 문 닫는 소리가 크게 들려왔다.

"미안하구나. 아직 철이 없어 저러는 거니 진이 네가 이해해 주렴."

딸을 향한 따뜻한 변호에 진은 조용히 고개만 끄덕였다.

"나도 대신 사과할게. 반갑다. 앞으로 잘 지내보자."

류 중령 곁에 서 있던 남자가 웃으며 다가왔다. 방으로 사라진 소녀의 오빠였다. 그리고 재혼한 어머니의 의붓아들이었다.

"동생 말은 마음에 두지 마. 한창 반항적인 시기거든. 사춘기라고도 하지. 아참! 너도 비슷하겠구나. 지수랑 한 살 차이라고 들었는데. 너도 이유 없는 반항심에 물들어 있을 열여섯 살이잖아."

남자는 하얀 치아를 내보이며 씩 웃었다. 그 깨끗함에 눈이 부셨다. 남자의 치아는 더러움이라곤 없었다. 새하얀 도자기 같았다. 그리고 남자가 만들어 내고 있는 웃음도 깨끗했다. 악마가 짓곤 하던 비틀린 적개심이 담긴 조소와는 달랐다.

"너무 썰렁한 농담이었나?"

아무 반응이 없자 남자가 멋쩍은 웃음을 지었다.

"……."

남자의 말에 대꾸를 해야 한다는 생각이 들었지만 대체 무슨 말을 어떻게 해야 할지 몰라 초조함에 손가락만 비틀었다.

"예쁜 여동생이 생겨서 기뻐. 가족이 된 걸 환영해."

눈부신 햇살이었다. 류지혁의 미소를 보며 진은 멍하니 생각했다. 한 치의 더러움도 없는 순수한 밝음. 그 밝고 선명한 흰색의 에너지가 부러웠다.

남자가 먼저 손을 내밀어 그녀의 손을 잡자 진은 화들짝 놀랐다. 주눅 든 긴장감이 짙게 밴 육체는 오랜 습관대로 타인의 갑작스러운 신체 접촉을 위협으로 느끼고는 몸을 움츠렸다. 그러나 남자엔 손길은 그가 짓고 있는 웃음만큼이나 따스한 온기가 서려 있었고 또 한없이 부드러웠다. 악수를 통해 전해지는 따스함에 불안한 마음이 조금씩 진정됨을 느꼈다.

류 중령을 따라 낯선 서울로 오는 시간 동안 진은 두려움에 떨었다. 악마와 다를 바 없던 아버지가 마침내 집을 나갔다는 사실을 알았을 때보다 더 지독한 두려움이었다. 앞으로 자신에게 닥쳐올 낯선 서울에서의 생활을 상상하며 그녀는 류 중령의 집에 도착할 때까지 공포에 짓눌려 있었다.

그리고 적개심으로 가득 찬 의붓언니와 대면한 후엔 두려움은 절망과 후회로 번졌다. 결코, 이곳에 오는 게 아니었다. 이곳은 자신과 어울리는 곳이 아니었다. 그녀는 이곳에서 불청객이자 이방인이었고 어둠의 존재였다. 초라한 자신의 모습과 어울리는 시골의 산골짜기 집에 남아 있었어야 했다.

악마와 살았던 그곳.

오직 고통만이 존재했던 그곳.

진은 바로 몇 초 전까지만 해도 다시 그곳으로 돌아가야겠다는 생각을 하고 있었다. 하지만 그 생각은 몇 초 후 다시 새롭게 바뀌었다. 바로 류지혁의 손을 맞잡은 그 짧은 순간에, 환하게 웃는 지혁의 선한 웃음에서 온기를 발견한 그 놀라운 설렘의 순간에. 오늘부터 그들은 한 가족이 된 거라고 다정하게 말해 주던 친근함이 싹튼 그 순간 산골짜기 집으로는 다신 돌아가고 싶지 않았다.

난생처음 자신을 불쌍한 눈빛으로 쳐다보거나 혹은 악의가 가득 담긴 비난의 눈초리로 바라보지 않는 선량한 눈과 마주하게 되었다. 친절함이 가득 스며 있는 웃음은 순결했다. 어떤 불순물도 내포하고 있지 않았다. 그 따뜻함에 끌렸다. 그래서 남고 싶었다. 류지혁이라는 사람이 있는 이곳에.

그리고 어머니의 집이기도 했다. 10년 전과는 전혀 다른 모습으로 변한 어머니는 좋아 보였다. 절망만이 가득 차 있던 두 눈에는 생기가 돌았고 더 이상 공허해 보이지 않았다. 잃어버렸던 영혼을 되찾은 것일까?

기쁜 일이었다. 악마에 의해 더러워진 영혼이 깨끗해지길, 죽음보다 더할지도 모를 잔인한 고통에서 해방되기를 진심으로 원했었다.

원망은 없었다. 자신은 그럴 자격이 없었으니까. 어머니의 고통은 그녀로 인해 시작되었고 오랫동안 지속되었다. 고통이 난무하던 그 암흑의 시절 힘없는 어린아이에 불과했던 그녀는 아무런 도움이 되지 못했다. 단 한 번도 도움의 손길을 내밀지 않았다.

그저 모른 척했다. 악마의 폭력에 멍든 얼굴과 비명처럼 울려 퍼지는 절규를. 눈을 감았고, 귀와 입을 틀어막았다.

어렸던 아이는 나약했고 무기력했으며 겁에 질려 있었다. 악마의 폭력이 자신에게 미칠까 두려워 숨기만 했다. 어린 자식은 어머니를 옭아매는 족쇄였고 어린 자식에게 어머니란 존재는 무거운 죄책감으로만 존재할 뿐이었다.

억압당하는 어머니를 볼 때마다 죄책감을 느껴야 했다. 무거운 죄책감은 하루하루 그 몸집을 불려 숨통을 짓눌렀다. 마침내 어머니가 도망쳤을 때 어린 자식은 안도했다. 더는 숨 막히는 죄책감에는 짓눌리지 않아도 되기에.

스스로 족쇄를 끊어 내고 자유를 향해 달려 나간 어머니가 행복길 바랐다. 악마에게 빼앗긴 영혼을 되찾길 바랐다. 간절한 염원대로 어머닌 마침내 행복을 찾았다. 악마에게서 벗어나 영원히 자유로워졌다.

그녀는 생각했다. 이곳에 남으면 자신의 잃어버린 영혼도 찾게 될 수 있을까? 하고.

"……진……입니다. 김진."

진은 잔뜩 주눅이 든 음성으로 여전히 햇살보다 더 환한 웃음을 보여 주고 있는 지혁을 향해 작게 속삭였다.

1

17년 후, 고르스탄.

5분 후면 도착이었다. 좁은 좌석에 몸을 웅크리고 앉아 있던 진은 뻐근하게 뭉친 어깨 근육을 손으로 주무르며 작게 한숨을 내쉬었다. 오랜 시간 지속된 비행으로 온몸은 딱딱하게 굳어 있었다.

단 1초라도 빨리 이 지긋지긋한 이송기에서 내리고 싶다는 생각만이 머릿속을 맴돌았다. 더불어 바로 뜨거운 물이 가득 담긴 욕조로 들어가 고된 비행으로 욱신거리는 이 미칠 듯한 근육통을 잠재우고 싶다는 사치스러운 생각까지.

하지만 5분 후 지금 타고 있는 수송기에서 지친 몸을 끌어 내리면 또다시 트럭을 타고 오랜 시간 먼지 덮인 땅을 달려야 했다. 그리고 그 시간을 그럭저럭 간신히 견뎌 내더라도 뜨거운 물이 담긴 욕조에 몸을 담글 수 있을 리는 만무했다. 지금 가는 곳은 호텔이 아니었다. 모래뿐인 사막 위에 자리한 미군 부대였다.

뜨거운 물을 가득 채운 사치스러운 욕조 따위는 결코 없을 거였다. 운이 좋다면 뜨거운 물을 여유롭게 즐길 수 있는 샤워 칸막이 정도는 있을 것이다.

혹은 운이 나쁘다면 그마저도 없을 수 있었다. 진은 욕조는 고사하더라도 제발 뜨거운 물이 콸콸 나오는 개인 샤워 시설만은 있길 간절히 빌었다. 지금 그녀에겐 뜨거운 물이 아주 많이 필요했다. 사람을 미치게 하는 이 지끈거리는 근육통을 잠재우기 위해선 말이다.

"김 대위님 도착했습니다."

뜨거운 물이 나오는 샤워기를 상상하며 멍하니 넋을 잃고 있는데 머리 위에서 그녀만큼이나 지친 기색이 역력한 투박한 음성이 울렸다. 평소와 다르게 활기 없는 목소리에 정신을 차렸다.

이제 막 간호장교 2년 차에 접어든 태영의 얼굴엔 낯선 땅에 도착한 두려움으로 인한 긴장감이 짙게 드리워져 있었다. 그는 바싹 얼어 있는 듯했다.

"그래. 드디어 도착했네."

불안한 마음을 내색하지 않은 채 밝게 대꾸했다.

「내리십시오.」

그들 곁으로 미군 한 명이 다가와 안내했다. 진과 태영은 미군의 뒤를 쫓아 수송기에서 내렸다. 같은 수송기를 타고 왔던 다른 미군들은 이미 비행장에 4열종대로 반듯하게 서 있었다.

한국인은 그녀와 태영뿐이었다. 두 사람은 G—스탄에 주둔해 있는 미군부대로 파병해 왔다.

그녀는 온전히 본인 자유의지로 이곳에 자원했다. 내전을 겪고 지금도 테러로 인한 전쟁이 빈번하게 벌어지고 있는 이곳 G—스탄에.

그만큼 절박했다. 한국을 떠나야 했다. 그래서 위험이 도사리고 있는 이곳에 조금의 망설임도 없이 자원했다.

하지만 태영은 달랐다. 본인의 자유의지보다는 고속 진급을 보장한다는 선임 장교의 달콤한 유혹에 넘어가 파병을 신청했다. 그랬기에 막상 낯선 땅에 도착하자 더 극심한 두려움을 느끼며 겁에 질린 표정을 풀지 못했다.

진은 얼이 빠져 있는 태영을 재촉해 미군들 틈으로 섞여 들었다. 그들은 대기하고 있던 군용 트럭에 차례차례 탑승했다.

곧 부릉거리는 시동 소리와 함께 수송차가 출발했다. 덜컹거리는 트럭의 움직임에 몸의 균형을 잡기 위해 가로로 길게 나 있는 좌석의 받침을 꽉 붙잡았다.

"설마 가는 길에 사고가 나는 건 아니겠죠?"

여전히 겁에 질린 태영이 불안함이 가득 찬 음성으로 물었다.

아마도 미군 부대로 가는 길목에서 반군에게 피습을 당할까 염려되는 모양이었다.

진은 맞은편 좌석에 동승한 미군들을 찬찬히 훑어보았다. 대부분의 미군은 우락부락한 덩치를 자랑하고 있었다. 그리고 모두 완벽히 무장한 채였다. 그녀도 불안한 마음이 전혀 없는 건 아니었지만 두 사람은 이곳 G—스탄에서 혼자가 아니었다. 무장하고 있는 수십 명의 미군들과 함께였다. 아마 그들도 그녀와 태영이 낯선 땅에 도착한 당일 죽게 되는 걸 좋아하진 않을 듯했다.

골치 아픈 외교 문제에 휘말리지 않기 위해서라도 적극적으로 보호해 주겠지.

진은 그렇게 믿기로 했다.

"말이 씨가 된다고 했어."

무심한 어투로 내뱉은 그 한마디에 태영이 질겁한 표정으로 바로 입을 다물었다. 태영의 소란스러운 입이 다물어지면서 다시금 생겨난 고요한 침묵을 반기며 눈을 감았다.

어깨의 근육통이 이제는 두통으로 번지고 있었다. 욱신거리는 뒤통수의 통증에 눈을 찡그리며 고개를 약간 숙였다. 사실 이 두통의 원인은 어깨의 근육통만이 아니었다. 그녀는 한국을 떠나오기 전부터 끔찍한 두통에 시달렸다.

한국에서의 사건이 떠오르자 두통은 더욱 심해졌다.

얼마의 시간이 더 지나야 이 골치 아픈 두통에서 해방될까? 아마도 한국으로 다시 돌아가지만 않는다면 서서히 사라지겠지.

필요한 건 시간이었다.

두통의 원인은 모두 한국 땅에 존재했다. 사람들의 적대감이 지긋지긋했다.

한국을 떠나겠노라 선포하자 모두 안심하는 표정이 되었다. 반색하며 먼 타국으로의 파병을 반겼다. 그들 중 일부는 영원히 돌아오지 않았으면 하는 기대감의 눈길을 보냈다. 씁쓸했다.

이젠 지쳤다. 고통에 대항하여 끈질기게 버티는 데 신물이 났다. 잠시 동안만이라도 한국 땅에서 떠나 있고 싶었다. G-스탄이 아무리 위험한 곳일지라도 그녀는 낯선 땅에서의 파병이 끝나지 않기를 간절히 바랐다.

한국에서보단 덜 고통스럽겠지…….

씁쓸하게 생각했다.

○ ● ○

강렬한 태양의 열기에 턱선을 따라 굵은 땀방울이 흘러내렸다. 히버트 중위는 뜨거운 열기가 이글거리는 외국인 전용 호텔 뒷마당의 쓰레기장과 이어진 주차장 한복판에 쪼그리고 앉아 조심스러운 손길로 박스의 입구를 여는 중이었다. 그의 손가락은 마치 슬로모션 기능을 걸어 놓은 듯 따분할 만큼 느렸다.

평상시 빠릿빠릿한 움직임으로 작전에 임할 때와는 전혀 다른 느릿함이었다. 그건 해병대 중에서도 최정예로만 구성된 특수부대 울프 팀을 이끄는 지휘관답지 않은 행동이었다. 해병 특수부대는 최전방에 서는 만큼 가장 빠르고 날렵했다. 그들은 소리 없이 적진으로 침투하여 적들이 눈치채기 전에 적들을 제압했다.

민첩함은 해병특수부대원들에게 필수불가결한 요소로 따라붙어야 하는 조건이었다. 그런 특수부대를 이끄는 히버트 중위 역시 민첩함에 있어서는 타의 추종을 불허했다. 우람한 덩치에도 불구하고 스피드를 내야 할 때는 깃털처럼 가벼운 움직임을 보였다.

하지만 지금 이 순간만큼은 히버트 중위도 재빠르게 움직일수 없었다. 해병특수부대의 자랑거리인 민첩한 임무 수행 능력은 잠시 접어 두고 신중함과 기계적인 정확성이 더 필요한 순간이었다.

히버트 중위는 천천히 박스의 입구를 봉하고 있던 박스 테이프를 커터 칼로 제거한 뒤 좁게 열린 틈 사이로 박스 안의 내용물을 확인했다. 박스 안에는 G-스탄의 빈민가에서 흔하게 볼 수 있는 고물 더미였다. 여러 전자제품에서 뜯어낸 걸로 보이는 조잡한 부품들은 누군가에 의해 개조되어 있었다.

히버트 중위는 이미 X-Ray 검색기로 개조한 고물 더미를 감싸고 있는 박스의 겉면과 안쪽 면에는 특수 장치가 되어 있지 않음을 미리 확인했지만, 혹시 모를 위험에 대비해 신중한 손길로 박스에서 고물 더미를 분리했다. 몸체를 완전하게 드러낸 고물 더미는 겉보기엔 허술해 보였지만 하나하나 자세히 뜯어보면 체계적인 설계 기술을 바탕으로 만들어져 있었다.

거미줄보다 더 촘촘하게 부품들을 연결하고 있는 가는 선들은 복잡하게 꼬여 있었다. 조심스러운 손길로 고물 더미의 몸체를 분해했다. 나사를 푸는 손길 하나하나에 온 정신력을 쏟아부었다. 마침내 몸체의 뚜껑을 열자 폭탄이 장착된 뇌관이 드러났다.

「제법 머리가 좋은 놈이군.」

뇌관 주변을 작은 탄환들이 빈틈없이 지키고 있었다. 뇌관을 제거하려 섣불리 손을 댔다가는 연결된 탄환이 잘 구워진 팝콘처럼 사방으로 튕겨져 나오는 구조로 설계되어 있었다. 뇌관을 제거하기 위해서는 탄환 먼저 제거해야 했다.

히버트는 폭탄의 몸체에 부착된 시계에 눈길을 줬다. 낡은 시계의 시침은 이중으로 되어 있었다. 그중 하나는 정지해 있었고 나머지 시침은 빠르게 움직이고 있는 초침에 의해 정지되어 있는 시침을 향해 달리고 있었다. 여유 시간이 그다지 많지 않았다.

그는 이중으로 연결된 전선들을 살폈다. 시간이 별로 없었기에 슬로모션과도 같은 움직임을 4배속 빨리 감기로 바꿨다. 거미줄처럼 얽히고설켜 있는 전선들을 만지며 하나하나 살피는 손길엔 한 치의 머뭇거림이나 주저함이 없었다.

마침내 복잡하게 얽혀 있는 전선의 구조를 모두 파악해 내자 그는 망설임 없이 구리 전선들만 골라내 니퍼로 잘라 낸 후 뇌관 주변을 성벽처럼 둘러싸고 있던 탄환 더미를 제거했다.

— 아! 아! 울프 원! 울프 원! 응답하라.

무선 헤드셋을 통해 울프 팀 대원인 마이크 패튼 소위의 음성이 흘러나왔다.

— 지금 소풍 온 거 아닙니다. 왜 이리 오래 걸리는 겁니까? 이러다 터지겠어요.

그를 찾는 무전에도 별다른 반응을 보이지 않자 마이크가 나직하게 투덜거렸다.

— 우라질, 그게 터지면 머리통이 날아가는 건 중위님이시지 저희가 아닙니다. 그러니 제발 서두르시죠?

헤드셋으로 흘러나오는 경고의 말처럼 당장 폭탄이 터지면 머리통이 날아가는 건 자신뿐이었다. 호텔에 머물던 민간인들은 정체 모를 누군가가 놔두고 간 폭탄 박스가 발견된 즉시 출동한 미군들의 지시에 따라 모두 안전한 곳으로 대피한 후였다.

고로 호텔 주변으로는 주차된 차들을 제외하고는 깨끗하게 비워진 상태였고 울프 팀의 다른 대원들도 호텔 주차장에서 반경 50미터는 떨어진 곳에서 대기 중이었다. 모두 혹시 모를 폭탄의 폭발에 휘말리지 않기 위한 조처였다.

그러나 이제껏 히버트 중위가 해체하지 못한 폭탄은 없었다. 폭탄에 관해선 미 해병대뿐만 아니라 미군 부대 전체를 통틀어 그가 최고였다. 아무리 까다로운 폭탄도 어렵지 않게 해체해 냈다. 게다가 주변에 아무도 없다는 사실이 그의 중압감을 덜어 주었기에 오히려 더 마음 편하게 폭탄을 해체하는 일에만 몰두할 수 있었다.

그는 일인자의 명성에 걸맞은 품위를 유지한 채 꼬리에 불붙은 새마냥 호들갑스러운 수선을 피워 대고 있는 마이크의 성급한 재촉에도 흔들리지 않으며 최대의 집중력을 발휘해 섬세한 손길로 폭탄을 해체해 나갔다.

탄환이 제거된 자리에는 더 복잡하게 얽혀 있는 전선 넝쿨이 있었다. 수십 개의 갈래로 나뉘어져 있는 전선을 일일이 살펴 진짜와 가짜를 구분한 뒤 잘라 냈다. 그다음 뇌관을 뽑아내자 59초를 남겨 두고 낡은 시계의 초침과 시침이 움직임을 멈췄다.

「폭탄 해체 완료.」

히버트는 낮은 음성으로 상황 종료를 알렸다.

― 휴우, 중위님 때문에 스트레스성 위장병이 다시 생길 판입니다.

상황 종료 알림에 마이크가 또다시 거친 욕설을 내포한 웃음을 터트리며 앓는 소리를 했다. 그의 말에 울프 팀의 다른 대원들도 킥킥거리는 웃음을 쏟아 냈다.

「엄살떠는 소리는 그쯤 해 두고 상황 정리해. 다들 부대 복귀 안 할 건가?」

마이크의 투덜거림에도 히버트는 여유롭기만 했다. 마치 수업이 끝났으니 그만 집에 가라는 선생의 말투 같았다.

— 중위님, 정말이지 단 한 번이라도 그 빌어먹을 자제력을 잃어 본 적이 있기는 한 겁니까? 제발 그 모습 좀 보고 싶네요.

마이크는 여전히 불만인 듯한 음성으로 볼멘소리를 해 댔다.

— 마이크, 꿈 깨라고. 아마 부처도 중위님 앞에선 산만할걸.

마이크의 불만 가득한 투덜거림에 에릭 크리스텐슨 중사가 끼어들며 소리쳤다.

— 젠장, 중위님 설마 데이트할 때도 지금처럼 무뚝뚝한 건 아니겠죠? 입 꾹 다물고 있는 남자를 오래 참아 줄 여자는 없다고요.

에릭의 참견에도 마이크의 관심은 오로지 히버트에게 있었다.

— 요즘은 유머러스한 남자가 인기긴 합니다.

또 다른 목소리가 대화에 참여했다. 울프 팀의 공식 운전병인 리차드 스캇 병장이었다. 길거리 레이서 출신인 그는 핸들과 바퀴가 달린 거라면 종류의 구분 없이 무엇이든지 다 몰 수 있었다.

— 오, 간만에 의견일치. 중위님 들으셨죠? 너무 무뚝뚝하면 인간미 없어 보입니다. 적당히 틈도 보일 줄 알아야 여자도 꼬이는 거예요.

— 중위님은 중위님 그 자체로 인기가 많으십니다. 터프한 매력의 상남자 스타일말입니다.

팀의 저격수인 힐 하퍼 상병이 히버트를 두둔하고 나섰다. 그는 히버트의 걸음걸이마저도 찬양하는 열렬한 신자였다.

— 한 끗 차이로 상남자가 쌍놈이 되는 법이야. 쌍놈이 되지 않으려면⋯⋯.

— 그만! 잡다한 수다나 떨라고 보급해 준 장비가 아니야!

잡담이 길어지자 듣다 못한 히버트가 끼어들어 대화를 중단시켰다. 폭탄을 해체하는 일보다 부대원들의 수다가 더 그의 피로를 불러일으키고 있었다.

— 이게 다 피가 되고 살이 되는 조언이에요. 지금 새겨듣지 않으면 나중에 후회할걸요? 겉모습만 상남자면 뭐 합니까? 여자 앞에서 써먹질 않으면 말짱 꽝인 거지.

히버트의 핀잔에도 마이크는 전혀 기죽지 않으며 수다를 이어 갔다. 물에 빠져 죽어도 입만 동동 뜰 놈이었다.

작전 때만 힘쓰지 말고 여자 앞에서도 힘 좀 써 봐요. 괴력은 뒀다 뭐 합니까? 데이트할 때도 써야죠. 그러면 절대 먼저 차일 일은 없을 겁니다. 차이긴커녕 여자들에게 신으로 추앙받을 겁니다.

— 마이크 입조심하라고. 중위님에게 네 말은 신성 모독으로 들릴 테니까.

에릭이 낄낄거리는 음성으로 경고했다.

— 어이쿠, 실수했네. 비유였습니다, 비유. 위대하신 중위님의 힘이 아무리 뛰어나다고 하더라도 결코 신이 될 순 없죠.

아멘.

호들갑스럽게 덧붙이는 마이크의 마지막 말에 히버트는 한숨이 나왔다. 저 불량스러운 양들의 어리석음을 깨우치게 하는 역사적인 날이 오기는 할까, 하는 의문이 종종 드는 요즘이었다.

「다들 그만 입들 닥치라고! 부대에 돌아가 근무 태만으로 얼차려 받고 싶지 않다면 헛소리는 그쯤에서 끝내도록 해. 그리고 제발 상사를 존중하는 태도 좀 보일 순 없나?」

마이크의 계속되는 농담에 울프 팀 대원들의 떠들썩한 웃음소리는 잦아들 기미를 보이지 않았다. 히버트는 최후의 수단으로 협박이 다분히 담긴 말을 읊조렸다.

— 이런, 중위님. 마이크에게 그런 걸 기대하시다니요. 마이크 사전에 존중이나 예의라는 단어는 아예 들어 있지 않을 겁니다.

평소 말수가 적은 존 웨인 상사마저 대화에 합류했다. 울프 팀 내에서 가장 과묵한 사람을 꼽자면 바로 존이었다. 유머라고는 눈곱만큼도 없는 존이 평소와 다르게 대화에 끼어들며 농담을 던지자 새로운 전투력을 얻은 울프 팀 대원들의 수다는 더욱 활개를 치며 끝없이 뻗어 나갔다.

헤드셋을 통해 여자들에게 인기 있는 남자 유형과 그에 반해 한참 수준 미달인 그의 무뚝뚝한 태도에 관한 이야기가 꼬리에 꼬리를 물고 이어지자 히버트는 수다를 중단시킬 의지력을 상실한 채 무거운 한숨을 크게 내쉬며 스위치를 끄기 위해 손을 올렸다.

핑.

그러나 헤드셋의 전원을 끄려는 순간 허공을 가르는 바람 소리에 담긴 살기를 감지하며 동작을 멈췄다. 본능적으로 자세를 낮추고 엄폐할 만한 장소를 찾아 주변을 두리번거렸지만, 그는 여전히 호텔 주차장 정중앙에 서 있었고 몸을 숨길 만한 사물은 몇십 미터 떨어진 위치에 주차된 차량들뿐이다.

— 저격수다!

— 총알이 어디서 날아드는지 당장 파악해!

헤드셋을 타고 마이크의 긴장 섞인 음성이 크게 울렸다. 조금 전까지 시시껄렁한 농담을 지껄이던 나른한 음성과는 180도 달라진 진지한 음성이었다. 그는 가벼운 모습을 지우고 특수부대원으로 변신했다.

히버트는 총알이 날아온 각도를 계산한 다음 최대한 몸을 흔들며 주차된 차를 향해 뛰었다. 갑작스러운 적의 공격으로 몸속의 아드레날린이 빠르게 분출하며 그 어느 때보다 재빠른 속도를 내게 했다.

그러나 불행하게도 그건 혼자만의 애처로운 상상일 뿐, 그는 아직 폭탄 해체 작업을 할 때 입어야 하는 특수복을 입고 있는 상태였고 거추장스러울 정도로 무거운 특수복을 입고 빨리 뛰기란 불가능했다.

폭발의 위험에 대비해 만들어진 옷이었지만, 눈앞에서 폭탄이

터지면 이 옷을 입고 있다 한들 그의 몸은 바삭한 통구이가 될 뿐
이었다. 총알의 위협에서도 마찬가지였다. 그걸 증명하듯 달리기
위해 필사적으로 허우적대는 그의 움직임을 총알 한 방이 단번에
제압했다.

핑.

아, 젠장!

특수복 무게에 균형을 잃은 바로 그 순간 지랄맞게도 총알이
날아들었다. 그는 총알의 위력에 목적지를 바로 코앞에 두고 흙
먼지가 잔뜩 쌓인 땅바닥으로 슬라이딩하듯 처참하게 고꾸라졌
다.

세상이 기울어진 순간 눈앞이 아찔해졌다. 칠흑 같은 어둠이
찾아들더니 곧 머릿속이 새하얘졌다.

「중위님. 괜찮으십니까?」

몸을 흔드는 거친 손길에 히버트는 정신을 차렸다. 눈을 뜨니
존의 잘생긴 얼굴이 바로 자신의 코앞까지 다가와 있었다.

「기절하셨습니다. 다행히 총알이 특수복을 완전히 뚫지는 못했
군요.」

존은 상사였다. 상사의 주특기는 의료가 아니었다. 더욱이 상
사는 위생병을 맡고 있지도 않았다. 하지만 존은 지금 그의 몸을
이리저리 살펴 가며 빠르게 진단을 내리고 있었다.

「몇 개로 보이십니까?」

설상가상으로 존이 손가락을 펴 보이며 묻자 히버트는 어이없는 헛웃음을 지었다.

「3개. 어지럽거나 구역질이 나지도 않으니 뇌진탕도 없어. 그러니 어설픈 진단 놀음은 그만두지. 그리고 난 기절 따윈 안 했어. 저격수는 처리되었나?」

그는 존의 손가락을 밀어내며 투덜거렸다.

「네. 힐이 잡았어요. 거리가 멀었던 탓에 명중률이 떨어졌어요. 사격 솜씨가 형편없기도 했고요. 운이 좋으셨던 겁니다. 그리고 중위님은 정확히 3분가량 기절한 상태셨습니다. 넘어지면서 머리를 심하게 부딪쳤어요.」

「잘됐군. 아앗!」

환장할 노릇이었다. 기절했다는 소식도 어이가 없는데 피부가 타들어 가는 아픔에 팔을 보니 왼쪽 팔꿈치가 완전 개판이 되어 있었다. 땅바닥으로 슬라이딩을 할 때 호되게 긁힌 모양이었다.

「어어, 움직이지 마세요. 소독하셔야겠어요.」

존은 그의 팔 부상을 발견하자마자 구급함을 열더니 소독약의 뚜껑을 따고 그대로 그의 팔에 콸콸 부어내렸다.

「흐읍.」

미치고 환장하게 아팠다. 눈알이 튀어나올 정도로 강렬하게 느껴지는 쓰라린 아픔에 그는 하마터면 존의 잘생긴 얼굴을 주먹으로 한 대 칠 뻔했다. 그러나 존은 그의 격한 반응에도 어깨만 한

번 으쓱해 보일 뿐이었다.

「빠르게 기지로 복귀하셔야겠습니다. 구급함엔 소독약 말고는 없으니까요. 일단 상처는 소독했으니 기지로 가서 나머지 치료를 받으셔야 합니다.」

이 정도 긁힌 상처는 대수롭지 않았다. 소독만 잘하면 문제 될 건 없었다.

「존…….」

히버트는 존을 설득하기 위해 입을 열었다.

「규칙은 지키셔야지요. 규칙을 만드신 분께서.」

그러나 히버트가 말을 끝맺기도 전에 존이 먼저 눈치 빠르게 선수를 쳤다. 존은 원칙을 운운하며 엄격하게 고개를 가로저었다.

물론 규칙은 지켜져야 했다. 작전 중 부상을 당하면 부상자는 작전이 끝난 즉시 곧바로 치료에만 전념해야 한다. 이게 그가 울프 팀 대원들에게 누누이 상기시키는 규칙 중 하나였다. 하지만 이까짓 긁힌 상처는 부상 축에도 끼지 못했고 상황에 따라 융통성을 발휘해야 할 때도 있는 법이다.

그러나 존의 맑은 눈동자와 대면하자 히버트는 일찌감치 반항을 포기했다. 존은 자신 못지않게 고집불통에 융통성이라고는 약에 쓰려도 없었다.

젠장!

임무의 끝이 상쾌하지 못함에 히버트는 속으로 욕설을 내뱉었다. 목사인 아버지께서 들으셨다면 당장 무릎을 꿇게 만드는 근엄

한 표정을 지은 채 그를 향한 긴 설교를 시작했을 테지만, 다행스럽게도 이곳에는 아버지가 없었기에 그는 존을 향한 반항심이 섞인 욕설을 다시 한번 더 짧게 중얼거렸다.

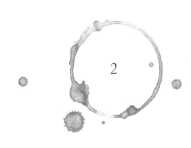

2

"김 대위님, 응급입니다. 헬기 이송 중이고 2분 후 도착이랍니다."

태영의 급박한 음성이 들리자 진은 피로감을 느끼며 바닥에 처박고 있던 고개를 번쩍 들어 올렸다.

"응급? 이렇게 갑자기?"

반나절 동안 정신없이 바쁘게 보냈더니 혼이 빠져나갈 지경이었다. 식중독 환자들이 발생하는 바람에 새벽부터 진료실로 줄농한 후 한시도 쉴 틈 없이 뛰어다녀야 했다. 게다가 무장한 정체불명의 무리에게 공격을 받은 미군 부대에서 부상자가 속출해 부족한 일손을 도와야 했다.

시차로 인한 수면 부족의 피로가 몸에 켜켜이 쌓인 상태에서 정신없이 바쁜 시간을 보내고 나니 온몸에 힘이 쭉 빠지며 뻐근한 근육통이 느껴졌다. 몽롱한 정신을 깨우는 진한 블랙커피와 노곤한 피로를 가시게 해 줄 뜨거운 샤워가 절실한 상황이었다.

"원래는 서북부 국군 병원으로 가던 미군 환자였는데 이송 시간을 버티기 힘들어 이곳으로 선회했답니다. 폭발 사고로 붕괴한 건물에 깔려 콘크리트 철골이 복부를 관통했다고 합니다. 철골을 꽂은 채로 긴급 이송 중이었는데 헬기가 흔들리는 바람에 철골이 빠져 현재 출혈이 상당하답니다."

"일단 나가자."

긴급을 요하는 태영의 설명에 벌떡 일어나 진료실을 나섰다. 하지만 벌써 기지에 도착한 호송 대원들이 응급 환자를 데리고 진료실이 있는 건물 안으로 들어오고 있었다.

「어레스트입니다! 헬기에서 내린 후 이곳으로 오는 도중 심정지가 왔습니다!」

「CPR 준비해!」

호송 대원들의 긴박한 외침에 진은 태영에게 소리쳤다. 서둘러 진료실 문을 개방해 그들이 빠르게 집중치료구역으로 들어올 수 있도록 도운 다음 응급 환자를 살폈다. 바이탈 반응이 없었다. 하이포볼레믹 쇼크에 의한 심정지로 보였다.

「에피네프린 투여해.」

그녀의 오더에 의료진들이 신속하게 약을 투여하고 태영은 부상자의 군복을 잘라 냈다. 부상자의 몸에 심박을 체크하는 장비가 신속하게 연결되었고 그녀의 손에 제세동기가 전달되었다.

「100 충전해! 물러서!」

제세동기의 전류 자극에 부상자의 몸이 들썩였다. 하지만 반응은 없었다.

「200으로 올려! 물러서!」

다시 자극을 가했지만 여전히 반응이 없자 제세동기의 출력을 더 높였다.

「에피 하나 더.」

전류 자극을 가할 때마다 부상자의 몸이 거세게 요동쳤지만, 원하는 반응은 나타나지 않았다. 한 번 더 자극을 가한 다음 직접 심장 마사지를 시작했다. 규칙적으로 심장을 압박하며 자극을 가했다. 의식이 없는 미군의 몸은 아직 따뜻했다. 한눈에 보기에도 나이가 어린 병사였다. 이대로 죽게 할 수는 없었다.

점점 힘이 빠지는 팔을 악착같이 움직였다. 규칙적으로 반복되는 움직임에 호흡이 거칠어지며 땀이 흘렀지만, 긴장을 늦추지 않았다. 이를 악물고 정신을 집중했다.

「어, 어, 바이탈 조금씩 돌아오고 있습니다.」

태영의 말대로 미약하게나마 심장이 뛰기 시작했다. 재빠르게 삽관 후 앰보를 연결하고 다량의 혈액과 수액을 공급하기 위해 씨라인을 잡았다.

「수액이랑 패키드 셀(수혈) 걸고 웜 샐라인(따뜻한 식염수) 준비해! 인씨젼(절개) 들어갈 거야.」

오더를 내리며 복부 열상을 살폈다. CPR을 하는 와중에도 출혈이 엄청났다. 한 번 더 출혈로 인한 쇼크로 심정지가 온다면 가망이 없을지도 모른다.

태영이 능숙하게 상처 부위에 베타딘(소독약)을 뿌리고 드랩(소독포)을 올렸다. 준비가 끝나자 메스를 쥐고 망설임 없이 부상자의 구멍 뚫린 복부에 손을 댔다. 부분 절개 후 들여다본 복부 상태는 좋지 않았다. 장기 파열로 응급 수술이 시급했다. 물론 그 전에 터진 혈관의 출혈을 잡지 못한다면 수술장으로 올라가기 전에 사망할 테지만 말이다.

"제발, 제발 좀…… 잡혀라."

출혈 위치를 찾기 위해 손가락을 움직였다. 석션기가 쉴 새 없이 피를 빨아들이고 있음에도 혈관이 제대로 보이지 않았다.

「BP 다시 떨어집니다!」

태영의 다급한 음성이 울려 퍼졌다.

「아트로핀 투여하고 피 계속 짜!」

눈을 감고 모든 감각을 손끝에 집중했다. 부상자의 심장 박동과 혈압이 낮아지는 것과 반대로 그녀의 심장 박동은 점점 상승하고 있었다. 손의 방향을 틀어 조금 더 깊숙한 안쪽을 헤집었다. 그러자 출혈 위치가 잡혔다.

「BP(혈압) 조금씩 오르고 있습니다.」

그녀의 손이 출혈 부위를 세게 누름과 동시에 태영의 고함에 가까운 음성이 진료실을 가득 메웠다. 눈을 뜨고 찾아낸 출혈 부위에 클램프를 끼웠다. 출혈이 잡히자 바이탈이 조금 더 안정되었다. 최악의 상황은 면한 것이다. 그제야 긴장이 풀리며 밀려드는 안도감에 작게 숨을 몰아쉬었다.

「수술장은?」

「5분 전에 미군 측의 응급 수술이 끝났답니다. 출혈만 잡히면 바로 올린다고 했으니 세팅하며 대기 중일 겁니다.」

「다행이네. 바로 올려 보내.」

「넵. 고생하셨습니다.」

「너도. 계속 고생하고.」

태영이 의료 대원들과 함께 부상자를 수술장으로 올리기 위해 나가자 응급 상황에 잠시 활동을 멈췄던 피로가 다시 온몸을 덮쳐 왔다. 거대한 폭풍우에 한바탕 휩쓸린 기분이었다. 하지만 최악의 상황을 피해 갔으니 보람은 있었다.

「환자 대기 중입니다.」

어깨로 몰려오는 뻐근한 통증에 얼굴을 찡그리다가 환자가 있다는 말에 고개를 돌리니 또 다른 미군 두 명이 눈에 들어왔다. 그녀의 시선이 자연스럽게 치료를 받기 위해 의료 베드 끝자락에 걸터앉아 있는 미군에게로 향했다.

거구의 남자였다. 거인이라는 단어가 머릿속에 저절로 떠오를 만큼 평균치를 벗어난 덩치였다. 비스듬히 앉아 있는데도 서 있는 그녀와 눈높이가 비슷했다.

「오래 기다렸나요?」

방금 전 응급 상황에 모든 체력을 쏟아 피곤했지만, 환자를 돌려보낼 순 없기에 의례적인 인사를 건네며 상태를 살폈다. 겉보기에는 가벼운 찰과상 같았다. 피가 잔뜩 묻은 의료 장갑을 벗고 새 의료용 장갑을 꺼내 손에 끼웠다.

「아닙니다.」

덩치 큰 미군이 그녀의 물음에 짧게 답했다. 낮게 울리는 굵직한 음성은 무뚝뚝했다.

「팔을 긁혔네요. 이마 옆쪽하고.」

「네, 대충 소독은 한 상태입니다. 중위님께서 넘어지시면서 주차되어 있던 트럭 범퍼에 머리를 꽤 세게 부딪치셨는데 약 3분 정도 기절 상태였습니다.」

옆에 서 있던 미군이 꼼꼼하게 부연 설명을 덧붙였다. 부상자인 미군 장교보다는 다소 작았지만, 그 또한 키가 큰 편에 속하는 그녀가 고개를 들어 바라보아야 할 만큼 키가 컸다.

「기지로 오는 동안 구토하거나 다시 기절하진 않았나요?」

X-ray 사진을 들여다보며 짧게 물었다.

「아뇨, 구토도 기절도 없었습니다.」

미들급 체격을 가진 군인에게 물었는데 대답은 헤비급 군인에게서 나왔다. 굵은 저음의 음성에는 못마땅해하는 기운이 가득 스며 있었다. 얼굴도 미세하게 찡그리고 있었다. 꼭 엄마 손에 억지로 병원으로 끌려와 투덜대는 아이 같은 태도를 보이는 미군 장교의 모습에 진은 웃음이 나와 빙긋 웃었다. 다행스럽게도 그녀의 얼굴은 의료용 마스크에 의해 절반 넘게 가려져 있었기 때문에 심기가 불편한 미군은 웃음을 눈치채지 못했다.

「두통이나 이명도 없었나요?」

「네, 없었습니다.」

「그렇다면 다행이에요. 찰과상을 치료할게요.」

드레싱 솜을 집게로 집어 팔과 이마를 깨끗하게 소독했다. 모두 긁힌 상처라 소독 후 약을 바르고 혹시 모를 감염에 대비해 주사만 놓으면 될 것 같았다.

팔꿈치와 이마에 박힌 모래 알갱이를 제거하고 상처에 연고를 바른 뒤 붕대를 둘렀다. 이마에 난 상처는 작았기 때문에 밴드만 붙였다. 다친 상처가 쓰린지 처치하는 동안 미군 장교는 이따금씩 몸을 움찔거렸다.

「잘 참았어요.」

긴장을 풀어 주기 위해 한 말이었지만 그다지 도움은 되지 않았는지 미군 장교의 몸은 더욱 경직되는 듯했다. 습관적으로 다시 어르는 말을 하려던 진은 남자의 딱딱하게 굳은 표정에 고개를 갸웃거렸다.

내가 뭘 실수했나? 진은 잠시 생각하다가 주머니에서 펜라이트를 꺼내 들어 미군 장교의 눈동자를 비췄다. 동공 반응은 정상이었다.

가까이서 본 미군 장교의 눈은 예뻤다. 짙은 갈색이 감도는 눈은 탁하지 않았다. 까만 동공은 조금의 찌그러짐이 없는 완벽한 원형이었고 촘촘한 배열을 가진 홍채의 무늬는 꼭 작은 우주를 들여다보는 것 같았다.

「뇌진탕 징후는 없네요. 그래도 오늘 밤은 상태를 잘 지켜보는 게 좋을 거예요.」

진은 간단한 신체 활력 징후 반응 검사를 몇 가지 더 한 후 최종 진단을 내렸다.

「자, 마지막 관문인 주사 맞을 차례네요. 아프지 않게 놓을 테니 너무 겁먹진 말아요.」

경직된 분위기를 누그러뜨려 보려 진은 다시 가볍게 농담 섞인 말을 건넸지만, 미군 장교의 굳은 표정은 풀리지 않았다. 대놓고 인상을 찌푸리는 건 아니었지만 무표정한 얼굴이 더욱 무표정해지니 꼭 화가 난 얼굴처럼 느껴졌다.

너무 눈치 없이 친근하게 굴었나, 싶은 생각에 멋쩍어졌다. G-스탄에서 만난 대다수 미국인의 스스럼없는 사교 문화에 잠시 동화되어 선을 넘는 실수를 범한 건가 싶어 재빨리 얼굴의 웃음기를 지우고 주사를 놓는 일에 집중했다.

근육으로 뭉쳐진 미군 장교의 팔뚝은 단단했다. 마치 강철로 만들어진 것처럼 망치로 힘껏 내리쳐도 부서지기는커녕 흠집 하나 나지 않을 것 같았다. 트럭 범퍼에 머리를 찧고도 별다른 이상이 없는 것도 어쩌면 강철만큼 단단한 신체 덕분일 수도 있겠다는 생각이 들었다.

오랜 운동으로 얻어낸 인공노력의 훌륭한 결과물인지 아니면 고된 군 훈련으로 자연스럽게 다져진 자랑스러운 대가인지는 알 수 없었지만 단단한 근육으로 뒤덮인 육체는 보기 좋게 탄탄했다. 아마 태영이 보면 무척 부러워할 만한 엄청난 근육일 게 분명했다.

파상풍을 예방하는 약물까지 주사한 후 미군 장교의 몸에서 손을 뗐다. 주사를 맞는 모든 사람이 으레 그렇듯 강철의 보디를 가진 남자 또한 주삿바늘이 들어가자 따끔한 통증을 느끼는 건지 움찔거렸다.

「치료 끝났습니다. 한 사나흘 정도 소독하고 연고 바르면 될 거예요.」

다 쓴 주사기와 빈 약병을 폐기함에 던져 넣으며 짤막하게 말했다. 모든 처치가 끝나자 미군 장교는 재빠른 몸놀림으로 일어나더니 무뚝뚝한 음성으로 감사 인사를 던지고는 진료실을 나갔다. 마지막 진료가 끝나자 다시 폭풍처럼 피곤함이 몰려왔다. 뻐근한 통증이 이는 어깨를 손으로 주무르며 지친 한숨을 내쉬었다.

"임무 완수했습니다."

나이스 타이밍이었다. 수술장에 올라갔던 태영이 다시 돌아오자 진은 서둘러 의료용 마스크와 장갑을 벗고 흐트러진 머리카락을 다시 반듯하게 묶은 다음 군 모자를 집어 들었다.

"여기 정리 좀 부탁할게."

"넵, 새벽부터 정신없으셨을 텐데 얼른 들어가 쉬세요. 지금 꼴이 말이 아닙니다."

태영의 말처럼 그녀의 몰골은 처참했다. G-스탄에 온 후로 숙면을 하지 못한 탓에 그늘이 짙게 내려앉은 안색은 파리했고 피부는 거칠고 푸석푸석했다. 새벽부터 정신없이 뛰어다니며 흘린 땀과 식중독 환자들이 게워 낸 토사물이 섞인 군복에선 불쾌한 냄새가 났다. 거기에 피 냄새까지 진동하자 가만히 있어도 속이 울렁였다.

"고마워. 혹시 또 응급 생기면 바로 무전하고."

"넵!"

태영이 활기찬 음성으로 소리치며 요란스럽게 거수경례했다. 정신없이 바빴음에도 지친 기색이 없는 태영의 체력에 감탄하며 진료실을 나왔다. 종종걸음을 치며 짧은 복도를 빠르게 지나 건물 밖으로 나가는 출입문을 열기 위해 손을 뻗으려는데 인기척과 함께 문이 열렸다.

고개를 돌리니 아까 전 진료실을 나갔던 미군 장교가 서 있었다. 그는 문을 더 활짝 열더니 그녀가 먼저 지나갈 수 있게 한쪽으로 비켜섰다.

「감사합니다.」

미군 장교의 친절함에 고마움을 표시하며 문을 나섰다. 밖으로 나오니 아직 완벽하게 저물지 않은 태양 빛이 피부에 강렬하게 닿았다. 그녀는 들고 있던 군 모자를 머리에 눌러쓰며 따가운 태양 빛을 피했다.

○ ● ○

히버트는 눈앞의 군의관을 바라봤다. 마스크를 벗고 가까이에서 본 군의관은 생각보다 더 앳된 얼굴이었다. 군 숙소와 식당에서 스치듯 본 적이 있던 한국군 장교였다. 볼 때마다 멍한 표정으로 고개를 처박고 다니는 모습이 꼭 병든 새처럼 활기라고는 조금도 찾아볼 수가 없어 군복을 입고 있는 모습이 무척이나 이질적으로 느껴지던 여군이었다.

그런데 아까는 사뭇 다른 모습이었다. 멍한 기운은 어디서도 찾아볼 수 없었다. 총명해 보이는 검은 눈동자는 활력이 넘쳤고 군인들을 능숙하게 치료하던 모습은 이제 막 부임한 장교라고 생각했던 그의 착각을 바로잡아 주었다. 여자는 거친 군인 무리에 섞여 있음에도 전혀 이질적으로 보이지 않았다. 응급 상황에서 조금도 당황하지 않고 침착하게 대처하던 모습이 인상적이었다.

그의 시선이 무의식적으로 모자를 쓰는 여자의 손을 따라 이동했다. 길고 곧게 뻗은 새하얀 손가락은 가녀리게만 보였는데, 의외로 피부에 닿았던 손의 감촉은 단단했다. 본인의 분야에서 최선을 다한 고된 노력의 흔적 같아 보여 가볍게 생각되지 않았다.

히버트는 여자의 손길이 떠오르자 몸에 저절로 힘이 들어갔다. 마치 합선된 전선을 잘못 만졌을 때처럼 미세한 전류가 몸 안으로 흐르는 따가움이었다. 그 찌릿한 따가움은 치료가 끝날 때까지 계속되어 그는 고문 의자에 묶인 사람처럼 여자의 손길이 닿을 때마다 긴장을 풀지 못했다. 이상한 기분이었다.

아무래도 아까 호되게 넘어졌을 때 그의 생각보다 더 심하게 머리를 부딪친 모양이었다. 그게 아니라면 넘어지면서 긁힌 상처의 아픔을 오인했든지. 그게 아니고서야 예민한 신경 반응을 제대로 설명할 수 없었다.

「숙소로 가십니까? 어느 쪽이십니까?」

「남쪽 숙소에요.」

존의 질문에 여자는 웃으며 대답했다. 너무 높지도 그렇다고 또 낮지도 않은 중간 톤의 부드러운 음색은 여성스러운 이미지와 잘 어울렸다.

「같은 방향이십니다. 괜찮으시다면 태워 드리겠습니다.」

존의 제안에 여자의 눈이 아치형으로 휘어졌다.

「감사해요. 피곤했는데 편하게 갈 수 있겠네요. 그러고 보니 통성명도 못 했네요.」

「존 웨인 상사입니다. 이분은 히버트 중위님이십니다.」

존의 소개에 여자의 시선이 자신에게로 옮겨 오자 히버트는 이유 모를 긴장감에 허리를 곧추세우며 자세를 바로잡았다.

「진 킴이에요. 만나서 반가워요.」

여자와 어울리는 이름이었다. 히버트는 여자의 이름을 속으로 곱씹어 보다가 인사할 타이밍을 놓쳤다. 그에게 머물던 여자의 시선은 다시 존에게로 향해 있었다.

「반갑습니다, 킴 대위님.」

존이 화사한 미소를 지으며 상냥한 음성으로 인사하자 여자도 존을 향해 마주 웃었다.

「차에 오르십시오.」

존이 손수 트럭 뒷좌석의 문을 열며 손짓하자 여자의 얼굴에 다시 미소가 감돌았다. 히버트는 여자의 웃는 얼굴을 멍하니 바라보다가 여자가 그를 지나쳐 트럭으로 다가가자 참을 수 없는 긴장감에 숨을 멈췄다. 바람에 실려 온 여자의 달콤한 체취가 그의 코끝을 맴돌며 신경을 자극했다.

진은 군용 트럭에 오르자마자 부은 종아리를 문질렀다. 뭉친 근육을 자극하자 뻐근한 통증이 몰려왔다. 오늘처럼 환자가 넘친다면 파견 기간 내내 붓기가 빠질 겨를이 없을 것 같았다.

아직 전쟁의 혼돈에서 벗어나지 못한 G-스탄은 위험이 도사리는 곳이었다. 이곳의 모든 군인은 언제 닥칠지 모르는 부상의 위협을 떠안고 있었다. 자칫 운이 좋지 않으면 목숨을 잃을 수도 있는 심각한 사고를 겪게 될 수도 있다. 진은 부디 파견 기간 내내 오늘 같은 응급 환자가 생기는 일이 많지 않기만을 바랐다.

「G-스탄은 처음입니까?」

정적을 깨는 굵직한 음성에 고개를 들고 앞을 봤다. 백미러를 통해 조수석에 앉아 있는 히버트 중위와 눈이 마주쳤다.

「네, 처음이에요.」

먼저 말을 붙이는 미군 장교의 질문에 진은 얼떨떨하다가 반박자 늦게 답을 했다.

「자원하신 겁니까? 아니면 운 나쁘게 강제발령을 받으신 겁니까?」

미군 장교는 계속해서 말을 걸어왔다.

「자원했어요.」

「왜입니까?」

「네?」

무표정에 무뚝뚝한 말투 때문에 질문의 요지를 파악하기 어려웠다.

「아, 실례였다면 죄송합니다. 일부러 위험한 전쟁터를 찾아오는 여성 군의관은 흔치 않아서입니다.」

「도움이 되고 싶었어요.」

「봉사 정신이 투철하시군요.」

「군인이 가져야 할 덕목 중 하나이잖아요. 두 분도 그런 마음으로 이곳에 있는 게 아닌가요? G-스탄은 모두에게 위험한 곳이잖아요.」

「저흰 훈련된 전투군인입니다.」

「전쟁터에 전투군인만 필요한 건 아니에요.」

미군 장교의 말투에는 여전히 딱딱함이 배어 있었지만, 딱히 나쁜 의도가 느껴지진 않았다. 조금 고압적인 말을 하고 있지만 남성 우월주의에 가득 찬 사람으로도 보이지 않았다. 그저 본인의 생각을 말하고 있는 것 같았다. 그래서 그녀도 평소와 다르게 자신의 생각을 표현했다.

「게다가 한국도 아직 전쟁 국가예요. 위험이 존재하죠.」

「한국은 평화 휴전 상태잖습니까. 테러가 빈번하게 발발하는 나라도 아니고요.」

「음…… 그러니까 중위의 말은 고위험 국가에 속해 있지 않은 여군은 G-스탄에 오면 안 된다는 뜻인가요?」

진은 저도 모르게 이마를 살짝 찌푸리며 물었다.

「그건 물론 아닙니다. 제 말이 불쾌하셨다면 사과드리겠습니다. 여군을 배척하려는 의도를 가진 건 아닙니다.」

미군 장교는 조금 당황한 기색을 보이더니 서둘러 말을 이었다.

저 역시 혼란스러운 전쟁터에서는 여군의 비중이 더 크다는 걸 잘 알고 있습니다. 전쟁에 지친 지역민들은 여군의 존재를 더 편하게 생각하니까요.」

「여군의 중요성은 알지만, 달갑진 않은 거죠?」

미군 장교는 입으로는 전쟁터에서 작용하는 여군의 좋은 영향을 말하고는 있었지만, 표정에서는 못마땅한 기색이 읽혔다.

「말 그대로 전쟁터이기 때문입니다. 위험에 노출되는 상황이 달갑지 않을 뿐입니다. 군의관이니 더 잘 아시지 않습니까? 신체 구조상 불가항력의 힘의 차이가 발생하니까요. 여군이 감당해야 하는 위험이 훨씬 더 큽니다.」

「훈련으로 극복할 수 있는 문제라고 생각해요. 그걸 증명하기 위해 수많은 여군이 부단히 노력하는 중이고요.」

더 많은 여성이 남성에게만 허용되던 분야로 진출해 나가기를 희망했다.

「전 여성을 배려하는 데 지나침은 없어야 한다고 생각해요. 너무 극단적인 여성해방론자 같은 말로 들릴지 모르겠지만 지나친 배려는 독이 될 수 있고 자칫 기회를 막는 게 될 수 있으니까요.」

「전혀 극단적으로 들리지 않습니다. 맞는 말입니다. 기회를 막아서는 안 되죠.」

다른 의견을 말해 올 줄 알았던 미군 장교는 의외로 싱거울 정도로 그녀의 생각에 동의하며 고개를 끄덕였다. 처음 느낌처럼 미군 장교는 남성우월주의에서 오는 여군에 대한 편견을 가진 사람이기보단 과잉 보호 본능을 지닌 유형에 속해 있는 것 같다고 진은 생각했다.

「그리고 위험 국가에 온 게 이번이 처음은 아니에요. 국경 없는 의사회에 속해 있을 때 여러 전쟁터를 돌아다녔어요.」

「국경 없는 의사회에 계셨었나요? 대단하시네요. 얼마나 계셨습니까?」

조용히 운전에만 집중하던 웨인 상사가 대화에 끼어들었다.

「오래 있었던 건 아니에요. 반년 정도요.」

기간은 짧았지만 값진 경험이었다. 그곳에서 정말 많은 것들을 배울 수 있었다. 이곳에서의 파병이 끝나면 다시 그곳으로 갈까 하는 생각도 하고 있었다.

「기간은 중요하지 않습니다. 그곳에 있었다는 게 중요한 거죠. 대단하신 겁니다.」

두 미군의 음성엔 진심이 담겨 있었다. 상투적인 인사치레로 하는 말로 느껴지지 않았다.

「자랑하려고 꺼낸 말이 아니었는데 자랑이 되었네요.」

타인의 칭찬을 익숙하게 받아내지 못하는 탓에 진은 두 미군의 감탄 어린 칭찬에 얼굴이 달아올랐다. 어색함을 이기려 일부러 농담을 섞어 가볍게 말했다.

대화거리가 사라지자 침묵이 찾아왔다. 웨인 상사는 다시 운전에 집중하고 있었고 히버트 중위 또한 앞을 응시하고 있었다. 진의 시선이 자연스럽게 그들에게로 향했다. 두 사람은 판이했다. 같은 군복을 입고 있었지만 풍기는 분위기와 스타일이 달랐다.

웨인 상사는 마른 체격으로 호리호리한 편이었고 외모는 보통의 준수함을 넘어선 아주 미남형이었다. 군인 모집 홍보 모델로 나서도 손색이 없을 정도였다. 밝은 금발은 천연적 곱슬머리의 혜택으로 딱 보기 좋을 정도의 웨이브가 들어가 있어 부드러운 인상을 더욱 돋보이게 했다.

히버트 중위는 체격이 다부졌다. 2미터에 가까워 보이는 큰 키에 근육으로 다져진 몸은 다분히 위협적으로 보였다. 얼굴선은 끌로 긁어낸 것처럼 거칠고 투박한 느낌을 주고 있었고 짙은 갈색의 머리카락은 군인 스타일로 짧게 깎여 있었다. 웃음기 없는 무표정은 쉽게 범접할 수 없는 인상을 풍겼다.

끼익.

트럭이 멈추자 진은 두 미군을 살피던 시선을 돌려 문으로 손을 뻗었다. 하지만 손이 문에 닿기도 전에 바깥쪽에서 문이 열렸다. 분명 몇 초전까지만 해도 조수석에 앉아 있던 히버트 중위가 어느새 내렸는지 바깥에서 군용 트럭의 문을 열고 있었다. 진은 소리 없이 재빠르게 움직이는 중위의 날렵함에 놀랐다.

「덕분에 편하게 왔어요. 호의에 감사드려요.」

진은 두 미군을 향해 싱긋 웃으며 감사를 전했다.

「아참, 그리고 혹시 도움이 필요하면 날 불러요. 2층 우측 맨 끝 방이에요……..」

장교가 머무는 숙소는 남쪽과 북쪽에 하나씩 있었고 같은 방향이었으니 숙소도 같을 게 분명했다. 혹시 생길지 모를 응급 상황이 발생하면 찾아올 것을 당부했다.

「대위님을 부를 일은 생기지 않을 것 같지만 말씀만으로도 감사합니다.」

히버트 중위는 무뚝뚝한 음성으로 대답했다. 그는 절대 응급 상황은 생기지 않을 거라는 표정을 짓고 있었다. 진은 불현듯 진료실에서의 심통 난 아이 같던 중위의 얼굴 표정이 떠올라 슬며시 입가가 올라갔다.

「그렇다면 다행이고요.」

진은 두 사람에게 만나서 반가웠다는 인사를 전한 뒤 숙소로 방향을 틀었다.

「킴 대위님.」

「네?」

히버트 중위의 부름에 진은 다시 몸을 돌려 그를 쳐다봤다.

「전쟁터에 오신 걸 환영합니다.」

환영 인사치고는 너무 건조한 어투에 진은 피식 웃음이 났다.

「사실 이곳이 정말 위험한 곳이라고는 안 느껴지는걸요. 이곳 주변은 몇백 미터 내까지 미군들에 의해 철통같이 지켜지고 있으니까요.」

이곳 미군 기지로 들어오는 길목은 하늘을 제외하고 단 한 곳뿐이었고 그곳은 미군들이 철통방어 중이었다. 어딜 가나 무장한 군인들이 있었기에 진은 이곳이 위험한 바깥세상과 단절된 요새처럼 안전하게 느껴졌다.

「미군 기지 안이니까요. 그래도 전쟁터입니다. 어떤 위험이 발생할지 예측 불가능한 곳입니다. 그러니 경계는 풀지 마십시오.」

히버트 중위가 낮은 음성으로 강조했다.

「네. 명심하죠. 걱정해 줘서 고마워요.」

진은 걱정 어린 충고를 진지하게 받아들였다. 진은 걱정이 담긴 충고를 진지하게 받아들였다. 안전에 신경 써 주는 중위의 작은 관심이 고마웠다. 타인의 관심이 부담스럽고 두려울 때가 많았지만, 철저한 무관심도 고통을 수반했다. 결코 풀 수 없는 뫼비우스 띠에 갇힌 것처럼 자신이 둘 중 무엇을 더 원하는지 답을 찾을 수 없었다.

진은 다시 방향을 틀어 숙소로 들어갔다. 방으로 들어서자마자 다시 피로가 덮쳐 왔다. 땀에 젖은 군복을 벗어 던지고 샤워를 했다. 다리를 타고 흐르는 근육통이 잠잠해질 무렵이 돼서야 진은 샤워실을 나왔다. 나른한 기운이 온몸으로 퍼지자 쏟아지는 잠을 이기지 못하고 쓰러지듯 침대에 누웠고 G-스탄에 온 후 처음으로 깊은 잠에 빠져들었다.

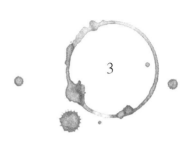

3

군 식당으로 들어서는 진의 발걸음에는 서두르는 기색이 역력했다. 어제 기절하듯 잠이 든 탓에 장장 36시간 동안 공복 상태로 있었더니 위가 콕콕 아플 지경이었다. 다행스럽게도 군 식당은 한산했다. 뜨거운 커피와 배를 채울 음식을 챙기고 빈자리로 걸어갔다.

「킴 대위님.」

그녀를 부르는 음성에 고개를 돌리자 어제 만났던 존 웨인 상사가 뒤에 서 있었다.

「안녕하세요.」

진은 반갑게 인사했다.

「일행이 있으십니까?」

「아뇨.」

「그러면 같이 앉으시겠습니까, 저쪽입니다.」

진은 웨인 상사의 친절이 담긴 제안을 거절하지 못하고 얼결에 그를 따라갔다. 식당 출입구 반대쪽 구석 자리에 여러 명의 미군이 앉아 있었는데 낯익은 얼굴도 끼어 있었다. 히버트 중위였다.

「킴 대위님, 안녕하십니까.」

히버트 중위가 자리에서 일어나 인사를 하자 같은 자리에 앉아 있던 다른 미군들 모두 일어나 인사를 건네 왔다.

「다시 만나 반가워요.」

진은 그들이 다시 자리에 앉을 수 있도록 서둘러 의자에 앉았다.

「간밤에 괜찮았나요?」

응급 상황이 발생하면 도움을 요청할 것을 당부해 놓고 정작 방문을 두드리는 소리도 듣지 못할 만큼 깊은 잠에 빠져 있었던 것이 마음에 걸려 조심스레 물었다.

「네? 아…… 뇌진탕 징후는 전혀 없었습니다.」

그녀의 갑작스러운 질문에 히버트 중위는 잠시 어리둥절해하더니 곧 무슨 뜻인지 깨닫고는 간결하게 대답했다.

「다행이네요.」

그제야 진은 마음을 놓고 식사에 집중할 수 있었다. 뜨거운 커피를 크게 한 모금 들이켰다. 몽롱한 기운이 한결 풀리는 기분이었다.

「새로 파견 오신 한국군 군의관님이시죠?」

「네. 아참, 소개를 하지 않았네요. 진 킴입니다.」

진은 미군 한 명이 말을 걸어오자 얼른 자기소개를 했다. 그러자 그들도 차례로 자기소개를 하기 시작했다.

마이크 패튼 소위.

에릭 크리스텐슨 중사.

리차드 스캇 병장.

힐 하퍼 상병.

그들은 모두 같은 팀 소속이었다. 진은 빠르게 지나가는 소개에 그들의 이름을 모두 기억하기 위해 엄청난 집중력을 발휘해야 했다.

「그런데 대위님이 특출나신 겁니까, 아니면 한국엔 모두 미인들만 있나요?」

잘생긴 미군 장교의 부담스러운 칭찬이 당황스러워 눈만 데굴데굴 굴렸다.

진은 결코 자신이 예쁘다고 생각해 본 적이 단 한 번도 없었다. 특징 없이 평범했다. 신체 부위 중 자신 있고 마음에 드는 부분을 말해 보라고 한다면 언젠가 그녀의 생일날 지혁이 지나가는 말로 칭찬해 준 쇄골이 깊게 드러난 목선 정도였다.

지혁의 말을 빌리자면 그녀의 목은 다른 사람들보다 길고 곧았으며 선이 부드러운 반면 골이 깊게 패어 있어 가냘프게도 보인다고 했다. 그래서 어떤 목걸이를 걸어도 우아하게 잘 어울릴 거라며 생일 선물로 목걸이를 건네주었다. 그날 이후 가는 목선은 그녀의 신체 중 유일한 자랑거리가 되었다.

「음…… 언제 기회가 되면 한국에 가 보세요. 그러면 지금 한 말이 얼마나 잘못된 소리인지 아실 거예요. 전 한국에서 미인 축에도 못 끼거든요.」

풍부하지 않은 유머 감각을 억지로 끄집어내며 최대한 장난스럽게 말을 받아쳤다.

「실례지만 몇 살이십니까?」

히버트 중위가 갑자기 대화에 끼어들며 물었다. 화제가 바뀐 것에 안도하며 히버트 중위에게로 시선을 돌렸다.

「서른세 살이에요. 타국의 장교와 함께할 때면 으레 하는 인터뷰인가요?」

의외의 질문에 웃음이 났다.

「실례였다면 죄송합니다. 동양인들은 너무 어려 보여 나이를 가늠하기가 힘들어서 결례를 범했습니다.」

「아니에요. 와, 너무 좋은데요. 정말 이곳에 눌러앉아야 할까 봐요. 미인에 어려 보인다는 소리까지. 완전 최고로 기분 좋은 아침이에요. 아, 한국에선 여자에게 어려 보인다고 말하면 그걸 칭찬이라고 여기거든요.」

히버트 중위는 표정 변화가 거의 없었다. 딱딱한 말투만큼 무뚝뚝한 얼굴이었다. 그런 탓에 중위의 말이 전혀 칭찬으로 들리지 않았지만, 진은 어색함을 감추려 농담을 섞었다. 빈약한 유머 감각을 구사하려니 얼굴로 뜨거운 열기가 몰려들었다.

「이곳 기지에는 4군이 다 모여 있네요.」

진은 빤히 쳐다보고 있는 여러 쌍의 눈빛이 부담스러워 머리를 굴려 억지로 대화를 끄집어냈다.

「이곳은 통합 기지인 셈입니다. 각 군의 주둔 상태를 본국에 보고하는 매개체 역할을 하고 있다고 보시면 됩니다.」

「한 공간에 있으니 신경전도 많겠어요.」

진은 불안정하게 다각도로 떠돌던 시선을 히버트 중위에게로 고정했다.

「간혹 발생합니다.」

히버트 중위도 수다스러운 사람이 아닌지 무뚝뚝한 음성은 필요한 정보만 전달하는 선에서 그쳤다.

「다들 해병대를 견제하는 편이죠. 최고의 위치에 있으면 시기와 질투가 따르는 법이거든요.」

패튼 소위가 능청스럽게 해병대가 가장 최고라며 소리치자 다른 팀원들도 모두 입을 맞춘 것처럼 해병대를 칭송하는 말을 한마디씩 쏟아 냈다.

「물론 규모와 역사로 치자면 킴 대위님이 속해 계신 육군이 너우세하지만, 머릿수 대비 전투력으로만 놓고 보자면 해병대의 전투력이 조금 더 우위라고 볼 수도 있다는 거죠.」

마이크 패튼 소위가 찡긋 윙크를 날리며 장난스럽게 덧붙였다.

「내 눈치 볼 거 없어요. 해병대가 뛰어나다는 의견에 전적으로 동의해요. 한국에서도 귀신 잡는 해병대라고 부르거든요.」

「귀신을 잡는다고요? 정말입니까?」

히버트 중위가 의아한 표정으로 반문했다.

「네? 어, 그러니까 한국의 우스갯소리예요. 해병대의 기백은 귀신도 때려잡을 만큼 용맹하다는 걸 표현한 거예요. 재밌는 말장난 같은 거죠. 농담이었는데 썰렁했네요.」

모두의 이목이 쏠리자 진은 당황해 장황한 설명을 늘어놨다.

「저도 농담한 겁니다. 미 해병대에도 비슷하게 용맹함을 과시하는 구호들이 많습니다. 이를테면 One Shot, One Kill(한 방의 총알로 적 한 명을 잡는다), Pain is weakness leaving the body(고통은 나약함이 육체를 떠나는 증거다), First to Fight(제일 먼저 싸운다) 같은 것들 말입니다. 해병대원을 Devil Dogs(악마의 개)라고 부르기도 합니다. '한번 해병은 영원한 해병이다' 라는 말은 유명하니 들어 보셨겠죠?」

「네, '한번 해병은 영원한 해병이다' 라는 말은 한국에서도 자주 쓰는 말이에요.」

히버트 중위의 표정은 전혀 유머러스해 보이지 않았지만, 굳이 그걸 지적하는 대신 조용히 그의 말을 경청하다가 익숙한 구호가 나오자 고개를 끄덕였다.

「미 해병대에서 퍼진 말입니다. 그 구호는 미 해병대가 원조라고요.」

패튼 소위가 틈새를 비집고 끼어들었다.

「더 정확히 말하자면, 영국이 원조지. 대항해 시대 때 영국 선원들의 격언을 가져다 쓴 거니까.」

히버트 중위가 무뚝뚝한 음성으로 정정하는 말을 하자 패튼 소위가 토라진 표정으로 불만을 구시렁댔다. 그 모습이 귀엽게 느껴져 진은 웃음이 났다.

「어쨌든 미 해병대원들의 입을 통해 더 유명해진 건 맞으니까 소유권을 주장해도 괜찮지 않겠어요.」

진은 침울해하는 소위의 기를 살려 주고 싶어 한마디 던졌다. 그러자 소위의 표정이 다시 밝아졌다. 감정을 고스란히 얼굴로 나타내는 점이 태영과 닮아 있었다.

「미 해병대원을 악마의 개라고 부른다고 했나요? 별명도 정말 해병대스럽네요. 미 해병대는 잘못 건드리면 큰일 나겠어요.」

「맞습니다. 오죽하면 전쟁터에서 해병대와 마주치면 돌아서 가야 한다는 말이 있겠습니까. 그리고 그런 해병대 중에서 특수부대와는 절대 마주쳐서도 안 된다고 하면 말 다한 거죠.」

해병대를 자랑스러워하는 소위의 자부심은 어마어마했다. 순수한 열정이 보기 좋았다.

「특수부대에 있나요?」

「네, 그렇습니다.」

히버트 중위는 짧게 고개를 끄덕였다. 그러자 상관의 짧은 설명에 다시 불만스러운 표정이 된 패튼 소위가 잔뜩 흥분한 음성으로 말을 쏟아 냈다.

「특수부대는 해병대 정예병들로만 구성된 집단이에요. 지상뿐 아니라 해상이나 공중에서도 활동하거든요. 여러 분야 전투에 능숙해요. 해병대와 해병특수부대의 과거 업적을 보면 정말 입을 다물 수 없을 만큼 훌륭합니다. 거의 모든 전투에 해병특수부대는 꼭 끼어 있거든요.」

「미 해병대가 아주 뛰어난 전투부대라는 건 잘 알고 있어요. 그러니 해병특수부대는 더 훌륭한 전투 집단이겠죠. 한국에도 해병특수부대가 있어요.」

아이처럼 신나 하며 해병대의 히스토리를 줄줄 읊어 대는 소위의 열렬한 모습에 진은 웃으며 맞장구를 쳤다.

「조금 오래되긴 했지만, 한국 해병특수부대와 연합 작전을 나간 적이 있습니다. 한국 UDTSEAL 팀과도요. 그들 모두 우수했습니다.」

히버트 중위가 차분한 어조로 화제의 중심을 미 해병대에서 한국 특수부대 팀들로 돌렸다.

「정말요? 한국군 칭찬을 들으니 갑자기 어깨에 힘이 막 들어가면서 자랑스럽네요. 외국에 나오면 애국심이 깊어진다더니 정말 그런가 봐요.」

「맞습니다. 타국에서는 애국심이 드높아지는 법이고, 이 친구가 지금 딱 그런 상태입니다. 그러니 과도하게 미 해병대를 칭송하더라도 너그럽게 이해해 주십시오.」

히버트 중위가 처음으로 웃는 얼굴로 말했다. 딱딱함을 벗어

내는 미소였다. 새하얀 이를 드러내 보이며 웃는 히버트 중위의 얼굴을 바라보면서 진은 어제 그의 외모가 잘생김과는 다소 거리가 있고 다분히 위협적이라고 생각했던 것을 정정했다.

그는 충분히 잘생겼다. 얼굴에 웃음이 드리워지자 놀랍게도 거칠고 딱딱하게 각진 얼굴선이 한층 부드러워지며 거친 면들이 중화되었다. 게다가 웃을 때 생기는 눈가의 주름은 그의 인상을 선하게 만들었다. 그 상반된 변화가 시선을 잡아끌었다.

깊은 저음으로 울리는 나직한 웃음소리도 기분 좋게 다가왔다. 진은 어느새 타인을 대할 때 발동되곤 하던 낯가림의 경계심이 스르륵 풀리고 있는 걸 자각하지 못할 만큼 중위의 낮은 음성에 신경을 쏟고 있었다.

건장한 체격만으로도 히버트 중위는 충분히 눈에 띄는 존재였지만, 진은 그의 웃음에 더 시선이 갔다. 무뚝뚝한 인상에 미소가 걸린 순간 낯설던 거리감이 좁혀지는 기분이었다.

탐색하는 시선이 느껴진 건지 히버트 중위가 갑자기 고개를 들었다. 눈이 마주치자 진은 뜨끔한 마음에 황급히 그의 시선을 피했다. 눈앞의 음식에 집중하려 애를 썼다. 정신 차리고 보니 울프 팀의 대원들은 식사를 거의 끝내 가고 있었다.

「킴 대위님, 진료실로 바로 가십니까?」

식판에 담긴 음식을 거의 다 먹었을 때쯤 웨인 상사가 불쑥 물어 왔다.

「네.」

식어 버린 커피를 마시며 고개를 끄덕였다.

「그렇다면 중위님과 함께 가시면 되겠군요. 중위님도 상처 소독을 다시 해야 하니까요.」

웨인 상사의 시선이 히버트 중위에게로 향하자 그녀의 시선도 자연스럽게 따라갔다. 히버트 중위의 놀란 표정이 눈에 들어왔다. 그는 매서운 눈빛으로 웨인 상사에게 불만을 토로하는 가 싶더니 이내 체념하듯 작은 한숨을 내쉬었다.

「킴 대위님, 식사 다 하셨으면 그만 일어나시겠습니까?」

「네? 아, 네!」

히버트 중위의 시선이 예고 없이 자신에게로 쏟아지자 진은 화들짝 놀랐다. 전광석화 같은 움직임으로 의자에서 튀어오르듯 일어서며 빈 식판을 챙겨 들고 퇴식구로 향했다.

다른 사람들과 떨어지자 적막함이 돌았다. 진은 어색한 분위기에 보폭을 넓히며 빠르게 걷다가 옆을 흘깃 돌아봤다. 히버트 중위는 서두르는 기색 없이 평온하게 걷고 있었다. 식당에서처럼 눈이 마주칠까 싶어 진은 다시 시선을 돌렸다. 아직 이른 오전인데도 숨이 막힐 정도의 뜨거운 태양의 열기에 눈이 부시자 무의식적으로 손바닥을 펴 시린 눈을 가렸다.

「쓰십시오.」

침묵을 깨는 낮은 음성과 함께 눈앞으로 불쑥 군 모자가 내밀어졌다.

「아니에요. 괜찮아요.」

진은 손사래를 치며 거절했다.

「그냥 쓰십시오. 타국의 장교를 예우하는 거라고 생각하시면 됩니다. 깨끗하게 세탁된 새 모자입니다.」

히버트 중위의 거듭된 권유에 진은 계속 거절하기가 어려워 결국 모자를 받아 들었다. 눈이 아플 정도의 뜨거운 열기가 가려지자 한결 편안한 기분이 들었다.

「……이곳에 온 지 오래되었나요?」

진은 적막한 기류를 깨 보려 먼저 대화를 시도했다.

「아닙니다. 일주일 정도 되었습니다.」

「비슷하네요. 전 5일째예요. 자원해 온 건가요?」

「전 발령받아 왔습니다.」

「아, 그렇다면 지금 작전 중이군요?」

특수부대 군인들은 일반 군인들이 하지 못하는 특수한 임무를 주로 했다. 지혁이 UDTSEAL이었기에 특수부대에서 무슨 일을 하는지 조금은 알고 있었다.

「아닙니다. 현재 주어진 임무는 테러 감시 훈련과 G—스탄 내 민간인 보호 정찰 및 폭탄 제거입니다. 이곳으로의 발령은 임무보다는 체벌에 목적을 두고 있습니다.」

「왜 벌을 받고 있는 건데요?」

의외의 대답에 궁금증을 이기지 못하고 되물었다.

「간단하게 설명하자면 임무 수행 중 문제가 발생했고, 문제를 해결하는 중 또 다른 문제가 야기됐는데, 그 문제의 책임을 울프 팀이 져야 했습니다. 평소 울프 팀을 벼르고 있던 윗분께서 책임 소재를 분명하게 가려야 한다며 문제 제기를 크게 낸 상태인데 결과가 나올 때까지 이곳에서 반성하며 대기하라는 겁니다.」

「엄청 복잡한데요. 결론을 내자면 윗사람한테 잘못 찍혀 이곳 으로 내쳐졌다는 거네요?」

「그런 셈입니다. 아직 최종 처분을 받기 전이지만 현재 전 계 급이 한 단계 강등되었고 대원들은 이곳에 무기한 억류되었습니 다.」

「아, 그러면 원래 계급은 대위였네요. 정말 엄청난 문제였었나 봐요. 무슨 일이었는지 물어도 되나요?」

보통 계급이 강등될 정도면 엄청난 잘못을 저질렀을 경우였다. 어제와 오늘 두 번밖에 보지 않았지만 중위의 태도는 흠잡을 데 없이 예의 발랐다. 다른 일부의 미군들처럼 그녀를 향해 인종 차 별이나 비하 발언, 아니면 무시하는 듯한 시선도 보내오지 않았 다.

이곳에 온 지 사흘밖에 지나지 않았지만, 계급을 막론하고 몇 몇 미군들에게서 벌써 여러 번 인종 차별적인 언어폭력을 당했다. 게다가 한 미군 장교는 성희롱하는 태도까지 보였다. 그날 이후 진은 우연으로도 그 장교와 마주치지 않도록 조심하며 경계를 늦 추지 않았다. 음흉한 속마음이 적나라하게 드러나던 끈적한 시선 이 떠오르자 소름 끼치는 불쾌한 기억을 억지로 머릿속에서 지워 버렸다.

「명령 불복종이었습니다.」

「이런…… 강등될 만했네요. 무슨 명령이었기에 따르지 않은 거예요?」

군대에선 규율, 규범이 생명이었다. 상관은 명령을 내리고 부하들은 하늘이 두 쪽 나더라도 그 명령에 무조건 따라야 한다. 명령 불복종은 군인 신분으로서 하지 말아야 할 가장 큰 문제 행동이었다.

「기밀이 요구되는 임무 중 일이 틀어져 대원 한 명이 적에게 포로로 붙잡혔습니다. 그대로 두고 오는 건 사형 선고를 내리는 것과 마찬가지였지만 윗분은 전혀 아랑곳하지 않고 복귀 명령을 내렸습니다. 하지만 나라를 위해 목숨 걸고 임무를 수행했던 동료를 버리고 올 수는 없었습니다.」

히버트 중위는 덤덤한 표정으로 설명을 이어 나갔다.

「복귀 명령을 어기고 구출 작전을 펼쳤습니다. 결국 그 나라 정부도 알게 될 만큼 떠들썩한 소동이 벌어지게 되면서 임무의 보안 유지에 실패하게 된 겁니다.」

「그래도 구할 수 있었나요? 포로로 잡혔다던 그 대원이요.」

「네. 포로로 붙잡혔던 대원은 무사히 구출했습니다. 하지만 비밀을 요해야 한다던 명령은 어긴 게 되었고 구출 작전을 펼치지 말라던 명령도 어겼기에 그에 따른 책임을 져야 했습니다.」

「조금 억울한데요. 그런 종류의 명령 불복종이었다면 어쨌든요.」

진은 눈썹을 찡그리며 목소리를 높였다. 군대 내에서 이루어지는 명령이 모두 옳은 것은 아니라는 걸 군의관 짬밥이 늘어 갈수록 확실히 알게 되었지만, 여전히 정당하지 않은 명령들이 싫었다.

「군대는 규율과 규범을 원칙으로 돌아가는 곳이잖습니까. 불만은 없습니다. 포로로 잡혔던 대원도 살렸으니 개인의 만족은 이룬 셈이죠.」

「하지만 계급이 강등되었잖아요.」

「계급이야 다시 오르면 되는 겁니다. 그리 큰 문제는 아닙니다.」

히버트 중위는 정말 별일 아니라는 듯 차분했다. 심지어 그는 어깨를 으쓱해 보이며 작게 웃었다. 그녀는 계급에 연연해 하지 않는 장교가 있다는 사실이 놀라웠다. 많은 장교들이 계급에 연연해 했다. 더 높은 계급에 도달하기 위해 애를 썼다. 높은 지위에 대한 욕구는 인간의 오래된 욕구 중 하나이니까.

「최종 처분을 기다리는 중이랬죠? 좋은 결과가 있길 빌어요.」

「감사합니다. 지금도 썩 나쁘진 않습니다. 지루할 때도 있지만 휴가라고 생각하면 견딜 만합니다.」

「세상에! G—스탄에 있는 걸 휴가라고 표현한다면 대체 당신 팀이 맡는 임무들은 얼마나 더 위험한 거죠?」

그녀는 정말 놀라서 되물었다. 무장한 군인들이 빈틈없이 지키는 요새 같은 미군 기지 안에 있어도 G—스탄은 매우 위험한 곳이었다.

게다가 대부분 미군 기지 안에서만 일하는 그녀와 달리 히버트 중위와 그의 팀원들은 기지 밖으로 나가 일을 한다. 언제든지 위험 상황과 맞닥뜨릴 수 있었다. 이를테면 무장한 무정부주의자들이나 반군들에게 공격을 받거나 매몰되어 있는 지뢰나 폭탄이 숨겨진 곳을 지나가다가 폭발에 휘말리게 될 수도 있었다.

「그건 국가기밀입니다.」

새하얀 이를 드러내며 씩 웃고 있는 히버트 중위의 얼굴은 더 이상 무뚝뚝해 보이지 않았다. 장난기가 다분한 익살맞은 개구쟁이처럼 보였다. 낮게 울리는 베이스 음색의 웃음소리도 딱딱하지 않았고 듣는 이의 귀를 즐겁게 할 만큼 부드러웠다. 그렇게 생각한 순간 가슴이 덜컹거리며 소리를 냈다.

「도착했군요.」

히버트 중위는 여전히 웃음이 담긴 눈빛으로 그녀를 바라보며 부드러운 음성으로 말했다.

「어, 네.」

어느새 진료실 앞이었다. 멍한 정신을 황급히 수습했다. 식당에서처럼 넋을 잃고 히버트 중위를 빤히 바라보고 있던 것을 인식하자 얼굴로 열기가 몰려들었다.

이상한 기분이었다. 히버트 중위의 웃음은 평정을 깨트리고 있

었다. 그건 좋지 못했다. 정체를 알 수 없는 혼란스러움은 피하고
싶었다.

지금도 충분히 한국을 떠나오기 전 발생한 여러 가지 문제들로
곤란을 겪고 있었다. 더는 신경 쓰일 만한 일을 만들고 싶지 않았
다. 심플한 게 좋았다. 복잡하지 않은, 단순한 인생을 언제나 꿈
꿨다. 그러니 저 미군 장교의 상처를 빠르게 치료해 준 뒤 진료실
에서 내보내야만 한다고 그녀의 본능은 신호를 보내고 있었다.

○ ● ○

이상했다. 느낌이 좋지 못했다. 진은 오늘로 두 번째로 보는 낸
시 테일러 상병을 진료하면서 의구심을 품지 않을 수가 없었다.
여군의 다리 사이 중요 부위는 그다지 상태가 좋지 않았다. 테일
러 상병은 그녀가 이곳 기지에 도착한 첫날에도 미군 진료실이
아닌 한국 측 진료실로 와 약을 받아 갔었다. 여군이 받아 간 약
은 성관계 후 시간이 지난 이후에 먹는 응급 피임약으로 보통 준
비 없이 가진 성관계 후 임신이 되지 않게 하려고 먹는 약이었다.
물론 성인 여성이 응급 피임약을 먹는 일은 이상한 일이 아니었
다.

그래서 G—스탄 미군 기지에서의 근무 첫날 마지막 환자로 진
료실을 방문한 테일러 상병이 응급 피임약을 달라고 청했을 때
이상한 낌새를 눈치채지 못했다. 대수롭지 않게 생각했었다.

하지만 오늘 방문에서 진은 이상한 낌새를 눈치채치 않을 수가 없었다. 여군은 정말 우연일까, 하는 의문이 들 법한 놀라운 타이밍을 보여 주고 있었다. 태영이 부재해 있는 시간에만 딱 맞춰 진료실을 방문했다. 근무 종료 시간에 가까운 시간이기도 했다.

「질염과 요도염이에요.」

병명을 말하자 여군의 표정이 어두워졌다. 수척해 보이는 얼굴엔 생기가 없었다. 여군의 질 상태는 분명 거친 섹스가 있었음을 증명하고 있었다. 그 상처가 단순히 서로 즐기는 와중에 생겨난 격렬한 섹스의 상흔인 것지, 아니면 강압에 의해 거친 섹스를 당함으로써 생겨난 상흔인 것지 의구심이 들었다.

「변 볼 때 뜨거운 통증을 느낄 수도 있어요. 하지만 항생제 주사를 맞고 꾸준히 약을 복용하면 수일 내로 좋아질 거예요.」

진은 진단을 내리며 여군의 표정 변화를 살폈다.

「알겠습니다.」

「몸이 회복하는 동안에는 성관계는 하지 않는 편이 좋아요.」

「…….」

주의를 시키는 말에 테일러 상병은 작게 몸을 움찔거렸다. 여군은 예뻤고, 또 어렸다. 불안한 감정의 동요를 능숙하게 숨기지 못했다.

「상처가 날 정도의 거친 성관계는 좋지 않아요.」

「…….」

걱정 어린 충고에도 테일러 상병은 별다른 대꾸를 하지 않았지만, 안색은 더 창백해졌다. 눈빛도 미세하게 흔들리고 있었다.

불안해 보이는 표정에 더 의구심을 품을 수밖에 없었다.

「혹시 문제가 있는 거라면 말해 줄래요?」

최대한 감정을 숨기며 여군의 속마음을 알아보려 시도했다.

「앞으로 주의하겠습니다.」

그러나 테일러 상병은 깍듯한 태도로 일관하며 입을 다물었다. 뻣뻣하게 경직된 어깨와 일자로 굳게 다문 입술은 대화 단절을 의미했다. 진은 작게 한숨을 내쉬며 여군에게 항생제를 놔 주고 약을 건넸다.

「저기, 혹시 뭔가 말할 게 생기면 언제든 찾아와요.」

서둘러 진료실을 나가는 여군의 등 뒤에 대고 크게 소리쳤지만, 빈 메아리로 돌아올 뿐이었다.

뒷정리를 마치고 밖으로 나오자 이미 하늘은 어두워져 있었고 뜨거운 열기는 느껴지지 않았다. 대신 서늘한 기운이 그 자리를 차지했다.

낮에는 몸을 태울 정도로 태양이 맹렬히 불타올라 더위를 느끼게 했지만, 날이 저물면 기온이 뚝 떨어졌다. 극과 극의 일교차를 보이는 G—스탄의 낮과 밤은 정말이지 변덕스럽기 그지없었다.

진은 발걸음을 서둘러 숙소로 향했다.

「이봐! 킴 대위.」

자신을 부르는 소리에 반사적으로 가던 길을 멈추고 뒤를 돌아봤다. 그리고 그 순간 후회했다. 정말 마주치고 싶지 않은 작자였다. 더스틴 존슨 소령. 그도 해병대 소속의 미군 장교였다. 그리고 그녀가 이곳에 온 첫날 성희롱적인 태도를 보이던 그 미군 장교이기도 했다.

진은 그날 느꼈던 불쾌감이 기억나자 이마를 살짝 찌푸렸다. 저 작자는 마주칠 때마다 불쾌하게 행동했다. 그녀에게 친절하게 대해 주었던 해병대특수부대의 미군들과는 전혀 달랐다.

그녀는 조금 더 일찍 진료실에서 나오거나 아니면 지금보다 더 늦게 진료실에서 나올 걸 그랬다는 뒤늦은 후회를 하다가 곧 지금 상황에 전혀 도움 되지 않는 쓸데없는 생각인 걸 깨닫고는 작게 한숨을 내쉬었다. 대신 딱딱한 표정을 지으며 차가운 태도로 중무장했다. 저 기분 나쁜 작자가 눈치껏 알아듣고 평화롭게 제 갈 길을 가길 바라는 마음이었다.

「숙소로 가나? 타. 태워 줄 테니.」

하지만 야속하게도 간절한 바람은 이루어지지 않았다. 존슨 소령은 그녀를 머리끝부터 발끝까지 천천히 훑어 내리더니 거만한 태도로 손짓했다.

선심을 쓰는 듯한 명령조의 말투에 진은 이마를 찌푸렸다. 차가운 태도를 유지하며 평소 지수가 잘 짓던, 눈을 위로 한껏 치켜떠서 날카롭게 노려보는 매서운 눈매를 만들어 보려 노력했지만, 존슨 소령은 전혀 위축되지 않은 듯했다.

「감사합니다만, 걸어가도 됩니다.」

최대한 예의 바른 태도를 보이려 노력하며 존슨 소령의 제안을 거절했다.

「타라니까. 자네 나라에선 상급자 말을 이런 식으로 무시하나?」

망했어. 이젠 계급으로 밀어붙이는군.

진은 처음으로 자신의 계급이 대위라는 것에 불만을 느꼈다. 더 높은 직급이었어야 했다. 아니면 최소한 저 작자와 동일한 계급이기만 했어도⋯⋯.

과거에 필사적으로 승진에 목매달지 않은 자신을 책망했다. 그러나 이 역시 지금의 상황에서는 전혀 도움이 되지 않는 뒤늦은 후회였다. 한참을 머뭇거리다가 존슨 소령이 계속해서 상급자의 명령이란 말을 강조하자 어쩔 수 없이 이송 트럭에 올라탔다.

숙소에 일찍 도착하기를 빌었다. 잠시의 시간만 참아 내면 되는 거였다. 그다지 어려운 일이 아닐 것이라고 진은 애써 위안 삼았다.

트럭은 간절한 바람대로 기록적인 시간을 달성하며 숙소 건물에 도착했다. 다만 숙소 건물의 정문이 아닌 어둑한 그림자가 진 건물 뒤편에 멈춰 섰다는 게 문제였다. 건물 뒤쪽으로는 출입구가 없었기 때문에 당연히 인적도 없었다. 진은 애초에 존슨 소령과 얼굴을 마주 보고 말을 섞은 것 자체를 후회했다.

「전에 말한 건 생각해 봤겠지?」

시동을 끄자마자 그녀가 앉은 조수석 쪽으로 몸을 튼 존슨 소령이 지저분한 생각이 적나라하게 묻어나는 목소리로 침묵을 깨트렸다. 온몸에 소름이 돋았다. 존슨 소령은 그녀가 이곳 기지에 처음 온 날 노골적으로 섹스에 관해 얘기했었다. 품위라고는 먼지 만큼도 느껴지지 않을 더러운 음담패설을 늘어놓으며 수작을 걸 었다. 연애를 표방했지만, 목적은 섹스였다. 더러웠고, 구역질이 치밀었다.

「……..」

대답할 가치도 없었다. 소름 끼치는 상황에서 벗어나기 위해 트럭에서 내리려 했다. 하지만 존슨 소령이 더 재빨랐다. 어깨 위 로 뱀처럼 서늘한 손의 감촉이 느껴지자 진은 소스라치게 놀랐다.

「그만 좀 튕겨. 비싸게 굴지 말고 어디 맛 좀 볼까? 동양 여자 와의 키스는 무슨 맛이 날지.」

저급한 말과 함께 얼굴로 존슨 소령의 끈적거리는 입김이 느껴 지자 진은 고개를 휙 돌렸다. 뺨을 스치는 입술 감촉이 역겨웠다. 당장 떨어지라고 날카롭게 소리치고 싶었지만, 머릿속 사고회로 가 정지된 것처럼 입술로는 아무런 소리도 낼 수가 없었다.

「동양 여자들도 다 개방적이라던데 정숙한 척은 그만하라고. 말로만 싫다고 할 뿐 속으로는 너도 좋아할 거면서. 실은 다 똑같 은 암캐들인 거지.」

저급한 말에 분노가 치밀었지만 두려움이 더 컸다. 식은땀이 흐르며 발작적으로 몸이 떨렸다. 목구멍을 비집고 구역질이 치밀 어 올랐다. 존슨 소령의 난폭한 손길이 허벅지를 지나 그 사이로 비집고 들어오려 하자 온 힘을 다해 트럭 문을 열었다. 차 문이 열리자 그대로 땅바닥으로 굴러떨어졌다.

"앗!"

높이가 높지는 않았지만 무방비 상태로 떨어지면서 가해진 둔탁한 통증이 어깨에서부터 엉덩이까지 차례로 이어지자 조건반사적으로 메마른 비명이 터져 나왔다. 꽉 막혔던 목구멍에서 소리가 새어 나온 걸 기뻐할 새도 없이 존슨 소령이 트럭에서 내리려 하자 초인적인 힘을 발휘해 먼지 나는 땅바닥에서 몸을 일으켰다. 그러고는 미친 사람처럼 숙소 건물 앞쪽으로 내달렸다.

호흡하는 것도 잊은 채로 오로지 앞만 보고 달렸다. 뒤에서 존슨 소령이 따라오는지 확인하고 싶었지만 두려워 차마 고개도 돌리지 못했다. 무조건 앞만 보고 달렸다. 온통 어둠으로 둘러싸인 뒷골목에서 벗어나야만 했다. 역겨운 존슨 소령에게 붙들리기 전에.

아…….

천만다행이게도 숙소 건물 앞쪽으로 달려가자 멀지 않은 곳에서 낯익은 얼굴이 보였다. 히버트 중위였다. 진의 얼굴 위로 한 줄기 안도의 빛이 스쳤다.

○ ● ○

「히버트 중위.」

히버트는 돌진하듯 자신의 가슴 앞으로 뛰어드는 킴 대위의 등장에 놀랐다. 킴 대위의 얼굴은 발갛게 상기되어 있었다.

「킴 대위님.」

몇 미터 떨어지지 않은 거리에서 킴 대위가 멈추어 서자 자신의 품에 안길 의도를 가지고 급하게 달려온 게 아님을 알아차리고 서둘러 혼란스러운 정신을 수습하며 인사를 건넸다.

킴 대위의 복장은 평상시와 달리 흐트러져 있었다. 그녀의 복장 상태가 평상시와 다르다는 걸 그가 단번에 알아차린 건 결코 의도적이진 않았지만, 정식으로 킴 대위를 알게 된 이후 그는 숙소와 식당에 갈 때마다 새롭게 몸에 밴 습관처럼 주변을 두리번거리게 되었다. 그러다 순전히 우연으로 킴 대위를 발견하게 되면 그녀는 항상 반듯하게 준비된 상태였다.

군복 바지는 주름 하나 없이 빳빳했고 상의 단추는 항상 목까지 채워져 있었다. 윤기 나는 검은 머리카락은 잘 빗질 되어 동그랗게 말려 묶여 있었고 완벽한 모양으로 각 잡힌 군 모자는 조금의 구김도 없었다. 움직이지 않으면 흡사 마네킹이나 인형으로 보일 만큼 흐트러짐 없이 정돈된 모습이었다.

그런데 지금은 몹시 불안정해 보였다. 군복은 엉망으로 구겨져 있었고 신발과 바지는 먼지투성이였다. 쇄골까지 내려오는 검은 머리카락은 여느 때처럼 뒤로 묶여 있었지만 느슨하게 가닥가닥 삐져나와 있었다.

「무슨……」

평소와 다르게 산만하게 흐트러져 있는 킴 대위의 상태에 의문이 들었다. 질문을 던지려 입을 열었지만 곧 다시 다물 수밖에 없었다. 조금 전 그녀가 뛰어나온 방향에서 군 트럭을 발견하자 어떤 상황인지 대충 파악이 되었다. 군 트럭에는 존슨 소령이 타고 있었다.

존슨 소령은 킴 대위와 함께 서 있는 그를 한 번 쳐다보더니 그대로 지나쳐 갔다. 그자가 탄 트럭이 옆으로 지나갈 때 킴 대위가 미세하게 몸을 떠는 걸 바로 눈치챌 수 있었다.

맙소사, 저 개자식이 손을 댔구나.

그는 존슨 소령이 얼마나 호색한인지 잘 알고 있었다. 저자는 기지 내에서 여군들과 지저분하게 놀아나는 걸 즐겼다. 그가 해병대 기지 내에서 그 장면을 목격한 적도 여러 번 되었다. 그때마다 그는 저 호색한의 얼굴에 주먹을 날리고 싶었다. 저 개자식은 장교들의 품위를 떨어트리는 암적인 존재였다.

「치료가 끝나고 처음 보는 거죠. 한 삼사일 만인가요? 저기, 아는 얼굴이 보이기에 반가워서 나도 모르게 친한 척을 했어요. 혹시 불쾌한 건 아니죠?」

킴 대위는 어색한 미소와 함께 그의 눈치를 살피며 변명을 늘어놓았다. 그녀의 미세하게 떨리고 있는 음성에 그는 존슨 소령이 그녀에게 대체 어떤 짓거리들을 했는지 낱낱이 알고 싶었다. 아니, 꼭 알아야만 했다.

「킴 대위님, 다시 뵙게 돼서 저도 반갑습니다.」

「네. 어…… 그럼 쉬어요. 나도 막 숙소로 들어가려던 참이라…….」

자신의 딱딱한 표정과 말투에 그녀가 더욱 당황하며 숙소로 몸을 돌리려 하자 그는 스스로에게 욕설을 내뱉었다. 서둘러 굳은 표정을 풀어내고 부드러운 웃음을 얼굴 가득 드리운 채 다시 말을 걸었다.

「오늘은 늦게까지 진료실에 계셨나 봅니다.」

「아, 네. 정리하는 일이 조금 늦어져서요.」

킴 대위가 한결 편안해진 얼굴로 답했다. 불안해하는 기색도 줄어들었고 경직되었던 어깨에도 힘이 빠졌다.

그녀의 얼굴에서 경계하는 기색이 어느 정도 사라지자 그는 결심을 굳혔다. 이제 존슨 소령이 대체 무슨 짓거리를 한 건지에 대해 본격적으로 질문을 해야 했다.

「존슨 소령이 무슨 짓을 했습니까?」

단도직입적으로 물었다. 그의 직설적인 질문에 킴 대위가 놀란 표정을 지으며 눈을 동그랗게 떴다.

「……어, 그, 그게, 아뇨.」

킴 대위는 더듬더듬하더니 결국에는 부정했다. 그는 나직이 한숨을 내쉬었다. 예상했던 반응이었다. 성과 관련되어 좋지 못한 일을 당한 여성 중에 처음부터 있는 그대로 사실을 순순히 털어놓는 여성은 별로 없었다. 그들은 조건반사적으로 부정부터 했다.

그는 우선 킴 대위의 신체에 위협을 당한 흔적이 있는지 자세히 살폈다. 군복이 찢긴 흔적은 없었고 바지의 벨트도 풀려 있지 않았다. 그나마 다행이라며 속으로 안도의 숨을 내쉬었다.

하지만 그렇다고 그녀가 아무런 해도 입지 않은 건 아닐 것이다. 존슨 소령은 분명 어떤 식으로든 그녀에게 손을 댔을 테니까.

「저도 이게 민망한 상황이라는 건 압니다. 하지만 그래도 뭔가 할 말이 있다면 사실대로 털어놓아야 합니다.」

「…….」

히버트 중위의 말에 진은 왈칵 눈물이 날 뻔했다. 그가 지금 그녀에게 하는 말은 자신이 아까 진료실에서 낸시 테일러 상병에게 했던 말과 비슷했다. 아니, 거의 똑같았다.

이런…… 빌어먹을!

히버트는 킴 대위의 눈에 눈물이 고이자 존슨 소령을 향해 다시 거친 욕설을 퍼부었다. 그리고 자신의 무신경함에도. 더 부드럽게 돌려서 말했어야 했다. 마치 심문하는 고문관처럼 몰아붙이는 게 아니라.

「이런, 죄송합니다.」

그는 주머니에 혹시 뭔가 얼굴을 닦을 만한 도구가 있는지 확인하기 위해 손으로 더듬었다. 그러나 자신의 군복 주머니에 그런 게 들어 있을 리 만무했다.

「몰아붙일 생각은 아니었습니다. 그저 대화 상대가 필요할 거 같아서요. 그리고 존슨 소령이 얼마나 끔찍한 인간인지 저도 조금은 알고 있습니다.」

그 작자는 기생충이었다. 암적인 존재였다.

「맞아요. 정말 끔찍한 인간인 거 같더군요. 여기 온 첫날 알았어요.」

계속되는 부드러운 설득 조의 말에 드디어 킴 대위가 입을 열었다. 그는 그녀가 사실을 털어놓을지도 모른다는 기대감과 이런 일이 오늘이 처음이 아니라, 적어도 두 번 이상은 된다는 사실에 두려움을 느끼며 진실과 마주할 자신이 있는지에 대해 갈등했다.

「혹시 그 작자가 끔찍한 짓을 저질렀다면…….」

기필코 가만두지 않을 겁니다.

하지만 그가 이 말을 끝맺기도 전에 킴 대위가 강하게 고개를 저었다.

「아니요! 그러니까…… 그러기 전에 상황을 잘 넘겼어요. 사실 엄청 큰일을 당하거나 하지는 않았어요. 그저 조금 불쾌했을 뿐이에요.」

「구체적으로 말해 주시겠습니까? 자꾸 안 좋은 쪽으로만 상상이 되어서.」

「그게…….」

킴 대위는 다시 망설였다. 그는 재촉하는 눈빛을 지우고 더 상냥한 웃음을 지으려 노력했다.

「편하게 이야기해도 괜찮습니다. 우린 벌써 여러 번 만났잖습니까? 동양인들은 그 뭐지…… 인연이란 걸 중요하게 생각하잖아요. 동양 사상으로 보자면 우린 벌써 인연을 맺은 사이라고 표현할 수도 있지 않습니까?」

공식적으로 따져 보자면 킴 대위와는 두 번 만났고 지금이 세 번째였지만 그는 더 오래되고, 더 많이 마주쳤던 것처럼 친한 척을 하며 말했다. 물론 자신은 킴 대위를 두 번보다는 더 자주 봤다. 멀리서.

어쨌든 다소 억지스러운 그의 설득이 제대로 먹혔는지 킴 대위의 표정이 조금 더 부드러워졌다. 그리고 결국 입을 열었다.

「음…… 여기 온 첫날은 그냥 말로만 치근댔어요. 물론 단순히 치근거렸다기보단 다분히 성희롱적인 의도가 담긴 지저분한 말들이었죠.」

「어떤 말을 들은 겁니까?」

「……왜, 그런 말들 있잖아요? 동양인들은 대부분 체구가 작다느니 그래서 가슴 크기도 작을 수밖에 없을 거라느니 하는 신체에 관련된 얘기들요…… 그래서 다리 사이의 그, 그곳도 작고 좁을 테니…… 남자의…… 그게…… 들어갈 때 기분이 더 좋을 거라는 말도 함께요.」

개새끼.

존슨 소령은 정말로 쓰레기였다. 그는 구역질 나는 말들을 잠자코 듣고만 있었을 킴 대위의 모습이 상상되자 분노가 일었다.

「이런, 그런 말들을 들었는데 그자의 차에 탄 겁니까? 아…… 제길, 대위님이 잘못했다는 말은 결코 아니었습니다. 미안합니다.」

불쑥 튀어나온 말을 도로 주워 담고 싶었지만 이미 늦었다. 그는 자신의 경솔한 언행에 머리를 쥐어뜯고 싶었다. 킴 대위의 안색은 마치 밀랍인형처럼 다시 창백해져 있었다.

「알아요. 그래서 그동안 멀리서 존슨 소령의 그림자라도 보일라치면 재빨리 숨거나 피했어요. 불행하게도 오늘 저녁엔 피하질 못했고요. 정면이 아닌 뒤에서 마주친 거라서. 부르는 소리에 고개를 돌려 보니 뒤에 있더라고요. 게다가 계급까지 들먹이며 차에 타라고 하니 무시할 수가 없었어요. 알죠? 명령 불복종이 얼마나 큰 죄인지.」

웃음이 섞인 우스갯소리로 가볍게 말하고 있었지만 그녀의 표정은 딱딱하게 굳어 있었고 웃음 또한 어색했다.

「아까는 무슨 일이 있었던 겁니까?」

「그게…… 차에서 내리려고 하는데 입을 맞추려고 했어요. 그래서 재빨리 고개를 돌려 피했어요. 그 바람에 그 작자의 손이 어디로 향하는지 보질 못했는데 허벅지를 만지려고 하더군요.」

킴 대위의 말에 그는 다시 분노로 표정이 딱딱해졌다. 아까 그 개자식을 순순히 보내는 게 아니었다. 차를 세우게 한 뒤 주먹을 날렸어야 했다. 물론 정말로 주먹을 날렸다면 그 후엔 새로운 문제에 직면해야 했겠지만, 그는 진심으로 그 뻔뻔한 호색한을 손봐주고 싶었다. 킴 대위를 대신해서.

「그리고요?」

그는 이를 악물고 가까스로 다시 물었다.

「그다음은 없어요. 놀라서 트럭 문을 재빨리 열었거든요. 그 덕분에 트럭에서 뒤로 굴러떨어지긴 했지만 천만다행으로 다친 곳은 없어요. 존슨 소령이 다른 짓도 못 했고요. 아마 중위를 만나지 못했다면 그가 뒤를 쫓아왔을 거 같긴 하지만요. 아까 당신을 발견하고 내가 왜 몹시 반가워했는지 이제 이해하겠죠?」

히버트는 킴 대위가 존슨 소령을 피해 어두컴컴한 숙소 건물 뒤쪽에서 달려 나왔을 때 마침 자신이 숙소로 들어가려던 참이었던 게 엄청난 행운이었다고 생각했다. 만약 그가 이곳을 지나치지 않았고, 그녀 혼자였다면 십중팔구 그 발정 난 개새끼는 그녀를 뒤쫓아 왔을 것이다. 어쩌면 그녀의 방까지 쫓아 들어갔을지도 모른다. 생각만으로도 머리가 아찔해졌다.

「상부에 보고를 올리도록 하죠.」

「아, 잠깐만요. 사실…… 그러고 싶진 않아요. 문제를 크게 만들고 싶지 않거든요. 결과적으로만 보면 내 기분이 상한 것 빼고는 신체적으로 해를 입은 게 없으니까요.」

한국으로 보내지는 것은 가장 기피하고 싶은 일이었기에 진은 필사적으로 히버트 중위를 쳐다보며 부정적 의견을 표출했다.

「이런 문제가 얼마나 복잡하게 얽힐 수 있는지 잘 알잖아요? 특히 여성 장교에겐 더욱더. 증명하기 어렵기도 하고, 게다가 난 미군 소속 장교도 아닌 타국 장교예요. 문제에 휘말려 파병 나온 지 2주일도 되지 않아 다시 한국으로 돌아가게 되는 건 원치 않아요.」

침묵하려는 선택은 비겁했지만 애써 마음의 소리를 무시했다.

히버트 중위 역시 탐탁지 않은 듯 얼굴을 찡그리고 있었다.

「하지만 상부에 보고하지 않으면 그 개…… 존슨 소령은 대위님께 적절치 못한 행동을 계속할 겁니다.」

히버트는 거친 표현이 나가려는 걸 가까스로 억누르며 부드럽게 설득했다. 험악한 표정을 짓지 않기 위해 얼굴 근육에도 신경 썼다.

「만약 존슨 소령이 또다시 성희롱적인 발언이나 태도를 보인다면 그땐 내가 먼저 문제를 제기할게요. 생각이 있는 사람이라면 더 이상 문젯거리를 만들지 않을 거예요. 아까 지나가면서 내가 중위와 함께 있는 걸 봤잖아요. 아마 그자도 놀랐을 거예요.」

상황이 긍정적으로 흘러가기를 희망하는 킴 대위의 간절한 바람에 찬물을 끼얹고 싶진 않았지만 존슨 소령은 골칫덩이였다. 또다시 더러운 수작을 부릴 수 있었다. 상상만으로도 기분이 나빠졌다.

「난 아직 한국으로 돌아갈 수 없어요. 그러니 제발 부탁할게요.」

한국으로 돌아가고 싶지 않다는 그녀의 말에 의아함이 들었다.

「왜 그렇게까지 이곳에 남으려는 겁니까?」

「……그건 말하고 싶지 않아요. 개인적인 일이니까요.」

방어적인 태도에 그는 한 번 더 묻고 싶은 마음을 포기했다. 지극히 개인적인 일까지 털어놓을 거라고는 생각되지 않았다. 아까 동양 사상과 철학적 의미를 들먹이며 인연을 강조했지만 그건 순

엉터리 말이었다. 그녀의 관점에서 그들은 공식적으로 겨우 두 번 마주쳤을 뿐이었고 간단한 통성명만 한 상태였다. 친구라고조차 말할 수 없는 관계였다. 그래서 묻고 싶었지만 참았다. 그녀가 다시 경계심을 품는 건 바라지 않았으니까.

「알겠습니다. 대신에 혹시라도 존슨 소령이 또다시 문제적 행동을 해 오면 꼭 제게 알려 주시겠습니까? 최선을 다해 도와드리겠습니다.」

결국 그는 한발 뒤로 물러났다. 그러나 개새끼 존슨 소령이 불미스러운 일을 다시 해 올 땐 반드시 자신에게 말해 주길 힘주어 강조했다.

「네, 고마워요. 정말 친절하네요. 처음 봤을 때부터 중위가 친절한 사람이라고 생각했어요.」

어쩌면 조금 무례하다고 생각될 수도 있을 만큼 과한 참견을 하는 태도에도 킴 대위는 기분 나쁜 기색을 보이지 않고 웃는 얼굴을 하고 있었다.

「그러고 보니 당신 이름도 모르네요. 히버트는 성이죠?」

그녀가 물었다.

「제스입니다. 저와 잘 안 어울리는 이름이죠.」

지금보다 더 왜소했던 어린 시절에는 퍽 어울리는 이름이었지만, 사춘기를 지나 점차 외형이 변해 가면서는 괴리감이 들었다. 험악하게 우뚝 자라난 덩치만큼 외모는 핸섬과 거리가 제법 멀어졌다. 불만은 없었다. 애초에 잘생긴 얼굴을 가지길 원했던 적은 없었으니까. 오히려 남자답게 변한 거친 외형에 더 큰 만족감을 느꼈다.

해병대에 입대했을 때도 아주 유용하게 작용했다. 관용과 자비라곤 터럭만큼도 없던 악마 같은 교관들마저 그의 거대한 덩치에 위화감을 느끼고 함부로 굴리질 못했다. 그때마다 변한 외형은 마이너스적인 요소가 아닌 플러스적인 요소라고 생각했었다. 하지만 지금 이 순간엔 그러한 과거의 만족감이 뿌리째 흔들리고 있었다. 킴 대위의 맑은 두 눈이 자신을 올려다보고 있는 지금에는.

「잘 어울리는 이름인걸요. 예쁜 이름이잖아요.」

킴 대위가 두 눈을 반짝거리며 말했다.

어이쿠, 예쁘단다.

그를 남자로 전혀 인식하고 있지 않다는 사실을 자명해 주는 단어였다. 그는 묘하게 그 부분이 거슬렸다.

「바로 그겁니다. 예쁜 이름. 해병대 중위는 거칠고 터프해야 하거든요. 부대에서 전 히버트나 중위로 불립니다. 대위님도 그중에서 하나 고르시면 됩니다.」

그녀는 여전히 예쁜 미소를 지으며 그를 올려다보고 있었다. 그 웃는 얼굴에 괜스레 긴장됐다.

「음…… 제스가 더 좋은걸요. 내 이름이랑 같은 J로 시작되기도 하고 발음도 더 쉽잖아요. 중위도 나를 진이라고 불러요.」

킴 대위가 손을 내밀며 악수를 청했다. 가느다란 손가락은 우아해 보일 정도로 길었다.

「좋습니다. 저도 대위님을 진이라고 부르죠. 서로 공평하게.」

히버트는 자신의 앞으로 내밀어진 손을 맞잡으며 웃었다. 그녀의 피부는 실크보다 더 매끄러웠다.

「그럼, 이제 우리 친구가 된 건가요? 사실 난 친구가 많이 없어서 어느 정도 만나고 가까워져야 친구라는 단어를 갖다 붙일 수 있는지 감을 못 잡거든요.」

친구라.

묘했다.

친구라는 명칭을 갖다 붙일 수 있는 여자들을 꽤 많이 알고 지냈지만 진에게 친구라는 명칭을 붙이려 하니 말로 설명할 수 없는 복잡한 감정이 들었다. 그러나 이내 그 생각을 휘저어 내쳤다.

「새로운 친구가 생겨 기쁩니다. 진.」

친구라는 단어를 쓰는 그녀에게 맞춰 그 또한 친구라는 단어를 사용했다.

「저도요, 제스.」

그의 말에 그녀는 더 활짝 웃어 보였다. 꽃이 활짝 피어날 때 느껴지는 그런 생동감이 가득한 싱그러운 웃음이었다. 입으로만 웃는 게 아닌 눈으로도 웃는 웃음. 그건 진짜 웃음이었다. 가식이라곤 전혀 없는 순도 100퍼센트의 순수한 미소.

젠장…….

그녀는 예뻤다. 그를 올려다보는 눈동자엔 순수한 기쁨이 가득 들어 있었다. 정말로 좋은 친구가 생겼다는 기쁨에서 오는 설렘이 담긴 표정이었다. 그는 무언가에 홀린 사람처럼 넋을 잃고 그녀의 웃는 얼굴을 바라보았고 반짝이는 빛을 발견했다. 그리고 주변을 에워싸고 있는 눈부신 후광도…….

어두운 밤, 가로등의 희미한 불빛과 까만 하늘 위에 떠 있는 달빛이 한데 어우러져 두 사람을 비추고 있었다. 낯선 이국땅에서 만난 신비스러운 분위기를 자아내는 여자는 하늘 위 반짝이는 별들보다 더 빛나는 눈으로 그를 올려다보고 있었다.

아름다웠다. 그 어떤 보석보다도. 그녀의 모든 것이 그의 눈에 빌어먹게도 너무나 아름답게 비치고 있었다.

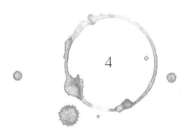

4

진은 크게 심호흡을 한 다음 공중전화의 수화기를 들었다. 이 이상 우물쭈물하다간 전화할 타이밍을 놓칠 수도 있었다. 지금 이 상황을 모면하고 싶은 마음이 컸지만 그렇게 되면 다시 전화하기까지 해결되지 못한 무거운 중압감에 짓눌려 생활해야 했다. 무슨 일이든지 뒤로 미루는 건 좋지 않았다. 스트레스를 받는 시간만 더 길어지는 거니까. 그래서 그녀는 동전을 넣고 차례차례 숫자 버튼을 눌렀다. 곧 연결음이 들렸다.

뚜르르. 뚜르르. 뚜르르.

딱 한 번만 더 울릴 때까지 들고 있어야지.

진은 생각했다.

뚜르르. 딸칵.

— 여보세요?

끊으려던 찰나 상대방이 전화를 받았다.

"……저예요. 진이요."

진은 체념의 한숨을 작게 내쉬고는 말을 했다.

— 진아.

울먹거리는 음성이 들리자 두통이 몰려올 거 같았다. 마음이 무거웠다. 등 뒤로 식은땀이 주르륵 흘렀다. 그녀는 수화기를 잡은 손에 더욱 힘을 줬다.

"전…… 잘 있어요. 잘…… 지내시죠?"

— 미안해…… 진아, 정말…… 엄마가 미안해. 흐흑.

전화기 너머에서 어머니가 결국 울음을 터뜨리자 무거운 마음이 더욱 무거워지며 불편한 긴장감에 말문이 막혔다. 손에서도 땀이 흐르자 수화기를 더욱 꽉 움켜잡았다. 손에서 힘을 빼면 수화기를 떨어트릴 것만 같았다.

어머니의 조심스러운 태도가 마음을 불편하고 어렵게 만들었다. 자신을 향한 어머니의 죄책감과 마주할 때마다 진은 마음이 복잡했다.

한편으론 우습기도 했다. 죄의식을 가지고 있는 어머니를 볼 때마다, 그 심정을 느낄 때마다 이해가 되지 않았다. 죄의식과 죄책감을 느껴야 하는 사람은 자신이지 않은가?

"제발 그런 말씀 마세요. 전 잘 있어요. 정말 잘 지내고 있어요. 모든 게 새롭고…… 다 좋아요. 제가 늘 '국경 없는 의사회'

에 있었을 때를 그리워했다는 걸 알고 계셨잖아요. 이곳이 그때와 여러 가지 면에서 비슷해서 좋아요."

— 선이가 널 보고 싶어 해. 그리고…… 지혁이도 내색은 안 하려 하지만 힘들어하고…….

어머니의 입에서 지혁에 대한 이야기가 나오자 진은 움찔했다. 피하고 싶은 화제였다. 한국에서의 추문이 떠오르자 입이 바싹 말랐다.

"……안부 전해 주세요. 선이랑…… 다른 가족 모두한테도. 몸 건강히 계세요. 제 걱정은 제발 하지 마시고요. 그저 어머니 행복만 생각하세요. 제가 바라는 건…… 그거뿐이에요."

나라는 존재는 어머니의 인생을 불행하게 만드는 짐일 뿐이에요. 어머니의 인생을 옭아매는 올가미라고요.

그러나 마지막 말들을 속으로 삼켰다. 그 말을 한다면 어머니는 분명 또 슬프게 흐느낄 것이 분명하니까. 어머니의 눈물은 감당하기 어려웠고, 또 아팠다. 아픔은 고통스러운 기억들을 일깨웠다. 그 기억들이 깨어나길 원치 않았다. 두려웠으니까. 가슴속 깊은 곳에 묻은 채로 봉인하고 싶었다.

— 진아, 제발 돌아와…….

어머니의 가녀린 음성이 그녀의 마음을 계속해서 아프고 괴롭게 했다. 돌아가고 싶지 않았다. 한국으로도, 어머니의 집으로도. 암흑뿐인 과거에서도 이제 그만 벗어나고 싶었다.

삐익.

동전을 더 넣으라는 신호음이 울렸다. 공중전화 위에 놓아둔 동전에 시선을 주었지만 투입구에 넣지는 않았다.

"그만 끊어야겠어요. 다시 연락드릴 테니 그동안 잘 지내세요."

마지막 말을 끝으로 전화를 뚝 끊었다. 의무적으로 하는 안부 연락이었다. 오늘 했으니 며칠 동안은 편하게 지내도 된다. 그렇게 생각하자 어깨를 짓누르던 중압감에서 조금 벗어날 수 있었다.

'지혁이도 내색은 안 하려 하지만 힘들어하고.'

하지만 어머니의 말이 머릿속을 복잡하게 만들었다. 지혁의 웃는 얼굴이 떠올랐다. 다정했던 웃음. 마음을 설레게 했던 따스한 웃음이었다. 그는 어린 시절 그녀의 첫사랑이었고, 존경하는 우상이었고, 사랑이란 감정을 느껴 보지 못하고 자랐던 암흑의 존재인 자신에게 사랑의 의미를 처음 알게 해 준 사람이었다. 그리고······.

가족이었다. 어머니의 재혼으로 새롭게 맺어진 가족, 자신의 의붓오빠였다. 그럼에도 지혁을 처음 만난, 열여섯살의 그날 그를 사랑하게 되었다. 그리고 숭배했다. 아무에게도 알리지 않은 혼자만의 사랑이었다. 누구 앞에서도 티를 내지 않으려고 노력했었다.

그러나 사랑이라는 감정은 아무리 티를 내지 않으려 노력해도 억눌러지지 않는, 마치 활발하게 활동을 시작한 터지기 직전의 화산과도 같았다. 결국 언젠가는 터지고 마는.

고등학교를 졸업하고 대학 입학을 앞둔 시점에서 어리석게도

꼭꼭 숨겨 왔던 마음을 솔직하게 고백하고 말았다. 새해가 밝았다
는 설렘으로 이성적인 사고가 잠시 마비되었던 탓일 수도 있었다.
그날 그녀는 지나치게 감성적이었다.

그날의 바보 같은 고백이 주마등처럼 스쳐 갔다.

'오빠를 사랑해요. 처음 본 순간부터였어요.'

수줍은 고백에 지혁은 놀란 눈빛이 되었다가 이내 힘없이 고개
를 떨어뜨렸다.

'……'

그리고 무거운 침묵. 그의 침묵이 길어지자 설레었던 가슴은
서서히 차가워졌다.

'진아……'

영원 같았던 오랜 침묵 끝에 고개를 들고 그녀를 바라보는 지
혁의 두 눈엔 미안함이 가득했다. 그리고 애정도. 다만 그 애정은
순수하게 오빠로서 여동생을 바라보는 그런 따뜻함만을 의미했
다.

'……무언가를 기대한 건 아니에요. 첫사랑이란 게…… 원래 이루어지지 않는 거라잖아요. 그래서 첫사랑이 또 신비로운 거고. 그냥, 그런 첫사랑의 추억을 간직하고 싶었나 봐요. 말을 하지 않으면 그건…… 혼자만의 짝사랑으로 남는 거잖아요. 그래서…… 나도 모르게, 미안해요, 오빠.'

거짓말이었다. 그의 사랑을 기대했다. 어쩌면 그와의 첫 입맞춤까지도.

사람들과의 관계를 두려워했지만 뒤늦은 사춘기에 앓는 사랑의 열병은 동화 속의 행복한 첫 입맞춤을 상상하게 만들었다. 처음으로 용기를 낸 그녀의 수줍은 고백을 들은 그가 사실은 자신도 그녀를 사랑하고 있었노라고 달콤한 사랑의 고백을 해 주길 바라고 있었다.

그러나 꿈은 꿈일 뿐이고, 소망은 그저 소망으로 끝이 났다. 지혁은 상상 속에서처럼 기뻐하지도 행복해하지도 않았다. 그랬기에 그녀도 환상에서 깨어나 현실적인 대처를 했다. 능숙하게 거짓말을 했다. 거짓말은 쉬웠다. 그리고 깨진 관계를 불안정하게나마 다시 잇게 만드는 최선의 방법이었다.

감정을 숨기는 데는 꽤 능통했다. 폭력적인 술주정뱅이였던 친부와 살아가면서 터득한 생존의 기술이었다. 악마에게 잡아먹히지 않으려면 감정을 드러내지 않아야 했으니까.

'미안하다, 진아. 하지만……'

'잠시, 만요. 그냥, 아무 말도 하지 말아 주세요. 이대로 대화를 끝내기로 해요. 아무 일도 없었던 것처럼……'

'미안…… 진아, 나는……'

그럼에도 지혁은 떨리는 목소리로 계속 사과했다. 정작 미안해해야 할 사람은 그녀인데도.

모든 걸 망가뜨린 건 나야……

자신이 모든 걸 망쳤다. 그들은 가족이었는데 더는 가족이라고 부를 수 없게 만들었다. 19살의 그녀는 어리석었다. 그에게 사랑을 고백해선 안 되었다. 그건 모두를 배신하는 짓이었다. 어머니의 행복을, 어머니의 새 인생을 망쳐 놓을 뻔했다.

짐 덩어리! 넌 짐 덩어리야. 사람 인생을 망치는 짐이야!

악마의 속삭임이 들렸다. 끈질기게 달라붙는 그 음성을 떨쳐 내려 세차게 고개를 뒤흔들었다.

'미안해, 진아……'

미안한 건 나야……

슬픔을 숨기려 계속해서 웃었다. 그럴수록 지혁의 낯빛은 어두워졌다. 죄책감이 밀려들었다. 다시 처음으로 되돌리고 싶었다. 바보 같은 사랑 고백 따윈 없었던 때로.

그날 이후 지혁의 안전한 울타리에서 스스로 걸어 나와 홀로 섰다. 3년 동안 같은 집에서 살며 충분히 행복했다. 어리석은 사랑 고백으로 그 행복을 망친 건 자신이었으니 떠나야 할 사람도 자신이었다. 더 이상 그와 같은 공간 속에서 살아갈 수 없었다. 그렇게 지혁의 곁에서 멀어지기 위해 노력했다.

정말 아이러니하게도 그 집을 떠나서야 지혁과 보통의 남매 사이로 돌아 갈 수 있었다. 단지 흉내에 그치는 공허한 관계였을지라도 표면적으로나마 그들은 사이좋은 의붓남매로 잘 지낼 수 있었다. 돌이켜 생각해 보면 그날 지혁의 거절은 현명했고 그녀가 그 집을 떠난 것도 옳은 결정이었다.

철부지 시절의 바보 같았던 사랑 고백 이후 지혁과의 관계를 오로지 가족으로만 유지되게 했다. 다시는 선을 넘지 않으리라 다짐하며 감히 지혁을 욕심내지 않았다. 새아버지의 진급과 생일을 축하하는 가족 모임이 이루어지는 자리에서 지혁과 불미스러운 일을 저지르기 전까지는.

○ ● ○

"왜 자꾸 막으시는 겁니까? 이건 직권 남용입니다."

지혁은 아버지인 류 대장을 바라보며 비난하듯 소리쳤다. 그가

G—스탄으로 가려 할 때마다 번번이 방해를 놓고 있었다. 다른 임무나 훈련이 주어지거나 승인이 떨어지지 않았다.

"다짜고짜 쳐들어와 이 무슨 무례인 건가. 류지혁 대위."

류 대장이 지혁을 보며 딱딱한 어조로 말했다.

"더 이상은 막지 마십시오. 이 말 전하러 온 겁니다. 전 무조건 G—스탄으로 가겠습니다."

"가서 대체 뭘 어쩌려고?"

지혁의 단호한 말에 류 대장이 벌컥 화를 냈다.

"진이를 데려올 겁니다. 그곳은 전장입니다. 진이가 있을 곳이 아니에요."

"……본인 선택이야. 그 애도 군인이고."

"그 애는 군의관일 뿐입니다. 의사라고요. 훈련받은 전사가 아닙니다. 미치겠군요. 아버지, 대체 무슨 생각으로 G—스탄에 가는 걸 막지 않으신 겁니까? 애초에 가지 못하게 하셨어야죠."

지혁은 아버지가 진의 G—스탄행을 묵인한 것에 아직도 화가 났다. 처음으로 아버지에게 실망했다. 그리고 자신의 G—스탄행을 막았을 땐 존경하는 군인으로서 신뢰하는 마음에도 금이 갔다.

"두 사람을 위해서다. 그리고 진이의 G—스탄행을 승인한 건 그 애 상관의 결정이야. 그 결정을 내가 바꿀 수는 없는 일이고. 난 그런 일에 내 직권을 남용하지 않는다."

"그렇다면 제 결정에도 아버지의 직권을 남용하지 마세요. 또다시 막으신다면 가만있지 않을 겁니다."

그는 해군이었다. 류 대장은 육군 소속이었지만 해군에도 입김이 작용했다. 대장이라는 높은 계급이 그걸 가능하게 했다.

"그 애의 선택을 존중해. 그 애 인생을 망칠 테냐?"

"제 인생이 망가질까 봐 염려하시는 거겠죠. 아버지가 진정으로 진이를 딸로 여겼다면 그 애가 떠나게 두지 않았을 겁니다. 17년이에요. 17년 동안 딸처럼 키우신 거 아니셨어요? 어떻게 무책임하게 그냥 방치하실 수가 있냐는 말입니다."

"그래! 17년이다. 17년을 딸로 여겼다. 그 애가 내 딸이면 넌 그 애 오빠야. 너야말로 17년이나 동생이었던 애와 뭘 하겠다는 거야!"

류 대장의 비난에 지혁은 주춤했다. 하지만 마음을 바꾸지 않았다. 후회는 한 번으로 끝내야 했다. 그는 14년 전 잘못된 선택을 했고 오랜 시간 후회하며 지냈다.

"진이를 사랑합니다. 그 애와 결혼할 겁니다."

"멍청한 놈! 그걸 말이라고!"

지혁의 단호한 말에 류 대장은 심장이 덜컥 내려앉을 정도로 질겁했다.

"다시는 혼자 두지 않을 겁니다. 14년이면 족해요. 진이를 딸로 여기셨다고요? 아니요. 아버진 안 그러셨어요. 정말 딸이라 생각하셨다면 진이를 14년 동안이나 혼자 외롭게 집을 나가서 살도록 하지는 않으셨을 겁니다. 그 애는 단 한 번도 우리를 진정한 가족이라 느끼지 못했을 거예요. 늘 외톨이였죠. 이젠 제가 그 애에게 진정한 가족을 만들어 줄 겁니다."

지혁은 선포하듯 말을 마치고 예의를 갖춰 상급자에 대한 경례
를 했다. 그리고 뒤를 돌아 류 대장의 사무실에서 나왔다.

"넌 절대 G—스탄엔 못 간다. 절대로!"

방을 나서는 지혁의 등 뒤로 류 대장의 서늘한 고함이 따라붙
었다. 화가 치밀었다. 진이 한국을 떠나고 그는 늘 화가 나 있었
다.

지혁은 주먹으로 복도 벽을 쳤다. 아릿한 통증이 손목을 타고
흘렀지만 지혁의 마음은 진정되지 않았다. 모든 게 자신의 잘못이
었다. 그런데 그 잘못의 책임을 진이가 지고 있었다. 지혁은 마지
막까지 그를 보며 웃던 진의 얼굴이 떠오르자 죄책감으로 가슴이
타들어 가는 듯했다.

"류지혁 대위님. 그렇게 해서 벽이 무너지겠어요. 공연히 오빠
손만 아프지."

인기척에 고개를 드니 민주혜가 앞에 서 있었다. 중요한 회의
에 참석했던 건지 정장 차림이었다. 주혜와는 어릴 때부터 집안끼
리 잘 아는 사이다 보니 허물없이 친하게 지냈다. 지혁은 상처 난
손을 가렸다.

"아저씨랑 싸운 거야?"

"오랜만이다. 해외에 있는 줄 알았는데 귀국했나 보네."

"곧 다시 나가. 외교관 보좌관이 이렇게 철새처럼 이리저리 옮
겨 다니는 줄 알았다면 다른 걸 했을 텐데. 진이 언니처럼 의사라

든가…… 아님 지수 언니나 오빠처럼 군인이 될 걸 그랬나 봐. 정장보다 여군 장교 정복이 더 멋있기도 하고 말이야."

"여기저기 옮겨 다니는 건 군인들도 마찬가지야."

주혜의 투정에 지혁은 짧게 웃으며 말했다.

"그래도 언니나 오빠도 지금보다 더 자주 볼 수 있을 텐데."

"지금도 자주 보잖아. 지수랑은 더 자주 만날 테고."

"오빤 자주 못 보니까."

지혁의 말에 주혜가 혀를 날름거리며 장난스럽게 웃었다.

"가 봐야겠다."

"잠깐만, 할 말 있어."

가려는 지혁을 주혜가 붙잡았다.

"뭔데?"

"G—스탄으로 가려 하는 거 알아. 그런데 아저씨 방해로 가지 못하고 있는 거까지."

"……그래. 맞아."

주혜도 그날 집안 행사에 손님으로 초대되었기에 그가 벌인 일들에 대해 알고 있었다.

"이번에 G—스탄으로 가게 됐어. 정치적 외교 문제로 가는 거라 수행 인원도 꽤 여럿 갈 거야. 원한다면 오빠도 명단에 들어갈 수 있게 해 줄게."

주혜의 말에 지혁은 귀가 번쩍 뜨였다.

"그렇게 해 준다면 정말 고맙겠다. 부탁해. 주혜야."

"큰아버지께 말씀드려 놓을게. 조만간 공문이 갈 거야. 물론 비밀로 해 달라고 할게. 큰아버지랑 내가 꽤 친하잖아."

주혜의 큰아버지는 청와대 사람이었지만 아버지인 류 대장과도 친분이 있었기에 그가 걱정하는 눈초리를 하자 주혜가 장난스러운 윙크를 던지며 덧붙였다.

"정말로 고맙다."

그제야 지혁은 안심했다.

"난 늘 오빠 편이잖아. 졸병 1호."

주혜는 웃으며 말했다.

똑똑.

둔탁한 소음에 진은 화들짝 놀랐다. 노크 소리가 난 곳을 보니 히버트 중위가 서 있었다. 아니, 얼마 전 친구가 된 제스가 서 있었다. 눈이 마주치자 그는 뒤쪽을 향해 손짓했다. 그의 손이 가리키는 방향을 따라 따라 뒤를 돌아보니 미군 몇 명이 그녀의 뒤로 줄지어 있었다. 그제야 자신이 전화를 끊고도 계속 수화기를 잡은 채 부스 안에 멍하니 서 있었다는 걸 인식했다. 서둘러 수화기를 내려놓고 부스에서 나왔다.

「뒤에 서 있는 미군들이 당신을 매섭게 노려보고 있기에 차마 모른 척할 수 없었습니다.」

부스에서 나오자 그가 가까이 다가와 웃는 얼굴로 말했다. 장난스러운 어조에 웃음이 나왔다. 그의 미소를 보자 가라앉아 있던 기분이 조금 상승하는 느낌이었다.

세 번째 만남 후, 그러니까 그들이 친구가 된 다음 날부터 제스는 조금 더 친근하게 그녀를 대했다. 딱딱하게 계급으로 부르는 대신 편하게 이름을 불렀다. 그러자 그녀도 조금씩 그를 친근하게 생각하게 되었다. 어느샌가 그를 편하게 여기고 있었다.

「가끔 멍하게 있을 때가 많아요. 알려 줘서 고마워요.」

「고맙긴요. 그런데 진료실 전화를 써도 될 텐데 왜 굳이 공중전화를 쓰는 겁니까? 설마 적군의 스파이라서 그런 건 아니겠죠? 만약 그렇다면 연락 방법을 바꿔야 할 겁니다. 미군 기지에 있는 공중전화는 추적이 가능합니다.」

그가 웃으며 장난스럽게 말했다.

「음…… 적들이 똑똑하다면 날 스파이로 쓸 생각은 하지 않을걸요. 툭하면 멍하니 정신을 놓고 있는 나사 풀린 스파이를 원하는 게 아니라면 말이죠.」

제스의 농담에 그녀도 농담으로 받아쳤다. 그러자 그는 유쾌한 웃음을 터트렸다. 그의 웃음은 전염성이 있었다. 어느새 그를 따라 활짝 웃고 있었다.

「여기서 뭐 하는 거예요? 전화를 쓰려고 온 건가요?」

그에게 물었다.

「사격장으로 가던 참이었습니다.」

「오늘은 기지 밖으로 나가지 않나요?」

「네. 기지 훈련뿐입니다.」

「다행이네요.」

진은 밝게 웃었다.

「뭐가 다행이라는 겁니까?」

「당신이요. 오늘은 100퍼센트 안전한 날인 거잖아요. 기지 안에만 있으니까요. 미군 진료실이 바빠 보이면 불안했어요. 당신이 다친 건 아닌가 싶어서요. 울프 팀의 다른 대원들도요.」

그의 물음에 그녀는 솔직하게 대꾸했다. 그와 친구가 된 후 그녀는 때때로 그의 안위를 걱정하게 되었다. G—스탄은 아직 분쟁을 겪고 있어 여전히 혼란스러운 상태였다. 길을 걷다 갑자기 나타난 반군들에 의해 테러의 희생자가 되어도 이상하지 않은 곳이었다.

「어…… 날 걱정했습니까?」

「네.」

그는 타국에 와서 사귄 첫 친구였다. 태영 외에는 친구가 없는 그녀에게 새로운 친구의 등장은 특별했고 의미가 있었다.

새로운 변화를 좋아하지는 않았지만 제스와의 관계는 달랐다. 나쁘지 않았다. 오히려 복잡한 마음에 휴식을 주는 존재로 다가왔다. 아마도 그의 웃음 덕분인 거 같았다. 그는 험상궂어 보이는 인상과는 달리 선한 웃음을 가지고 있었고, 타인을 향한 진심 어린 걱정을 해 줄 줄 아는 다정한 사람이었다. 그의 따뜻한 마음씨에 새로운 변화를 받아들이는 것에 대한 두려움이나 거부감이 사라진 듯했다. 그는 늘 예의 바른 태도를 유지했다. 지금도 그랬다. 일정한 거리를 유지한 채 친절하게 행동했다.

「기분 좋군요. 누군가 내 걱정을 해 준다는 게 말입니다.」

「맞아요. 기분 좋은 일이에요. 그만큼 상대방에게 애정이 있다는 거잖아요. 순수한 친절함이요. 당신이 날 걱정해 준 것처럼.」

진은 웃으며 그의 말에 동의했다.

「흠흠…….」

제스는 대답하지 않고 낮은 헛기침을 했다.

「사격장에 가야 한다고 하지 않았나요? 나도 진료실로 가 봐야 해요.」

진은 쑥스러워하는 듯한 그를 배려하기 위해 화제를 돌렸다.

「같이 가죠.」

「네? 사격장이 진료실 가는 길에 있었던가요?」

아직 미군 기지 안을 다 돌아본 건 아니었지만 진료실 근처에는 비행장뿐이었다. 그리고 조금 떨어진 곳에 야외 훈련장과 숙소, 식당이 있기는 했지만 사격장은 없었다.

「혹시 모르니까요.」

「네?」

진은 제스의 말에 고개를 갸웃거렸다.

「나와 우연히 마주친 것처럼 존슨 소령과도 우연히 마주칠 수 있으니까요.」

「아…….」

그제야 제스의 말을 이해할 수 있었다. 그는 정말 친절하고 사려 깊은 사람이었다. 계속 그녀를 걱정해 주고 있었다.

「그 후로 마주친 적은 없어요.」

진은 진료실 방향으로 걸어가며 말했다. 제스도 그녀의 옆에서 보폭을 맞춰 걸었다.

「다행이군요. 혹시 그가 다시 부적절한 행동을 해 오면…….」

「당신에게 꼭 말하라고요. 알아요. 기억하고 있어요.」

진은 그의 말을 도중에 가로채 대신 끝맺고는 웃었다. 그러자 그도 마주 보며 웃었다. 웃을 때면 눈꼬리가 아래로 내려가는 게 순한 강아지의 눈망울을 연상케 했다. 볼수록 사랑스럽게 느껴지는 웃음이었다.

「독립적인 데다 거칠게 행동하는 군인들과 매일 같이 지내다 보니 잔소리가 늘은 모양입니다.」

「당신 명령에 불복종하는 군인들도 있나요?」

그의 말에 그녀는 놀란 기색을 보이며 되물었다.

「임무와 관련된 명령은 잘 듣지만 그 외의 다른 것들에 대해선 잔소리를 해야 할 때가 많습니다.」

「믿어지지 않는데요. 당신이 한 번 말하면 즉각 들을 거 같았거든요. 반항하려면 목숨을 걸고 해야 할 거 같아요.」

「하하. 처음엔 그랬었죠. 하지만 오랫동안 같이 지내다 보니 지금은 처음만큼 날 무서워하질 않고 있습니다.」

「하긴 당신과 조금만 같이 있어 보면 당신이 얼마나 다정한 사람인지 금방 알아차릴 수 있으니까요. 나도 금방 알아차린걸요.」

「휴우, 아무래도 머리를 더 짧게 깎아야 할 거 같군요. 무섭고 터프하게 보이려면.」

그가 머리카락을 쓸어 올리며 농담을 던졌다. 그녀는 킥킥거리며 웃었다. 그는 지금도 충분히 터프해 보였다.

「지금도 짧은걸요. 물론 해병대 특유의 까까머리 스타일은 아니지만요.」

「군인인 걸 티 내지 않기 위해서입니다. 때로는 위장을 해야 할 때도 있으니까요. 그린베레 중엔 갱들이나 히피처럼 머리카락을 어깨까지 길게 내려트리고 다니는 친구들도 많이 있어요. 험상궂게 보이기 위해 수염도 기릅니다.」

「그린베레와도 같이 임무를 수행한 적이 있나요?」

「네. 그린베레에 관심이 있습니까?」

그가 눈썹을 추켜세우며 그녀를 빤히 바라봤다.

「조금요. 영화에서 보면 엄청 대단한 영웅으로 그려지곤 하니까요. 그리고 베레모가 멋있잖아요.」

그의 잔잔한 시선에 괜스레 쑥스러운 기분이 들어 실없는 농담을 덧붙였다.

「네, 대단한 친구들이죠. 아쉽게도 이곳 기지엔 그들이 없군요. 다음에 기회가 된다면 소개해 드리겠습니다.」

「대신 해병특수부대원들이 있잖아요. 정말로 총알이 당신들을 비껴가나요? 총알을 맞아도 다시 벌떡 일어날 수 있고요? 영화처럼?」

「음…… 영화는 영화일 뿐입니다.」

그가 난처한 표정을 짓더니 너털웃음을 터트리며 고개를 저었다.

「농담이었어요. 아, 하지만 당신들이 대단하다는 건 진심이에요. 매순간 목숨을 걸며 최선을 다하니까.」

진은 어깨를 으쓱해 보이며 과장된 한숨을 내쉬는 제스의 우스꽝스러운 행동에 함께 웃다가 이내 조금 진지한 어투로 덧붙였다. 정말로 그들은 대단했다. 목숨을 걸고 누군가를 지켜 낸다는 건 결코 쉬운 일이 아니었다. 희생정신이 없다면 해내지 못할 고귀한 행동이었다. 그것만으로도 모든 군인들은 존경받아 마땅했다.

「그리고, 귀신도 때려잡는 해병대잖아요.」

무겁고 어색해지려는 분위기를 다시 가볍게 만들려 일부러 우스갯소리를 했다. 그러자 제스의 얼굴이 부드럽게 이완되었다.

「앞으로도 당신을 실망시키지 않으려면 오늘부터 운동량을 더 늘려 열심히 몸집을 키워야 할 거 같군요. 담력도 두둑하게 키우고 말입니다.」

제스의 농담 섞인 말에 진은 다시 웃음을 터트렸다. 그는 자상하고 예의 바르고 또 유쾌했다. 다른 사람을 즐겁게 해 주는 능력이 탁월했다. 그와 함께 있는 지금 그녀는 매우 즐거웠다.

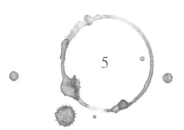

5

"대위님 정말 괜찮을까요? 걱정돼 죽겠습니다."

태영이 않는 소리를 하며 징징거렸다. 어제부터 오늘 아침까지 계속되는 칭얼거림에 그녀의 인내심도 점점 바닥을 쳤다. 사내자식이 되어서 엄살이 더 심했다.

"그만 좀 하지? 아예 고사를 지내지 그래? 제발 안 좋은 일이 일어나라고? 습격을 당한다거나 아니면 납치……."

"대위님!"

볼멘소리에 태영이 소리를 꽥 질렀다.

"어허, 이놈 보게. 요즘 군기가 빠졌지?"

눈을 부릅뜨며 낮게 목소리를 깔자 태영의 기세가 누그러졌다.

"걱정돼서 그렇죠. 전 아직 장가도 못 갔는데 타국에서 변이라도 당하면 이대로 타국 귀신이 되는 거 아닙니까. 그러면 말도 안 통하는 곳에서 어쩝니까."

"풉. 아무튼, 생각하는 엉뚱함하고는."

심각한 어조로 열변을 토하는 태영의 말에 결국 참지 못하고 너털웃음을 터트렸다.

"걱정 마. 우리만 가는 것도 아니고 한국군에 미군들도 같이 가잖아. 걱정할 게 뭐야. 그리고 그리 위험한 지역도 아니랬어."

"군의관은 군인들 치료에만 전념하면 되는 거 아닙니까? 꼭 민간 의료 봉사까지 나가야 합니까?"

"군인들 의무가 뭐겠어. 자국민 보호와 봉사 아니겠니. 의무를 다해야지."

"여기 한국 아닙니다. 그리고 우리는 한국군입니다."

"G—스탄에 파병 왔으면 이곳 군인이기도 해. 그러니 G—스탄 자국민 건강 보호에 힘써야지? 그리고 그게 또 의료인의 참된 자세고. 사랑과 헌신으로 하는 의. 료. 봉. 사."

한 자 한 자 힘을 주어 또박또박하게 말했다.

"아주 슈바이처 나셨습니다."

그러나 태영은 불만으로 양 볼을 부풀리며 구시렁거렸다.

"그래, 너는 백의의 천사 나이팅게일이고."

진은 웃으며 태영의 불만을 장난으로 넘겼다. 사실 솔직히 얘기하자면 미군 기지 밖으로 나가는 일이 조금은 걱정되었다. 하지만 그 조그만 걱정 때문에 주어진 의무를 피할 순 없었다. G—스탄에 있는 군의관들은 UN 소속의 의료 봉사자들과 함께 민간인 의료 봉사를 나가고 있었고 오늘은 그녀 차례였다.

부릉. 시동음 소리가 들리더니 진료실 건물 입구 앞으로 군 수송 트럭이 정차했다.

「기다리게 해 죄송합니다. 기기 점검이 늦어졌습니다.」

수송차에서 내린 미군은 제스였다.

「괜찮아요. 많이 기다리지 않았어요.」

그와 동행한다는 사실에 진은 안도감을 느꼈다.

「필요한 물품은 다 챙겨 놨어요.」

건물 입구에 가지런하게 세워 둔 구호 물품과 의료품 박스를 가리키자 지난번 식당에서 본 울프 팀 대원들이 재빠르게 트럭으로 옮겼다.

「방탄복과 방탄 헬멧입니다. 착용하십시오.」

기지 밖으로 나가는 것에 긴장을 해서인지, 아니면 다른 사람들을 의식해서인지 제스의 말투가 어쩐지 딱딱하게 느껴졌다. 진은 말없이 그가 건네는 보호 장비를 받아 들었다. 제법 묵직했다. 방탄복을 입고 몸에 맞추려 매듭을 잡았다. 서툰 손놀림 탓인지 쉽사리 조여지지 않았다.

「제가 해 드리겠습니다. 여기를 누르고 잡아당긴 뒤 잠그면 됩니다.」

그의 손이 닿자 방탄복은 순식간에 그녀의 몸에 맞게 잘 여며졌다. 어깨와 가슴 부근을 스치는 손길에 심장 박동이 빨라졌다. 긴장감에 주먹을 꼭 쥐며 어색한 시선은 바닥으로 내리깔았다.

찰나의 순간이 마치 영원처럼 길게 느껴졌다. 머리 위로 그의 손이 어리는가 싶더니 헬멧이 얹어졌다. 이마에 흘러내린 머리카락을 귀 뒤로 넘기는 커다란 손은 거칠었지만, 뜨거운 온기를 내뿜었으며 섬세하고 부드러웠다.

「다 됐습니다.」

제스는 방탄 헬멧까지 그녀의 머리에 딱 맞게 씌워 준 다음 이송 트럭에 올라탔다.

「이제 차에 오르십시오.」

그가 손을 내밀었다. 진은 열이 오른 얼굴을 숨기려 애쓰며 서둘러 이송 트럭에 올라탔다. 뒤이어 태영과 울프 팀 대원이 이송 트럭에 오르자 문이 닫혔다.

「또 뵙는군요.」

제스 옆에 앉은 대원이 알은척을 해 왔다. 진은 말을 붙인 대원의 얼굴을 자세히 뜯어보며 기억을 더듬었다.

「어, 마이크 패튼 소위! 맞죠?」

「미인인데 기억력까지 좋으시군요.」

패튼 소위가 넉살 좋게 덧붙였다.

「경호 임무라서 지루할 줄 알았는데 반가운 얼굴을 보게 되네요. 기지 밖으로는 처음 나가시는 거죠?」

「네. 처음이에요.」

「조금도 걱정하지 마십시오. 울프 팀이 동행하는 거니까 백 퍼센트 안전하실 겁니다.」

패튼 소위가 잘생긴 미소와 윙크를 건네며 자신감 넘치는 어조로 소리쳤다.

「여기 한 소위에겐 듣던 중 반가운 소리네요. 어제부터 엄청 걱정하고 있었거든요.」

태영을 가리키며 장난스럽게 말했다.

"대위님도 걱정을 좀 하셔야 합니다."

놀리는 말에 태영이 발끈하며 한국말로 툴툴거렸다. 불만으로 한껏 토라진 표정에 진은 작게 웃음을 터트렸다. 그러다 제스와 눈이 마주쳤다. 지그시 바라보는 말없는 시선에 진은 아까 전 그의 부드러운 손길이 떠오르자 얼굴을 붉히지 않기 위해 애를 써야 했다.

「동행하게 될 줄 몰랐는데 굉장한 우연이네요.」

평정심을 갖추고 먼저 말을 걸었다.

「네.」

반박자 늦은 짧은 대답이 나왔다. 다른 생각에 빠져 있었던 건지, 아니면 갑자기 말을 걸어서 놀란 것인지 그의 표정이 조금 이상했다.

「그리 위험한 곳이 아니라고 들었는데 두 팀이나 가나 봐요.」

진은 뒤따라오는 차량을 가리키며 물었다.

「총 세 팀입니다. G-스탄은 빈도만 다를 뿐 어느 곳이든 위험 지역입니다. 지금 가는 곳은 위험 빈도가 낮은 지역이긴 합니다만 그래도 조심해야 합니다.」

「뭔가 귀빈 대접을 받는 듯한 기분이에요.」

기지 밖으로 나오자 군용 트럭 한 대가 대열에 합류했다. 그들이 탄 차량은 두 대의 수송차 사이에 끼어서 갔다. 기지에서 멀어지자 말끔하게 포장된 도로가 사라지고 울퉁불퉁 거친 길이 끊임없이 이어졌다.

진은 트럭이 덜컹거릴 때마다 옆으로 넘어지거나 앞으로 쓰러지지 않기 위해 좌석 밑 부분을 잡았다. 제스와 다른 대원들은 흔들림의 영향을 전혀 받지 않는 듯 약간의 흐트러짐도 없었다.

「얼마나 가야 하나요?」

「사오십 분 정도입니다.」

진은 완전 무장한 제스의 차림새가 낯설었다. 모래색과 비슷한 황색에 검은 얼룩이 들어간 전투 군복과 동일한 색상의 전투 헬멧을 쓰고 딱딱한 군화를 신은 제스는 한눈에 보기에도 무시무시해 보이는 무기를 들고 있었다.

100퍼센트 완벽한 전투 군인의 모습이었다.

「멀미를 하질 않길 바랍니다. 하지만 혹시 봉지가 필요하다면 언제든 말해요.」

제스가 희미하게 웃음 지으며 말했다. 그 웃음이 아니었다면 그가 한 말이 농담이라는 걸 인지하지 못할 뻔했다. 그의 웃음으로 다시 낯익은 친근함을 되찾았다.

「멀미 같은 건 안 해요. 한국에서도 이 정도로 많이 흔들리는 군용차를 타고 다녔는걸요. 이골이 나 있다고요.」

하지만 달갑지 않은 힘겨운 익숙함이었다. 그러나 그 말은 하지 않았다. 비록 군의관이지만 군인이었기에 약하게 보이고 싶지 않았다.

「그렇다면 다행이군요.」

제스가 낮은 음성으로 말했다.

완벽한 저음의 음성이 기분을 좋게 했다. 문득 저 낮은 베이스의 음성으로 노래를 부른다면 엄청 듣기 좋을 거라는 생각이 들었다.

지금의 터프해 보이는 이미지에서는 도저히 상상이 되지를 않았다. 전혀 어울리지 않은 그 모습을 생각하는 것만으로도 웃음이 났다.

「뭐가 그리 재미있으십니까? 입 다물고 조용히 가기 지루한데 혼자만 알고 계시지 말고 저희도 좀 알려 주시면 안 될까요?」

그녀의 웃음에 마이크 패튼 소위가 물었다.

「아, 별건 아니에요. 그냥 제스가 노래를 부르면 참 듣기 좋을 것 같다는 생각을…….」

혼자만의 생각에 잠겨 있던 그녀는 패튼 소위의 물음에 무의식적으로 입에서 나오는 대로 대답했다. 그러고는 아차! 싶었다. 자신의 입을 때리고 싶었다.

「흐음.」

이제 패튼 소위뿐만 아니라 트럭 안에 앉아 있던 모든 군인들이 호기심 어린 시선으로 그녀를 주시했다. 심지어 제스마저도.

「어, 그러니까…… 그게, 중위의 목소리는 정말 듣기 좋잖아요. 깊은 저음이라…… 허스키해서 그게…… 음, 매력적이고, 또 섹시하게 들리기도 하고…….」

완전 변태 같은 말이었다. 아니면 성희롱적인 발언이든가.

진은 자신이 두서없이 쏟아 낸 말들로 얼굴이 달아오름을 느꼈다. 당황할 때면 가끔 뇌를 거치지 않고 입에서 나오는 대로, 굳이 좋은 말로 포장하자면 너무 순수하게 말을 쏟아 낼 때가 있었다. 나쁘게 표현하자면 멍청하고 생각 없이 말을 내뱉는 거고.

아니나 다를까 제스를 쳐다보니 놀란 눈으로 그녀를 바라보고 있었다.

쥐구멍이 있다면 그곳으로 얼른 들어가고 싶었다. 민망한 마음이 더 깊어질수록 얼굴은 더 빨개졌다. 얼굴로 몰리는 뜨거운 열기가 그 사실을 알려 주고 있었다.

「언제부터 중위님이 제스인 거죠?」

응? 변태 같은 말들에 대한 질문이 아니라?

「네? 그게…… 얼마 전에 이름을 물어봤어요. 어, 그러니까 친구가 되면서요.」

진은 잠시 망설이다가 눈치를 보며 대답했다.

「친구라고요? 그리고 중위님을 제스라고 부르고요?」

「흠!」

제스가 낮은 헛기침을 했다.

「뭐가 잘못됐나요? 그게 중위의 이름이잖아요.」

진은 의아했다. 패튼 소위는 그녀가 제스의 목소리를 변태적으로 표현한 말에 대해서는 놀리거나 묻지 않고 제스를 이름으로 부르는 것에 대해서만 질문을 던지고 있었다.

「아무도 중위님을 이름으로 부르지 않거든요. 중위님이나 중위, 아니면 히버트죠.」

「알아요. 나도 들었어요. 근데 전 제스라는 이름이 더 좋아서요. 보통 친분 있는 사이에서는 이름으로 부르잖아요. 친근하게요.」

이제 트럭 안의 모든 대원들은 킥킥대며 대놓고 웃었다.

「누군가에게는 아무리 친구 같은 중위님이어도 저희에게 중위님은 그냥 중위님이십니다.」

패튼 소위가 천천히 말했다. 웃음이 담긴 음성에는 왠지 놀리는 투가 다분했다.

「그렇죠? 죽여주게 섹시한 매력적인 목소리를 지니신 허스키 보이스 중위님?」

트럭 안에 울려 퍼지던 웃음소리가 더욱 커졌다. 더불어 제스의 얼굴색도 진한 홍당무로 변했다.

「중위님, 이참에 노래 한 곡 뽑으시죠? 대위님께서 궁금해하시잖아요. 섹시하게 한 곡 불러 주세요.」

힐 하퍼 병장이 놀림에 동참했다. 그 뒤를 이어 다른 대원들 모두 짓궂게 한마디씩 던졌다. 진은 자신이 만들어 낸 대참사에 눈을 굴렸다. 옆에 앉은 태영이 울프 팀 대원들을 따라서 같이 웃자 옆구리를 쿡쿡 찌르며 눈치를 줬다. 하지만 태영의 웃음소리는 그치지 않았고 울프 팀 대원들의 웃음소리도 더욱 커져만 갔다.

「우린 지금 적진을 이동 중이다. 집중들 해.」

제스는 일부러 크게 고함을 치며 말했다. 그리고 무서운 표정까지 덤으로 지어 보이자 마이크를 제외한 나머지 대원들의 웃음소리와 놀림이 점차 수그러들기 시작했다.

「네네. 미스터 허스키 보이스.」

끝까지 깐죽거리는 마이크에게 그는 다시 한번 더 무시무시한 눈빛을 보내어 조용히 입을 닥치게 했다.

주둥이 닥치라고! 아니면 쇠뭉치 같은 주먹맛을 보게 될 테니까.

험악한 인상을 더한 무언의 경고는 결국 방정맞은 참새처럼 재잘대는 마이크의 입을 닥치게 만드는 데 성공했다.

힐끔 진을 바라봤다. 붉어진 안색으로 당황한 기색이 역력한 표정을 한 채 앉아 있는 그녀의 얼굴은……

사랑스러웠다. 그 생각에 불순함이 있는 건 아니다. 그의 감정은 여전히 순수한 아기를 볼 때 느끼는 그런 사랑스러움의 감정과 비슷했다.

아니…….

그 감정과는 약간 다르기도 한가? 헷갈렸다.

○ ● ○

고르스탄. 일명 G—스탄으로도 불리고 있는 이곳은 죽음의 그림자가 짙게 드리워져 있었다. 아이, 어른 할 거 없이 모두 가난의 굶주림과 죽음의 공포로 인한 고통에 시달리고 있었다. 그들의 얼굴엔 두려움이 가득했다.

낯익은 두려움이었다. 작은 시골 마을에 도착한 후 쉴 틈 없이 바쁘게 일을 하면서도 그들이 가진 공포를 온몸 가득 느낄 수 있었다.

G—스탄의 국민들은 몇 년 전에 겪은 끔찍했던 내전과 지금도 끊임없이 발생하고 있는 과격분자들의 테러 행각에 지쳐 있었다. 그들은 폭력 행위 그 자체에 겁을 내고 있었기에 군복을 입고 있는 미군의 존재와 미군이 소지하고 있는 무기들도 달가워하지 않았다.

진은 G—스탄 국민의 피폐해진 마음을 이해했다. 폭력은 정상적인 사람도 비정상적으로 바뀌게 한다. 정신을 미치게 했으며, 절대 빠져나올 수 없는 절망의 나락으로 떨어뜨린다. 그렇게 조금씩, 천천히 말려 죽인다.

그녀는 그 모든 걸 알고 있었다. 폭력이 인생에 어떠한 영향을 끼치는지, 어떠한 고통을 주는지 낱낱이 알았다. 그녀의 정신 한 부분은 아직도 절망의 늪에서 허우적댔다. 벗어나려 해도 벗어나지 못했다.

폭력의 소용돌이에 휩싸여 있는 이곳 주민들은 그래도 다행히 순수함을 완전히 잃지는 않았다. 전쟁과 테러의 공포에 짓눌려 있음에도 희망의 끈을 놓지 않은 눈빛엔 생기가 감돌았다. 진찰을 받고 약을 타 가며 그녀를 향해 작게나마 웃어 주는 주민들을 바라보면서 그녀는 오히려 자신이 이들에게서 용기와 격려 그리고 위로를 얻고 있다는 생각이 들었다.

한국을 떠나올 때만 해도 이곳은 단순한 도피처에 지나지 않았다. 태영에게 말했던 의사로서의, 군인으로서의 희생정신이나 박애주의적 사랑이 전부가 아니었다. 그것들은 아주 작은 일부에 불과했다.

그러나 지금 이 순간 자신을 향해 고마움이 가득 담긴 눈빛을 보내며 밝게 웃어 주는 사람들을 보면서 이곳을 단순히 고통에서 벗어나기 위한 피난처로 여겼던 것에 대해 반성했다.

새삼 '국경 없는 의사회'에서 지냈던 날들이 떠올랐다.

그곳으로 다시 가리라.

무엇으로든 누군가에게 도움이 될 수 있는 존재로 살아가고 싶었다.

짐 덩어리가 아닌…… 족쇄도 아닌…….

한국엔 그녀의 자리가 없었다. 지혁의 얼굴이 다시금 스쳐 갔다. 진은 고개를 휘저으며 기억의 재생을 거부했다.

그러나 지혁에 대한 기억들은 집요하게 그녀를 괴롭혔다. 한국을 떠난 후 단 한 번도 연락하지 않았다. 그리고 앞으로도 가능하다면 연락을 하지 않을 생각이었다. 그들은 이제 오빠와 여동생의 관계로도 지낼 수 없었다. 가족의 관계로는……

사실 처음부터 가족이 아니었다. 그녀 스스로도 지혁을, 류 대장과 지수를 완전한 가족이라고 생각하지 않았다. 심지어 어머니조차도……. 어머니는 그들의 가족이었지 그녀의 가족이 아니었다. 자신은 그들에게 이방인이었다.

그러니 이제라도 완전한 타인으로 살아가야 했다. 14년을 아슬아슬하게 유지해 오던 가족의 관계가 산산이 깨지자 차라리 홀가분해지는 느낌이었다. 그의 앞에서 착한 여동생인 척 연극하는 삶에 염증을 느끼고 있던 차였다.

그리고 정확히 언제부터인지는 딱 꼬집어 말할 순 없지만 지혁의 태도도 변했다. 어느 순간부터 서서히 달라지고 있었다. 그걸 모른 척하기가 힘들었다. 열여섯의 그녀가 느꼈던 감정들을 지혁도 언젠가부터 느끼고 있는 것 같았다.

그러나 지혁의 사랑은 연민으로부터 오는 동정이었기에 그 사랑을 받아들일 순 없었다. 지혁은 바른 책임감에 짓눌려 살아가는 존재였다.

아마도 그에게 주어진 환경 탓이리라. 그리고 14년 전 그녀의 어리석고 충동적이었던 사랑 고백이 그에게 죄책감으로 남아 있었을 테니까. 그 죄책감과 그녀를 향한 연민에서 오는 애정을 사랑이라고 착각한 것이다. 바보처럼……

그녀의 의식은 어느새 한국의 본가로 되돌아가 있었다. 어머니의 집이자 그녀를 딸로 거둬 준 류 대장의 집으로. 그녀를 미워하는 사람들이 사는 집. 그리고 지혁이 있는 곳.

그가 달콤한 사랑을 고백하던 그날의 정원으로 돌아가 있었다.

지혁은 언젠가부터 아슬아슬하게 남매의 관계를 넘어서려 했다. 그녀는 그럴 때마다 더욱더 지혁의 앞에서 여동생답게 행동하기 위해 애썼다. 그녀를 향한 지혁의 애정을 단순한 장난으로 치부하고 대수롭지 않게 넘기며 열심히 선을 그었다.

그녀는 더 이상 사춘기의 열병을 앓던 철부지가 아니었다. 세상엔 여전히 지위 계급이 존재하고 있다는 걸 깨달았고 한국은 아직 그 지위 계급으로 돌아가고 있는 사회라는 것도 알게 되었다.

그런 지위 계급 사회에서 그녀가 머무르고 있는 위치는 겨우 밑바닥을 면하는 수준이었고 지혁은 아주 높은 상위권에 머물러 있었다.

그와 그녀 사이에는 길고 높은 계급 간의 차이가 있었고 그녀는 그 단계를 뛰어오를 배짱과 용기를 가지고 있지 않았다. 겁쟁이였으니까.

그래서 지혁의 마음을 모른 척했다. 14년 전 철없던 열아홉의 자신이 바른 판단을 내릴 수 있도록 그가 이끌어 주었던 것처럼 이번엔 그녀가 길을 잃고 방황하는 지혁의 마음을 옳은 방향으로 이끌어 주어야 했다. 그가 그녀로 인해 인생을 망치지 않게끔.

'진아. 너를 사랑해.'

지혁은 정말 온 마음을 담아 고백했다. 14년 전 그녀가 그에게서 바란 그 사랑 고백이었다. 하지만 지금은 14년 전 새해가 아니었다. 그 사랑 고백의 유통기한은 이미 한참 전에 만료되었다.

'나도 오빠 아끼고 사랑해. 친오빠처럼.'

그녀는 지혁의 마음을 모른 척하며 14년 동안 내내 입버릇처럼 말했던 오빠, 동생의 관계를 강조했다.

'······모른 척하지 마. 너도 내가 말하는 사랑이 어떤 걸 의미하는지 알고 있잖아.'

평소와 다르게 지혁은 아주 조금 화난 어조로 말했다.

'널 사랑하게 됐어. 남자가 여자를 사랑하는 그런 감정으로

말이야. 아니, 나도 널 계속 사랑했어. 어쩌면 14년 전 그때에
도. 그래…… 단번에 눈치챈 열정 가득한 사랑은 아니었어. 가
랑비에 옷이 젖어 들어가듯 천천히 스며든 사랑이었어. 내 곁에
서 나만을 위해 웃어 주는 네 미소가 좋았어. 나를 숭배하는 듯
한 네 표정도. 내 곁에 있는 너라는 존재가 익숙했어.'

지혁의 목소리는 떨리고 있었다.

'난 그걸…… 여동생을 향한 애정으로 치부해 버렸어. 정말
멍청하고 바보 같았지. 네게…… 상처를 줬으니. 널 힘들게 했
어. 하지만 이젠 내 감정의 진실을 나도 알아. 널 사랑해. 남자
로서. 수컷으로서.'

'그만해!'

그의 말을 감당할 수 없었다. 그녀는 열아홉 살의 소녀가 아니
었다. 이미 이 세상이 어떻게 돌아가는지 알아 버린, 순수하지 않
은 서른세 살의 어른 여자였다.

아니, 사실 14년 전에도 순수하진 않았었지…….

그저 바보 같았을 뿐.

환상에 젖어 현실을 외면하려 했다.

진은 떨리는 손을 꽉 쥐었다.

'14년 전 네 마음을 받아들이는 건 옳지 못한 일이라고 생각했었어. 넌 어렸었고…… 나도 어렸어. 네가 나를 믿는…… 단순한 우상 숭배에서 오는 감정을 사랑이라고 착각하는 것으로 생각했어. 그래서 그 마음을 받아들이면 안 된다고 생각했었다. 순진한 널 이용하는 짓이라고 여겼어. 그런데 그건 정말 바보 같은 생각이었어. 난 정말 바보였어.'

지혁은 필사적이었다. 너무나 절박한 표정을 지으며 사랑을 표출해 내고 있었다.

'그만해…… 우리가 이제 와서 뭘 할 수 있겠어? 아무것도 못 해. 할 수 없어. 해서도 안 되고. 14년 전에도 우린 아무것도 할 수 없었어. 똑같아. 여전히 아무것도 할 수 없어……'

14년 전 열아홉의 그녀가 매일 아침, 매시간 주문처럼 외우던 말들이었다.

넌 모든 걸 망치고 있어, 그 악마처럼 모두를 힘들게 하려고 있어.

이렇게 수없이 속으로 되뇌었다.

'넌 아무것도 할 필요 없어. 그냥 가만히 있으면 돼. 내가 하

자는 대로 그저 따라오기만 하면 돼.'

　지혁의 말은 커다란 유혹이었다. 마음이 흔들렸다. 그의 말대로 모른 척 그를 따라가고 싶었다. 그의 곁에서 같은 길을 걸어가고 싶었다. 보호받고 싶었다. 남들처럼 평범하게 살아가고 싶었다. 어둠이 아닌 빛이 되고 싶었다. 혼자가 되고 싶지 않았다.

　흔들리는 마음을 눈치챈 지혁이 곁으로 천천히 다가왔다. 애정이 가득 담긴 손길로 그녀의 어깨를 부드럽게 잡아 그에게로 끌어당겼다.

　따스함이 느껴지는 포옹이었다. 정말 눈물이 날 만큼 포근했고 안전한 느낌을 받았다. 진은 자신도 모르게 지혁의 어깨를 살포시 붙잡았다. 그의 포근한 온기를 더 느끼고 싶었고 확인하고 싶었다.

　어쩌면 두려움이 사라졌을지도…….

　지혁이 그녀의 그런 심정을 간파한 것인지 커다란 손으로 볼을 감싸며 천천히 고개를 숙였다. 입술로 전해지는 따뜻한 입술의 온기에 그녀는 놀라 숨을 들이켰다. 사춘기 소녀였던, 열아홉의 그녀가 꿈꾸던 첫 키스였다.

　지혁을 상대로 한 첫 키스는 예상했던 대로, 상상했던 대로 안전했다. 포근한 따뜻함이 전해져 왔다. 보호받는 느낌이었다. 구역질도 혐오감도 없었다. 온몸을 강타하는 열정은 없었지만 완벽한 안전함이 존재했다. 그래서 지혁을 밀어내지 못했다.

따뜻함을 더 느끼고 싶고, 더 보호받고 싶고, 더 안전해지고 싶었다. 다시 스멀스멀 기어 나오는 어둠에 잠식당하고 싶지 않았고 황폐해진 영혼에 안식을 되찾고 싶었다.

그래서 지혁을 밀어내야 한다는 걸 이성적인 머리로는 알고 있었지만, 과거의 망령과 잊고 있던 애틋한 추억에 잠식되어 감성적으로 변한 가슴은 차마 그를 밀쳐 내지 못했다.

두려워, 혼자인 게 외롭고……

영원할 것만 같던 키스의 순간은 갑작스럽게 시작된 것처럼 갑작스럽게 끝이 났다.

'꺄아악!'

귀를 찌르는 듯한 날카로운 비명이 채찍처럼 날아든 순간에.

'대, 대체 너, 너희들…… 지금 뭣 하는 짓들이야!'

지혁의 고모이자 류 대장의 누나인 류민영이 키스를 나누고 있는 그들을 발견하곤 새된 비명을 내질렀다.

히스테릭한 류민영의 목소리가 울려 퍼지자마자 그녀는 안전하고 행복하다고 느꼈던 꿈에서 깨어나야 했다. 그리고 끔찍한 현실로 돌아왔다. 금방이라도 발작을 일으킬 듯 부들부들 떨고 있는 류민영만큼 화들짝 놀라며 지혁의 품에서 떨어져 나왔다.

그제야 자신이 어디에 있는지 기억해 냈다. 류 대장의 생일을 축하하는 집안 행사에 참석 중이었으며 한창 축하 파티가 벌어지고 있는 정원의 한 귀퉁이에 숨어서 지혁과 키스하고 있었다는 걸.

'이 더러운 것! 네까짓 게 감히 지혁이를 꼬드겨?'

짜악.

매서운 류민영의 목소리가 매우 가깝게 들린다고 느낀 순간 뺨을 강타하는 아릿함에 처참한 현실을 다시금 깨달았다. 고개를 숙여 피하지 않고 류민영의 매서운 손길과 마주했다. 모든 건 그녀의 잘못이었으니까.

'어떻게, 감히, 거지 같은 널 데려다 딸로 키워 준 민수한테 칼을 꽂아?'

류민영은 거친 욕설을 쏟아 내며 다시 뺨을 때렸다. 말릴 새도 없이 순식간에 일어난 빠른 몸놀림이었다.

'고모!'

퍽. 퍽.

지혁의 거친 외침에도 류민영은 분이 풀리지 않는 듯 이번엔 꽉 말아 쥔 주먹으로 그녀의 어깨와 등을 내려치기 시작했다. 하지만 아픔이 느껴지지 않았다. 지혁이 자신의 몸으로 류민영의 주먹을 고스란히 막아 내고 있었다.

'그만하세요!'

'지혁이 네가 아주 단단히 이년한테 홀렸구나. 당장 비키지 못해!'

'고모!'

지혁이 상스러운 욕설을 내뱉는 류민영에게 소리를 질렀다.

'이게 다 무슨 일이야!'

쩌렁쩌렁한 호령이 울렸다.

진은 지혁의 품에서 어렵게 고개를 들었다. 어느새 그들 주변으로 다른 가족들과 초대되어 온 손님들이 속속 모여들고 있었다. 그녀는 더욱 두려워졌다.

'민수야, 진이, 저년이 지금 무슨 짓거리를 했는지 알아? 어느새 지혁이를 홀렸는지 글쎄, 부둥켜안고 입을 맞추고 있더라.

내 두 눈으로 똑똑히 봤어. 저, 저 상스러운 년!'

류민영의 입에선 거친 욕설들이 연거푸 쏟아져 나왔다. 평소 품위와 교양을 따지던 모습은 온데간데없이 사라진 상태였다.

류 대장은 말이 없었다. 다만 평소와 다르게 탁하고 무거운 눈빛으로 그녀를 바라보고 있었다. 그 눈빛에 그녀는 더 작아졌다.

'아이고…… 아버지, 어머니 말을 안 듣고 민수 저 녀석이 기어코 저 거지 같은 년을 데려다 키우더니 이 사달이 난 거라고요. 민수 너 내가 뭐랬니? 머리 검은 짐승 거두는 거 아니랬지? 천하디천한 핏줄을 데려다 키우더니…….'

'그만하세요. 누님.'

류 대장의 근엄한 눈길과 어머니의 충격받은 얼굴을 바라보며 수치심을 느꼈다. 모든 게 그녀의 잘못이었다. 떨리는 손을 들어 어깨를 감싸 안고 있는 지혁의 가슴을 밀고 나와 한쪽으로 비켜 섰다.

'죄송합니다.'

이 말밖에 할 수 없었다. 버려지만도 못한 존재로 바라보고 있는 차가운 시선들에 그녀는 고개를 숙였다. 울음이 쏟아질 거 같았지만 필사적으로 참아 냈다. 울 자격도 없었다. 이곳에서 눈물을 보일 순 없었다.

'이 미친년!'
'고모!'

류민영은 다른 누군가가 말릴 새도 없이 다시 달려들었다. 지혁의 분노 어린 고함도 울렸다.

머리칼이 뽑히는 아픔에 눈을 질끈 감았다. 길게 내려오는 머리카락이 류민영의 억센 손아귀에 잡혀 위아래로 흔들렸다.

아픔은 참을 수 있었다. 하지만 굴욕감은 견뎌 내기가 힘들었다. 그렇지만 그마저도 그녀가 고스란히 감내해야 할 몫이었다. 손톱이 살에 깊이 파고들 만큼 주먹을 꽉 말아 쥐며 그 모든 굴욕을 견뎠다.

'진아.'

어머니의 음성이 들림과 동시에 달려오는 발걸음이 느껴졌다.

'형님, 제발 이거 놓고 말씀하세요.'

어머니의 떨리는 가녀린 음성이 그녀의 머리 위에서 울리고 있었다. 진은 류민영의 억센 손에 의해 땅바닥을 향해 고개가 처박혀진 상태에서 참담한 심정을 느꼈다. 눈가가 아릿아릿했다.

'어딜 감히 껴들어! 아하, 그래도 지 배 아파 난 자식이라고 지금 역성을 드는 거지. 민수를 꼬드겨 기어코 저년을 데려오더니, 지혁이를 꼬드기게 만들어?'

'누님, 그만하세요. 손님들도 와 계십니다.'

류민영의 공격적인 독설은 이제 어머니를 향했다. 비참했다. 죄의식이 거대한 파도가 되어 그녀를 휩쓸었다.

또다시 어머니의 인생을 파괴하고 있었다. 악마와 그 악마를 탄생시킨 조모가 자신을 향해 소리쳤던 말들은 모두 맞았다. 자신은 다른 사람의 인생을 망치는 존재였다.

짐 덩어리. 넌 짐 덩어리야. 사람 인생을 망치는 짐이야!
이 짐 덩어리 같은 년.
넌 족쇄야. 죽어 버려!

악마가 계속 소리쳤다. 진은 귀를 막았다.

'고모, 제발 좀 그만하세요. 진이 좀 그만 괴롭히시라고요. 제가 시작한 일이에요. 제가 진이한테 입 맞춘 거예요. 제가 진

이한테 남자로서 사랑한다고 고백한 겁니다. 차라리 절 때리세요. 저한테만 화내세요.'

지혁이 결국은 그녀의 까만 머리채를 잡고 이리저리 흔들고 있는 류민영의 갈퀴 같은 손을 떼어내는 데 성공하며 거세게 소리쳤다.

'오빠! 미쳤어?'

이번엔 지수가 새된 비명을 질렀다. 얼굴을 보지 않아도 지금 지수가 어떤 표정을 짓고 있을지 알았다.
류민영과 똑같은 표정을 하고 있겠지.
마치 더러운 벌레를 보는 듯한 차가운 냉기가 흐르는 눈빛으로 바라보고 있을 게 분명했다.

'넌 제발 가만있어.'

지혁의 날카로운 고함이 다시 울려 퍼졌다.

'못난 놈!'

짝.

둔탁한 파열음과 함께 지혁의 고개가 휙 돌아갔다. 류 대장의 매서운 손이 지혁의 뺨을 강타했다. 발밑이 무너져 내림을 느꼈다. 단 한 번도 자식들에게 손찌검을 한 적이 없던 류 대장이었다. 말수가 적고 무뚝뚝하긴 했지만 핏줄이 아닌 그녀에게도 인자하게 웃어 주던 사람이었다.

그런 사람이 손찌검을 했다. 폭력을 썼다. 눈앞이 까마득해졌다. 모두 그녀의 탓이었다. 자신의 존재 자체가 재앙이었고 분란의 씨앗이었다.

'잘못했습니다. 제가 다 잘못했습니다. 오빠 아무 잘못 없어요. 오빠 너무 착하잖아요. 너무 착해서…… 마음이 착해서, 그래서…… 그런 거예요. 절 불쌍히 여기는 연민의 감정을 사랑으로 착각한 거예요. 제가 오래전에 철없는 마음으로 오빠에게 사랑을 고백했어요. 당연히 오빠 거절했고요. 그때부터 오빠 제게 죄책감을 가진 거예요. 책임감을 느낀 거예요. 그거뿐이에요. 제가 다 잘못했습니다. 오빠 아무 잘못이 없어요.'

모든 사람이 보고 있는 앞에서 스스로 무릎을 꿇었다. 수치스러웠다. 비참하기도 했다. 하지만 두려움과 죄책감이 더 컸다. 그녀로 인해 부자 관계가 틀어지는 걸 바라지 않았다. 어머니의 행복한 새 인생이 망가지는 것도 원치 않았다. 모든 걸 바로잡을 수만 있다면 몇 번이고 무릎을 꿇을 수 있었다. 눈물이 흘렀고 그 눈물을 들키지 않기 위해 필사적으로 버텼다. 용서를 빌며 고개를 숙였다.

나쁜 건 자신이었다.

「어디가 안 좋은 겁니까?」

굵은 저음의 음성에 진은 아플 정도로 부끄러운 상념에서 벗어났다. 정신을 차리고 앞을 보니 제스의 걱정스러워하는 눈빛이 그녀를 향하고 있었다.

진은 지금 자신이 어디에 있는 건지 혼란스러워졌다. 그러다가 깨달았다. 그녀는 지금 한국의 류 대장의 집 안 정원에 있는 게 아니었다. G—스탄에 와 있었다. 전쟁과 테러로 고통받는 사람들을 위해 의료 봉사를 하던 중이었다.

멍청이. 제발 정신 좀 차려.

진은 매섭게 자신을 힐난했다.

「잠깐 멍해 있었어요.」

그리고 작게 덧붙였다. 다음 환자를 진찰하기 위해 제스의 뒤를 쳐다봤지만, 줄을 서 있는 사람들은 보이지 않았다.

「다 끝났습니다. 정리할 동안 조금 쉬었다 기지로 복귀할 겁니다.」

그녀의 시선을 알아채고 제스가 친절히 설명했다.

「아…… 정말 바보 같네요. 멍하니 정신을 놓고 있어 끝난 줄도 몰랐어요.」

어색한 웃음을 흘리며 말했다. 아직도 빈 주사기를 손에 쥐고 있었다. 폐기함에 주사기를 던졌다. 다른 미군들은 천막을 철거하는 중이었다. 그녀는 자신이 앉았던 자리를 정리할 수 있게 일어섰다.

「이쪽으로 와요. 나무 아래 서 있으면 조금 더 시원할 겁니다.」

친절한 안내에 진은 감사 인사를 중얼거리며 따라갔다. 그는 시원한 생수를 그녀 손에 쥐여 줬다.

「고마워요.」

상냥한 그의 행동에 그녀는 웃었다.

「…….」

제스는 웃음 뒤에 숨겨진 진의 아픔을 읽었다. 아까 분명 그녀는 울고 있었다. 비록 실제로는 흘러내리지 않은 눈물이었지만 맑은 검은 눈동자 안은 눈물로 가득 차 있었다.

며칠 전 나누었던 대화의 일부가 떠올랐다. 분명 한국으로 돌아가고 싶지 않다고 했다. 한국은 그녀의 나라였다. 떠나야만 했던 속사정이 궁금해졌다. 그녀의 눈물과 깊은 연관이 있을 것 같았다.

진을 보면 보호 본능이 일었다. 개자식 존슨 소령이 그녀에게 했던 파렴치한 행동을 알게 된 후부터 곁에서 지켜 주고 싶었다. 같은 팀 대원들을 지키는 것과는 또 다른 보호 본능이었다. 그가 울프 팀 대원들에게 느끼는 것은 사명감이 있는 지휘관으로서 마땅히 지녀야 할 투철한 책임감이었고 동료애였다.

하지만 진은 달랐다. 그녀는 그의 책임하에 속해 있는 군인도 아닌 타국의 장교일 뿐이다. 그러니까 진에게 느끼는 보호 본능은 동료애가 아니었다.

진의 전부를 보호하고 싶었다. 신체뿐 아니라 마음까지 지키고 싶었다. 상처받지 않도록 돕고 싶었다.

대체 이게 무슨 감정이지?

진을 여자로 보고 있었다. 호감을 넘어서 이성으로서 관심을 갖게 된 거다. 눈앞의 진실을 인정했다. 분명 진에게 끌리고 있었다. 그의 보호 본능은 애정이었다. 내 여자를 지키겠다는 원초적인 욕구, 그것이 그가 굳이 수많은 서류를 직접 처리하면서까지 의료 봉사 경호 팀을 자청해 따라 나온 이유였다.

세상에서 가장 순수한 눈빛을 한 채 그를 올려다보던 그 순간, 입가에 부드러운 미소를 걸고 작게 그의 이름을 속삭였던 꿈결 같던 그 순간, 떨리는 손끝으로 전해지던 따스한 온기에 마음의 온도도 상승했던 그 특별했던 순간에, 속절없이 빠져들었다.

처음 느끼는 생소한 감정이었다. 그는 아직 사랑에 빠지고픈 여자를 만난 적이 없었다. 물론 교제했던 여자들은 있었다. 그들 모두를 존중했고 또 좋아했다. 그렇지만 어느 순간 생길지 모르는 불확실한 위험에서까지 안전하게 보호해 주고 싶다는 생각은 가져 본 적이 없었다.

적당한 감정 교류를 가지며 즐거운 섹스를 공유하는 관계, 약속도 없고 구애도 없는, 그래서 무거운 책임도 따르지 않는 조금은 가벼운 관계.

그동안 만났던 여성들이 그에게 원했던 관계였고 그 역시 어느 정도 만족스러운 관계라고 생각했다. 시도 때도 없이 여러 나라를 떠돌아다녀야 하는 철새 같은 삶을 사는 남자를 배우자로 원하는 여자들은 별로 없었다. 그들 모두 일정 시간이 흐르면 안정적인 정착을 바랐고 그걸 충족시켜줄 수 있는 다른 남자에게로 떠났다.

그도 군을 떠날 준비가 되어 있지 않았기에 여자가 이별을 고해왔을 때 이기적인 미련으로 붙잡기보단 앞날의 행복을 빌어 주며 그들을 떠나보냈다.

실연의 상처로 힘들어했던 적은 없었다. 연애는 종료되어도 임무는 종료되지 않았으니까. 도저히 불가능할 것 같은 임무를 무사히 완수했을 때 느끼는 성취감은 이별로 인한 상실감을 위로해줬고 마음의 공허함을 채워 주었다.

그러나 진에게 느끼는 감정은 조금 달랐다. 물론 진을 보면 몸이 달아오르긴 했다. 섹스를 원하고 있었다. 하지만 오직 가벼운 섹스만을 목적으로 그녀를 원하고 있는 건 아니었다. 그는 대화도 원했다. 그녀와의 대화는 유쾌하고 즐거웠다. 그 낯선 즐거움은 때때로 시간의 흐름마저 잊게 했다.

진의 모든 것에 대해서 알고 싶었다. 그가 알지 못한 과거의 시간들에 소유욕이 생겼다. 흘러온 인생의 모든 기억을 공유하고 싶었다. 그리고 눈물을 닦아 주고 싶었다. 따뜻하게 안아주고도 싶었다. 아픈 상처를 보듬고 싶었다.

「오전에 트럭에선 미안했어요. 나 때문에 많이 곤란했었죠?」

그는 상념에서 빠져나왔다.

「별거 아닙니다.」

민망하긴 했지만 기분은 좋았다. 그의 목소리를 듣기 좋은 음색이라고 표현한 그녀의 칭찬에 솔직히 기쁜 마음이 더 컸다. 누군가에게 목소리에 대한 달콤한 칭찬을 직접적으로 들어 본 기억이 없었다. 그렇게 말해 준 건 진이 처음이었다.

「한동안 울프 팀 대원들이 놀려 댈 테지만, 잘 대처할 수 있습니다. 트럭에서도 봤잖습니까? 거칠고 험상궂은 인상 한 번에 모든 상황이 깨끗하게 종료되던 거?」

오전 이송 트럭에서처럼 두 눈에 힘을 팍 주고 껄렁한 표정을 지으며 터프한 척을 해 보이자 그녀가 웃음을 터트렸다. 아름다웠다. 얼굴 가득 활짝 핀 미소는 생동감으로 반짝거리며 그녀를 더욱더 눈부시게 만들었다.

「난 전혀 무섭지 않은데요. 그런 표정은 연습하는 건가요? 거울 보면서?」

「그건 국가 기밀입니다.」

그는 한쪽 눈을 찡긋해 보이며 장난스럽게 대꾸했다.

「이런, 체포되지 않으려면 더 묻지 말아야겠군요.」

그녀는 다시 반짝거리는 웃음을 보였다.

「정말 별일 없습니까?」

그는 잠시 장난스러운 분위기를 지우고 물었다.

「뭐가요?」

아까 당신이 울려고 했던 걸 포함해서 전부 다 말입니다.

가슴속 말들을 성급하게 입 밖으로 내뱉지는 않았다.

「존슨 소령이 다시 접근해 오지 않던가요?」

진의 눈에 떠오른 무의식의 경계심에 심연 속 상처를 헤집는 대신 당장 직면해 있는 더 간단한 문제에 관해 물었다.

「네. 한 번도 마주친 적 없어요. 아마 그날 당신과 함께 있는 걸 보고 그 작자도 놀랐나 봐요. 그쪽에서도 날 피해 다니고 있는 거 같아요.」

「그렇다면 다행이군요. 다시 말하지만, 그가 다시 접근해 오면 꼭 내게 알려요. 언제 어느 때든지.」

「넵! 대장님!」

그녀가 경례하며 과장스럽게 목청을 높이며 대답했다.

「이런 명령하는 투로 들렸습니까?」

그는 미안한 듯이 작게 웃었다.

「사실 나보다 상급자가 맞지 않나요? 나이로 치자면요. 나보다 더 연상이 맞겠죠?」

진은 확신이 서지 않은 듯 의문형으로 물어 왔다.

「맞아요. 서른다섯입니다.」

그는 그녀보다 두 살이 많았다.

「한국에선 나이로 서열을 따지기도 하죠. 그러니 상급자가 맞아요.」

「하지만 군대에선 계급이 더 중요하죠. 물론 미국에서도 계급이 더 높아도 보좌관이 더 연장자고 경험이 많으면 예의를 갖춰 우대하기도 합니다. 그래도 계급이 더 우선이죠.」

「하지만 우린 친구잖아요. 친구는 서로 명령을 내려도 되는 동등한 관계죠.」

「하하. 그런가요.」

친구라.

그는 그녀와 친구 이상이 되고 싶었다. 하지만 현명하게 선을 지켰다.

「사실 그것보다 더 걱정되는 다른 문제가 있어요.」

「뭡니까?」

「음…… 어떤 병사에 대한 거예요. 미군이고…… 진료실에 두 번 방문했었는데 두 번째 진료가 마음에 걸려서요. 하지만 누구에게 말을 해야 할지 모르겠어요. 사실 그 여군도 내게 별다른 말을 해 오지 않았거든요.」

「뭐가 마음에 걸리는 겁니까?」

그녀의 말에 그는 짧게 되물었다.

「그러니까…… 그 여군은 부인과 질병으로 온 건데…….」

그녀가 잠시 머뭇거렸다.

「…….」

그는 참을성 있게 기다렸다.

「질 안쪽에 상처가 나 있더라고요. 거친 섹스로 난 상처 같았어요.」

생각지도 못했던 단어가 그녀의 입에서 튀어나오자 그는 소스라치게 놀랐다. 조금 전까지만 해도 그들은 나이와 계급 그리고 친구라는 주제로 대화 중이었다. 그런데 2초 후 그는 섹스로 바뀐 화제에 직면해 있었다. 그러나 웃음기가 사라진 진의 진지한 얼굴 표정에 서둘러 혼란스러운 정신을 수습하고 대화에 집중했다,

「어…… 그러니깐 폭행당했다는 겁니까? 그 여군이?」

그는 조심스럽게 범죄의 가능성에 대해 물었다.

「그건 확실치 않아요.」

진은 자신없는 어투로 고개를 뒤흔들었다. 하지만 여전히 의심쩍다는 기미를 보였다.

「하지만, 내가 신경 쓰이는 건 그녀 표정이 너무 불안정해 보였고…… 게다가 여기는 G—스탄이잖아요. 테러로 인한 전쟁이 빈번하게 일어나고 있는데, 이런 곳에서…… 애정행각을 하진 않을 거 같은데요.」

의학적인 설명을 위해 섹스라는 자극적인 단어를 아무렇지 않게 말할 수는 있어도 생각은 순진할 만큼 순수했다.

사실 아주 많은 남녀 군인이 기지 안팎에서 육체적인 관계를

맺었다. 위험 지역에 있다는 중압감 때문에 더 섹스를 하기도 한다. 육체적 쾌락을 이용해 긴장을 푸는 것이다.

위험 상황에 내몰리게 되면 신체는 아드레날린을 강하게 분출시켜 경계를 강화한다. 전투력이 상승한다는 점은 좋지만 과도한 아드레날린 분비로 인해 몸에 쌓이는 피곤도 제법 만만치 않았다. 스트레스가 컸다. 육체적으로나, 정신적으로나.

「제법 많은 이들이 비밀스럽게 관계를 맺습니다. 테러와 전쟁이 일어나고 있는 이곳에서도 말이죠. 파병 온 군인들은 길게는 몇 개월까지 이곳에 갇혀 지내잖습니까? 본능적 욕구를 해결하고 싶어 하죠.」

그는 웃음기를 지우고 그녀가 덜 민망해할 수 있도록 지극히 무덤덤한 어조로 단순하고 짧게 현실을 말했다.

「세상에…… 더 자세하게는 알고 싶지 않네요. 아무튼, 그렇다 하더라도 상처들이 마음에 걸려요. 성폭력을 당한 여성을 종종 볼 때가 있었는데…… 흡사한 거 같기도 해서요.」

「알겠습니다. 한번 알아보죠. 그 여군의 이름이 뭡니까?」

그녀가 얼굴을 찡그리며 계속 걱정하자 그는 다시 진지하게 받아들였다.

「말을 해도 될까 모르겠어요. 혹시 내가 잘못 생각한 걸 수도 있으니까…….」

「걱정하지 말아요. 아주 조용히 알아보겠습니다.」

그녀가 걱정하고 있는 게 무엇인지 알아차리고 안심시켰다. 군대에서 성에 관련된 문제는 남성보단 여성에게 더 불리하다는 걸 그도 잘 알고 있었다.

「정말요? 고마워요. 낸시 테일러예요. 그녀도 해병대 소속이더군요. 나도 다시 그녀와 얘길 나눠 볼게요.」

진은 다시 밝게 웃었다. 그 예쁜 미소와 반짝거리는 눈망울에 다시 얼이 빠졌다. 더불어 그는 자신의 신체 중 일부가 단단해지고 있음을 느꼈다.

미치겠군.

민망한 신체의 변화를 알아채지 못하게 살짝 몸의 방향을 틀었다. 평정심을 되찾기 위해 속으로 숫자를 거꾸로 10부터 0까지 셌다. 다행히 1까지 도달하자 민망한 상태는 서서히 잦아들었다.

「흠…… 저기, 오늘 저녁 식사 같이 하겠습니까? 그러니까…… 팀원들과 다 함께요. 태영도 같이 가도 괜찮습니다.」

오늘은 금요일이었고 금요일엔 으레 팀원들과 모여 저녁 식사를 같이 할 때가 많았다. 그래서 머릿속에 떠오른 대로 불쑥 물었다. 막상 질문을 뱉어 내고 보니 그녀와 함께 식사를 하고 싶다는 열망이 더욱 거세졌다.

「좋아요. 한 소위도 좋아할 거예요. 몇 시에 볼까요?」

진은 다행스럽게도 저녁 식사 초대를 거절하지 않았다.

「19시에 숙소 앞에서 보도록 하죠.」

「알겠어요.」

그녀가 고개를 끄덕이며 다시 밝게 웃었다. 그는 멍하니 그녀의 싱그러운 미소를 바라봤다. 그녀의 웃음은 역시 중독성이 강했다. 시선을 뗄 수가 없었다.

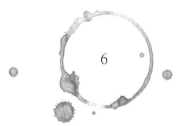

6

수송차는 먼지가 풀풀 날리는 비포장도로를 다시 열심히 달렸다.

의료 봉사를 나간 지역에서 아무런 사건사고도 일어나지 않았기에 기지로 돌아갈 땐 태영도 쓸데없는 걱정을 내려놓았고 더이상 칭얼거리지 않았다. 그새 울프 팀 대원들과도 친해졌는지 스스럼없이 이야기를 주고받았고 울프 팀의 저녁 식사 초대에 기뻐했다.

태영의 안정된 심리 상태로 인해 그녀도 편하게 갈 수 있었다. 울프 팀 대원들도 더는 제스의 목소리에 대해 놀리지 않았고 그녀가 당황할 만한 장난도 치지 않았다. 평범한 일상적인 대화를 나누고들 있었다.

제스는 울프 팀 대원들과 이야기를 나누면서도 경계를 늦추지 않는 모습이었다. 무기를 쥐고 있는 그의 손은 무척이나 컸고 남성미를 느끼게 하는 힘줄이 툭 불거져 있었다. 그녀는 자신의 손을 내려다보고 그의 투박하게 커다란 손을 다시 훔쳐보았다.

진짜 크구나.

그는 진짜 사나이 같았다. 그를 보면 강한 남성의 힘이 저절로 느껴졌다. 덜컹거리는 수송차에서도 전혀 흔들림 없이 굳건한 자세로 앉아 있는 모습은 지옥의 문을 지키는 무시무시한 케르베로스처럼 보였다.

그러나 거칠어 보이는 남성미 넘치는 외형과 다르게 그의 내면은 더없이 부드러웠다. 거친 군인이면서도 완벽한 신사의 태도를 가지고 있었다. 그녀와 대화를 나눌 때 그의 태도는 점잖았으며 깍듯하게 예의를 지켰다.

그와 어느 정도 친근한 사이가 되었다고 나름대로 생각했다. 그건 자신에게 놀라운 발전이었다. 폐쇄적이고 경계심이 강한 성격으로 인해 그녀는 친구도 별로 없었고 사람들과 친밀한 교류를 맺는 것에도 조금 어려움을 느낄 때가 많았다.

과거는 끈질기게 발목을 붙잡고 놔주지 않았다. 술주정뱅이에 노름꾼인 아버지의 명성 때문에 학교 친구들은 그녀를 멀리했다. 폭력으로 얼룩진 그녀와 함께 있으면 본인들의 인생도 똑같이 더러움으로 물들까 두려워하며.

아이들은 어려도 세상의 이치를 빨리 깨우친다. 그래서 중학교에 가서는 더 힘들었다. 세상의 이치를 어느 정도 깨달은 아이들은 그들보다 약한 존재인 그녀를 괴롭혔다. 중학교 3년 내내 외톨이로 지내야 했다. 물론 그 전부터도 외톨이였지만.

그 누구도 그녀에게 먼저 말을 걸어오거나 친절을 베풀지 않았다. 철저히 무시했으며 간혹 폭력을 행사하던 아이들도 있었다. 중학교를 졸업한 이후에도 소심해진 성격은 사람들에게 다가서는 걸 더 어려워하고 또 두려워했다.

만약 지혁을 만나지 못했다면 지금보다 더 어둡고 소심한 외톨이로 자랐을 게 분명했다. 지혁은 어둠에 싸여 있는 그녀를 밝은 빛으로 끌어내 준 사람이었고 친구가 없는 그녀에게 처음으로 친구가 되어 준 사람이었다. 그리고 인생의 멘토였다. 그는 어떻게 친구를 사귀어야 하는지에 대한 방법을 알려 주었고 자연스럽게 사람들과 어울릴 수 있도록 도왔다.

하지만 지혁의 자상한 가르침을 받고도 친구를 사귀는 일은 여전히 어려운 일이었다. 사람들과 어느 정도 가까워져야 친구라는 명칭을 갖다 붙일 수 있는지 알지 못했다. 그녀가 친구라고 말할 수 있는 상대는 지혁을 빼면 같이 일하는 태영뿐이었다.

그녀 스스로도 살면서 친구를 원했던 적은 별로 없었다. 어릴 적부터 혼자였고 혼자 지내는 것에 익숙해져 있었다. 변화를 두려워했다.

그런데 제스가 그 두려움을 깨 버렸다. 이곳에서 제스를 만나 그와 친구가 되면서 그녀는 어렴풋이 친구라는 존재가 주는 편안함과 이로움을 조금 더 깨달을 수 있었다.

그를 통해 친구의 소중함을 조금 더 많이 알게 되었다고나 할까?

과거와 다르게 이젠 친구를 가지고 싶다고 생각하게 되었다. 그녀는 반대편 좌석에 앉아 있는 제스의 듬직하게 떡 벌어진 넓은 어깨를 흘긋 훔쳐보며 그와 나눌 수 있는 우정에 감사해 했다. 모두와 함께할 저녁 식사 시간이 기다려졌다.

기지로 돌아가는 길은 생각보다 더 빨랐다. 순식간이라고 생각될 만큼 아주 짧은 시간처럼 느껴졌다. 기지에 도착하자마자 쉴 틈도 없이 구급상자의 물품들을 정리한 후 진료 일지와 보고서를 작성했다. 모든 업무 정리가 끝나고 다시 시계를 확인하니 약속 시간까지 남은 시간이 그리 많지 않았다.

서둘러 숙소로 달려가 먼지와 땀으로 얼룩진 냄새나는 군복을 벗어 던졌다. 시원한 물줄기를 맞으며 빠르게 샤워를 마친 후 얼굴을 정돈했다. 색조 화장품으로 시선이 갔지만, 뭔가 조금 우스운 기분이 들어 화장은 하지 않았다.

친구와의 저녁 식사였다. 그리고 다른 사람들과 다 함께 어울리는 자리였다. 자연스러운 모습이 더 어울렸다.

젖은 머리를 수건으로 말리며 옷장을 열었다. 옷장에 걸린 옷들은 단출했다. 군정복과 혹시 필요할지 몰라 가져온 검은색 원피스가 전부였다. 원피스는 민소매에 아무런 무늬도 없는 단순한 디자인이었고 무릎까지 내려오는 길이였다.

정복을 입기에는 너무 딱딱할 거 같았고 검은색 원피스를 입기에는 장소가 적절치 않았다. 어차피 기지 안에 있는 군 식당으로 갈 텐데 민간인 복장을 할 순 없었다. 결국 아래 서랍에 곱게 개켜져 있던 활동복을 꺼내 입었다. 거울을 보니 완벽한 군인의 모습이었다. 머리를 묶을까 하다가 아직 덜 말라 방울방울 떨어지는 물기를 핑계 삼아 그대로 푼 채로 밖으로 나갔다.

숙소 건물 입구로 내려오니 제스가 서 있었다. 등을 보이는 상태에서도 진은 앞에 서 있는 사람이 제스임을 바로 알아봤다. 떡 벌어진 넓은 어깨와 단단한 근육질의 등, 그리고 꼿꼿하게 서 있는 바른 자세가 그였다. 가까이 다가가려 한 발 내딛는 순간 그가 몸을 돌리고 그녀를 봤다.

「정확히 19시네요. 갈까요?」

그에게서 좋은 향기가 났다. 먼지에 뒤덮인 전투 군복 차림도 아니었다.

「네.」

진은 겨우 소리 내 짧게 대답하며 그를 따라 천천히 걸었다.

「군 식당은 이쪽인데요?」

군 식당과 다른 방향으로 가자 진은 식당 방향을 손으로 가리키며 물었다.

「버거집으로 가는 겁니다. 오늘은 금요일이잖습니까?」

「버거집이요? 햄버거가게를 말하는 건가요? 맥도날드? 이곳 기지 안에 맥도날드가 있어요?」

「아니요. 아쉽게도 맥도날드는 없어요. 작은 호프집 같은 겁니다. 기지로 들어서는 길목 초입에 있는 통나무집 못 봤습니까? 그곳은 금, 토 저녁에만 문을 열어요.」

제스가 웃으며 짧게 설명했다.

「첫날 기지로 들어올 때 보긴 했지만 난 그냥 창고인 줄 알았어요.」

「현지인이 하는 작은 식당입니다. 미군 기지가 이곳에 세워지기 전부터 있던 겁니다. 군인들을 위해 없어지지 않았죠. 작고 허름하긴 하지만 맥주도 팔고 음식 맛도 꽤 괜찮습니다.

「군 식당이 아닌 데다 음식까지 맛있다니 엄청 기대되는데요.」

「그동안 진료실과 숙소만 오고 간 겁니까? 식당하고?」

「네. 혼자 어슬렁거리며 돌아다니는 타입은 아니라서요.」

「그렇다면 같이 돌아보도록 하죠. 안내해 드리겠습니다. 말이 나온 김에 내일 괜찮습니까?」

「네? 어, 번거롭지 않겠어요? 전 굳이…….」

「전혀 번거롭지 않습니다. 그럼 내일 같이 둘러보기로 하죠.」

「고마워요.」

친절한 제안에 진은 잠시 머뭇거리다가 이내 작게 웃으며 고개를 끄덕였다.

대화를 나누며 걷다 보니 어느새 식당에 도착해 있었다. 나무

구조물의 식당은 생각보다 허름해 보이지 않았다. 문을 열고 들어선 내부는 아늑하게 꾸며져 있었다.

제스는 익숙한 듯 앞장서서 자리를 안내했다. 진은 그가 빼 준 의자에 조심스럽게 앉았다. 식당 안은 의외로 한산했다.

「음식 메뉴는 버거와 감자튀김이 전부입니다. 대신 맛은 최상이죠. 음료는 맥주와 탄산이 있는데 맥주 괜찮습니까?」

체질적으로 알코올을 분해하지 못했다. 조금만 마셔도 얼굴뿐 아니라 몸 전체가 붉어지며 취기가 빠르게 돌았다. 술은 그녀가 싫어하는 것 중 하나였다. 악마와 다를 바 없던 친부가 가장 좋아했던 게 술이었다. 술은 친부를 악마로 탈바꿈시켜 지배했다.

진은 자신 또한 술의 지배를 받게 될까 봐 늘 두려워했다. 술이 친부를 악마로 만든 것처럼, 그 모습을 닮아 가진 않을까 끊임없이 자신을 의심했다. 성인이 되어 체질적으로 알코올을 분해하지 못하는 사실을 알게 돼서야 마침내 술의 강박에서 벗어날 수 있었다.

원래부터 싫어하기도 했고 또 체질적으로도 맞지 않았기에 자의로 술을 마신 적은 손으로 꼽을 수 있을 만큼 적었다. 그마저도 기억에서 흐릿할 정도로 오래되기도 했다.

「좋아요.」

지금의 좋은 기분을 망치고 싶지 않았다. 마치 특별 포상 휴가를 나온 이등병의 벅찬 심정처럼 기분이 들떠 있었다.

「생각보다 사람이 없네요?」

고요한 홀 안에 다시 둘만 남게 되었다.

「곧 들이닥칠 겁니다. 우리가 일찍 온 겁니다.」

「그런가요.」

「다른 대원들도 곧 올 겁니다.」

「네.」

잠시 침묵이 흘렀다. 그녀는 눈을 굴리며 무슨 이야길 해야 할지 고민했다.

친구들은 보통 식사 자리에서 무슨 수다를 떨지?

태영과 나눴던 대화들을 떠올려보려 했지만 별 도움은 되지 않았다. 보통 태영이 얘길 하면 그녀는 가만히 듣는 쪽이었으니까.

「어쩌다 군인이 된 겁니까? 사관학교를 졸업한 거죠?」

다행이었다. 제스가 먼저 대화거릴 찾아냈다.

「아니요. 일반 의대를 졸업했어요. 전문의까지 되고 군의관에 자원했어요.」

「왜 군의관이 되었습니까? 한국에서도 의사는 좋은 직종에 속하지 않나요? 직업군인보다 더? 미국에서 의사라는 직종은 좋은 직업 순위에서 늘 상위 목록에 뽑힐 겁니다.」

「한국도 그래요.」

「그런데 왜 군의관에 자원한 거죠?」

그가 다시 물었다.

「이야기가 조금 길어요. 지루할 텐데…….」

「어차피 할 것도 없잖습니까? 사람들도 아직 도착 전이고?」

그는 웃는 얼굴로 주변을 둘러보며 말했다. 그 선한 웃음에 마음이 약해졌다.

「음…… 군의관이 된 건 크게 두 가지 이유 때문이에요. 일전에 잠깐 이야기했었죠? '국경 없는 의사회'에서 잠시 구호 활동했었다고요. 그때 정말 좋았거든요. 어려운 사람들에게 도움을 주는 게 보람됐어요.」

그녀는 천천히 이야기를 시작했다.

「그곳에 있는 군인들을 보며 자연스레 군인이 되는 걸 생각했죠. 그들처럼 나도 테러와 전쟁이 일어나지 않게끔 방지하는 역할을 하고 싶다는 생각을 가지게 되었어요. 이게 첫 번째 이유예요. 공익을 생각하는 마음이 약 이십 퍼센트 정도 있었어요. 하지만…… 나머지 팔십 퍼센트를 차지하는 두 번째 이유는…… 사실 정말 부끄러운 마음이에요. 경쟁심이었거든요.」

그녀는 다시 얼굴이 붉어졌다. 열이 올랐다.

「누구에게요?」

제스가 정말 궁금하다는 듯 눈썹을 치켜뜨며 되물어 왔다.

「어…… 의붓언니요. 난 열여섯 살 때부터 어머니가 재혼한 집에서 살았거든요. 나이는 나보다 한 살 위인 언니였지만 난 생일이 빠른 탓에 학교를 일찍 들어갔어요. 그래서 우린 학년이 같았어요. 언닌 날 달갑지 않게 생각했고 자연스레 사이가 좋지 못했죠.」

「힘든 시기였겠군요.」

그는 살짝 어두워진 그녀의 안색을 살피며 짐작했다.

그늘진 원인은 그것 때문이었나?

그는 궁금했다.

「아뇨, 그렇진 않았어요.」

그녀에겐 그 집으로 가기 전의 삶이 더 최악이었다. 하지만 그 것에 대해선 입을 다물었다. 제스는 친구였지만 마음속 깊은 비밀까지 다 털어놓기엔 그와 친구가 된 시간이 짧았다.

「그리고요? 사이가 좋지 않은 의붓언니와 군인 사이에는 어떤 연결점이 있는 겁니까?」

그가 다음 말을 재촉했다.

「어머니의 재혼 상대인 아저씨도 직업 군인이에요. 장교죠. 현재 계급은 대장이에요. 한미연합군사령부 부총사령관이시죠.」

「와우! 정말 대단한걸요. 별을 달았군요. 그것도 네 개나.」

그녀의 말에 그가 조금 놀란 탄성을 내질렀다.

「네. 그래서 새아버지의 자식들도 모두 자연스럽게 군인이 되는 게 목표였어요. 나도 그 영향을 받았고요. 아무튼, 그래서 그들은 모두 사관학교에 입학했어요. 의붓언니가 사관학교에 입학한 날은 정말 집안의 대행사였어요. 집안 어른들 모두 기뻐했거든요.」

「자식들? 의붓언니가 또 있는 겁니까?」

「아뇨. 언니는 한 명이에요. 의붓오빠가 있어요. 한국에도 UDTSEAL이 있다고 했죠? 오빠가 바로 그 UDTSEAL에 속해 있어요.」

「그렇군요. 계속 얘기해요.」

「언닌 집안 어른들께 사랑을 받는 존재였고 난 아니었어요. 의대에 입학했지만, 그분들껜 별로 중요한 일이 아니었어요. 졸업할 때도 비슷했어요. 난 언니보다 더 빨리 의대를 졸업하고 국가시험에도 합격해 인턴 생활을 시작했죠. 그러나 내 노력은 알아주지 않았어요. 하지만 언니가 사관학교를 졸업하고 육군 장교가 되자 대단한 자랑거리가 되었어요. 그 이후도 비슷한 패턴의 반복이에요.」

그녀는 계속 웃음을 유지했지만 어딘지 쓸쓸한 웃음이었다.

「그러다 내가 전문의가 되고 언니와 다투게 된 일이 있었어요. 언닌 굉장한 다혈질이고 직설화법의 대가예요. 평소엔 언니의 다소 거칠고 가시 돋친 말들이 아무렇지 않았는데 그날따라 이상하게 내 마음을 아프게 찔렀죠. 내 안에 있었는지도 몰랐던 자존심과 오기를 건드린 거예요. 그 순간 어떤 생각이 떠올랐어요. 언니의 콧대를 납작 눌러 주고 싶다는…….」

그녀는 잠시 말끝을 흐렸다. 그의 얼굴을 흘긋 바라봤다. 그는 별다른 표정의 변화가 없었다. 웃고 있었다. 그래서 다시 용기를 냈다.

「단 한 번만이라도 언니를 이겨 보고 싶었어요. 그래서 군의관 신청서를 냈어요. 난 전문의까지 된 상태라 군의관이 되면 대위부터 시작하는 거였고, 그때 언닌 대위보다 아래 계급이었거든요.

내 계획대로 됐어요. 난 군의관이 되었고 대위 직급을 달았어요. 부대에서 마주쳤을 때 언니가 지었던 표정이 아직도 눈에 선해요.」

철없던 지난날의 행동이 민망해 그녀는 살짝 눈을 찡그렸다.

「엄청 분해했죠. 하지만 나에게 예의를 갖춰야 했고 거수경례를 해야 했어요. 내가 허락해야지만 인사를 끝낼 수 있었죠. 부대 내에선 내게 말도 높여야 했고요. 처음엔 정말 통쾌했어요. 그때 처음 내 안의 가학성을 눈치챘죠…….」

아무리 외면하고 부정해보려 해도 그녀는 몸속엔 악마와 다를 바 없던 친부의 피가 흐르고 있었다.

「그 후로도 난 종종 우연을 가장해서 일부러 언니와 마주쳤어요. 군부대 안에서는 내가 언니보다 상급자였기 때문에 마치 언니를 이긴 듯한 기분이 들었고 그 기분을 마음껏 누리고 싶었거든요. 언니도 대위로 쾌속 진급 하면서 더는 누릴 수 없게 됐지만요.」

그녀는 무의식적으로 담담한 척하려 어깨를 으쓱해 보였다.

「정말 유치한 생각이고 행동이죠? 난 군인 자격 실격이에요.」

제스의 눈을 바라봤다. 그리고 그의 입을 타고 나올 비난 섞인 질타를 기다렸다. 하지만…….

그의 눈빛은 여전히 따뜻했다. 조금은 재미있어하는 감정마저 내비쳤다.

「…….」

그녀는 말없이 계속 그의 눈을 들여다보았다.

「수많은 군인은 모두 저마다의 목적을 가지고 입대합니다. 모두 숭고한 희생정신만 있는 게 아닙니다. 당신의 이유는 오히려 귀엽기까지 한걸요. 전혀 죄책감 가질 필요 없어요.」

그는 정확하게 그녀의 속마음을 꿰뚫어 보고 있었다. 그녀의 이야기에 어떤 말이라도 해 주길 바라는······.

그러나 그의 말은 전혀 예상치 못한 말이었다. 날카로운 비난을 기다렸는데 그는 오히려 위로의 말과 함께 과거 그녀의 심정에 공감해 주고 있었다.

「당신에게 고백하고 나니 면죄부를 얻은 기분이에요. 이래서 종교를 가진 사람들이 그걸 하나 보군요. 그, 있잖아요. 죄를 고백하는······.」

단어가 떠오르지 않아 그녀는 잠시 말을 멈췄다.

「고해성사.」

「맞아요. 그거. 고해성사.」

그녀는 그가 알려 준 단어를 반복해서 말했다.

「그건 아마도 내가 목사의 아들이라서 그럴 수 있어요.」

「아버지가 목사세요?」

그의 말에 그녀는 놀라 되물었다. 물론 보통의 사람들처럼 생물학적으로 부모의 존재 유무가 당연한 일이었지만, 그는 너무나 듬직하고 강직해 보여 신화 속의 신들처럼 지금 모습 그대로 탄생했을 것 같은 착각을 들게 했다. 그에게도 태아기를 거쳐 어린 시절이 있었다는 게 도저히 상상되질 않았다.

「네. 그래서 이름이 제스인 거죠. 신의 은총이란 뜻이 있습니다. 어머니는 마흔이 되어 날 낳았습니다. 수없이 많은 기도를 올리신 후에요. 늦은 임신은 부모님께 정말 기적과도 같은 일이었죠.」

「외아들인가요?」

「네. 기적은 한 번뿐이었습니다.」

「해병대에 입대할 때 반대하지 않으셨나요? 그리고 특수부대에 들어간 것에 대해서도?」

그의 직업은 목숨을 거는 일이었다. 아무리 독립적이고 개방적인 미국인 부모라고 해도 달갑지 않아 할 직업 중 하나였다.

「마냥 기뻐하지만은 않으셨지만 내 의견을 존중해 주셨습니다.」

「훌륭한 분들이실 거 같아요. 당신을 보면.」

문득 그의 부모님이 궁금했다. 어떤 사람들이고 어떻게 생겼는지. 그와 닮았는지도.

「어느새 내 얘기를 하고 있었군요. 당신 얘기를 계속해 봐요. 그다음은요?」

그가 다시 화제를 돌렸다.

「그다음은 없어요. 그걸로 끝이에요. 언니와는 여전히 사이가 좋지 않아요. 서로를 무시하죠.」

「그래서 한국으로 돌아가고 싶지 않은 겁니까? 그게 G—스탄으로 파병 온 이유이고?」

「아뇨, 그 집에선 대학에 입학하면서부터 나온걸요. 독립한 거죠. 그 집은 내 집이 아니었어요.」

「하지만 어머니 집이었잖습니까? 한국에선 결혼하지 않은 여자들이나 남자들은 부모님 집에서 같이 산다고 들었어요.」

「어머닌…… 내게, 난…… 그냥 그분의 삶을 더 힘들게 하고 싶지 않았어요. 행복하길 바랐거든요. 그곳은 어머니 집이었고 난 잠시 보호 위탁을 받는 거라 생각했어요. 성인이 될 때까지 말이에요. 그리고 마침내 성인이 되었을 땐 혼자 힘으로 살아가고 싶었어요. 그래서 독립했죠.」

극히 일부만 빼고 모두 진실이었다. 그 집을 나온 건 다른 이유도 있었지만, 무의식적으로 그 생각은 머릿속에서 멀리 밀쳐 버렸다.

「흠.」

그는 진의 말투에서 그녀가 별로 행복하지 않은 삶을 살아왔음을 알 수 있었다. 평소 그녀는 밝았지만 동시에 그늘진 구석도 있었다.

「당신 의붓언니는 정말 못됐었나 보군요. 아마 같이 지내는 내내 당신을 구박했겠죠? 신데렐라의 새언니들처럼?」

「푸훗. 조금 비슷해요. 내게 그다지 친절하진 않았어요.」

진은 되도록 지수와의 관계를 좋은 말로 포장해서 말했다. 지금도 여전히 지수와 친하진 않았지만 나쁜 말은 하고 싶지는 않았다. 그들은 성격이 다른 거고, 지수 역시 힘든 시기에 새어머니를 맞이한 거니까.

「대단히 점잖고 완곡한 표현이군요. 솔직해도 괜찮습니다. 당신도 한 번쯤은 상상해 보지 않았습니까?」

「어떤 상상을 말하는 거죠?」

「못된 의붓언니의 엉덩이를 걷어차 주는 상상 말입니다.」

「아하! 이런 들켰네요. 혼자만의 비밀스러운 상상이었는데.」

그의 짓궂은 말에 진은 눈을 찡긋하며 웃었다.

「하지만 난 배짱이 두둑하질 못해서요. 상상으로만 남겨 두었어요.」

「흐음. 그렇다면 말만 해요. 당신을 괴롭히려는 못된 의붓언니를 만나게 될 기회가 생긴다면 기꺼이 당신을 대신해서 손봐 드릴 수 있습니다.」

그가 오전 트럭에서처럼 과장되게 인상을 구기며 험악한 어조로 읊조렸다.

「하하. 글쎄요. 만만치 않을걸요. 언닌 성질이 보통이 아니에요. 불같죠. 엄청난 다혈질이에요. 학창 시절 별명이 쌈닭이었어요.」

또라이 쌈닭.

부대에서 지수를 지칭하는 또다른 별칭이었다.

「그리고 아마 언니를 직접 보게 되면 혼내고 싶은 생각은 별로 들지 않을 거예요. 언닌 아주 예쁘거든요. 길 가던 사람들 모두

한 번쯤 뒤돌아보게 할 정도로 미인이에요.」

지수는 자신과는 여러모로 달랐다. 매사에 주눅 드는 법 없이 당당했다. 귀족적인 자태가 자연스럽게 배어 있는 행동거지 하나하나 부러워하고 동경했다. 지금은 극복했지만 당시엔 완벽한 지수를 시기하며 질투하기도 했었다.

「난 당신 의붓언니를 보진 못했지만 그래도 당신이 더 아름다울 거라고 생각합니다. 당신은 외면도, 내면도 아름다운 여자입니다.」

「너무 과한 칭찬인걸요. 하지만 고마워요.」

제스의 따뜻함이 어린 과한 칭찬에 진은 얼굴을 붉혔다. 그녀는 칭찬에 익숙하지 않았다. 과거 속 주변인들은 어린 자신에게 호의적이지 않았다. 무관심하거나 공격적이었다. 그녀의 삶을 엉망으로 만들었던 악마도 칭찬이란 단어 자체를 몰랐다. 그는 파괴자였고 폭력적인 언어만을 사용했다.

그리고 그 폭력들은 어린 영혼을 병들게 했고 삶을 피폐하게 만들었다.

아직까지…….

그런데 제스는 그 악마와 여러모로 달랐다. 그의 입에선 늘 좋은 말들이 나왔다. 친근함이 깔린 낮은 음성으로 칭찬의 말을 던지는 그의 다정함에 하마터면 눈물이 나올 뻔했다. 그녀는 입술을 살짝 깨물었다.

「당신은 말만 해요. 쥐도 새도 모르게 처리해 줄 테니 말입니다.」

제스는 마치 선서를 하듯 한 손을 들어 가슴 앞으로 손바닥을 펼쳐 보였다. 새하얀 치아를 내보이는 장난스러운 미소에 그녀는 따라서 웃었다. 장난기 다분한 아이 같은 표정이 다소 우울해져 있던 기분을 유쾌하게 바꿔 놓았다.

「모두와 사이가 좋지 않았던 겁니까?」

그가 다시 사뭇 진지한 어조로 물었다.

「아뇨. 아저씨는, 그러니까 새아버지는 내게 늘 친절하셨어요. 과할 정도로요. 날 혼낸 적이 한 번도 없었어요. 싫은 소리는 단 한마디도 안 하셨죠. 그리고 오빠와도 사이가 좋았어요. 오빠 아저씨의 성품을 닮아 점잖고 온화하거든요. 날 싫어하셨던 분은 고모님이세요. 새아버지의 누님이요. 그리고 그 부모님. 아, 의붓언니도.」

「대체 왜 당신을 싫어한 겁니까? 당신은 어렸을 때도 말 잘 듣는 착한 소녀였을 거 같은데.」

「음…… 그건 내가 어머니 전남편의 딸이었기 때문이에요. 한국인들은, 그러니까 옛날 어른들은 핏줄에 대한 애착이 강하거든요. 남의 자식은 결코 내 자식이 아닌 거죠. 물론 모든 한국 사람이 다 그렇지는 않아요. 하지만 그분들은 그러셨죠.」

담담하게 말을 했지만 쓸쓸한 음성은 숨기지 못했다.

「세월이 흐르면서 어머니는 자신들의 며느리로서 인정했지만 며느리의 전남편의 딸만은 절대 인정하지 못하셨어요. 그리고 친아버진…… 그리 좋은 분이 아니었어요. 어머니를, 그리고 아저씨

가족들을 괴롭히셨죠. 그래서 날 더 싫어한 거예요.」

친부가 나오는 대목에서 그녀는 잠시 주춤거렸다. 아직도 친부에 관한 이야길 입 밖에 꺼낼 때면 많이 고통스러웠다. 극복했다고 생각했지만 실상은 전혀 아니었다.

아직도 친부에 대한 악몽에 시달릴 때가 많았다. 꿈에서 그녀는 여전히 무력했다. 어머니에게 도움의 손길을 내밀지 못했으며 자신을 스스로 보호하지도 못했다.

「한국인들은 이상한 관습이 있군요.」

그는 이마를 살짝 찡그렸다.

「옛날 분들이라 그래요. 모두가 다 그렇지는 않고요. 요즘 사람들은 많이 달라졌죠.」

그녀는 억지로 밝은 웃음을 자아냈다.

「세상에! 모든 걸 털어놓고 나니 기분이 이상해요. 마치 발가벗겨진 느낌이랄까요. 난 내 이야길 하는 것에 익숙하지 않거든요. 하지만 이런 게 친구가 되어 가는 과정인 거겠죠? 서로에게 깊숙한 이야기를 조금씩 털어놓는 거요.」

「그래요. 친구가 되어 가는 과정인 거죠.」

제스는 순수함이 묻어나는 진의 말에 작게 웃었다. 그녀는 아이 같았다. 아이처럼 순수했고 또 순진했다. 그리고 그를 좋은 친구로 생각하고 있었다. 기뻤지만, 동시에 여전히 아쉬웠다.

「빨리도 와 있었네요.」

활기찬 음성이 울리자 진은 출입구 쪽으로 고개를 돌렸다. 울프 팀 대원들이 안으로 들어오는 중이었다. 그 무리엔 태영도 섞여 있었다.

「기다리고 있었어요. 어서 앉아요.」

마침 타이밍 좋게도 아까 주문한 버거와 맥주가 나왔다. 분위기는 금방 시끌시끌해졌다.

제스의 말처럼 시간이 더 흐르자 그들 일행뿐만 아니라 기지 안의 다른 미군들도 속속 모여들었다. 순식간에 떠들썩해진 분위기에 이곳이 G—스탄이라는 사실을 망각할 뻔했다.

쨍.

맥주잔이 부딪치는 소리와 흐르는 노랫소리로 인해 미국의 평범한 술집에 와 있는 듯한 착각에 사로잡혔다. 그녀는 자신 앞에 놓인 햄버거와 감자튀김을 먹으며 흥겨운 분위기에 빠져들었다.

울프 팀 대원들은 모두 유쾌한 사람들이었다. 그들이 펼쳐 놓는 이야기들은 매우 흥미진진하고도 재밌었다. 그녀도 간간이 대화에 동참하며 그들과 자연스레 섞여 들었다. 그러다 제스를 힐끗 바라봤다. 동료들과 있는 그의 모습은 수송 트럭에서보다 한결 더 편안해 보였다.

긴장감이 풀린 그는 조금 더 인간적으로 느껴졌고 웃을 때마다 눈가에 지는 눈주름이 천진난만한 개구쟁이 소년처럼 보이게도 했다. 문득 그의 어린 시절이 궁금해졌다. 그녀가 모르는 그의 모습들을 알고 싶었다. 그건 이상한 기분이었다. 누군가에 대해 먼저 알고 싶어 했던 적이 별로 없었기 때문에 그런 궁금증들이 낯설었다.

지혁과는 한집에서 살아가는 동안 자연스럽게 서로가 서로에 대해 잘 알게 되었기 때문에 따로 그에 대해 궁금해했던 기억은 별로 없었다. 그런데 제스의 경우는 달랐다. 자꾸 호기심이 생겼다. 궁금한 것들이 하나둘씩 쌓여 갔다. 그를 더 좋아하게 된 것 같았다.

친구로서.

그는 대화하는 즐거움이 있는 사람이었다. 그녀의 말을 진지하게 경청해 주는 진중한 태도와 다정한 눈빛이 좋았다. 어느새 우울했던 과거의 단편적인 부분들을 솔직하게 털어놓을 만큼 그를 편하게 느끼고 있었다.

지혁과는 다른 편안함이었다. 지혁과도 함께 있으면 즐겁고 행복했지만 마냥 편한 느낌만은 아니었다. 좋아하는 사람과 함께 있음에 가슴이 설레었지만 마음 한구석엔 죄의식도 함께 자리를 잡고 있었다. 지혁을 향한 자신의 사랑으로 인해 모든 걸 망가뜨릴까 봐. 불안하고 두려웠다.

하지만 제스와 같이 있을 땐 전혀 그런 기분이 들지 않았다. 완벽하게 편안한 기분이었다. 어색할 때도 있었지만 그 어색함이 불편하지는 않았다. 그와 있으면 우울한 기분이었다가도 다시금 밝아지곤 했다.

다정함이 깔린 그의 낮은 음성과 친절한 웃음은 상대방을 유쾌해지게 만들었고 그 쾌활한 유쾌함을 계속해서 느끼고 싶어 자꾸만 그의 웃는 얼굴을 쳐다보게 되었다. 지금처럼.

다시 눈이 마주쳤고 그가 개구쟁이 소년과도 같은 천진난만한 표정으로 씩 웃었다.

쿵. 쿵. 쿵.

밝고 익살스러운 웃음이 자신을 향해 마구 쏟아지자 심장이 덜컹거리며 소음을 만들어 냈다.

왜 이러지?

얼굴로도 열이 올랐다.

맥주는 아직 입에 대지도 않았는데…….

불현듯 갈증이 느껴졌다. 입 안이 바싹 마르는 느낌에 서둘러 성에가 서려 있는 맥주잔을 집어 들었다.

「어, 킴 대위님. 같이 마셔요. 자! 건배.」

그녀가 맥주잔을 집어 들자 마이크가 크게 소리쳤다. 팀의 분위기 메이커를 담당한다는 다른 대원들의 말처럼 마이크는 타고난 활달함으로 친근하게 다가왔다. 진은 넉살 좋은 화려한 언변에 서먹함을 느낄 새도 없이 그와 친해질 수 있었다. 마이크가 건배를 제안하자 모두들 맥주잔을 집어 들었다.

챙.

맥주잔들이 부딪치는 소리가 아주 경쾌하게 울렸다. 진은 맥주를 한 모금 들이켰다. 쌉싸래한 맥주의 청량감이 따갑게 목을 자극했다. 사람들은 빠른 속도로 본인들의 맥주잔을 비워 냈다. 그리고 그녀와 아직 가득 차 있는 맥주잔을 번갈아 쳐다봤다. 그들의 눈빛은 어서 잔을 비워 내, 라고 말하고 있는 것 같았다.

진은 잠시 머뭇거리다가 이 흥겨운 분위기를 망치고 싶지 않아 충동적으로 맥주잔에 다시 입을 댔다. 그리고 아직 가득 들어 있는 맥주를 천천히 들이켜기 시작했다. 속도는 매우 느렸지만 어쨌든 결국에는 맥주를 깨끗하게 다 비워 낼 수 있었다.

쾅.

의도하지 않았는데 빈 잔을 내려놓는 소리가 제법 크게 났다. 손이 떨린 탓이었다. 손의 떨림이 머릿속까지 전달되고 있는 건지 미세한 진동이 느껴졌다. 조금, 어지러운 거 같았다.

너무 천천히 마셔서 취기가 빠르게 돌았나?

이치에 맞지 않은 생각을 하고 있었지만 그녀는 그걸 알아차리지 못했다. 갑자기 비실비실 웃음이 새어 나왔다.

"대위님, 괜찮으세요?"

제스의 옆자리에 앉아 있던 태영이 그녀를 바라보며 약간 걱정스러운 말투로 물었다.

응?

하지만 태영의 입 모양만 보일 뿐 목소리가 들리지 않았다. 일순간 음소거 기능이 실행된 것처럼 주위의 소음이 전혀 들리지 않았다. 이상했지만 이상하게 생각되지는 않았다. 오히려 그것마저도 우습고 재밌게 느껴졌다. 자신이 취했다는 걸 인지하지 못하고 있는 그녀에겐 주변의 소음이 감쪽같이 사라진 현상이 그저 신기하게만 느껴졌다.

다시 바보처럼 비실비실 웃었다. 웃음이 나오자 저절로 고개가 흔들렸다. 그러자 이번엔 머리가 빙빙 돌기 시작했다. 그녀가 앉아 있는 의자가 빙글빙글 돌고 있는 것처럼 눈앞이 빙글빙글 돌았다. 어지러웠다.

「진?」

제스도 입을 움직였다. 하지만 여전히 그녀의 귀엔 어떤 소리도 들리지 않았다. 좋은 기분이 들게 해 주는 그의 낮은 음성이 들리지 않자 그제야 이상함을 감지하고 얼굴을 찡그렸다. 그의 허스키한 음성을 듣고 싶었고 그가 무슨 말을 하는 건지 궁금했다. 그러나 그녀의 귀는 여전히 음소거 상태였고 머릿속 사고기능도 작동 불능이 되고 있었다.

그의 말소리가 들리지 않자 그녀는 그의 얼굴을 빤히, 자세히 들여다봤다. 그의 얼굴 가까이 자신의 얼굴을 불쑥 내밀었다. 그의 얼굴엔 여전히 따스함이 감돌았고 매력적인 눈웃음 또한 그대로 머물러 있었다.

웃고 있는 그가 좋았다. 그와 얼굴을 마주 보며, 그의 웃음을 자세히 들여다보며 그녀도 방긋 웃었다.

그가 좋았다. 비록 만난 지는 오래되지 않았지만 마치 엄청 오래 알고 지냈던 친구처럼 친근하게 느껴졌다. 그의 눈빛엔 불순물이 없었다. 악의도, 미안함도, 죄책감도, 기대감도, 무거운 책임감도.

동등한 입장에서 인간적으로 대해 주었다. 그게 편했다. 그리고 안전을 걱정해 주는 그의 따뜻한 진심이 좋았다. 보호받는 기분이 들었다. 그 안전하고 편안한 기분이 좋아 그녀는 자신도 모르게 본능적으로 그에게 손을 내밀었다.

날 잡아 줘요. 날 보호해 줘요. 날 혼자 두지 말아 줘요.

나를…… 버리지 말아 줘요.

그러나 이러한 생각들은 말이 되어 나오지 못했다. 다행스럽게도.

쿵! 요란한 소리와 함께 그녀는 테이블에 이마를 박고 쓰러졌다.

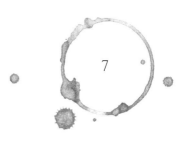

7

띠띠띠띠.

전자 알람이 울리는 소리에 진은 눈을 번쩍 떴다. 시계가 알려 주고 있는 시간을 확인한 후 급하게 침대에서 몸을 일으켰다. 씻기 위해 허둥지둥 욕실로 달려가다가 불현 듯 근무가 없는 날이라는 걸 깨달았다. 오늘은 진료실에 가지 않아도 되었다.

안도의 한숨을 내쉬며 다시 침대로 가 털썩 누웠다. 휴일이라 모처럼 늦잠을 잘 생각이었는데 잠들기 전에 알람을 꺼 놓지 않은 모양이었다.

다시 잠을 청하기 위해 눈을 감았다가 떠오른 한 가지 의문에 도로 눈을 번쩍 떴다.

그러고 보니 어젯밤 방으로 돌아온 기억이 없었다. 혼자 힘으로 방으로 돌아온 기억이 없으니 알람을 꺼 놓지 못한 것도 당연했다.

마지막으로 기억하는 건 제스와 그의 팀원들, 그리고 태영과 함께 식사하는 장면이었다. 음식을 먹으며 즐겁게 대화를 했었고, 그러다가 다 같이 맥주로 건배를 했었다.

맥주. 원 샷. 그리고…….

머릿속으로 어제저녁의 기억이 뭉게뭉게 떠오르자 그녀는 다시 침대 위에서 솟구치듯 튕겨 일어났다.

맙소사.

정말 맙소사였다. 겨우 맥주 한 잔에 그대로 정신을 잃었던 게 기억나자 탄식이 흘러나왔다. 아무리 술에 약했어도 보통은 맥주 두세 잔 정도는 마셨었다. 독한 소주도 한두 잔 정도는 괜찮았었고.

그런데 어젠 두 잔도 아닌 딱 한 잔 했을 뿐이었다. 물론 한국에서 마셨던 맥주보다 알코올의 맛이 조금 더 강하고, 조금 더 큰 잔에 담긴 한 잔이긴 했지만 그래도 한 잔은 한 잔이었다. 그런데도 정신을 잃었다니.

새록새록 떠오르는 기억에 부끄러운 마음도 커졌다. 그러다 아차 싶어 서둘러 몸 상태를 점검했다. 다행히 별다르게 이상한 점은 발견되지 않았다. 어제 입었던 활동복 차림 그대로였고, 심하게 구겨져 있긴 했지만 토한 흔적은 없었다.

그것만으로도 다행이라고 생각하며 안도의 한숨을 내쉬었다. 맥주 한잔에 정신을 잃은 것도 황당하기 그지없는데 만약 구토까지 하는 추태를 보였다면 더욱더 암담했을 것이다. 정말 생각조차 하고 싶지 않았다.

"으이그, 이 바보 멍청이."

자신의 머리를 쥐어박으며 자학했다. 그리고 제발 자신이 기억하고 있지 못한 다른 민망한 짓을 하지 않았길 바랐다.

똑똑똑.

노크 소리에 그녀는 쥐어뜯던 머리카락을 놓고 고개를 들었다.

누구지?

문으로 다가가 슬며시 열어 보니 제스가 문 앞에 서 있었다. 막 다시 노크하려던 중에 그녀가 문을 열었던 듯 그는 주먹 쥔 손을 들고 있었다.

「확인차 들렀습니다. 일어났군요. 내가 방금 깨운 건 아니겠죠?」

그가 쾌활하게 물어 왔지만 그녀는 어색한 표정을 숨길 수 없었다.

「어…… 아니에요. 깨어 있었어요.」

「아픈 곳은 없습니까?」

「네? 어, 아뇨, 없어요.」

그의 질문에 그녀는 제 발 저린 도둑처럼 깜짝 놀랐다.

「어제 꽤 심하게 테이블에 이마를 박았어요. 간밤에 뇌진탕 증세가 있는 건 아닌가 했습니다.」

그의 말에 얼굴로 열이 확 올랐다.

「이런, 너무 부끄럽네요. 사실 난 술을 잘 하지 못하거든요.」

그녀는 결국 사실대로 실토했다.

「네. 어제 보고 짐작했습니다. 다음엔 맥주 대신 탄산을 시켜
드리죠. 휴일엔 다들 가볍게 한 잔씩 해서 권했던 건데, 술이 약
할 거란 생각은 미처 하지 못했습니다.」

그가 빙긋 웃으며 장난스러운 기색을 숨기지 않고 말을 했다.

「처음엔 당신이 갑자기 쓰러져서 저격당한 줄 알았어요. 모두
들 어찌나 놀랐던지. 부대원 전부가 전투태세로 돌입했었죠. 당신
이 술에 취해 잠이 든 거라고 태영이 말해 준 후에야 모두 놀란
가슴을 쓸어내렸습니다.」

「체질적으로 알코올 분해 능력이 거의 없어요. 술에 엄청 약해
요. 그래도 원래는 맥주 두 잔 정도는 마셨었는데 더 줄어들었나
봐요. 술을 마셔 본 지 꽤 오래됐거든요. 한국에서 마셨던 맥주보
다 더 독하기도 했고요. 혹시 당신이 날 방에 데려다 놓은 건가
요?」

그녀는 제발 아니기를 빌며 조심스레 물었다.

아니요, 태영이 데려다줬습니다. 이런 말을 기대했다.

하지만 질문 후 그의 얼굴에 떠오른 표정을 보고 그녀는 굳이
직접 듣지 않아도 그가 어떤 대답을 할지 짐작할 수 있었다.

「당신이 데려다줬군요.」

그녀는 모든 걸 체념하고 크게 한숨을 내쉬며 이마를 문질렀다. 창피함은 두 배가 되었다.

「난 정말 민폐덩어리예요. 제발 내가 아무런 실수도 하지 않았다고 해 줘요.」

「어떤 실수도 없었습니다. 아주 조용히 잠만 잤어요.」

「정말요?」

「정말입니다. 맹세할 수도 있습니다.」

제스가 한층 낮은 음성으로 말했다. 저음의 목소리가 한 톤 더 낮아지니 어쩐지 그의 말에 더 신뢰가 갔다. 그나마 아무런 실수도 하지 않았다니 그건 천만다행이었다.

「고마워요. 그리고 미안해요. 무거웠을 텐데.」

의식이 없으면 사람의 무게는 몇 배 더 증가하는 법이고, 그녀는 작은 키가 아니었기 때문에 몸무게도 더 나갔다. 깃털처럼 가볍지 못했다.

「친구잖습니까. 별로 무겁지도 않았어요. 난 당신보다 덩치가 훨씬 큽니다. 당신 정도의 몸무게는 내게 전혀 문젯거리도 되지 않아요.」

장난기 어린 그의 표정에 그녀는 슬며시 따라 웃었다.

「그나저나 아직 씻기 전인가 보군요.」

「네. 아, 계속 밖에 세워 뒀네요. 잠시 들어오겠어요?」

진은 문에서 한 발짝 뒤로 물러서며 물었다. 하지만 그가 고개를 저었다.

「씻고 나와요. 문밖에서 기다리겠습니다.」

「왜요? 난 오늘 비번이에요.」

「나도 마찬가집니다. 기억 안 납니까? 어제 같이 기지를 돌아보기로 했었는데. 그건 술 마시기 전에 했던 얘기였습니다만.」

제스의 설명에 그녀는 그제야 어제 식당으로 걸어가면서 지나가는 말이라 생각했던 그의 제안을 기억해 냈다. 상투적인 말일 것이라 생각했다. 하지만 그의 얼굴은 진지했고, 생각해 보니 그는 빈말을 할 사람이 아니었다.

「기억해요. 그럼 10분만 기다려 줘요. 얼른 준비할게요.」

진은 문을 닫고 바로 욕실로 들어갔다. 샤워기를 틀어 뜨거운 물이 나오기도 전에 물줄기 아래로 들어가 재빠르게 씻기 시작했다. 번개 같은 움직임으로 샤워를 끝마치고 머리카락을 말릴 새도 없이 서랍에서 깨끗한 군복을 꺼내 입었다.

머리가 젖어 축축했지만 최대한 수건으로 물기만 없앤 뒤 얼굴에 로션과 선크림만 대충 바르고 방문을 열고 나갔다. 젖은 머리는 어차피 밖으로 나가면 햇볕에 금방 마를 터였다.

제스는 벽에 등을 기대고 비스듬히 서 있었다. 문을 열고 나가자 그는 잠시 놀란 표정을 지었다.

「와, 정말 군인은 군인이군요. 정확히 10분인데요.」

「더 걸릴 거라 생각했나요?」

복도를 지나 계단을 내려가며 진은 웃으며 물었다. 현관을 지나 밖으로 나오자 더운 열기가 몸을 에워쌌다. 아직 오전 시간대였지만 G-스탄의 뜨거운 태양은 이미 하늘 높이 올라가 있었다. 머리 위로 강렬한 태양 빛이 열기를 발했다.

「보통 여자들은 말한 시간에서 두세 배는 더 걸리더군요.」

「맞아요. 화장하고 머리를 정돈하는 데 오래 걸리니까요. 많이 기다려 봤나 봐요?」

그제야 그가 결혼했을지도 모른다는 생각을 했다. 보통 그의 나이 정도면 가정이 있을 법한 나이이긴 했다. 어쩌면 자식까지도.

왜 그가 당연히 싱글일 거로 생각한 거지?

문득 든 의문에 곰곰이 생각해 보니 전엔 그의 결혼 유무가 그다지 궁금하지 않았던 것 같았다. 그런데 지금은 조금, 아니, 조금보단 제법 많이 궁금했다.

「결혼했나요?」

불쑥 물었다. 조금 묘한 기분이었다. 그에게 아내와 자식이 있을지 모른다는 생각이 들자 설명할 수 없는 이상한 기분이 들었다. 딱 꼬집어 표현하기 어려운 정체를 알 수 없는 감정이랄까?

「아니요. 결혼 안 했습니다.」

그가 무표정한 얼굴로 빤히 바라봤다. 그의 진한 갈색 눈과 마주치자 진은 갑작스레 얼굴로 몰리는 열기를 느꼈다.

너무 사적인 질문이었나?

하지만 궁금했다. 그리고 궁금한 건 또 있었다.

「여자 친구는요?」

짐짓 아무렇지 않은 척 물었다. 마치 날씨를 물어보는 것처럼 무덤덤하고도 자연스러운 어투로 어색함이 전혀 묻어나지 않도록 신경 써서 질문을 던졌다.

「여자 친구도 없습니다.」

그의 대답에 묘한 안도감이 들었다. 그리고 동시에 자신의 반응에 당황했다. 그래서 재빨리 화제를 이었다.

「왜요?」

그처럼 다정하고 멋진 남자가 아직 싱글이란 게 의문이었다. 무뚝뚝하고 거칠어 보이는 외형과 반대로 그의 심성은 부드럽고 섬세했다. 상대방의 이야기를 진지하게 경청해 주며 공감과 격려를 아끼지 않는 다정다감한 성격은 모든 여성이 바라는 이상이었다.

「불안정하니까요. 군인은 떠나야 할 때가 많습니다. 임무가 주어지면 해외 곳곳을 짧게는 몇 주, 길게는 몇 개월이고 떠돌아다녀야 합니다. 연락도 잘 할 수 없는 데다 어떨 땐 작별 인사조차 하지 못하고 급하게 떠나야 할 때가 많습니다. 그런데 그 모든 걸 참아 줄 여잔 별로 없으니까요.」

그의 말투는 덤덤했다. 혼자라는 것에 크게 연연하지 않는 듯 차분한 표정이었다. 오히려 귀를 쫑긋 세운채 그의 연애사에 과할 정도로 신경을 쓰는 건 그녀였다.

그의 연애 유무는 그녀와는 상관없는 일이었다. 그런데 왜 현재 그에게 애인이 없다는 사실에 묘한 기분을 느끼는 건지 알 수 없었다. 마음속으로 떠오르는 의문을 애써 스스로 얼버무리며 대화에 정신을 집중했다.

「어, 서글프네요. 애국을 위해 사생활까지 포기해야 한다는 게.」

그녀는 겨우 정신을 차리고 그의 말에 반응할 수 있었다. 어떤 심정일지 이해가 갔다. 그는 특수부대원이다. 그들은 보통 군인들이 하지 못하는 더 위험한 임무를 부여받는다. 위험이 따르는 임무는 대부분 최고 보안 등급을 요구했기에 비밀도 많았다.

지혁도 그랬다. 늘 목적지를 알 수 없는 곳으로 떠나기 일쑤였다. 그러면 연락도 닿지 않았다. 그리고 다시 돌아왔을 땐 전에 보지 못한 크고 작은 상처들을 달고 올 때가 많았다.

지혁이 어디론가 떠날 때마다 그녀는 그가 무사히 돌아오기를 바라며 기다렸다. 기약 없는 기다림에는 고통이 따랐다. 불확실한 상황에서 따라붙는 만일이라는 단어가 머릿속을 스칠 때마다 불안함에 떨어야 했다. 물론 지혁은 그녀의 그런 애타는 기다림을 알지 못했다.

실수는 열아홉 살 때의 바보 같았던 고백 한 번이면 족했으니까.

고백을 거절당하고도 여전히 그를 향한 마음을 접지 못한 상태라는 걸 지혁에게 들키지 않기 위해 무던히 노력했다. 겉으로는 무관심한 척 속마음을 숨겼다. 그러나 그가 임무를 받아 떠날 때면 잠도 이루지 못하고 그의 무사 귀환만을 간절하게 빌었다.

다시금 제멋대로 흘러가는 의식을 바로잡으며 그녀는 다시 제스의 말에 귀를 기울였다.

「그렇게까지 애통할 일은 아닙니다.」

그는 작게 웃음 지으며 말했다. 그래도 그녀는 조심스럽게 물었다.

「그만두고 싶었던 적은 없었나요?」

「아뇨. 없었습니다. 단 한 번도요.」

그의 목소리는 진지했고 진심이 담겨 있었다. 그는 진정 자신의 직업을 사랑하고 있었다. 상상조차 되지 않는 위험한 곳에 가야 하고, 때로는 위험 상황에 노출되어 자신의 목숨을 걸어야 하는 일들이 발생하는데도 말이다.

제스가 보통 군인이 아닌 고도로 훈련된 특수부대원이란 사실이 다시금 자각되자 진은 그의 안위가 걱정되었다. 지혁을 걱정하던 마음과 비슷한 마음이었다. 그러니까 사람이 사람을 걱정하는 인정에서 비롯되는 감정이랄까? 소중하다고 생각되는 사람이 다칠까 염려되는 마음 같은 거.

소중한 사람? 대체 언제부터 소중한 존재가 된 거지?

마음에 깃든 감정 한 조각에 진은 다시 혼란스러웠다.

……친구니까.

애써 단순하게 생각하기로 했다.

「먼저 아침 식사를 하죠.」

그가 식당 쪽으로 가며 말했다. 배고프지 않았지만 그를 따라 식당으로 향했다.

○ ● ○

군 식당은 한산했다. 울프 팀의 다른 대원들과도 마주치지 않았다. 다행스러웠지만, 입맛은 생겨나지 않았다. 커피만 홀짝거리며 애꿎은 음식만 깨작댔다. 어제 마신 술로 인한 숙취의 여파라고 생각했다. 어설픈 핑계만이 아닌 게 미약했지만, 두통이 있었다. 그러니까 모든 게 숙취 탓이었다.

제스의 식사가 끝나자 그녀도 따라서 식사를 끝냈다. 그의 시선이 음식이 거의 줄지 않은 식판에 잠시 머무르자 제 발 저린 도둑처럼 식판을 가슴께로 끌어당겼다. 평소라면 억지로라도 다 먹었겠지만, 오늘은 정말이지 목구멍 안으로 음식을 밀어 넣기가 힘들었다.

「이리 줘요. 내가 하겠습니다.」

그가 예고 없이 팔을 뻗더니 식판을 가져갔다.

「아니에요. 내가 할게요.」

황급히 식판을 뺏으려 했지만 그가 더 재빨랐다. 식판에 손이 닿지 않을 만큼 높이 들어 올렸다.

「피곤해 보여 그러는 겁니다. 겨우 식판을 대신 정리하는 일일 뿐입니다. 부담 갖지 않아도 됩니다.」

그는 대수롭지 않게 말하더니 사용한 식판을 반납하는 곳으로 걸어가 버렸다. 진은 불편한 마음에 안절부절못하며 그의 뒷모습을 바라보다가 군인 무리가 우르르 몰려들자 어쩔 수 없이 먼저 밖으로 나갔다.

「가시죠.」

오래 지나지 않아 그가 식당에서 나왔다.

「어…… 아, 네.」

괜스레 어색한 마음이 일자 말과 행동이 자연스럽지 못했다. 뻣뻣하게 경직된 걸음으로 따르다 보니 금세 몇 걸음 뒤처졌다. 그러자 그가 우뚝 멈춰서더니 그녀의 속도에 맞춰 천천히 걸었다. 작은 부분 하나까지도 놓치지 않는 세심한 배려가 여전히 어색하면서도 이상하게 불편하게 생각되지는 않았다.

「특별히 가 보고 싶은 장소가 있습니까?」

「어…… 글쎄요.」

그의 걸음을 보며 걷던 진은 머리 위에서 울리는 낮은 음성에 고개를 들었다.

「그럼 이동경로는 내가 결정해도 되겠습니까?」

「네.」

그의 환한 미소에 그녀는 겨우 한마디 할 수 있었다. 자꾸만 가슴이 일렁였다. 좀처럼 진정되지 않는 숙취의 후유증에 다시는 술을 마시지 않으리라 되새겼다.

미군 기지는 규모는 크진 않았지만 시설은 꽤 잘 되어 있는 편이었다. 그가 어제 미리 말해 줬던 PX도 한국의 PX와 비슷했다. 신기한 건 에이페스(Aafes) 트럭이었다. 길거리에서 흔하게 볼 수 있는 푸드 트럭과 비슷했는데 꽤 여러 종류의 즉석 음식을 제공하고 있어 간단하게 요기를 채울 때 용이해 보였다.

「먹어 보겠습니까?」

그가 음식을 권했지만 진은 고개를 저었다. 입맛이 없어 먼저 들렀던 군 식당에서도 얼마 먹지 못하고 남기고 온 터였다. 그는 에이페스 트럭 거리를 걸어가는 내내 다른 음식을 계속 권했지만, 계속 거절하자 결국 커피만 사서 내밀었다.

「고마워요.」

그가 내미는 아이스커피를 받아 들어 크게 한 모금 들이켰다. 더위에 차가운 음료를 마시니 열기가 수그러드는 느낌이었다.

기지를 구경하는 일은 PX와 에이페스(Aafes) 트럭 외에는 신기한 건 별로 없었다. 한국 군부대에서 사용하지 않는 군수품들이 있던 무기고와 군 수송 트럭과 전투 시 사용되는 전투 차량이 세워져 있는 차고지를 둘러 볼 때는 위압감을 받았지만, 실내외 훈련장이나 사격장은 한국의 군부대와 분위기가 비슷했다.

미군 기지를 하늘 위에서 내려다본다면 더 신기할지도 몰랐다. 건물들 대부분 숙소 건물과 비슷하게 컨테이너 박스 형식으로 되어 있었기에 거대한 벌집의 단면을 보는 듯한 기분이 들 것 같았다.

보안 등급이 맞지 않아 출입할 수 없는 금지 구역을 제외한 기지 내부를 모두 돌고 나자 어느새 정오가 훌쩍 지나 있었다. 태양의 열기가 가장 뜨거울 때였기에 얼굴 전체로 몰려드는 열감이 고역스러웠다.

「잠시 앉겠습니까?」

북쪽 숙소 건물에 다다르자 그가 그늘 진 벤치를 가리키며 물었다.

「네.」

휴식을 반기며 냉큼 벤치에 털썩 주저앉았다. 더위를 식히려 손부채질을 하자 옆에서 나직한 웃음소리가 울렸다.

「너무 강행군이었습니까?」

「저질 체력이죠? 훈련받을 때를 제외하고는 운동을 게을리하거든요. 그래서 체력이 엉망이나 봐요. 게다가 이곳은 너무 더워요.」

진은 멋쩍은 웃음을 지었다. 그는 더위로 기진맥진해 보이지 않았다.

「당신은 아무렇지 않나 봐요?」

「익숙합니다. 추운 것보단 더운 게 더 낫습니다.」

그가 어깨를 으쓱해 보이며 대꾸했다.

「우리나라도 여름에 덥긴 하지만 이곳과 비교하면 정말 아무것도 아니네요. 선크림을 많이 챙겨 오길 잘했어요.」

그녀는 태양에 살결이 예쁜 색깔로 고르게 잘 타는 타입이 아니었다. 그저 가재처럼 빨갛게 익기만 했다. 지금도 양쪽 볼에 열감이 느껴지는 게 불안했다.

「오전 시간 전부를 나한테 낭비했네요. 모처럼의 휴식 시간일 텐데.」

「천만에요. 나도 즐거웠습니다. 숙소에 있어 봐야 할 일도 없으니까요.」

「아! 몇 층에 있어요? 2층에선 본 적이 없으니 1층이나 3층?」

「3층입니다. 당신 방 바로 위죠. 그래서 최대한 시끄럽지 않게 걷기 위해 노력 중입니다.」

진을 알게 되고, 말을 섞은 그날 이후부터 그는 깊은 잠을 이루지 못하고 있었다. 자신의 방 바로 아래층 방에 있는 그녀의 존재를 의식하지 않을 수가 없기 때문이었다.

사실 지금도 마찬가지였다. 그녀의 향기에 그는 동요되고 있었다. 젖은 머리카락은 이미 태양의 열기로 바싹 말라 있었지만, 은은하게 퍼지는 여성스러운 향기에 이성을 배반한 육체가 곤혹스러운 반응을 보이지 않도록 정신 차려야 했다.

그녀에게 그는 생물학적 성 차이에서 오는 이론으로의 남자일 뿐이지, 감성으로 인식함에서는 그저 타지에서 만난 외국인 친구 그 이상은 아닐 것이다.

진은 한국인이었다. 한국이란 나라에 대해 세밀하게 알진 못했지만, 미국보다는 보수적인 나라라는 정도로는 알고 있었다. 한국어 사전에 등재된 친구라는 단어의 정의가 침대를 같이 쓰지 않는 순수한 사이를 뜻하고 있을 건 분명하니까.

「정말요? 굉장한 우연이네요.」

눈을 동그랗게 치켜뜨며 말하는 진의 모습에 그는 시선을 빼앗겼다. 더위 때문인지 홍당무처럼 붉어진 양 볼이 너무나 사랑스러웠다. 손바닥으로 문지르고픈 충동을 이기지 못하고 그녀에게 손을 댈까 두려워 그는 주먹을 꽉 쥐었다.

「단체 생활에는 충분히 단련되어 있으니 너무 신경 쓰지 않아도 괜찮아요. 시끄럽게 쿵쿵거려도 항의하러 쫓아 올라가진 않을 테니까요.」

천진난만한 대답에 그는 결국 자신의 방에 들어와 있는 진의 모습을 상상해 버렸다. 더 정확하게는 자신의 군용 침대 위에 있는 그녀를. 침대 위 그녀는 군복을 입지 않고 있는 상태였고…….

제길.

크기가 작은 군용 침대는 혼자 눕기에도 비좁았다. 그러니 그녀와 그 작은 군용 침대에 같이 누우려면 아마 그의 몸 위에 그녀가 올라가거나 그 반대여야…….

세상에!

그는 위험한 상상을 곧바로 중단했다. 이런 생각은 옳지 못했다. 그녀는 친구다. 물론 그는 그 이상이 되는 것도 몹시, 매우 좋을 테지만 진은 아닐 것이다. 기생충 같은 존슨 소령을 겨우 떼어 냈더니 이번에는 해병대특수부대 중위가 자신에게 침을 흘려 대는 걸 그녀도 바라진 않으리라.

「흠흠. 묻고 싶은 게 있습니다. 지…혁이 누구죠?」

제스는 불건전한 생각을 멈추기 위해 안전한 주제로 화제를 전환했다. 이름을 발음하기가 어려워 시간을 두고 천천히 발음했다.

「네?」

그의 물음에 일순간 그녀의 얼굴로 딱딱한 긴장감이 빠르게 스쳐 지나갔다. 그러자 더 큰 호기심이 일었다. 분명 어제 술에 취해 잠이 든 그녀의 입술 사이로 흐르는 그 이름을 몇 번이고 들었다.

지혁.

분명히 그렇게 속삭였다. 몇 번을 되뇌어 보곤 그는 지혁이 남자 이름을 뜻하는 거라는 걸 알아차릴 수 있었다. 여자 이름이라기엔 어감이 부드럽지 않고 거칠었다.

「어, 당신이 그, 어, 어떻게 알아요?」

그녀가 당황한 목소리로 말을 더듬었다.

「어제 들었습니다. 그 이름을 몇 번 부르더군요. 그리고 다른 말도 조금 중얼거리긴 했지만 난 한국말을 모르니 알아듣진 못했습니다.」

「하지만, 내가, 그러니까, 아무런 실수도 하지 않았다고……」

「맞아요. 실수는 없었어요. 그냥 얌전하게 잠을 자면서 잠꼬대 같은 말 몇 마디 정도 했을 뿐입니다. 내가 알아들은 건 지. 혁. 이란 이름뿐입니다.」

몹시 당황하는 반응에 그는 지혁이란 이름의 남자가 그녀에게 있어 중요한 존재임을 눈치챘다.

「남자 친구입니까?」

「아뇨! 그, 오빠예요. 어제 말했었죠. 의붓언니와 오빠가 있다고요.」

그는 이제 더욱더 궁금해졌다. 의붓오빠가 잠든 그녀의 꿈속에 왜 등장하는지에 대해. 그리고 그 꿈속의 내용이 매우 궁금해졌다.

「정말 사이가 아주 좋았나 보군요. 꿈에도 등장할 만큼?」

그는 그녀가 아까 전 그의 결혼 유무와 여자 친구 존재에 대해 슬며시 물어 올 때 쓰던 비법을 동일하게 구사하며 조심스레 물었다. 완벽히 무심해 보이는 태연스러움을 장전한 채 아무렇지 않은 척 위장했다.

「어, 그게, 사실 여기 오기 전에 안 좋은 일이 있었어요. 음…… 오빠와 싸웠었죠. 오빠와 난 한 번도 싸워 본 적이 없거든요. 그래서…… 아마 그게 마음에 걸렸나 봐요. 난 싸움을 잘 못 해요. 싫어하기도 하고요. 그래서 보통 싸움 날 일이 생기려고 하면 그냥 참아 버리죠. 내가 화를 내지 않으면 더 큰 싸움으로 발전하지 않으니까요. 그런데 오빠와…… 싸우게 됐었고 그게 무의식중에 스트레스로 남아 있었나 보네요. 알죠? 프로이트 이론?」

그녀의 표정에서 무언가 다른 걸 읽었지만 그는 더 캐묻진 않았다. 대신 그녀의 지나칠 정도로 상냥하고 착한 심성을 꼬집었다.

「진, 당신은 너무 착해요. 싸움 한번 한다고 큰일이 벌어지거나 세상이 무너지진 않습니다.」

「그저…… 싫을 뿐이에요. 누구나 싫어하는 게 한 가지씩은 있잖아요. 난 싸움을 싫어해요. 욕설도, 성난 고성도. 엄청난 겁쟁이거든요. 그런 상황에 놓이게 되면 손발이 떨려요. 군인이 싸움을 두려워하다니 웃기죠? 난 전투군인 체질이 아니에요.」

진은 조금 씁쓸한 어조로 대꾸했다. 그녀의 과거 인생의 절반은 폭력이 난무하는 삶이었다. 회피하는 반응은 거기서 오는 트라우마 같은 거였다. 분노에 차 있는 고함이 싫었다. 욕설도, 폭력도 싫어했다. 아니, 두려웠다. 폭력적인 환경에 노출되면 얼어붙었다. 머릿속 사고 기능이 모두 정지되며 눈앞이 새하얘졌다. 움직이지도 못했다. 그저 식은땀만 흘렸다. 그리고 나중에 가선 그 순간 아무것도 하지 못한 자신을 책망했다.

「진. 당신은…….」

그녀의 안색이 어두워지는 듯하자 그는 성마르게 입을 열었다. 당신은 겁쟁이가 아니라 그냥 착한 겁니다. 지나치게 착해서 화를 내지 못하는 거죠. 하지만 때로는 화를 내야 할 때도 있는 법입니다. 라는 말은 그러나 끝맺지 못했다.

「어! 테일러 상병이에요. 저번에 말한 그 여군이요. 잠시만요.」

진은 갑자기 의자에서 벌떡 일어나더니 곧장 앞으로 뛰어나갔다.

그는 하려던 말을 가슴속으로 밀어 두고 한 박자 늦게 진을 따라서 의자에서 일어났다. 그녀는 벌써 식당 건물 근처에 서 있는 여군에게 가 있었다. 두 사람의 음성이 공기에 실려 희미하게 들려왔다.

「계속 당신을 찾았어요. 메모도 남겼는데 못 받았나요?」

진은 여군을 바라보며 말하고 있었다. 그는 무의식적으로 그녀의 목소리를 쫓아 조금 더 가까이 다가가려 했다.

「그게…… 죄송합니다. 야외 근무 중이었습니다.」

여군의 얼굴은 딱딱했다. 진과 마주친 것을 달가워하는 기색이 아니었다. 대화 소리는 들리지 않았지만 표정과 행동으로 보이는 여군의 몸짓은 분명 부정적이었다. 진을 경계하고 있었다. 여군의 태도에 작은 의문이 들었다. 가까이 다가가려던 걸 멈추고 일정한 거리를 둔 채 두 사람을 주시했다.

「아니에요. 그 후로 오지 않아 조금 걱정했거든요. 다시 얘길 나누고 싶어서…….」

「주신 약을 먹었더니 금방 좋아졌습니다. 걱정은 감사합니다만, 제게 신경 써 주지 않으셔도 됩니다.」

여군의 표정은 어딘가 불안해 보였다. 마치 무언가 숨기는 게 있는 사람처럼. 제스는 눈을 가늘게 뜨며 경계 태세를 갖추는 여군을 더 면밀하게 관찰했다. 진의 말이 떠올랐다. 그녀는 성폭력이 의심된다고 했었다. 그 말을 들었을 당시에는 절대 그런 일은 없을 거라 생각했지만 막상 여군의 불안해하는 표정과 경계하는 태도를 보니 꺼림칙한 의심이 고개를 들었다.

여군은 진과 마주치자 굉장히 깜짝 놀라며, 지나치게 불편해하고 있었다. 그리고 두 사람을 주시하고 서 있는 자신을 힐끔힐끔 쳐다보며 안절부절못하는 모습을 보였다. 이유는 어렵지 않게 짐작되었다. 진은 타국에서 온 군의관이지만, 그는 여군과 같은 미군이고 해병대 소속이었으니까.

또 다른 의문이 머릿속을 두드렸다.

「……혹시 할 얘기가 없나요?」

진은 테일러 상병을 한참 바라보다가 어렵게 입을 열었다. 여군의 불안해 보이는 감정이 역시나 이상하게 여겨졌다. 초조해하는 듯한 여군의 표정이 의구심을 더욱 부추기고 있었다.

「…….」

여전히 여군은 말이 없었다. 진은 계속 노력했다. 상대방의 마음을 움직이는 믿음직한 모습을 보이려 무던히 애를 썼다. 어떤 문제가 있다면 도와주고 싶었다.

「혹시 도움이 필요하면…….」

「이봐. 킴 대위.」

귀에 익은 느끼하고 느릿한 음성이 예고도 없이 끼어들며 그녀의 말을 방해했다. 소리가 난 쪽으로 고개를 돌렸다.

아…… 이런.

식당 입구에서 존슨 소령이 나오고 있었다. 불안한 마음에 슬쩍 제스가 있는 쪽을 돌아보았다. 그는 아까 그녀와 함께 앉아 있었던 벤치 앞에 서 있었다. 거리는 조금 멀었지만 어쨌든 혼자가 아니라는 생각에 진은 존슨 소령의 난데없는 등장에 겁을 집어먹지 않으려 애를 썼다. 게다가 지금은 어둠이 내려앉은 인적 드문 건물 뒷골목도 아니었다. 밝은 대낮에 저 작자도 기분 나쁜 짓은 못 하겠지, 라고 그녀는 긍정적으로 생각했다.

「안녕하십니까.」

먼저 예의를 갖춰 인사했다.

「여긴 무슨 일이지? 날 보러 온 건가?」

거만함이 가득 배인 느릿한 말투는 여전했다. 덕분에 마가린 한 통을 다 먹은 속처럼 속이 불편해졌다.

「아닙니다. 기지를 둘러보다가 우연히 테일러 상병을 만나 인사 중이었습니다.」

께름칙한 속마음은 숨기고 최대한 예의 바른 어조로 대답했다.

「둘이 서로 구면인가?」

존슨 소령의 눈매가 가늘게 변하더니 그녀와 테일러 상병을 번갈아 쳐다봤다. 눈길이 제법 매서웠다.

「네.」

「아닙니다.」

말이 엇갈리자 진은 의아함에 옆을 돌아봤다. 여군은 진땀을 흘리고 있었다. 눈동자도 불안정하게 흔들렸다.

「……일전에 두통약을 받으러 간 적이 있었습니다.」

진료 내용 때문인가?

진은 짐작했다. 아무리 개방적인 나라더라도 군대는 폐쇄적인 집단이다. 성과 관련된 추문이 따르면 경력에도 좋지 않았다. 여군의 마음을 알아채고 안심하라는 신호로 작게 미소를 지어 보였다. 실수로라도 저 파렴치한 존슨 소령 앞에서 진료 내용에 대해 언급할 생각은 없었다.

물론 테일러 상병이 걱정되는 마음에 제스에겐 그녀가 미심쩍어하는 부분에 대해 털어놓고 도움을 요청하긴 했지만 그는 절대 비밀을 함부로 성급하게 누설할 사람이 아니었다. 그를 알게 된 지 오래된 건 아니었지만 그는 신뢰할 수 있는 믿을 만한 사람이었다.

「네. 얼마 전에 진료실에 두통약을 받으러 왔을 때 봤습니다.」

진은 테일러 상병의 말에 동의한다는 뜻으로 고개를 크게 끄덕였다.

「……그렇군.」

간결한 대답에 존슨 소령이 다시 그녀와 테일러 상병을 번갈아 쳐다봤다. 께름칙한 시선이 전신을 위아래로 훑자 소름이 끼쳤다. 그날 밤 일이 자꾸 떠올랐다.

「괜찮으시다면 저는 이만 가 보겠습니다.」

테일러 상병의 거수경례에 존슨 소령이 가 보라는 손짓을 했다. 진은 여군과 더 깊은 얘기를 나누고 싶었지만 존슨 소령 때문에 붙잡지 못했다. 테일러 상병이 시야에서 멀어지자 진은 아쉬움

217

에 작게 한숨지었다.

「저도 이만 가 보겠습니다.」

예의를 지키되 빈틈을 보이지 않으며 진은 제스가 기다리고 있는 곳으로 돌아가려 몸을 돌렸다. 하지만 돌아서려는 그녀의 행동을 존슨 소령이 제지했다. 팔을 움켜잡는 거친 손아귀에 깜짝 놀라 반사적으로 붙잡힌 팔을 빼내려 버둥거렸다.

「이봐, 경고하는데 함부로 입 놀리고 다니지 않는 게 좋을 거야! 문제가 생기는 건 네 쪽일 테니까.」

아픔을 느낄 정도로 우악스럽게 잡아끄는 손아귀의 힘과 위협적인 눈빛, 잇새 사이로 터져 나오는 억눌린 거친 경고에 진은 습관적으로 움츠러들었다. 과거의 폭력으로 인한 조건 반사였다.

제스는 전속력으로 달렸다. 진에게서 눈을 뗀 건 단 몇 초였다. 테일러 상병에게 잠깐 머물렀던 시선을 다시 돌리자 벌써 일은 벌어져 있었다. 존슨 소령이 진의 팔을 잡아채는 걸 보자마자 몸이 먼저 반응했다.

그러나 그가 그곳에 도착하기 전에 그 개자식은 진을 밀치다시피 팔을 내팽개치듯 놓고는 빠르게 사라져 버렸다. 치솟는 분노에 저절로 욕설이 튀어나왔다. 존슨 소령이 나타나자마자 진의 곁으로 갔어야 했다. 파렴치한 호색한이더라도 밝은 대낮의 미군 기지 안에서 허튼짓거리는 하지 못할 것이라고 안일하게 생각한 자신의 어리석음을 비난했다.

「진, 괜찮습니까?」

진은 하얗게 질린 얼굴로 사시나무 떨듯 떨고 있었다.

「네. 그냥, 가, 갑자기 팔을 잡아서, 조금 놀란 거예요.」

진의 음성은 불안정하게 떨리고 있었다. 간신히 몇 마디 입을 뗐지만 딱딱하게 경직되어 있었다. 한 걸음 더 가까이 다가가 위태롭게 흔들리는 어깨에 손을 얹었다. 그러자 그녀는 어깨를 한껏 움츠리더니 도망치듯 몇 걸음 뒤로 물러났다.

「미안합니다. 놀라게 할 의도가 아니었습니다.」

그의 손길에 예민하게 반응하는 진의 태도에 당황했지만, 내색하지 않으며 평온한 음성으로 말을 이었다.

「그가 뭐라고 한 겁니까?」

진을 가까이 잡아끌고서 귀에 대고 속삭이던 걸 두 눈으로 똑똑히 봤다. 분명 무언가 좋지 않은 말을 들은 게 분명했다.

「네? 아…… 별말은 아니었어요. 전에 불미스러운 일도 있었고…… 당신과 같이 있는 걸 보고는 내가 그 일을 문제 삼을까 봐 걱정됐던 모양이에요.」

진은 여전히 불안함이 가시지 않은 듯 창백한 낯빛을 하고 있었지만, 목소리에는 점차 힘이 실리며 평소의 모습으로 돌아가려 애쓰고 있었다. 존슨 소령의 거친 행태에 더 놀란 건 그녀일 텐데도 오히려 그를 안심시키려는 듯 의연한 태도를 보이려 했다.

「진, 사실을 말해 줘요.」

애처롭게 억지 미소를 짓는 진을 바라보며 그는 조금 강한 어조로 다시 물었다.

「부탁했어요.」

상황을 축소하는 순화 화법에 얼굴을 찌푸렸다.

「지금 부탁이라고 했습니까?」

「음…… 약간 협박하는 말투긴 했지만요. 불미스러운 행동에 대해 함구해 주길 원했어요.」

진은 다시 말을 정정했지만 그의 마음에는 들지 않았다.

「지금이라도 문제 삼아야 합니다.」

불안요소가 존재하는 한 안심할 수 없었다. 다시 마음을 바꿔보려 조심스럽게 운을 뗐지만, 진은 고개를 저었다.

「그 문젠 이미 결론 냈잖아요. 방금도 아무 일 없었고요. 이제 와서 문제 삼기에는 명분도 약하고 증명도 어려워요.」

상황을 크게 벌리지 않고 대수롭지 않게 넘기려는 진의 결정이 마음에 들지 않았지만, 그녀의 말에도 일리는 있었다. 자칫 잘못하면 진의 입장만 더 난처해지며 상처받을 수 있었다.

「내 예상이 맞았어요. 그날 당신을 본 후 존슨 소령도 계속 걱정하고 있었던 거예요. 그러니 입조심해 달라는 말을 하는 거겠죠. 더는 내게 적절치 못한 행동은 하지 않을 거예요.」

억지로 강요할 수는 없었다. 걱정으로 마음 한구석이 찜찜했지만, 진의 결정을 받아들였다.

「그만 숙소로 돌아가죠. 바래다 드리겠습니다.」

「네.」

다행히 이번에는 그녀도 이견 없이 순순히 그의 말에 따라 주었다.

8

진은 멍하니 넋을 놓은 채 진료실 창문 너머로 저물어 가는 해로 서서히 주변이 어둠으로 물들어 가는 광경을 바라봤다.

진료실은 한가했다. 한가한 탓에 여유롭게 사색을 즐길 수 있는 건 좋았지만 동시에 따분했다. 물론 따분하더라도 계속 한가하길 바랐다. 이곳은 위험 지역이었고 위험 지역에서 발생하는 부상은 절대 가볍지 않은 심각한 수준이었다.

가끔 미군 진료실에 갈 일이 생겨서 가게 되면 종종 심각하게 다친 부상자를 목격할 때가 있었다. 그럴 때마다 진은 혹시 실려 온 부상자가 제스이진 않을까 불안한 마음에 얼굴을 확인해 보곤 했고 그가 아님을 확인한 후에야 안도의 숨을 내쉴 수 있었다. 이름 모를 미군에게는 죄책감이 들었지만, 제스나 울프 팀의 다른 대원들이 끔찍한 부상을 입고 실려 오지 않기를 바랐다.

"처음엔 엄청 걱정했는데 이렇게 한가하니 꼭 휴가 온 거 같습니다."

맞은편에 앉아 있던 태영도 할 일이 없어 심심한지 지루한 표정이었다.

"그러게."

"이곳 기지에는 한국군이 별로 없어서 대위님을 이곳에 보내신거 같아요. 한국군이 별로 없으니 바쁘지도 않고, 또 미군들이 철통같이 지키고 있어 안전하니까요."

"응……."

태영의 말이 맞았다. 파병 신청을 한 건 그녀였지만 이곳에 보내지도록 뒤에서 힘을 써 준 건 류 대장이었다. 그의 지시로 무장단체와의 무력충돌이 잦은 주둔지가 아닌 비교적 안전 지대에 머무는 미군 기지로 배정받았다. 그건 류 대장의 평소 신념과는 어긋나는 행동이었다. 그는 사적인 일에 공적인 힘을 쓰는 걸 싫어했다. 그런데 그녀를 위해 그는 자신의 신념에 어긋나는 행동을 했다.

결코 용서받지 못할 끔찍한 실수를 저질렀는데도 어떠한 비난의 말이나 꾸짖음도 없었다. 그녀를 바라보는 눈빛은 여전히 다정했고, 연민이 어려 있었다. 오히려 류민영으로 인해 다쳤을 마음을 걱정하는 눈빛이었다.

그리고 죄의식도…….

죄책감이 어린 눈빛. 그건 낯익었고, 어머니의 눈빛과 비슷했다. 진은 류 대장의 그 눈빛과 마음이 더 불편했다.

한국을 떠나오기 전 류 대장과 나눴던 대화가 떠오르자 마음은 더욱 무거워졌다.

'꼭 가야겠니? G-스탄은 아직 분쟁 지역이야. 위험할 수 있다.'

'막으신다면 전역할 생각입니다. 그리고 어디로든 떠나겠어요.'

'떠난다니? 대체 어디로? 우린 네 가족이야! 가족을 버리고 떠나겠다는 말이냐?'

'그러니까 절 막지 마세요.'

'지혁이와는……'

'아무것도 걱정하지 않으셔도 돼요. 모든 게 고모님의 오해예요. 오빠와는 그동안 어떠한 부적절한 관계도 아니었습니다. 그날 일은…… 실수였어요.'

다시는 해서는 안 될 끔찍한 실수. 아니, 그날 일은 사고였다. 모두를 한순간에 불행에 빠트릴 수 있는 끔찍한 사고. 현재의 평화로운 관계를 깨트리는 사고이기도 했다. 그러니 절대로 두 번 다시 같은 사고가 일어나선 안 되었다.

그래서 떠나왔다. 모두를 위해. 14년 전 그때처럼. 감정이 혼돈

속에 빠져 있을 땐 시간이 해결책이었다.

'그럼 잠시만 다녀오거라. 잠시 복잡한 머릴 정리하러 간다고 생각하렴. 네 엄마와 선이를 생각해서라도 영영 떠난다는 생각은 버려. 그리고 누가 뭐래도 진이 넌 내 딸이다. 널 믿는다.'

류 대장의 말은 진지했고 또 다정함이 묻어 있었다. 그녀에게는 낯설기만 한 부성애였다. 그 익숙지 않은 감정이 불편했다. 그리고 믿음이라는 단어에 실려 있는 무게감에 부담을 느꼈다. 절대로 선을 넘지 않아야 한다는 막중한 책임감을 지웠다. 그 책임을 망각하려 할 때마다 류 대장은 흔들리는 정신을 바로 서게 했다. 14년 전 그때에도, 사랑을 거절당하고 아파하는 자신을 떠나게 해 준 건 류 대장이었다.

그리고 지금도……

'어머니를 잘 부탁드려요.'

부탁의 말을 남기고 돌아섰다. 류 대장의 눈을 마주 보고 있을 수가 없었다. 가슴을 치고 올라오는 감정들이 밖으로 터져 나올게 두려웠다. 어느 순간 원망의 말들이 입에서 쏟아질까 무서웠다.

그럴 자격이 없다. 누군갈 원망하거나 미워할 자격은.

미움받아야 할 건 자신이다. 원망도, 분노도, 책망도, 모두 다 그녀의 몫이다. 나쁜 건 자신뿐이다. 언제나 나쁜 건 그녀라고 그 악마는 속삭였으니까.

'미안하구나. 너에겐 늘…… 미안해.'

'……'

류 대장의 읊조리는 말에 왈칵 눈물이 나려 했다.

미안하다고…….

대체 뭐가? 어린 딸에게서 엄마를 빼앗은 일?

그 죄책감에 재혼한 아내의 딸을 거두어들여 키워 준 일?

그 어린 딸이 자라서 제 아들을 사랑하게 되었을 때, 그리고 그 사랑을 거절당했을 때, 홀로 떠날 수 있게 도와줬던 일?

그게 왜 미안해할 일이지?

그는 엄마를 구원해 준 건데? 모두에게 짐덩어리일 뿐일 어린 딸까지도 거둬 준 거고, 의사가 될 수 있게 후원해 주었잖아? 제 분수도 모르고 키워 준 은혜도 망각한 채 잘못된 사랑을 키웠을 땐 스스로 마음을 정리할 수 있게 책임감을 일깨워 주었을 뿐인 데…….

지금도…….

패륜이나 마찬가지였던 무책임한 행동을 저지른 날 도망갈 수 있게 도와주고 있는 거잖아.

그게 왜 미안한 일이야? 결국, 모든 게 날 위해서 하는 거잖아?

아니야? 그게……?

마음속 깊은 곳, 어두운 곳에 꽁꽁 싸매 두었던 말들을 몽땅 소리치고 싶었다. 그러나 그녀는 입을 다물었다. 입술을 깨물고, 혀를 깨물어 가슴속에 묻어 두었던 자신의 본심일지도 모를 그 더러운 말들이 입 밖으로 튀어나오지 않게 꾹 억눌렀다.

모든 게 다 지겨워…… 나 자신까지도…….

늘 누군가에게 미안해해야 하는 자신의 처지가 지겨웠다. 누군가에게 미안하다는 말을 듣는 것도 지겨웠다. 자신에게 사과함으로써 그들은 본인들이 가지고 있는 죄책감을 덜어 내고 싶어 했고, 죄의식에서 자유로워지려 했다. 그런 타인의 감정을 받아 내는 일도 이젠 지겨웠고, 지쳐 갔다. 쏟아 내고 싶었다. 원망 어린 마음을 터트리고 싶었다.

너도 사실은…….

그래…….

미웠다. 분노하고 싶었고, 원망하고 싶었다. 책망을 던지고도 싶었고, 사랑도…….

사랑을 갈구했다. 어둠이 싫었고, 혼자가 무서웠다.

미워하지 않는다고, 원망하지 않는다고, 악마가 끊임없이 각인시켰던 것처럼 나쁜 건 자신이라고 생각했지만, 그녀의 또 다른 내면은 의문으로 가득했다.

왜 내가 나쁜 거지?

왜 나만 나쁘다고 하는 거지?

내가 뭘 그리 잘못했다고?

깊숙하고 어두운 곳에 자리한 그 작은 마음은, 원망과 미움들은 그녀로 하여금 어머니의 죄책감을, 류 대장의 죄책감을 모른 척하도록 은근하게 종용했다. 그녀는 여전히 나빴다. 나쁜 아이였던 그 시절 속에 머물러 있었다.

'넌 여전히 최악이야. 안 그런 척하지만 늘 다른 사람을 불행하게 만들어.'

진료실 창문을 넋 놓고 응시하던 진은 멍하니 중얼거리다가 퍼뜩 고개를 휘저었다. 과거의 망상에 젖어 들어선 안 된다. 과거의 망령은 자신을 어둠의 밑바닥으로까지 끌고 가려 하니까. 스스로를 한없이 작아지게 만든다. 자존감을 박살 냈다.

'자기비판은 제발 그만해!'

기분이 가라앉고 있다. 진은 어둠 속으로 빨려 들어가지 않기 위해 우울한 기억을 떨쳐 내려 고개를 강하게 흔들었다.

한국에서의 일을 생각하지 않으려고 이 먼 곳까지 온 거였다. 먼 타국에 와서까지 한국에서의 실수들을 회상하고 있을 순 없다. 지긋지긋한 과거 따윈 그만 벗겨 내고 싶었고, 벗어나야 한다. 하지만 도망치려 할수록 과거는 그녀를 더 옥죄려 하고 있었다. 어린 시절을 지배했던 악마는 아직도 그녀의 삶을 지배하려 들었다.

"물품 체크를 하러 가자."

진은 의자에서 벌떡 일어나 태영을 바라보며 말했다. 머리가 복잡할 땐 그저 바쁘게 일하는 게 상책이다. 육체를 혹사하면 정신도 지치니까.

"넵."

그녀의 말에 태영이 씩씩하게 대꾸하며 진료실 밖으로 따라나섰다.

"어우, 날이 저물어 가니 쌀쌀합니다. 여긴 기온 차가 왜 이리 큰지."

진료실을 나오자 차가운 공기가 훅 느껴졌다. 태영이 양팔을 감싸며 투덜거렸다.

"그러게."

그녀도 태영의 말에 동의하며 복도를 걸었다. 쌀쌀한 공기에 오소소 소름이 돋으려 했다. 의료 물품들은 모두 지하 창고에 보관되어 있었고 지하실 공기는 조금 더 싸늘할 게 분명했다. 몸이 떨릴 정도로 추운 건 아니었지만 이상하게 솜털이 쭈뼛 서는 기분이었다.

'쓸데없는 생각 때문이야.'

물품 체크는 나중에 하고 다시 진료실로 돌아갈까 하다가 쓸모없는 망상에 사로잡히기 싫어 그녀는 발길을 돌리지 않았다.

"앗, 물품 목록을 안 가져왔습니다."

잘 걷던 태영이 걸음을 멈추며 작게 소리쳤다.

"하여간 정신머리하고는. 먼저 내려가 있을 테니 어서 가져와."

"넵."

태영이 애교 있게 웃으며 다시 왔던 길을 되돌아 뛰어갔다. 진은 멈췄던 걸음을 다시 옮기며 지하로 향했다.

"어?"

복도 끝까지 걸어갔을 때 테일러 상병을 봤다. 뒷모습뿐이었지만 머리 색깔이나 체격이 분명 그 여군 같아 보였다. 여군은 막 모퉁이를 돌고 있었다. 진은 서둘러 뒤를 따라갔다. 하지만 그녀가 복도의 꺾인 모퉁이를 돌았을 땐 여군의 모습은 보이지 않았다.

그녀는 잠시 테일러 상병이 어디로 갔을지 고민했다. 아래층은 지하였다. 지하엔 의료 물품들을 보관하는 창고와 전력실밖엔 없었다. 위층으로는 검사실과 수술실이 있었고, 한층 더 위로는 군 관계자들의 사무실이 있었다.

잠시 위층으로 올라가 테일러 상병이 나올 때까지 기다렸다가 다시 이야기를 나눠 볼까 하는 생각을 해 보다가 이내 그만두었다. 북쪽 숙소 식당가 앞에서 마주쳤을 때 여군의 불편해하던 반응이 기억났다. 여군은 과도한 관심을 부담스러워하고 있었다. 사실 테일러 상병에게 정말로 안 좋은 일이 있다는 확신은 없었다. 그저 자신의 짐작이고 의심뿐이었다.

정말 도움이 필요한 상태였다면 벌써 요청해 오지 않았을까?

진은 잠시 생각했다. 도움이 필요하지 않은 상황인데 자신이 공연한 오지랖을 부리는 걸 수도 있었다. 제스의 말대로 여군의 질에 난 상처는 연인과의 다소 격렬한 성관계로 인한 상흔이었을 수도 있다. 정말로 그런 상황이라면 자신이 자꾸 캐묻는 것이 오히려 테일러 상병으로선 불쾌할 수도 있었다.

진은 여군을 따라가 볼까 했던 생각을 그만두었다. 테일러 상병은, 어머니가 아니다. 과거 어머니를 지켜 주지 못했다는 죄의식에서 오는 죄책감에 과도하게 남의 일에 참견하려는 이 버릇을 고쳐야만 한다. 어울리지 않는, 같잖은 테레사 수녀 흉내는 그만둬야 했다.

그건 지수가 늘 입버릇처럼 소리치던 말들이기도 했다.

'숭고한 척 그만해. 구역질 나니까. 넌 착한 게 아니야. 착한 척하는 거지. 봉사와 희생정신? 어떻게 자신보다 남이 더 우선일 수가 있어? 그건 다 가짜야. 위선이라고. 그러니 연극은 집어치워. 정말이지 너의 그 위선적인 태도가 너무 싫어!'

지수의 날카로운 독설들이 귓가에 울렸다.

지수의 말처럼 자신은 착하지 않았다. 오히려 나쁘면 나빴지. 어쩌면 마음속 깊은 어둠을 들키지 않으려 남에게 더 도움을 주려고 애쓰고 있는 건지도 몰랐다. 마음속 죄책감을 떨쳐 내고 싶어서 자신을 희생하려는 구세주 컴플렉스에 사로잡혀 있는 건지도 모른다. 섣부른 참견은 자중하기로 마음을 고쳐먹고 지하로 내려가기 위해 계단 문을 열었다.

문을 여니 보통 때와 다르게 온통 깜깜했다. 벽을 더듬어 스위치를 켰지만 전구가 나간 건지 불이 들어오지 않았다. 몇 차례 더 반복해서 눌러 봤지만, 소용이 없었다.

할 수 없이 어두운 계단을 손으로 벽을 짚어 가며 내려갔다. 계단은 길지 않았지만, 암흑 상태인 계단을 내려가는 건 쉽지가 않았다. 하마터면 발을 헛디뎌 구를 뻔하자, 그녀는 더욱 벽에 바짝 붙어 거의 엉금엉금 기다시피 해서 겨우 한 발 한 발 내디뎠다.

마침내 마지막 계단까지 무사히 내려와 지하층에 도착하자 다시 벽을 더듬어 스위치를 찾아 눌렀다. 딸깍, 스위치가 켜지는 소리가 암흑 상태의 지하를 가득 메웠지만 불은 들어오지 않았다.

다시 위층으로 올라갈까 하다가 암흑뿐인 계단을 올라가는 일이 엄두가 나지 않아 무전기를 꺼내 태영에게 무전을 쳤다.

"한 소위."

— 네, 대위님. 지금 의료 물품 목록 출력해서 가려는 중입니다.

"지하에 불이 들어오지 않는데 혹시 위층도 정전상태야?"

— 아닙니다. 여긴 이상 없는데요. 지하는 정전인 겁니까?

"그런가 봐. 관계자 부르고 손전등도 챙겨 와."

— 옛썰. 조금만 기다리고 계십시오. 제가 금방 내려가겠습니다.

주머니를 뒤져 펜라이트를 켰다. 별 도움 안 되는 작은 불빛이었지만 어쨌든 없는 것보단 나았다. 희미한 펜라이트 불빛에 의지해 물품창고의 비밀번호를 입력했다. 문이 열리자 손을 더듬어 스위치를 찾아 눌렀다. 역시 불은 들어오지 않았다. 정말로 지하 전체에 전기가 나간 모양이었다. 벽에 등을 기댔다. 펜라이트 불빛은 약해 물품 확인이 어려웠다. 태영이 올 때까지 기다려야 했다.

깜깜한 곳에 우두커니 서 있자니 다시금 쓸데없는 생각이 떠오르려 했다. 그녀는 고개를 흔들며 잡생각들을 물리쳤다. 과거의 상념에 빠져드는 건 더는 사양이다. 한 치 앞도 보이지 않는 암흑뿐인 어둠 속에서는 더더욱 싫었다. 다시 복도로 나갔다. 직선으로 올곧게 뻗어 있는 통로를 의미 없이 서성였다.

뚜벅뚜벅, 발소리에 섞여 든 낯선 소리에 우뚝 멈췄다. 지하로 내려오는 계단 문을 응시했다. 발소리가 사라진 복도는 정적만이 흘렀다. 못 박힌 듯 복도 중앙에 서서 허공을 응시하다가 천천히 걸음을 뗐다.

뚜벅뚜벅, 두 걸음만에 또다시 걸음을 멈췄다. 이번에는 달랐다. 환청이나 착각이 아니었다. 발소리에 섞여 든 낯선 소리는 발소리를 죽인 후에도 여전히 희미하게 들려왔다. 지하에는 물품 창고와 전력실밖에 없었다.

조심스럽게 물품 창고로 돌아갔다. 인기척을 죽이고 가만히 귀를 기울였지만 아까 전 들었던 낯선 소리는 들리지 않았다. 소음의 진원지가 물품 창고가 아니라는 결론이었다.

생각에 확신이 서자 방향을 바꿔 성큼성큼 앞으로 걸었다. 역시나 복도의 끝으로 가까워질수록 소리는 선명해지고 있었다.

걷다 보니 한 가지 가설이 떠올랐다.

관계자가 와 있었던 건가?

전력실은 직선으로 나 있는 지하 복도의 끝에서 모퉁이를 돌면 바로였다. 펜라이트 불빛에 의지해 복도 모퉁이를 돌자 바닥 작은 틈으로 불빛이 새어 나오는 전력실이 보였다.

짐작대로 지하 전체에 전기가 나간 걸 알고 수리하고 있었던 모양이었다. 진은 무전기를 꺼내 태영에게 관계자를 부르라고 지시했던 걸 철회하려다가 전원이 꺼져 있는 걸 발견했다. 배터리가 나간 듯했다. 버튼을 눌러도 반응 없는 무전기에 한숨이 나왔다. 별수 없이 태영이 올 때까지 기다리는 수밖에 없었다. 어쩌면 태영도 지금쯤이면 설비 관계자가 나와 있는 걸 전해 들었을지도 모른다.

전력실 문을 열기 위해 손을 뻗었다. 어둠 속에 혼자 있는 것보단 사람이 있는 이곳이 더 나을 거 같았다. 그리고 언제쯤이면 수리가 끝나는지도 알고 싶었다.

끼익.

전력실 문을 열자 녹이 슬어 뻑뻑한 소리가 기분 나쁘게 울렸다. 칠판을 손톱으로 긁을 때 나는 소리와 비슷하게 소름 돋게 하는 소리였다. 소리가 길게 이어지는 것이 거슬렸던 그녀는 얼른 문을 닫아 고정시켰다.

안으로 들어서자 전력실 내부는 생각보다 밝지 않았다. 천장에 달린 형광등에서 새어 나오는 불빛이라고 생각했었는데 그 불빛이 아니었다. 불이 나간 지하 복도처럼 전력실 내부도 지나치게 어두웠다.

순식간에 코와 폐부를 자극해 오는 눅눅하고 습한 공기에 얼굴이 찌푸려졌다. 쾌적하게 관리되고 있는 의료 물품 창고와 다르게 이곳은 정말 지하실 같았다. 물론 지하 창고이니 습하고 청결하지 못할 건 당연했지만 그로인해 음습한 분위기가 연출되자 기분이 으스스했다.

「저기요.」

그녀는 인기척을 내며 수리를 하고 있을 엔지니어를 불렀다. 하지만 돌아오는 대답이 없었다.

「이봐요.」

다시 아까보다 더 크게 목소리를 냈지만, 소리를 듣지 못하는 건지 반응이 없었다. 답답한 마음에 천천히 불빛을 따라 걸었다. 불빛은 건물 기둥이 나 있는 창고 맨 안쪽 구석에서 새어 나오고 있었다. 희미하지만 사람들 말소리도 이따금씩 들려왔다.

하지만 그녀가 서 있는 곳에선 건물 기둥과 천장 높이까지 솟아 있는 철제 선반의 칸막이에 가려져 엔지니어의 모습까지는 보이지 않았다. 곧장 그곳으로 걸어갔다. 그들끼리 대화를 주고받느라 부르는 소리를 듣지 못한 것 같았다.

「언제쯤이면 지하에 전기가 다시 들어올…….」

시야를 가리고 있는 건물 기둥을 지나 철제 칸막이의 모퉁이를 돌았다. 그리고 눈앞에 펼쳐진 광경에 다시 우뚝 멈춰 섰다.

거기엔 예상대로 사람들이 있었다. 하지만 엔지니어들은 아니었다. 군인들이었다. 미군들. 아는 얼굴도 끼어 있었다. 존슨 소령과 테일러 상병이었다.

의외의 장소에서 마주친 의외의 인물들이 벌이고 있는 충격적인 상황에 발밑이 얼어붙은 듯 발이 떨어지지 않았다.

대체 뭐지?

테일러 상병은 바닥에 무릎을 꿇은 채 존슨 소령의 허벅지 사이에 머리를 처박고 있었다. 존슨 소령의 허리벨트는 느슨하게 풀려 있었다. 아무리 섹스에 무지한 자신이 보기에도 두 사람이 지금 오럴 섹스란 걸 하는 중임을 알 수 있었다.

이상한 건 그뿐만이 아니었다. 그곳엔 두 사람만 있는 게 아니었다. 여자 한 명과 남자 셋. 결코, 정상적으로 보이지 않는 이상한 조합이었다. 그들은 팔짱을 낀 채로 서서 두 사람을 지켜보며 시시덕대고 있었다.

한눈에 봐도 강압적인 상황이라는 걸 알 수 있었다. 보통의 정상적인 연인 관계라면 절대 제삼자가 지켜보고 있는 상황에서 적나라한 애정 행각을 벌이진 않을 테니까.

진의 생각은 여군과 눈이 마주친 순간 더 확고해졌다. 존슨 소령의 다리 사이에 고개를 처박고 있던 여군이 뒤를 돌아봤을 때 진은 여군의 눈에 깃든 고통을 알아차렸다. 그걸 알아차린 순간 잊고 싶었던 내면의 오래된 공포가 깨어나며 두려움으로 온몸이 얼어붙었다.

「킴 대위잖아. 같이 파티를 즐기려고 온 건가?」

존슨 소령의 말투는 이상했다. 평소보다 더 느릿느릿 말했고 발음도 어눌했다. 그의 손에 들린 은색 수통에 눈길이 갔다. 진은 그 수통에 술이 담겼을 거라고 짐작했다. 미약했지만 알코올 냄새가 지하실의 습한 공기에 섞여 있었다.

「지금 이게 무슨 짓이죠?」

눈앞의 충격적인 상황에 두려움으로 몸이 부들부들 떨렸지만 애써 태연한 척 용기를 그러모았다.

「말했잖아, 파티를 즐기는 중이라고.」

존슨 소령의 뻔뻔함에 치가 떨렸다.

「이곳은 전장입니다. 기지 내부에서 품위 없는 행동은 삼가야 한다는 행동 규칙을 위반하고 계십니다.」

진은 간신히 얼어붙은 입을 떼고 말했다. 딱딱한 음성이었지만, 스스로 듣기에도 전혀 위협적이지 않았다.

「큭큭. 이봐, 동양인들은 다 당신처럼 따분하고 뻣뻣한가? 그러지 말고 같이 즐기자고. 한잔하겠어?」

짐작대로 수통 안에 든 건 술이었다. 역겨웠다. 다른 두 명의 미군도 존슨 소령과 다르지 않았다. 술에 취해 얼굴이 벌겋게 상기된 상태였다. 그들은 비웃는 눈빛으로 그녀를 쳐다보고 있었다.

그들 얼굴에 깃들어 있는 잔인함에 몸이 떨렸다. 두려움을 내색하지 않으려 주먹을 꽉 쥐었지만 저들이 풍기는 어둠의 기운은 과거의 아픈 기억을 상기시켰다.

「테일러 상병, 당장 일어나요. 이곳에서 나가요.」

진은 자신을 쳐다보고 있는 여군에게 소리쳤다. 당장 몸을 돌려 이곳에서 도망치고 싶었지만, 괴롭힘을 당하고 있는 게 분명해 보이는 여군을 내버려 두고 갈 순 없었다. 일순간 테일러 상병의 얼굴 위로 어머니의 얼굴이 겹쳐졌다. 그러자 속이 뒤틀렸다. 토할 것만 같았다. 짧은 심호흡을 반복해 호흡을 가다듬었다.

「앉아!」

테일러 상병이 일어나려 하자 존슨 소령이 그녀의 어깨를 강하게 찍어 눌러 강제로 다시 주저앉혔다.

「지금 누구 앞에서 명령질이야! 이곳에서 누가 대장인지 잊은 건가?」

「문제를 크게 만들고 싶진 않습니다. 이대로 나가게 해 준다면 저도 이 일을 상부에 보고하지 않겠습니다.」

상황을 수습하기 위해 거짓을 말했다. 부드럽게 구슬리는 어조의 말투였지만 다분히 위협적인 내용을 담았다. 경고가 담긴 협박에 존슨 소령이 제발 겁을 집어먹길 바랐다.

그러나 존슨 소령은 전혀 겁먹은 표정이 아니었다. 오히려 웃고 있었다. 어릴 적 그 악마처럼 조롱 섞인 비웃음을 흘리고 있었다.

「그 말이 거짓말이란 건 너도 알고 나도 알고 애들도 다 알걸. 그렇지 않아?」

「그렇죠.」

「맞습니다. 상부에 이르지 않겠다는 건 새빨간 거짓말이죠.」

두 미군 역시 거친 비웃음을 터트리며 존슨 소령의 말에 동조했다.

「이런, 빌어먹을! 이제 어쩌지? 저년이 상부에 보고하면 나 큰일 난 거지?」

「저희도 큰일 납니다.」

「완전히 끝장나는 거죠.」

「…….」

두 미군의 비열한 웃음에 그녀는 움찔 몸을 떨었다. 점점 거칠어지는 존슨 소령의 말투에 더욱 바짝 긴장되었다.

「씨팔! 이렇게 된 거 뭐 어쩌겠어.」

존슨 소령의 말에 그녀는 한 줄기 희망을 품었다. 제발 소령이 제정신을 차리길 빌었다. 정상적인 사고를 내릴 수 있길 바랐다.

하지만 저 끔찍한 작자는 지금 술에 취한 상태였다. 애초에 정상적인 생각과 판단을 내리기엔 무리였다.

「그렇다면 함부로 입을 놀릴 수 없게 만들어야지. 차가운 바닥에 깔려 보면 저년도 깨닫겠지. 멋대로 참견하며 함부로 주둥아릴 놀리면 안 된다는 걸.」

그녀의 바람은 산산이 부서졌다.

「동양 여자들은 그걸 뭐라고 하지? 정조? 정절? 아무튼 웃기게도 그런 걸 소중하게 여긴다니 자기가 당한 일을 남에게 까발리고 다니지 않겠지.」

존슨 소령이 야비한 눈빛을 빛내며 그녀를 위아래로 훑었다. 뱀처럼 서늘한 시선에 오소소 소름이 돋았다.

「안 그래도 네년이 무슨 맛일까 계속 궁금했었는데 아주 잘됐어. 이제 알 수 있겠군. 너희들은 어때? 저년이 마음에 드나?」

「꽤 반반한데요.」

「저도 아직 동양 여자와는 해 보지 못했습니다.」

두 미군도 눈을 빛내며 입맛을 다시고 있었다. 소름 끼치는 색욕에 물든 세 쌍의 눈들에 그녀는 욕지기를 느꼈다. 목구멍에서 신물이 올라왔다.

어쩌면 예상보다 더욱 위험할지도 몰랐다. 그들의 야비한 표정이 그 사실을 드러내고 있었다. 사람들을 불러와야 했다. 혼자 힘으론 이 악마들을 막을 수 없었다.

「사람들을 불러올게요.」

진은 여군을 쳐다보며 빠르게 말을 내뱉고 황급히 몸을 돌려 문으로 달렸다. 문까진 그리 멀지 않았다. 열 발자국 정도만 가면 된다.

그러나 출입문에 거의 도달했다고 생각한 순간 억센 손들이 뒤에서 그녀의 팔을 잡아당겼다. 강하게 끌어당기는 거친 힘에 균형을 잃고 비틀거리다가 머리를 철제 선반에 부딪혔다.

「악!」

강한 충격에 본능적으로 비명이 새어 나왔다. 머리가 얼얼했다. 통증을 가까스로 참아 내고 앞을 보니 미군 둘이 자신을 붙잡고 있었다. 선반에 부딪힌 충격으로 머리가 어질어질했지만, 그녀는 정신을 잃지 않으려 필사적으로 고개를 좌우로 흔들었다.

「무슨 짓이에요. 당장 놔요.」

미군 둘은 각각 그녀의 팔을 한쪽씩 붙잡고는 존슨 소령 앞으로 끌고 갔다. 끌어당기는 힘에 못 이겨 비틀거리는 다리로 그들이 이끄는 대로 걸음을 내디딜 수밖에 없었다. 테일러 상병은 존슨 소령의 다리 사이에서 비켜 나와 아까 그녀가 서 있던 기둥 옆에 불안정하게 서 있었다. 여군의 두 눈은 혼란스러운 공포로 진하게 물들어 있었고 어떤 행동도 취하지 않는 수동적인 자세를 보였다.

「이거 놔요!」

「넌 참 버릇이 없는 계집이야.」

진은 팔을 세게 흔들었지만 강하게 옭아매고 있는 억센 손들을 떨쳐 낼 수 없었다. 그 순간 비아냥거리는 음성과 함께 존슨 소령이 군홧발을 휘둘렀다. 종아리 부근에 강한 통증이 느껴짐과 동시에 존슨 소령의 발 앞에 강제로 무릎 꿇려졌다. 창고 바닥에 무릎이 짓이겨지자 둔탁한 아픔에 비명이 터졌다.

「다른 계집들처럼 고분고분하지도 않고 말이야! 넌 교육이 좀 필요해! 기꺼이 네년의 정신상태를 개조시켜 주지!」

뻔뻔함의 극치를 달리는 혐오스럽고 더러운 말들에 반박하고 싶었지만 할 수가 없었다.

짝.

존슨 소령의 손등이 뺨을 강타했다. 살과 살이 맞부딪치는 날카로운 마찰음이 저항의 말을 삼켜 버렸다.

「이제 상황 파악이 조금 되셨나?」

술에 취해 벌게진 얼굴을 들이밀며 존슨 소령이 이죽거렸다. 코끝을 찌르는 역한 술 냄새에 진은 고개를 돌렸다. 그러자 존슨 소령이 머리칼을 거칠게 움켜잡고는 그녀의 고개를 억지로 들어 올렸다.

「당신이 어떤 짓을 했는지 상부에 낱낱이 알리겠어요!」

짜악.

호기롭게 소리쳤지만 이번에도 존슨 소령이 휘두르는 폭력에 말을 끝마칠 수 없었다. 연달아 날아드는 주먹에 정신을 차릴 수가 없었다.

「가요! 달려요! 도망치라고요.」

정신을 잃지 않으려 이를 악물었다. 그리고 망부석처럼 우두커니 서 있는 여군에게 소리쳤다. 여군은 혼란스러운 눈빛을 한 채 부들부들 떨고만 있었다.

「닥쳐!」

퍽.

존슨 소령의 군홧발이 배를 가격하자 숨이 턱 막혔다. 더러운 욕설이 지하실을 가득 메웠다.

「어서 나가요!」

필사적인 외침에 여군이 드디어 움직였다. 슬금슬금 뒷걸음질
을 치더니 곧 문을 향해 내달리기 시작했다.

「저년 잡아!」

여군이 도망치는 걸 뒤늦게 발견한 존슨 소령이 두 명의 미군
에게 거칠게 소리쳤지만, 그들에게서 풀려난 진의 방해로 달려 나
가는 여군을 제때 막지 못했다.

「시팔!」

여군이 전력실의 문을 열고 도망치자 존슨 소령과 미군들은 분
개했고, 진은 안도했다.

어서 가.

어렴풋이 어린아이의 음성이 들렸다.

도망가.

눈물이 고였다. 뿌연 시야 너머로 과거의 기억이 겹쳤다. 피투
성이의 어머니는 울부짖고 있었다.

잘못했어요.

아이는 용서를 빌었다. 빌고 또 빌었다. 눈앞의 악마에게.

눈물이 흘렀다.

이곳은 지옥이야.

무서워서, 두려워서, 모른 척했다. 눈을 감고 울부짖음을 외면
했다. 귀를 틀어막아 처절한 비명을 모른 척했다. 지옥 같은 현실

을 부정했다. 비루하고 연약했던 아이는 부끄러운 원죄였다.

나는 너무 어렸고, 나약했고, 겁쟁이여서…….

눈물이 흘렀다. 바로 자신의 눈앞에서 피투성이가 된 일그러진 얼굴로 고통스러운 비명을 내지르는 어머니를 향해 소리쳤다. 그러나 그녀의 울먹거리는 말은 소리가 되어 나오지 못했다.

짝.

과거로 흩어졌던 정신이 강제로 현실로 되돌려졌다. 피투성이의 어머니의 모습은 온데간데없이 사라지고 존슨 소령의 비열한 얼굴이 그 자리를 대신했다.

「날 봐.」

억센 아귀힘에 고개가 들렸다. 잔인한 폭력에 허물어지지 않으려 눈을 부릅떴다. 용기를 내려 했다.

「흥을 깼으니 책임을 져야지.」

그러나 어렵게 낸 용기는 존슨 소령이 바지의 지퍼를 내린 순간 산산이 부서졌다.

「자, 다시 세워 봐, 빨아.」

흉물스러운 살덩이에 속이 뒤틀리며 구역질이 올라왔다.

「우욱.」

입에서 신물이 쏟아져 나왔다.

「이 빌어먹을 년이.」

거친 욕설과 함께 세찬 주먹이 날아들었다. 그런데도 구역질을 멈출 수 없었다. 계속해서 신물이 목구멍을 타고 올라왔다.

「윽…….」

더러운 야욕을 채우지 못한 존슨 소령이 군홧발로 복부를 걷어 찼다. 그 충격에 중심을 잃고 뒤로 쓰러졌다. 다시 일어서려 했지만, 무언가가 가슴을 짓눌러 숨조차 제대로 내쉴 수 없었다.

「빨아.」

그녀의 몸 위로 올라탄 존슨 소령이 거만하게 소리쳤다. 얼굴에 와 닿는 불결한 살덩이의 존재에 진은 비명을 내질렀다. 필사적으로 몸을 일으키려 했지만 존슨 소령의 힘을 당해 낼 수가 없었다.

「싫어!」

존슨 소령의 더러운 손길이 군복 벨트에 닿자 다시 사력을 다해 저항했다.

「시팔, 가만히 있어!」

존슨 소령이 거칠게 욕설을 내뱉으며 폭력을 행사했지만, 진은 저항을 멈추지 않았다. 소름 끼치는 육중한 몸뚱어리를 자신에게서 떨쳐 내려 미친 듯이 팔다리를 휘저었다. 차라리 죽을 만큼 얻어맞는 게 더 나았다.

저 소름 끼치는 괴물이 무슨 행동을 하려 하는지 알 것 같았다. 피투성이가 된 채 쓰러진 어머니의 몸에 올라탔던 악마가 행했던 그 끔찍하고 구역질 나는 짓거리를 하려는 거다.

엄습하는 공포에 더러운 괴물을 떼어 내려 손톱을 세웠다.

「쌍, 이 미친년이…….」

필사적으로 휘두른 팔꿈치에 턱을 얻어맞은 존슨 소령의 입에서 또다시 험악한 욕설이 튀어나왔다. 그는 성난 표정으로 주먹을 치켜들었다. 진은 본능적으로 두 손을 들어 얼굴을 가리며 질끈 눈을 감았다.

퍼억.

둔탁한 파열음이 울렸지만, 아픔이 느껴지지 않았다. 동시에 가슴을 짓누르던 육중한 무게감도 사라졌다. 눈을 뜨자 놀랍게도 존슨 소령이 바닥에 고꾸라져 있었다.

「이 개자식!」

거친 욕설과 함께 묵직한 파열음이 다시 울렸다. 존슨 소령이 멱살이 잡힌 채로 허공으로 떠오르더니 이내 바닥에 나뒹굴었다.

제스였다.

그는 분노에 차오른 괴성을 내지르며 존슨 소령에게로 달려들고 있었다.

제스는 살인 충동을 느꼈다. 바로 눈앞에서 존슨 소령이 진의 몸 위에 올라타 있는 걸 본 순간 꼭지가 돌았다. 존슨 소령의 몸 아래 깔린 진의 얼굴은 엉망이었다. 폭력의 흔적을 고스란히 나타내고 있는 붉은 손자국이 찍혀 있었고, 터진 입가와 코에서는 피가 흐르고 있었다. 그럼에도 그녀는 존슨 소령의 몸을 떨쳐 내려 필사적으로 싸우고 있었다. 온몸으로 저항하고 있었다.

「이 개자식!」

존슨 소령은 자신의 몸으로 그녀를 짓누른 채 바지를 벗기려 하고 있었다. 두 번 생각하지 않고 앞으로 돌진했다. 존슨 소령의 목덜미를 잡아채 그녀에게서 끌어냈다.

퍽.

동시에 소령의 턱에 주먹을 날리며 무릎으로 배를 가격했다. 그의 공격에 개자식은 구석으로 굴렀다. 하지만 그는 멈추지 않고 다시 달려들어 계속해서 주먹을 휘둘렀다.

「너 뭐얏! 이 새끼야, 씨발, 악!」

그의 공격에 방어태세를 갖추려는 존슨 소령의 입에서 욕설이 흘러넘쳤다.

「이 새끼 떼어내!」

「끄윽…….」

존슨 소령의 외침에 두 명의 미군이 거칠게 달려들었지만 곧 그의 주먹에 바닥으로 고꾸라졌다.

「이 개새끼가! 죽여 버려!」

그들은 오뚝이처럼 다시 일어섰다. 욕설을 뇌까리며 공격 자세를 취했다. 제스는 바닥을 구르며 신음을 내지르는 존슨 소령을 잠시 내버려 두고 자신에게 달려드는 두 명의 미군에게로 돌아섰다.

「칵…….」

덩치 큰 미군이 뒤에서 등을 붙잡아 결박하려 했지만, 곧바로 그의 팔꿈치에 명치를 가격당하자 숨을 헐떡이며 조인 팔을 풀었다.

퍽. 퍼억.

제스는 분노를 터트리며 마구잡이로 주먹을 내지르는 또 다른 미군의 턱 밑을 가격했다.

「으윽!」

비명과 함께 피를 토해내며 앞으로 고꾸라지려는 미군의 어깨를 붙잡아 무릎으로 재차 턱을 강타했다. 묵직한 파열음이 욕설과 뒤섞였다.

「시팔!」

잇따른 공격에 비명을 지르지도 못하고 정신을 잃고 쓰러지는 미군의 멱살을 잡아챈 제스는, 자신의 등 뒤에서 욕설을 뇌까리며 창고에 굴러다니는 쇠뭉치를 집어들고 휘두르는 덩치 큰 미군에게로 내던졌다. 그리고 달려들어 명치에 주먹을 내다 꽂았다. 급소를 여러 번 가격당한 덩치 큰 미군은 비명 한번 내지르지 못하고 그대로 고꾸라졌다.

「이 쌩!」

그 틈에 정신을 차린 존슨 소령이 뒤에서 성난 고함과 함께 재차 달려들어 등으로 올라탔지만 그의 팔꿈치 한 방에 다시 나가떨어졌다. 그는 쓰러진 존슨 소령의 몸 위로 올라타 있는 힘껏 주먹을 휘둘렀다. 당장이라도 이 거지 같은 작자의 숨통을 끊어 놓고 싶어 살의를 내뿜으며 공격을 멈추지 않았다.

「커헉…….」

그러다가 마침내 존슨 소령이 헐떡이는 숨소리와 함께 단말마의 비명을 내지르며 정신을 잃자 가까스로 세차게 휘두르던 주먹질을 멈췄다. 쓸모없는 장식에 불과한 저 빌어먹을 종자의 목을 아예 부러뜨려 놓고 싶었지만 한 줄기 남아 있는 이성이 그의 자제력을 그러모아 살인 충동을 억누르게 했다.

거센 분노로 숨을 거칠게 몰아쉬던 그는 어느 정도 진정되자 피투성이가 된 채 정신을 잃은 존슨 소령에게서 떨어져 나와 진의 모습을 찾았다. 어느새 일어나 앉은 그녀는 고개를 숙인 채 토하고 있었다. 태영이 곁에서 등을 두드리고 있었다.

「괜찮습니까?」

제스는 진의 작은 어깨에 손을 살짝 얹으며 속삭였다. 그러자 그의 손길에 놀란 그녀가 기겁하며 용수철처럼 펄쩍 튀어 올랐다. 격한 반응에 그도 같이 놀랐다. 하지만 얼른 정신을 수습하고 한 발 물러섰다.

「진정해요. 손대지 않겠습니다. 더 이상 위험은 없어요. 그러니 진정해요. 괜찮습니까?」

그는 몇 발자국 더 물러나 거리를 유지한 채 안심하라는 뜻으로 그녀의 눈앞으로 자신의 손바닥을 펼쳐 보였다. 그녀의 두 눈은 여전히 공포로 가득했다.

제길, 개자식들.

그녀는 울고 있었다.

그는 속으로 존슨 소령을 향해 다시 거친 욕설을 퍼부었다. 마음 같아서는 당장 저 개새끼에게 달려가 더 곤죽이 되도록 흠씬 패 주고 싶었다. 그러나 불필요한 폭력은 진에게 아무런 도움이 되지 못했다. 그는 흩어지려는 자제력을 겨우 그러모아 냉정을 유지했다.

「이제 안심해요. 당신은 무사해요. 맙소사, 조금만 늦었어도…….」

그는 가까스로 마지막 말을 목구멍 안으로 삼켰다.

「괜찮습니까?」

폭행의 충격으로 공허한 눈빛엔 두려움이 가득했다. 다시 손을 내밀었지만, 그녀는 손길을 피하며 움츠러들었다. 가슴이 아렸다.

「놀라지 말아요.」

두려움을 보이는 건 당연했다. 그도 그녀를 공격한 군인들과 같은 군복을 입은 미군이었으니까. 상처 입고 떨고 있는 그녀를 따뜻하게 안아 달래 주고 싶었지만, 지금은 그의 손길마저도 혐오스러울 게 분명했다. 그래서 그는 자신의 두 손을 그녀와의 사이에 장벽처럼 세운 채 일정한 거리를 유지하며 부드러운 말로 안심시키려 애썼다.

「진정해요. 이제 위험하지 않아요. 당신은 무사합니다. 존슨 소령은 더는 당신을 해치지 못해요.」

「……제스?」

그가 쏟아 내는 말을 알아들었는지 그녀가 그의 이름을 작게 불렀다. 잔뜩 겁을 집어먹어 바들바들 떨리고 있는 목소리는 위태로웠다.

「미안합니다. 너무 늦게 와서…….」

「……그가, 고, 공격했어요. 테, 테일러 상병을, 그, 그리
고…….」

진은 더듬거리며 설명하려 했다.

「압니다. 저자가 무슨 짓을 했는지, 다 압니다.」

그녀를 찾아 진료실로 갔기에 망정이지, 하마터면 이런 상황이
벌어지는 줄도 모를 뻔했다. 더불어 막 진료실을 나서는 태영과
마주치지 않았다면 그녀가 지하에 있는 줄도 모르고 건물 밖으로
나갔을지도 모른다. 정말 한 발만 늦었더라면 존슨 소령은 그녀에
게 씻을 수 없는 상처를 새겼을 것이다.

그는 적절한 타이밍에 진을 구할 수 있었음을 신께 감사했다.
테일러 상병과 우연히 마주쳤던 그날부터 그도 그녀의 의심과 걱
정을 진지하게 받아들여 따로 조사를 했었다. 그의 의심은 여군의
근무 일지를 살펴본 후 더욱 짙어졌다. 여군은 장거리 정찰조에
속해 있음에도 근래 장거리 지역으로 정찰을 나간 적이 드물었다.
대부분이 고 위험 지역에서 벗어난 비교적 근거리의 안전지대였
다.

물론 그 한 가지 만으로 뭔가 있다고 판단하기에는 무리였지만
이상한 점은 그것 말고도 몇 가지가 더 있었다. 근무 일지에 따르
면 여군은 장거리 정찰을 나간 횟수가 지나칠 정도로 많았다. 운
전대를 잡은 적도 여러 번이었고, 선두에 선 적도 자주 있었다.

그건 적군에게 저격당할 확률이 그만큼 올라간다는 걸 의미했다.

그런데 3주일 전부터는 상황이 완전히 바뀌었다. 밥 먹듯이 나가던 고 위험 지역으로의 장거리 정찰에 합류하지 않고 그녀는 안전지대에만 머물러 있었다. 상황이 바뀐 전후로 별다른 특이 사항이 있는 것도 아니었다.

그것에 의문을 품고 조금 더 자세하게 알아보니 여군은 존슨 소령이 관리하는 부대에 속해 있는 병사였다. 그리고 근무 평가가 좋지 않았다가 여군이 안전지대에 머문 시점부터 훌륭하고 능력이 있는 병사로 평가가 탈바꿈되어 있었다.

그 순간 그는 존슨 소령이 여군에게 무슨 짓을 한 건지 알아챌 수 있었다. 안전을 대가로 섹스를 요구한 것이다. 그 여군은 낯선 땅에서의 억울한 개죽음을 피하고자 결국 그 끔찍한 개자식과 타협을 한 거고.

그 사실을 알아차리자마자 그는 미리 경고해 주기 위해 서둘러 진을 찾았다. 혹시라도 그녀가 섣불리 여군을 찾아갔다가 또다시 존슨 소령과 마주치게 되는 상황이 발생할까 걱정되어서였다. 하지만 그가 한발 늦었다. 그녀는 이미 위험한 상황에 빠져 있었다.

젠장.

그의 잘못이었다. 폭행으로 상처 입은 진의 얼굴을 마주 보며 그는 무한한 죄책감을 느꼈다. 그녀가 여군에 대해 말을 꺼낸 그날 바로 조사해 봤어야 했다. 하지만 그는 그녀와의 저녁 식사에 다른 일에는 신경을 쓸 수 없을 정도로 마음이 들떠 있었다. 여군을 걱정하는 그녀의 의심을 그저 기우라 여기며 대수롭지 않게 넘겨 버린 것이다. 결국, 자신의 부주의로 진은 피할 수도 있었던 위험 상황과 맞닥뜨렸다. 그는 스스로에게 주먹을 날리고 싶었다.

「안심해요. 이제 저 나쁜 놈은 다신 당신을 괴롭히거나 해칠 수 없어요. 내가 당신을 보호할 겁니다.」

자동으로 튀어나오려는 거친 욕설을 조심스럽게 목구멍 안으로 삼키며 그는 그 어느 때보다 상냥한 어조로 작게 속삭이며 두려움에 떨고 있는 진을 안심시키려 무던히 노력했다.

「흐흑……」

그러자 그녀가 울음을 터트리며 품으로 안겨들었다. 가슴에 닿는 그녀의 부드러운 머릿결과 따스한 얼굴의 감촉에 그의 심장이 쿵 소리를 내며 떨어져 내렸다.

하지만 그는 서둘러 놀란 정신을 수습하고는 그녀의 어깨를 부드럽게 감싸 안았다. 충격으로 떨고 있는 그녀를 자신의 품으로 바싹 끌어당겨 작은 등을 토닥였다.

「안심해요. 당신은 안전합니다.」

이제부터 내가 당신을 지켜 줄 겁니다.

그는 더욱 강하게 그녀를 품으로 끌어안으며 가슴으로 중얼거렸다.

○ ● ○

몰골이 엉망이었다. 진은 거울에 비친 얼굴을 이리저리 시선을 돌려 가며 천천히 살폈다. 광대 부근 눈가에는 푸르스름한 멍이 들어 있었고, 입술은 찢기고 부어 있었다. 여러 차례 얻어맞은 양볼엔 빨간 손자국이 나 있었고 마찬가지로 부어 있는 상태였다. 무릎에도 시퍼런 멍이 새겨 있었다. 움직일 때마다 욱신거리는 통증이 전신을 감돌았다. 그나마 벽에 부딪힌 머리는 다행스럽게도 뇌진탕 증세는 없었다.

한마디로 처참했다. 하지만 그럼에도 결국 그녀는 무사했다. 상처는 입었지만 구역질 나는 존슨 소령으로부터 더 험한 일을 당하지 않을 수 있었다.

조금만 늦었더라도…….

상상조차 하기 싫었다. 생각만으로도 속이 뒤틀렸다. 다시 토할 것만 같았다. 그녀는 목구멍을 타고 올라오는 신물을 억지로 삼켜 냈다.

사건의 일 처리는 조용하지만 신속하게 처리되었다. 존슨 소령과 다른 두 명의 미군은 헌병대에 체포되었다. 범죄가 일어났던 전력실에서는 현장 조사와 증거물 수집이 이루어졌다. 그때 들은 바에 따르면 그녀를 향한 존슨 소령의 폭행이 시작될 때 창고에서 도망쳤던 여군은 지하 복도에서 제스, 태영과 마주쳤다고 했다.

곧바로 헌병대 조사관에 의해 1차 조사가 이루어졌다. 그녀와 테일러 상병은 조사관에게 사건에 대해 진술했다. 그리고 동시에 증거 수집을 위한 사진 촬영도 같이 이루어졌다. 몸에 난 폭행의 흔적들은 헌병대 조사관에 의해 빠짐없이 모두 찍혀졌다. 그녀는 카메라 플래시와 셔터 소리가 날 때마다 깜짝깜짝 놀랐다. 폭행의 충격에서 벗어나지 못한 상태여서인지 조그만 소리에도 신경이 예민하게 반응했다.

테일러 상병은 정황이 모두 드러난 뒤에야 사실대로 털어놓았다. 의심했던 대로 폭행을 당한 게 맞았다. 존슨 소령과 두 미군에게 지속적으로 폭행을 당하고 있었다. 여군은 테러가 빈번하게 일어나는 분쟁 지역에서 저격당할지도 모른다는 공포감에 그들의 괴롭힘을 묵인하고 있었다고 털어놓았다. 진은 상급자로부터 보호를 받아야 할 어린 병사가 오히려 그들에게 공격받고 있었던 사실이 안타까웠다.

테일러 상병은 결국 존슨 소령과 두 미군을 고발하기로 했다. 증거물은 충분했다. 치료받았던 진료 내용도 기록으로 남아 있었고 몸에도 폭행의 흔적들이 남아 있었다. 게다가 그들은 여군을 괴롭히던 광경을 목격한 그녀마저 폭행하려 했었고, 그 현장이 태영과 제스에게 발각되었다. 그러니 그녀를 포함해 모두 세 명의 목격자가 있는 것이다. 아무리 발뺌하려 해도 빼도 박도 못하는 상황이었다.

현장 조사가 모두 끝나자 여군은 수차례 감사 인사를 전한 뒤

헌병대와 함께 숙소로 돌아갔다.

"정말 미군 측 군의관님께 진료 안 받아도 되겠습니까?"

태영은 타박상을 치료하면서 쓴 약들을 정리하며 걱정스러운 눈빛으로 재차 물었다.

제스와 태영은 본래 미군 측 군의관을 부르려 했지만 그녀는 단호히 거절했다. 어차피 타박상이었다. 머리를 부딪치긴 했지만, 시야가 흐려지지도 않았고 사물이 겹쳐 보인다거나 여러 개로 보이지도 않았다. 뒤집힌 속이 계속 울렁거리며 구역질이 나려 하긴 해도 그건 다른 이유때문이었다.

존슨 소령이 하려고 했던 더러운 행동들이 머릿속에 떠올려질 때마다 그녀는 구토가 치밀었다. 생각만으로도 식은땀이 흘렀다. 그 끔찍한 일을 겪지 않게 된 것만으로도 다행이라고 생각했다. 그에 비하면 이까짓 타박상쯤은 아무것도 아니었다. 충분히 참을 수 있고 감당할 수 있는 고통이었다.

"괜찮아. 나도 지금 상태에 대해 충분히 진단 내릴 수 있어. 부러진 곳도 없고 뇌진탕 징후도 전혀 없어. 그냥 멍이 든 거고 입술이 터진 거야. 코피는 조금 전에 벌써 멈췄어. 미군 의료진이 와도 나와 같은 진단을 내릴 거야. 소독하고 연고만 바르면 될 거라고 처방 내릴 건데 처치는 벌써 했잖아."

그녀는 이 처참한 몰골을 불필요한 사람들에게까지 보이고 싶진 않았다. 폭행 사실을 알려야 될 헌병대 관계자들에겐 이미 조사 과정에서 모든 걸 상세히 이야기했고 증거 수집도 마쳤다. 괜히 치료한답시고 여기저기 다 보이고 싶지 않았다.

게다가, 그녀도 의사였다. 지금 필요한 건 다른 의사가 아니라 얼굴의 부기를 가라앉게 할 얼음찜질이었다.

"거기 얼음찜질이나 좀 줘 봐."

"그래도……!"

항의를 이어 가려는 태영에게 진은 고개를 흔들었다. 그러자 약하게 현기증이 일었다. 두통이 심해지려 하고 있었다. 그녀는 진단에 두통도 포함했다.

"정식으로 미군 측에 강력히 항의해야 합니다. 미군 기지 안에서 폭행을 당하다니 이게 말이나 되는 일입니까?"

태영이 더 흥분하며 소리쳤다. 고음의 톤으로 고함치는 말소리에 머리가 띵 울렸다.

"제발 목소리 좀 낮춰 줄래. 그리고 아스피린 두 알만 줘."

그녀의 말에 흥분으로 씩씩거리던 태영이 얼른 진료실 약품 서랍에서 약을 찾아 물과 함께 건넸다. 진은 약을 입에 털어 넣었다.

"제가 같이 내려갔었어야 했는데 하필 물품 체크 목록을 깜박해서……."

"신경 쓰지 마. 나도 마찬가지였잖아."

"대위님도 그래요, 지하에 불이 안 들어오면 가만히 절 기다리고 계셨어야죠. 혼자서 정전된 지하를 돌아다니실 게 아니라!"

태영은 여전히 혼내듯 말했지만 이번엔 작은 음성으로 소리쳤다.

"단순히 형광등이 나간 거라 생각했어. 설마 그런 일이 있을 거라곤 생각지도 못했지."

진은 테일러 병사의 뒷모습을 봤을 때도 그녀가 지하로 향하고 있었을 거라고는 전혀 생각지도 않았다. 단순하게 위층의 군 관계자 사무실을 찾아온 거라 짐작했었다. 그래서 지하 전력실에서 그 광경을 목격했을 때 더 소스라치게 놀랐던 거고.

"아까 진술할 때 들어 보니 그 미군 장교가 계속 집적댔었다면서요. 천하에 나쁜 놈! 군인 자격도 없는 쓰레기 같은 놈들!"

태영이 그녀를 대신해 나쁜 짓을 저지른 존슨 소령과 두 미군을 욕했다.

진은 더는 그들에 대해 생각하기도 싫었기에 화제를 바꿔 궁금했던 점을 물었다.

"그런데 어떻게 제…… 아니, 히버트 중위와 함께 온 거야?"

"막 진료실을 나가려다 마주쳤죠. 대위님을 급하게 찾으시기에 같이 내려간 거였어요. 지금 생각하면 얼마나 다행이었는지…… 진짜 그 특수부대 중위님 아니었으면…… 으, 생각하기도 싫습니다."

그랬다. 적절한 때에 제스가 와 줬기에 존슨 소령에게 더 험한 일을 당하지 않을 수 있었다. 진은 태영의 얘기를 들으면서 전력실에서의 그의 성난 얼굴을 떠올렸다. 그는 존슨 소령을 죽일 기세였다. 처음엔 존슨 소령을 공격하는 미군이 제스인 걸 알아보지 못했다. 전력실 안이 어둡기도 했고, 얻어맞은 머리와 얼굴에서 전해지는 통증 때문에 정신도 없었다.

그리고 무엇보다 갑자기 나타난 의문의 미군은 거친 폭력으로 존슨 소령을 제압했기에 그녀의 앞에서 늘 부드러운 태도로 점잖은 모습만 보여주었던 제스일 거라고는 상상조차 하지 못했다. 그가 정예병들로만 구성된 특수부대의 전투 군인이란 걸 망각하고 있었다. 존슨 소령을 죽일듯이 때려눕히던 제스의 거친 행동을 보고서야 그녀는 비로소 그가 살상 능력을 가진 특전사라는 걸 몸소 깨달을 수 있었다.

그러나 그는 존슨 소령에게만 거칠게 굴었을 뿐 다시 그녀 앞에 섰을 땐 부드러운 태도로 일관했다. 조금도 폭력적인 모습을 보이지 않았다. 그는 깨진 유리조각을 만지는 사람처럼 신중하고 조심스러운 손길로 그녀를 진정시키려 노력했다.

그 따뜻한 손길마저 뿌리치는 그녀의 예민한 반응에도 그는 전혀 기분 나쁜 기색을 보이지 않았다. 오히려 그녀가 충격 상태인 걸 배려해 일정한 거리를 유지하고 선 채 다정한 음성으로 끊임없이 말을 걸었다.

그의 부드러운 노력에 그녀는 비로소 흥분을 가라앉히고 날 선 경계를 허물 수 있었다. 본능적으로 안전하다고 생각되는 그의 품으로 안겨들었다. 그의 단단한 가슴에 얼굴을 묻고 울음을 터트렸다.

어휴. 이 바보.

밀려드는 기억의 파도에 진은 얼굴을 찡그리다가 통증이 일자 찌푸린 인상을 얼른 폈다.

기억에 따르면 제스의 품에 안겨 꽤 오랫동안 흐느꼈던 것 같았다. 짧은 한숨이 연신 터져 나왔다. 아마도 존슨 소령에게 당한 달갑지 않은 폭행의 충격으로 내면에 숨겨져 있던 어둡고 아픈 기억들이 떠오르면서 심신이 약해져 있었던 탓에, 다정한 위로를 받는 순간 이성이 와르르 무너져 내린 듯했다.

그는 갑자기 울음을 터트리며 품으로 달려든 그녀의 행동에 몹시 당황했을 게 분명했다. 폭행당한 장면을 남들에게 보인 것도 수치스러운데 완전하게 이성을 잃고 오열까지 했다. 현명하지 못했던 행동에 말로 표현할 수 없을 만큼의 엄청난 창피함이 몰려들었다.

"정말…… 다행이었네. 다 나쁜 건 아니야. 나쁜 건 일부지. 어쨌든 미군의 도움도 받은 거잖아."

"웬걸요. 이만한 것도 정말 하늘이 도우셨던 겁니다. 히버트 중위님 아니었으면 저 혼자서는 역부족이었을 텐데…… 특수부대라더니 정말 무늬만 특수부대 장교가 아니었습니다. 저는 그 중위님이 맨손으로 사람을 죽이는 줄 알았다니까요. 완전 터프했습니다."

태영이 흥분한 표정으로 말했다. 좀 전까지만 해도 이곳 미군 기지 내에 있는 모든 미군을 싸잡아 욕하더니 지금은 칭찬을 퍼붓고 있었다. 그 단순함에 그녀는 폭행당한 후 처음으로 웃었다.

"응. 그리고 헌병대에서 모두 조사해 갔으니 그 소령과 다른 미군들은 처벌받을 거야."

"당연히 처벌받아야죠. 겁도 없이 기지 내에서 폭행 사건을 일으키다니요. 곧장 영창 행 일 겁니다. 아주 오래오래 푹 썩어야 할 겁니다. 그런 인간들은 사회와 격리해야 해요."

"그러겠지."

그녀는 가만히 태영의 말에 동조했다.

폭력을 행사하던 제스의 모습은 아주 거칠었고 또 낯설었지만 존슨 소령이 행했던 폭력과는 달랐다. 제스는 타인을 돕기 위해, 그리고 정의를 실현하기 위해 무력을 행사했다. 무차별적인 폭력이 아니었다. 그건 어린 시절 겪었던 폭력들과는 매우 달랐다.

어쩌면 무력이 항상 나쁜 것만은 아닐지도 모른다. 그걸 행하는 인간의 그릇된 마음이 문제인지도.

"그만 숙소로 돌아가야겠어. 내일 진료는……."

태영이 약품 정리를 마무리하자 그녀도 거울을 내려놓고 의자에서 일어나려 했다. 더 할 일은 없었다. 조사를 끝마친 헌병대도 모두 돌아간 상태였다. 그러니 진료실에 계속 남아 있을 필요가 없었다. 혼자만의 공간에서 조용한 휴식이 필요했다.

"아직 안 됩니다. 기다리셔야 합니다. 특수부대 중위님이 본인이 다시 돌아올 때까지 꼭 대위님과 함께 이곳에서 꼼짝 말고 기다리고 있으라고 저한테 신신당부하고 갔습니다."

그러나 태영이 중간에 말을 가로채며 의자에서 일어나려하는

264

그녀의 움직임을 제지했다.

"괜찮아. 나 혼자 갈 수 있어."

태영의 만류에도 그녀는 더는 제스에게 폐를 끼치고 싶지 않았기에 혼자 숙소로 돌아가려 다시 자리에서 일어나려 했다.

"절대 안 된다니까요."

드르륵.

「죄송합니다. 인계 후 보고하고 오느라 조금 시간이 걸렸습니다. 좀 괜찮습니까?」

태영의 말이 끝나기가 무섭게 진료실 문이 열리더니 제스가 들어왔다. 그의 등장에 태영이 벌떡 일어났다.

「…….」

그녀는 예고 없이 등장한 제스의 출현에 당황해 고개를 푹 숙였다. 아까 전 거울로 봤던 자신의 처참한 몰골이 신경 쓰였다. 이런 흐트러진 모습을 그에게 보이고 싶지 않았다. 당황스럽고 창피했다. 제스의 시선이 정수리에 닿자 따갑게 느껴졌다. 그러나 고개를 들고 그를 쳐다볼 수가 없었다. 그의 말에 어떤 대꾸라도 해야 했지만 머릿속은 새하얀 백지상태가 되어 있었다.

「그럼 전 이만 가 보겠습니다. 대위님, 내일 뵙겠습니다. 푹 쉬십시오. 중위님도요.」

태영도 진료실에 떠도는 어색한 기류가 부담스러운 건지, 아니면 제스의 등장에 본인의 임무가 모두 끝난 것으로 생각한 건지 먼저 고요한 정적을 깨고 인사를 한 뒤 진료실에서 나갔다.

태영이 밖으로 나가자 진은 더욱 어색하고 불편해졌다. 작게 헛기침을 하고는 상처 입은 얼굴을 가리려 손을 들어 머리를 매만지는 척했다.

「숙소로 바래다 드리겠습니다. 그리고 당분간 근무에선 제외되고 휴가 처리 될 겁니다.」

「……네.」

혹시 이 모든 일이 이곳 기지뿐만 아니라 한국으로까지 알려지게 되나요?

진은 묻고 싶었지만 차마 입 밖으로 꺼내지 못했다. 사건을 은폐하려는 의도는 전혀 없었지만, 그렇다고 불필요하게 기지 내 모든 군인의 입에 오르내리고 싶지도 않았다. 폭행의 피해자지만, 불쌍한 피해자 취급은 받고 싶지 않았다. 동정받는 건 싫었다. 그건 과거에도 충분히 겪었다. 사람들의 수군거림이 지겨웠다.

한국 부대로 이 사건이 알려지길 원치 않는 것도 있었다. 특히 류 대장의 귀에 들어가는 건 더더욱 피하고 싶은 일이었다. 이곳에서 폭행을 당했다는 소식이 류 대장에게 전해지게 된다면 당장 귀국 조치로 이어질 게 분명하니까.

이런 식으로 G-스탄을 떠나고 싶진 않았다. 비록 파병의 첫 시작이 떳떳한 이유는 아니었지만, 마지막까지 타인에 의해 등 떠밀리는 식으로 끝을 맺고 싶진 않았다. 어느새 이곳에서의 생활에 정이 든 상태였고 그랬기에 파병 기간을 모두 채운 후 떳떳하고 당당하게 한국으로 돌아가고 싶었다.

「이번 사건은 최소한의 사람들만 알게 될 겁니다.」

그가 눈치 빠르게 걱정하는 부분에 대해서 알려 주었다.

「당사자와 조사 관계자들, 본국의 군법 관계자들 이렇게만요. 존슨 소령과 테일러 상병 모두 해병대 소속이기 때문에 나와 웨인 상사가 이번 일을 맡아 서류 처리를 할 겁니다. 목격자이기도 하니까요. 그리고 군법에 따라 처리될 겁니다. 그래서 말인데, 내일 다 같이 본국으로 가야 합니다.」

「미국으로요?」

예상치 못한 말에 깜짝 놀라 되물었다. 사건이 최소한의 관계자들에게만 알려진다기에 안심하고 있었는데 미국으로 가야 한다는 소식에 놀랄 수밖에 없었다.

「사건에 관계된 모든 이들은 상황 조사를 받아야 합니다. 당신은 목격자인 동시에 피해자입니다. 사건에 대해 진술해야 하고 증언도 해야 합니다. 번거롭겠지만 필요한 일입니다. 태영도 같이 가게 될 겁니다. 그도 사건의 목격자니까.」

「네, 해야 할 일들은 모두 하겠어요.」

「비공식적이긴 하겠지만, 미군 측에서 적절한 보상과 사과를 해 올 겁니다.」

「내게요? 왜…….」

그의 말에 진은 재차 놀라며 말을 흐렸다.

사과는 이해하지만 보상이라니?

그가 아니었다면 테일러 상병과 마찬가지로 폭행의 피해자로 남을 뻔했다. 보탬이 된 일이 없었다. 오히려 도움을 받았지.

「난 별다르게 한 일이 없는 걸요. 오히려 당신에게 도움을 받았지…….」

「당신이 한 일은 무척 용감했어요. 군인으로서 평하자면. 동료를 구하기 위해 적과 맞서 싸운 거라고요, 그것도 혼자서 말입니다.」

그러나 칭찬하는 말과 달리 제스의 표정은 딱딱했다. 사실 진료실로 들어올 때부터 그의 표정은 좋지 않았다. 뭔가에 화가 난 상태로 보였다. 평소와 다른 딱딱한 태도와 사무적인 말투에 주눅이 들었고 그로 인해 눈치를 보게 되었다.

하지만 당신을 걱정하는 친구로서만 말하자면, 당신 행동은 바보 같았고 또 무모했습니다. 여자 혼자 힘으로 남자 셋을 당해 낼수 있을 거라 생각했습니까?」

딱딱한 말투였지만 애정이 담긴 말에 그제야 걱정하는 마음에서 비롯된 분노 상태라는 걸 깨달았다. 그러자 한결 마음이 놓였다.

「……도망치려고 했어요. 분위기가 험악해지려 하자 다른 사람들을 부르려고도 했는데 날 붙잡았어요. 당신이 제때 와 주었기에 험한 일을 당하지 않을 수 있었어요.」

진은 설명하며 거듭 감사를 전했다.

「어떻게 알고 온 거죠? 우연인가요?」

「여군과 마주친 날 이상한 점을 느꼈습니다. 그래서 조금 조사를 해 봤는데 존슨 소령과 연결되더군요. 당신의 말과 여군의 이상 행동, 존슨 소령의 평소 행실까지 모두 연결해서 생각해 보니 여군이 폭행당했을지도 모르겠다는 결론을 내는 데 별 무리가 없었습니다.」

「고마워요.」

그는 약속대로 테일러 상병에 관해 조사를 해 주었다. 그녀는 그것에 감사해했다.

「존슨 소령이 관계된 일이라는 걸 눈치채자마자 당신에게 경고해 주러 간 겁니다. 하지만 한발 늦어 버렸죠.」

「늦지 않았어요. 당신이 제때 나타나 주어서 다행이었죠.」

무거운 분위기를 조금 누그러뜨려 보려고 일부러 장난기 어린 음성으로 말을 한 거였는데 그 가벼운 어투가 오히려 그의 신경을 건드린 모양이었다. 그의 표정이 더욱 험악하게 구겨졌다.

「맙소사! 천만다행이었죠. 지금 웃음이 나옵니까? 당신은 하마터면 아주 큰일을 겪을 뻔했습니다.」

제스는 결국 참지 못하고 성질을 터트릴 수밖에 없었다. 힘든 일을 겪고도 괜찮다는 식의 웃음을 보이는 진의 태도에 이성을 잃었다. 지나칠 정도로 낙천적이고 착해서 타인에게 화를 잘 내지 못하는 성격이라는 건 이미 파악하고 있었지만, 아까와 같은 심각한 폭력을 겪고도 침착하게 행동하는 데 화가 났다.

왜 화가 나는 건지, 왜 그녀 앞에서 화를 터트리고 있는지 그로서도 자신의 행동을 이해할 수 없었지만, 어쨌든 그가 지금 느끼고 있는 감정은 분노였다. 다만 걱정에서 비롯되는 분노였다.

「세상에, 그 개새끼가……」

험한 말이 나오자 잠시 말을 멈추고 거친 호흡을 가다듬었다.

「……당신 앞에서 험한 말은 하고 싶지 않지만 참을 수가 없군요. 그 한심한 작자가 당신을 깔아뭉개고 있는 걸 봤을 때 내가 얼마나 놀랐는지 압니까? 심장이 내려앉는 줄 알았습니다.」

조금 더 일찍 조사했었어야 했다. 그랬다면 진이 다치지 않을 수 있었다. 사건을 미리 방지하지 못한 걸 자책하며 후회했다. 그는 지금도 그 개자식의 목을 졸라 버리고 싶었다. 진이 느꼈을 공포와 고통만큼, 아니, 그보다 더한 고통과 공포를 그 작자가 느끼게 해 주고 싶었다.

「네, 알아요. 내가 얼마나 위험한 상황에 처했었는지. 아까 전일을 생각하면 아찔해요. 정말 너무 무서웠거든요.」

진은 작게 속삭였다. 모포를 덮고 있음에도 몸이 계속 떨리고 있었다.

「아직 혼낼 게 많이 남았나요? 난 아직 충격 상태예요. 그러니 그만 혼나고 싶어요. 게다가 이미 태영에게 치료받으면서 많이 혼났어요.」

아직도 태영의 잔소리에 귓가가 얼얼했다. 충격에서 벗어나지 못했다는 말도 사실이었다. 색욕에 물든 눈빛들이 자꾸만 눈앞에 아른거렸다. 그로 인해 가장 깊숙한 곳에 묻어 두었던 기억하고 싶지 않은 과거의 아픈 기억들이 자꾸만 깨어나려 했다.

「화를 내서 미안합니다. 당신에게 화가 난 건 아니었습니다.」

사과를 해 오는 그의 얼굴은 죄책감으로 물들어 있었다. 익숙한 죄책감이었다. 그녀가 어머니를 마주할 때마다 느끼는 죄책감과 비슷했다. 그것은 구하지 못한 피해자를 볼 때 느끼는 좌절감에서 오는 죄책감이었다.

하지만 왜? 그는 마치 영화에 나오는 영웅들처럼 위기의 순간에 짠 하고 나타나 악당을 물리쳤다.

「난 너무 고맙기만 한걸요. 당신이 적절할 때에 나타나 구해주어서요. 그러니 제발 그런 말 하지 말아요. 그럼 내가 더 미안해지잖아요. 나 때문에 당신이 폭력을 쓰게 만들었어요. 난 오히려 당신한테 안 좋은 일이 생길까 걱정이에요.」

범죄를 저질렀지만 그 작자의 직급은 소령이었다. 상급자를 폭행했다는 이유로 불이익이 갈까 염려되었다.

그 순간 그의 눈 속에 감정이 스쳐 지나가는 게 언뜻 보였다. 하지만 짧은 순간 나타나고 바로 사라졌기에 그것의 정체가 무엇인진 알 수 없었다.

「진…….」

그는 잠시 말을 잇지 못했다.

「그냥 당신 걱정만 하도록 해요. 그리고 난 괜찮을 겁니다. 그런 걱정은 전혀 할 필요 없어요. 이만하길 정말 다행입니다. 당신을 적절할 때에 무사히 구할 수 있어서 기쁠 뿐입니다.」

찰나의 침묵이 사라지고 그는 다시 다정한 제스로 돌아왔다.

「고마워요. 정말로.」

진은 그를 마주 보며 수줍게 웃었다. 그의 다정한 말투에 안심이 되었다. 그의 온화한 부드러움이 마음을 편안하게 만들어 주었다.

진정한 친구에게 느끼는 감정이 이런 걸까? 문득 심장에서부터 미세하게 전해져 오는 이 진동의 울림의 정체가 무엇인지 궁금해졌다.

○ ● ○

다음 날이 되니 시간은 아주 정신없게 흘러갔다.

폭행당한 충격과 기억으로 진은 제대로 잠을 이룰 수가 없었다. 늦은 새벽이 되어서야 겨우 잠들었다가 07시에 문을 두드리는 소리에 다시 깨어났다. 방문자는 웨인 상사였다. 그는 10시 정각에 본국으로 갈 거라는 얘기를 전달해 주었다.

이미 서류 작업은 마쳤고 한국 측 책임자에게도 어제 일에 대한 짧은 보고가 이루어졌다고도 했다. 어느 정도 예상했던 일이었지만 막상 현실로 닥치자 온갖 걱정이 파도가 되어 휘몰아쳤다. 제발 우려하는 가장 최악의 상황이 일어나지 않기를 바랐다.

다행이라면 한국 부대에 전달됐을 뿐, 해당 내용이 한국으로까지 전해진 건 아니었다. 그러니 아직은 수습할 여지가 남아 있었다. 시간이 더 흘러 버리면 그마저도 사라지겠지만.

웨인 상사가 돌아가자 서둘러 샤워를 마치고 군복으로 갈아입은 뒤 평소에는 잘 바르지 않던 비비 크림과 파운데이션을 꺼내 들었다. 그나마 다행인 건 어제 제스가 구해다 준 얼음으로 잠들기 직전까지 냉찜질을 했더니 부기가 많이 가라앉아 있는 상태였다.

"휴……."

하지만 그럼에도 얼굴 상태는 엉망이었다. 이를테면, 격렬한 시합을 마친 후의 권투 선수 같은 몰골이었다. 아니면 교통사고를 당한 다음 날 같은 몰골이던가. 거울로 적나라하게 비치고 있는 나름 영광의 상처들을 바라보며 그녀는 짧은 한숨을 내쉬다가 서랍에서 꺼내 든 화장품을 이용해 멍든 자국을 가리는 작업에 들어갔다.

비비 크림을 동전 크기보다 더 크게 짜내서 얼굴에 두껍게 바른 그녀는 커버력이 더 좋은 파운데이션을 그 위로 덧발랐다. 그 과정을 두세 번 정도 반복하며 화장품으로 몇 센티의 벽을 만들어 내자 정말 놀랍게도 어느 정도 상처들이 가려졌다.

"그나마 낫네."

진은 거울을 보며 혼자 중얼거렸다. 그래도 푸르스름한 멍 자국이 희미하게 보였고 화장으로 가릴 수 없는 입술의 찢긴 상처로 안색이 파리해 보이긴 했지만, 적어도 어제처럼 끔찍하게 피폐한 몰골까지는 아니었다. 무자비한 폭행을 당한 무기력한 피해자처럼은 안 보였다.

얼굴 위장을 마치고 그녀는 곧바로 한국군 총책임자 사무실로 갔다. 막상 한국군 책임자 앞에 서자 긴장감이 엄습했다. 책임자의 입에서 당장 한국으로 귀국하라는 명령이 떨어질까 봐 전전긍긍하며 눈치를 봤다.

그러나 걱정했던 마음이 무색할 정도로 일은 잘 풀렸다. 총책임자는 그녀만큼이나 문제가 생기는 걸 극도로 두려워하고 있었고, 더욱이 그 문제에 대한 책임을 자신이 져야 하는 상황이 닥칠까 봐 불안해하고 있었다.

그 점을 적절하게 이용해 협상을 시도했고 한국 부대로는, 그러니까 류 대장이 볼 수 있는 보고서에는 폭행을 당했다는 부분은 제외하고 나머지 사건에 대해서만 보고를 하는 걸로 서로 원만하게 합의를 봤다.

아마도 미군 측에게서 전해 들은 얘기와 달리 직접 본 그녀의 얼굴 상태가 다소 멀쩡해 보인 게 설득에 큰 효과를 본 거 같았다. 비록 멀쩡해 보이는 얼굴은 두꺼운 화장술로 위장한 덕분이었지만 한국군 총책임자는 그 사실을 몰랐고, 어쨌든 겉보기에 상처가 심해 보이지 않으니 상황 보고를 축소해 달라는 그녀의 부탁을 흔쾌히 들어주었다.

진은 한국을 떠나올 때 화장품을 챙겨 온 걸 다행으로 여겼다. 평소에 거의 화장을 하지 않지만 혹시나 있을지 모를 군 장교 모임을 대비해서 비상 개념으로 가져온 화장품들이었다. 그걸 상처 난 얼굴을 가리는 위장에 사용하게 될 줄은 꿈에도 몰랐지만, 결론적으론 도움이 되었으니 다행스러운 일이었다.

보고를 마치고 간단하게 식사를 한 뒤 그녀는 어제 들은 바대로 미국으로 가기 위해 바로 숙소로 돌아가 짐을 챙겨 비행장으로 향했다. 비행장엔 웨인 상사와 태영이 먼저 와 기다리고 있었다.

수송기에 오르자 맨 구석 칸 자리에 존슨 소령과 두 명의 미군이 헌병대의 엄중한 감시를 받으며 격리되어 있었다. 그녀는 그들을 보고 놀라 잠시 주춤했지만 침착하게 앞자리로 갔다. 다행스럽게 앞좌석은 뒤 칸과 분리되어 있어서 그들의 모습이 보이지 않았다.

몇 분간 대기하고 있으니 보이지 않던 제스가 모습을 드러냈다. 모든 인원이 탑승을 마치자, 이륙 준비를 끝낸 수송기는 곧 지루한 비행을 시작했다. 비행이 시작되고도 제스는 바빠 보였다. 끊임없이 서류를 확인하고 어디론가 전화를 걸어 보고하고 있었다. 웨인 상사와도 계속해서 말을 주고받으며 회의를 하는 통에 그녀는 그와는 이륙하기 전 짧은 눈인사를 나눈 게 전부였다.

"미국은 처음 가 봅니다."

이륙하자마자 태영이 흥분으로 잔뜩 상기된 표정을 하며 작게 소리쳤다.

"그렇게 좋아?"

진은 소풍 가는 아이처럼 들떠 있는 태영의 모습에 웃음이 났다.

"당연하죠. 분쟁 지역에서 잠시 벗어난 것만도 좋은데 미국이
라니요. 어젯밤 그 사건이 이렇게 흘러갈 줄 상상이나…… 이크,
죄송합니다."

태영이 신이 나서 말하다가 아차 싶었던지 중간에 말을 끊었
다. 본인 입을 두 손으로 틀어막은 태영이 슬슬 그녀의 눈치를 살
피며 주섬주섬 변명의 말을 늘어놓았다.

"그러니까 대위님께서 겪은 일들까지 좋다는 건 절대 아니었습
니다. 그나저나 몸은 좀 괜찮으십니까?"

"으이그, 참 빨리도 물어본다. 많이 좋아졌어. 보면 알잖아. 멍
자국 거의 안 보이지?"

눈을 흘기던 그녀는 장난으로 얼굴을 가까이 들이밀며 물었다.
그러자 태영이 한층 더 가까이 다가와 얼굴의 상처를 자세히 살
폈다.

"우와. 완전 감쪽같습니다. 이야, 역시 여자들 화장품은 마술입
니다. 완전 대박! 한국 화장품 기술이 어마어마합니다."

태영이 한참 동안 그녀의 얼굴을 들여다보며 세밀하게 관찰하
더니 이내 양손으로 엄지를 척 치켜세우며 감탄사를 남발했다. 태
영의 과장스런 몸짓과 말투에 진은 크게 웃음을 터트렸다.

그러자 웨인 상사와 얘기 중이던 제스가 고개를 돌려 그녀를
쳐다봤다. 그의 시선이 자신에게로 향하자 그녀는 얼른 웃음기를
지웠다. 좋은 일로 가는 것도 아닌데 신나게 웃고 떠드는 모습을
보이면 안 될 것 같았다.

"나도 한국 화장품 기술이 이렇게 좋은지 이번에야 알았어."

그녀는 태영의 귀에 가까이 대고 아주 작게 속삭이듯 대꾸하곤 입을 다물었다. 제스의 시선이 계속 느껴졌기 때문이다. 그녀가 입을 다물자 태영도 눈치 빠르게 창밖으로 시선을 돌렸다. 그러자 기내에는 웨인 상사와 제스가 나누는 업무적인 대화 외에는 말소리가 사라져 고요해졌다.

입을 다물고 조용히 앉아 있으려니 신기하게도 곧 졸음이 쏟아졌다. 어제 제대로 잠을 자지 못한 탓인지 피곤이 몰려들고 있었다. 아마 한국으로 강제 귀국 조치를 당할 걱정이 사라지자 긴장이 풀린 탓도 있을 것이다. 그녀는 정신을 차리려고 했지만 사정없이 휘몰아치는 졸음을 이기지 못하고 어느새 좌석 등받이에 기대어 잠이 들었다.

대체 왜 저렇게 가깝게 앉아 있는 거지?

제스는 진이 한국인 동료인 태영과 웃으며 얘기를 나누는 모습을 보자 질투를 느꼈다. 그녀가 태영과 얼굴을 가까이 마주한 순간에는 당장 달려가 그 둘을 멀리 떼어 놓고 싶은 충동이 일었다. 실제로 행동으로 옮기지 않기 위해 그는 한계 이상의 인내심을 발휘하며 겨우 참아 냈다. 그러니 이건 분명 질투였다.

그를 시험에 들게 한 건 두 사람의 얼굴이 아슬아슬할 만큼 밀접하게 맞닿는 순간부터였다. 처음엔 두 사람이 키스하려는 건 줄 알고 심장이 내려앉을 뻔했다. 하지만 곧 진이 자신의 얼굴을 가리키며 무슨 말을 하는 걸 보고 나서야 그는 두 사람이 어젯밤 상처의 흔적들에 관한 이야기를 나누고 있음을 눈치챘다.

진은 계속 자신의 얼굴을 가리키며 말을 하고 있었다. 잘 들리지는 않지만 두 사람이 나누는 대화는 화장술에 관한 내용인 듯했다. 아마도 화장으로 멍 자국과 상처를 가린 듯했다.

그가 보기에도 그녀의 얼굴은 놀랍게도 멀쩡해 보였다. 물론 자세히 살펴보면 안색은 여전히 창백했고 푸르스름한 멍 자국들이 희미하게 보이긴 했지만, 확실히 어제보단 상처 자국들이 많이 사라진 상태였다. 부기도 많이 가라앉아 있었다. 아마도 화장으로 멍 자국과 상처를 가린 듯했다.

태영이 뭐라고 말을 하자 그녀의 웃음소리가 조금 더 커졌다. 귓가를 울리는 경쾌한 웃음소리에 그는 자신도 모르게 따라서 미소를 지었다. 어젯밤 큰일을 겪고도 쾌활함을 유지하고 있는 그녀가 대견스러웠다.

하지만 두 사람이 아주 가깝게 서로 얼굴을 맞대고 앉아 웃고 있는 걸 보고 있는 건 힘들었다. 두 사람이 아슬아슬할 만큼 밀접하게 얼굴이 맞닿아 있는 걸 보면서 평정을 유지하기란 어려웠다. 그는 존의 얘기에 조금도 집중할 수가 없었다. 그의 신경은 온통 진과 저 빌어먹을 태영에게로 가 있었다.

태영이 그녀의 얼굴을 뚫어지게 바라보더니 곧 엄지를 치켜들고 무슨 말을 했고, 그러자 진은 몹시 즐거운 듯 웃음을 터트렸다.

달콤한 하모니와도 같았다. 깊게 빠져들게 되고 계속 들어도 질리지 않았다. 온종일 그녀의 얼굴을 바라보며 달콤한 웃음을 즐기고 싶었다.

그녀를 지켜만 봐야 한다는 건 고통이었다. 그는 반짝이는 두 눈과 부드러운 실루엣을 그리며 완만한 곡선을 이루는 붉은 입술을 훔쳐보며 그녀와 마주 보고 앉아 있는 사람이 태영이 아닌 자신이기를 한순간 바랐다. 그녀의 눈에 담기는 남자는 오직 그 하나였으면 하고 바랐고, 그녀의 웃음이 온전히 자신만을 향했으면 좋겠다는 욕심이 생겼다. 자신 안에 있는 줄도 몰랐던 독점욕이 고개를 쳐들고 있었다.

웃음이 머무른 얼굴을 훔쳐보던 눈길이 붉은 입술에서 오래 머물렀다. 잘 익은 열매와도 같아 보이는 그 탐스러운 입술을 훔치고 싶었다. 분명 사르르 녹아내릴 정도로 달콤하리라. 그는 그 달콤함에 중독되고 싶었다. 그 순간 그녀의 맑디맑은 순한 눈망울이 그를 향했다. 달달한 키스를 상상하던 와중에 그녀와 눈이 마주치자 그는 전기에 감전된 사람처럼 깜짝 놀랐다. 머리부터 발끝까지 찌릿찌릿한 전류가 흘렀다.

맙소사.

심장이 덜컥 내려앉았다. 머릿속으로 그녀가 입고 있는 옷을 하나씩 벗겨 내는 불건전한 포르노적인 상상을 한 것도 아닌데 뭔가 들키지 말아야 할 것을 들킨 것처럼 그는 몹시 당황했다. 황급히 시선을 다른 곳으로 돌리려 했지만 그녀가 더 빨랐다.

그를 보며 싱긋 웃어 보인 그녀는 다시 태영에게로 관심을 돌리더니 더욱 소리 죽여 소곤거리며 대화를 나누었다. 두 사람은 여전히 지나칠 정도로 얼굴을 가깝게 맞대고 있었다. 그는 득달같이 달려가 그 둘을 멀찍이 떼어 놓고 싶은 충동이 치미는 걸 가까스로 억눌러 참았다.

「중위님, 듣고 계십니까?」

한숨 소리가 섞여 있는 음성에 고개를 돌리니 존이 그를 빤히 쳐다보고 있었다. 모든 걸 꿰뚫어 보는 유능한 상사의 눈빛에 그는 뜨끔했다.

「흐흠.」

그 시선에 머쓱해져 그는 헛기침을 했다. 그리고 모든 말을 놓치지 않고 듣고 있었던 척을 했다. 하지만 한참이나 존의 말을 흘려듣고 있었던 탓에 무슨 대화 중이었는지 감이 잡히지 않았다. 그러나 현명하게 그 사실을 내색하지 않았다.

존은 잠깐 그를 빤히 바라보더니 이내 다시 대화를 이어 나갔다. 놀랍게도 존은 그가 기억하는 부분에서부터 이야기를 이어 가고 있었다. 눈치 빠른 상사답게 상급자를 배려해 다시 처음부터 설명을 해 주고 있는 건지, 아니면 정말로 지금 말하는 부분부터 대화가 중단됐던 건지 확실치 않았지만, 어쨌든 존이 기억하는 부분에서부터 이어 간 덕분에 파악하는 데는 어려움이 없었다.

제스는 이번에는 존의 말을 놓치지 않으려 온 정신을 집중시키며 업무 보고를 경청했다. 그러나 채 1~2분도 지나지 않아서 그의 시선은 또다시 진에게로 슬금슬금 돌아가고 있었다. 다행스럽게도 그녀는 더는 태영과 가깝게 마주 보고 있지 않았다. 둘은 따로 떨어져 각자 앉아 있었고, 그녀는 피곤했는지 어느새 의자 등받이에 기대어 잠이 들어 있었다. 고개를 아래로 떨어뜨리고 꾸벅꾸벅 졸고 있는 모습이 귀여웠다.

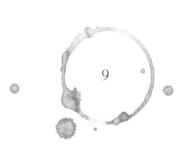

9

아이는 울고 있었다. 어둠 속에서 작은 아이가 겁에 질린 눈빛을 한 채 위를 올려다보고 있었다. 아이는 고사리 같은 작은 손을 가슴 위로 모은 상태였고, 작은 눈망울에선 투명한 눈물이 방울방울 흘러내리고 있었다.

잘못했어요. 잘못했어요.

무엇을 그리 잘못했는지 아이는 연신 두 손바닥을 교차해 비벼대며 용서를 구하고 있었다. 아이의 흐느낌은 가슴을 저밀 만큼 서러웠다. 보는 이로 하여금 짠한 감정을 자아내고 있었다. 그러나 그런 아이를 냉정한 눈빛으로 내려다보고 있는 눈앞의 악마에게는 조금의 동정심도 없었다. 광기에 가득 찬 그 두 눈엔 오직 미움과 증오만이 가득했다. 악마는 울퉁불퉁한 팔을 높이 들어 아이의 작은 몸을 사정없이 채찍질했다. 악마의 두 팔이 휘두르고 지나간 자리는 금세 흉측한 흔적이 새겨지고 있었다.

퍽. 퍽.

이년아, 나가 죽어.

악마는 언제나처럼 더러운 하수구의 썩은 악취가 풍기는 말들을 쉼 없이 쏟아 내고 있었다.

잘못했어요. 제발 용서해 주세요. 흐흐흑.

그러나 아이는 몰랐다. 자신이 무얼 잘못했는지, 왜 이렇게 맞아야 하는지 그 이유를 알지 못했다. 그래도 아이는 맞지 않기 위해 계속해서 빌었다. 그리고 미쳐 날뛰고 있는 악마의 분노를 잠재우기 위해서도 아이는 빌고 또 빌었다. 마치 고장 난 전축을 틀어 놓은 것처럼 아이는 같은 말을 반복하고 있었고, 그로 인해 아이의 가녀린 음성은 점점 거칠게 갈라지고 탁하게 흐려지고 있다.

악마는 아이를 때리다가 힘이 부치는지 술병을 들어 입에 콸콸 부어 댔다. 그러자 아이는 더욱 겁에 질렸다. 흐느낌이 거세졌다. 악마에게 술은 광기를 부추기는 원료였다. 술이 들어간 악마는 더욱 광폭해졌다. 시뻘겋게 변한 두 눈을 까뒤집으며 발광했다. 이번에는 발을 한껏 들어 올려 아이를 세게 걷어찼다.

이 쓸모없는 버러지 같은 년. 네년은 쓸데없이 밥만 축내는 밥벌레야. 그년도 다 네년 때문에 도망간 거지. 이 아무짝에도 쓸데없는 병신 같은 년.

퍼억.

아악.

악마의 발길질에 아이는 비명을 지르며 방구석 저편으로 나가 떨어졌다. 벽과 세게 부닥친 아이는 작은 몸을 둥글게 말았다. 마치 습한 장판 속을 기어 다니는 공벌레처럼. 악마는 공벌레가 된 아이의 둥근 몸을 다시 걷어찼다.

니 에미랑 똑같은 년. 차라리 죽어.

악마가 벼락같은 고함을 내질렀다. 고막을 찢을 듯한 그 커다란 소음에 아이는 질겁했다. 공포로 숨이 막혔다. 아이는 악마가 미웠다. 악마가 무서웠다. 악마가 두려웠다.

그리고 죽고 싶지 않았다. 그래서 아이는 빌었다. 악마의 발길질에 둥글게 말고 있던 몸을 풀고 힘겹게 일어나 그를 향해 빌고 또 빌었다. 악마의 폭주가 끝나길, 그의 광폭한 분노가 진정되길 바라며.

개같은 년. 애새끼 데리고 가게 내가 놓아줄 줄 알아? 더 꼭꼭 숨길 거라고. 아무도 찾을 수도, 데리고 갈 수도 없게. 네년 인생을 끝까지 망가뜨릴 거라고. 흐흐흐.

악마는 실성한 사람처럼 두서없는 말들을 지껄이고 있었다. 비열한 웃음을 흘리고 있었다.

잘못했어요. 살려 주세요. 잘못했어요.

아이의 작은 눈에선 굵은 빗줄기가 쉼 없이 몰아치고 있었다.

도와주세요. 제발, 제발 악마의 분노를 진정시켜 주세요. 저를 구해 주세요. 이 고통이 끝나게 해 주세요.

아이는 속으로 열심히 기도했다. 교회에선 기도하면 구원을 받는다고 가르쳤다. 간절한 마음으로 기도를 하면 전지전능하신 하나님은 어떤 소원이라도 모두 이루어 준다고 했다. 그래서 아이는 악마에게 맞을 때마다 교회의 가르침에 따라 하나님을 찾았다. 수십 번, 수백 번, 수천 번 기도했다.

그러나 신은 결코 아이의 간절함이 담긴 기도를 들어주지 않았다. 아무리 마음으로 간청하고 기도를 해 봐도 악마는 단 한 번도 매질을 멈추지 않았다. 제풀에 지칠 때까지 계속해서 아이를 때렸다. 아니면 끊임없는 매질을 견디지 못한 아이가 결국엔 까무룩 정신을 잃을 때까지 때렸다.

지금도 마찬가지다. 아이는 여전히 간절함을 담아 기도했지만 고통스러운 매질은 결코 멈추지 않는다. 오히려 더욱 거세졌다.

잘못했어요. 제발 그만 때리세요. 제발 용서해 주세요. 잘못했어요.

쉬지 않고 용서를 구하는 탓에 목구멍이 따끔따끔 아팠지만 아이는 멈추지 않고 계속 웅얼거렸다. 악마를 올려다보며 작은 두 손을 파리처럼 비비며 용서를 빌었다.

퍼억.

퍽. 퍽.

아악.

다 네년 탓이야. 네년이 잘못해서 맞는 거라고. 니 에미도 니

년이 꼴 보기 싫어서 도망간 거야! 그러니 맞아야지. 맞아야 정신을 차리지. 이 개잡년! 이 화냥년들!

악마도 여전히 같은 욕설을 반복하며 주먹을 휘둘렀다. 악마는 모두 아이의 탓이라며 분노했다. 악마는 자신이 휘두르고 있는 끔찍한 폭력에 정당성을 부여하고 있었다.

악마의 말들에 아이는 울음을 터트렸다. 정말로 모든 게 자신의 잘못처럼 여겨졌고, 그래서 더 무서웠다. 결국, 악마의 손에 죽게 될까 봐 두려웠다.

내가, 내가 나쁜 아이이기 때문에…… 제 기도는 들어주시지 않는 건가요?

내가 나쁜 거라서, 나쁜 아이라서…… 정말 그런 거예요?

악마의 말처럼 모든 게 다 제 잘못인 건가요?

아이는 절망했다. 도돌이표처럼 되풀이하던 기도를 멈췄다. 어차피 기도는 이루어지지 않는다. 악마는 지치기 전엔 결코 지금 행하고 있는 매질을 멈추지 않을 것이다.

그리고 오늘로 끝이 아니겠지.

악마의 폭력은 영원토록 이어질 것이다. 악마가 죽든지, 아니면 매를 맞다가 자신이 죽게 되는 상황이 오게 될 때까지 매질은 이어질 것이다. 아이는 이미 알고 있었다. 신은 없다는 걸. 설사, 신이 있더라도 결코 자신을 도와주진 않을 거란 걸.

교회의 가르침은 틀렸다. 전지전능한 하나님은 자애롭지 않다. 그도 방관자일 뿐이다. 아니, 어쩌면 자신의 외침만 들리지 않는 걸지도. 영혼이 없는 자의 기도는 하늘에까지 닿지 않는 건지 모른다. 아이는 알고 있다. 자신의 영혼은 이미 악마에게 먹혀 버렸다는 걸……

이젠 기억에서조차 점점 흐릿해져 가는 어머니의 텅 비어 버린 육신처럼 자신 또한 숨은 쉬고 있지만 이미 죽은 것과 다를 바가 없는 상태라는 걸 알았다. 악마를 올려다보며 잘못을 비는 아이의 상처투성이 얼굴에는, 작은 두 눈에는, 영혼이 없다. 텅 비어 있었다.

「진, 진, 정신 차려요.」

어깨를 흔드는 강한 힘에 진은 눈을 번쩍 떴다. 고개를 드니 제스가 눈앞에 있었다. 그는 웃고 있지 않았다. 무언가 근심이 있는 사람처럼 그의 얼굴은 불안해 보였다.

여기가 어디지?

그가 왜?

무슨 일이 있는 건가?

그녀는 당황해 두 눈을 미친 듯이 깜박거리다가 이내 기억해 냈다. 자신은 지금 미국으로 가는 수송기 안에 앉아 있었다.

지하실 창고. 존슨 소령과 테일러 상병. 폭력. 두 명의 미군들.

모든 게 기억났다. 달갑지 않은 공포감이 온몸을 휘감았다. 팔에 오소소 돋아난 소름에 몸서리치며 불쾌한 기억을 저만치 밀어 두려 애를 썼다.

「미안해요. 깜빡 잠이 들었나 봐요. 도착한 건가요?」

목이 꽉 잠겨 있었다. 잔뜩 갈라져 나온 소리는 무슨 말인지 알아듣기 어려울 정도였다. 마른침을 힘겹게 넘기며 작게 나 있는 창문으로 시선을 돌렸다. 수송기는 아직 하늘을 날고 있었다. 주변을 둘러보자 그녀 좌측으로 태영이 잠들어 있었고, 웨인 상사는 조금 더 떨어진 뒤쪽 좌석에서 마찬가지로 잠들어 있었다.

「아직입니다. 괜찮습니까?」

「네?」

제스의 걱정 어린 질문에 어리둥절해졌다.

왜 그러는 거지?

입을 열어 말을 하려 했지만 이상하게 입술이 무거웠다. 굳게 다물려진 입술은 마치 녹이 슨 창틀같이 뻑뻑했다. 영문을 몰라 눈만 깜박거리고 있자 그가 조심스럽게 손에 무언가 쥐여 줬다. 손수건이었다.

이걸 왜?

그의 시선은 눈가에 머물러 있었다. 진은 그제야 자신이 울고 있었음을 깨달았다.

맙소사.

깜짝 놀라 얼굴에 손을 대니 양 볼이 눈물로 축축했다. 아직도 두 눈에선 눈물이 흐르고 있었다. 그녀는 당황해 손수건을 꽉 쥐었다. 그리고 무의식적으로 팔을 들어 소매로 얼굴을 쓱쓱 문질렀다.

「그러지 말아요. 얼굴에 상처가 날 수 있습니다.」

그가 낮은 음성으로 귓가에 속삭였다.

「당신만 괜찮다면 내가 닦아 주겠습니다.」

힘주어 붙잡고 있는 손수건을 도로 가져가더니 그가 눈가를 어루만졌다. 그 손길에 흠칫 몸을 떨었다. 춥지 않은데 마치 추운 것처럼 온몸이 덜덜 떨리고 있었다.

「……괜찮아요. 당신을 다치게 하지 않을 겁니다.」

조건반사적인 경계심에 고개를 뒤로 빼자 그가 다시 속삭였다. 허스키한 그의 음성이 귓가를 어루만지자 긴장으로 바싹 날이 서 있던 신경이 느슨해졌다. 고개를 들고 그를 바라봤다. 눈앞에 있는 사람은 제스였다. 자신을 위험에서 구해 준 용맹하고 다정한 제스, 그는 친구였다. 경계의 대상이 아니다. 그는, 악마가 아니다.

나쁜 사람이 아니야.

가만히 속으로 되뇌었다. 희미하게 남아 있던 경계심이 완전히 허물어지며 그의 손길을 허락했다. 그의 손길이 눈물로 얼룩져 있는 얼굴에 닿았지만 이번엔 피하지 않았다. 그가 하는 대로 내버려 두었다.

곧 제스의 손길에 의해, 그의 손수건에 의해 그녀의 얼굴은 말끔해졌다. 눈물의 흔적은 모두 사라졌다. 대신 그의 손수건에 그 흔적이 고스란히 옮겨 가 남게 되었다. 새하얀 손수건은 눈물과 화장품으로 얼룩져 있었다.

「미안해요. 세탁해서 돌려줄게요.」

그의 손에서 손수건을 뺏으며 속삭였다. 정신은 뚜렷한데 이상하게 음성은 멍한 기운이 서려 있었다. 영혼이 빠져나간 공허한 울림이었다. 다시금 잠긴 목을 가다듬었다.

「미안해요. 악몽을 꾸었나 봐요. 고마워요.」

진은 억지로 양 입가에 곡선을 그리며 웃으려 애썼다. 하지만 생각처럼 잘 되지 않았다. 아마도 거울로 보면 그녀의 얼굴은 잔뜩 일그러져 있을 거 같았다. 그래서 그냥 웃는 걸 포기했다. 아무런 표정도 짓지 않았다. 슬픈 표정도.

「미안…….」

사과를 되풀이하는 음성엔 여전히 멍한 기운이 서려 있었다.

「쉿, 아무 말 하지 말아요. 그냥, 지금은 아무 말 안 해도 됩니다.」

생기가 느껴지지 않는 두서없는 사과에 그가 고개를 가로저으며 중간에 말을 잘랐다. 그러고는 어깨를 끌어당겨 가슴에 기대게 했다. 따뜻한 위로와 친근한 애정이 묻어나는 포옹이었다.

따뜻해.

제스의 품은 따뜻하며 포근했다. 마음이 편안해졌다. 몸 전체로 퍼져 가는 뜨뜻한 온기에 경직된 신경이 서서히 풀려 나가며 나른해졌다.

마치 따스한 볕이 내리쬐는 봄날 싱그러운 잔디 위에 누워 얼굴을 간질이는 시원한 바람을 맞는 안락한 여유가 감도는 기분이었다. 그 싱그럽고 포근한 온기를 더 느끼고 싶어 본능적으로 제스의 품 안으로 더 가까이 파고들었다.

그의 단단한 가슴에 얼굴을 묻으며 지친 눈을 감았다. 그가 나눠 주고 있는 온기에 와들와들 떨리고 있던 몸의 진동도 서서히 잦아들고 있었다. 좋은 향기가 났다. 숨을 들이쉴 때마다 맡아지는 시원한 박하 향에 몽롱해 있던 머리도 점차 맑아지고 있었다.

쿵. 쿵. 쿵.

규칙적으로 뛰는 그의 심장 고동 소리가 자장가가 되어 울렸다. 또다시 졸음이 몰려들었다. 참으려 했지만 눈꺼풀이 조금씩 무거워지고 있었다. 하지만 잠드는 게 무서웠다. 꿈을 꾸는 게 무서웠다. 날카로운 비명을 내지르는 피폐한 몰골을 한 아이의 모습도 보고 싶지 않았고, 악마의 흉측한 얼굴과도 마주하고 싶지 않았다.

「다시 잠들어도 괜찮아요. 내가 당신을 지킬 테니 안심해도 됩니다.」

다정한 제스의 음성에 놀랍게도 불안한 마음이 한결 사라지는 것 같았다. 안심이 되었다. 정말로 그가 악마에게서 자신을 안전하게 지켜 줄 것만 같았다. 스르륵 눈이 감겼다. 등을 토닥이는 그의 손길을 느끼며 다시 잠에 빠져들었다.

꿈속에서 아이는 보이지 않았다. 흉측한 분노로 가득 차 있는 악마도 없었다. 오직 안전함이 가득 느껴지는 평온만이 남아 있었다.

○ ● ○

수송기가 미국 서부에 위치한 미 해병대 기지에 도착한 이후에
모든 일은 4배속 빨리 감기를 설정해 놓은 것처럼 아주 빠르게
돌아갔다. 수송기에서 내릴 때는 다시 마주칠 틈도 없이 존슨 소
령과 두 미군은 헌병대에 끌려 구금되었다.

진은 오랜 조사를 받았다. 모든 조사에 성실히 임했다. 태영도
분리되어 같이 조사를 받았다.

모든 조사를 다 받고 나올 때 테일러 상병과 마주쳤다. 여군은
정신없이 빠르게 처리되어 가는 현재의 상황에 불안과 혼란을 느
끼고 있는 것 같았지만, 적어도 더 이상 그들에게 괴롭힘 당하지
않게 된 것에 대해서는 무척 다행스러워하고 있었다. 여군은 그
모든 괴롭힘을 끝낼 수 있게 도와준 그녀에게 거듭 감사 인사를
전했다.

마침내 모든 조사를 다 마치고 기지 근처의 호텔에 도착하니
어느새 정오가 지난 이른 오후였다. 여러 날 동안 경직된 자세로
조사를 받으며 긴장한 탓인지 어깨 근육이 뭉쳐 통증이 일고 있
었다. 정복을 입고 있을 땐 더욱 바른 자세를 유지해야 했기에 등
과 허리가 뻣뻣한 느낌이었다. 그래도 이제 모든 일이 다 끝났다
는 홀가분함에 마음만은 가벼웠다.

범죄를 저지른 그들은 모두 합당한 처벌을 받게 될 것이고, 낸

시 테일러 상병은 늦었지만 정당한 정의를 돌려받을 수 있게 되었다. 진은 그것에 매우 감사했다.

똑똑똑.

문을 두드리는 소리에 정복을 벗으려던 손을 멈췄다. 문을 여니 제스가 서 있었다. 그도 정복 차림이었다. 주름 한 점 없는 미 해병대의 정복은 그의 몸에 꼭 맞아 근사했다.

「안녕하세요.」

진은 환한 웃음을 지으며 반가움을 표현했다. 수송기에서 내린 날 이후 처음 보는 거였다. 아마 그는 그녀보다 더 정신없이 바빴으리라.

「최대한 빨리 일을 끝내고 간 거였는데 벌써 떠나고 없더군요.」

「어머, 그랬나요. 수고스럽게. 피곤해서 바로 왔어요. 나도 방금 온 거예요. 아마 간발의 차로 엇갈렸나 봐요.」

「네. 그런 거 같군요.」

「아, 잠시 들어오시겠어요?」

제스를 계속 바깥 복도에 세워 두고 있다는 걸 인식하고선 문을 활짝 열었다.

「아닙니다. 밖으로 나갈 겁니다. 식사를 해야죠. 아직 점심 전이죠?」

그러나 이번에도 그는 안으로 들어오지 않고 한 걸음 뒤로 물러나 고개를 저었다.

「네.」

숙소에 도착할 때만 해도 오랜 조사를 받느라 피로가 쌓여 밖으로 나가기보단 방에서 해결할 생각이었다.

「룸서비스를 시킬까 했어요.」

「와 보길 잘했군요. 미국까지 와서 숙소에만 박혀 있을 겁니까? 설마 벌써 룸서비스를 시켰나요?」

「아직요.」

그의 물음에 고개를 가로저었다.

「다행이군요. 같이 식사를 하도록 하죠. 밖에서.」

「좋아요.」

제스의 점심 초대에 룸서비스는 제쳐 두었다.

「그럼 가시죠.」

「아…… 잠시만요. 옷을 좀 갈아입을게요. 불편해서요. 괜찮겠죠?」

「그럼요. 복도에서 기다리겠습니다.」

진은 문을 닫고 얼른 정복을 벗었다. 빠른 걸음으로 옷장으로 갔다. 군복과 검은색 원피스가 있었다. 자연스럽게 군복을 꺼내 입으려다가 그가 정복 차림임에 생각이 미쳤다. 다시 바닥에 벗어 둔 정복을 바라봤다. 불편했지만 치마로 된 정복이 보기엔 더 여성스러웠다. 그의 정복 차림에 맞추기 위해서 도로 주워 들었다.

그러다 다시 고민에 휩싸였다. 정복이 불편해 갈아입는다고 했는데 다시 정복을 입고 나가자니 그것 또한 부자연스러울 것 같았다. 남은 선택지는 검은 원피스였다.

하지만 망설여졌다. G−스탄에서처럼 지금의 점심도 데이트가 아니었다. 물론 이번엔 제스와 단둘뿐이었지만, 결코 데이트 같은 상황이 아닌 건 분명했다. 그는 혼자 호텔 방에 처박혀 있을 딱한 처지를 배려해 순전히 동료애 차원으로 점심 식사를 청했을 것이다. 그런 상황인데 마치 데이트인 것처럼 너무 차려입고 나가면 이상하게 보일 것 같았다.

어떻게 하지?

진은 한참 동안 갈팡질팡하다가 결국 결단을 내렸다. 반쯤 입은 군복을 다시 벗고 검은색 원피스를 꺼내 입었다. 데이트는 결코 아니었지만 군복 차림으로 나가기엔 꺼려졌다. 예뻐 보이고 싶은 여자의 허영심이었다.

그리고 지금 머릿속 고민은 공연한 걱정일 수도 있었다. 비록 데이트는 아니지만 이곳은 미군 기지도 아니었다. 굳이 군복을 입어야 할 의무감이나 필요성은 없다. 이곳 호텔에 머무르고 있는 대부분의 사람은 일반인이었고 모두 평상복 복장을 하고 있었다.

별다른 뜻이 있는 건 아냐.

변명조의 말을 중얼거리며 검은색 원피스의 지퍼를 올렸다. 원피스는 아무런 무늬도 없는 단순한 디자인이었다. 하지만 옷을 다 입고 새로운 시선으로 살펴보자니 지나치게 여성스러운 옷이라는 생각이 들었다. 민소매에 네모난 모양으로 파여진 네크라인은 일자로 깊게 뻗은 쇄골 선을 고스란히 드러내고 있었고, 상체와 허리 부분도 딱 붙어 날씬해 보이도록 강조되어 있었다. 치마는 무릎 아래까지 내려오는 길이라 단정해 보이긴 했지만, 상의 부분이 마음에 걸려 카디건을 걸쳤다.

거울로 모습을 확인했다. 전체적으로 검은색 일색이어서 약간 장례식에 가는 느낌이 났지만 전체적으로 단정해 보였다. 그가 입고 있는 정복과도 어울리는 격식을 갖춘 차림새였다.

머리 모양에 시선이 갔다. 뒤로 바싹 당겨 쪽 지게 묶은 머리를 풀까 하다가 그만두었다. 너무 공들여 꾸민 듯한 인상을 줄까 봐 마음에 걸렸다. 대신 얼굴을 확인했다. 화장으로 멍 자국들은 완벽하게 가려져 있는 상태였다. 생기 없는 입술에 보습제만 바른 뒤 가방을 챙겨 방을 나섰다.

「갈까요?」

제스는 텔 복도 벽에 등을 기댄 채 비스듬히 서 있었다.

「샤워를 한 건 아니죠?」

그가 흘깃 시선을 주더니 자신의 손목시계를 번갈아 보면서 약간 의문스러운 표정으로 질문을 던졌다.

「네. 왜요? 아…… 내가 늦게 나왔나 보군요.」

자꾸 이 옷 저 옷 입고 벗으며 갈팡질팡하느라고 시간이 오래 걸린 모양이었다.

「아닙니다. 약 15분 정도 걸렸습니다. 하지만 전엔 10분 만에 샤워도 하고 옷을 갈아입고 나오기에 이번엔 1~2분 정도만 걸릴 거라 예상했었죠. 그런데 빗나갔군요.」

그는 장난스러운 어조로 말하며 씩 웃었다. 웃음기 어린 그의 눈빛이 내포하고 있는 생각을 굳이 상상하지 않으려 노력했지만 점점 민망해졌다.

너무 차려입었나?

하지만 다시 갈아입기엔 이미 늦었다. 얼굴이 홧홧하게 달아올랐다.

「어서 가죠.」

차림새에 대해 변명을 늘어놓을까 하다가 분위기가 더 이상해질 것 같아 그냥 고개만 끄덕였다. 앞만 보고 빨리 걸었다. 이렇게 당황해 있을 때 입에서 나오는 말들을 조심해야 했다. 또 뇌를 거치지 않은 아무 말들을 입에서 나오는 대로 뱉어 낼 수 있었다.

이를테면 정복을 입은 그의 모습이 너무 멋지다는 말 같은. 그래서 그의 멋진 차림새에 걸맞게 옷을 맞추려다 보니 시간이 흐르는 줄도 모르고 있었다고.

해병대 정복을 차려입은 제스의 모습은 계속해서 쳐다보고 싶은 마음이 들 만큼 남자다운 매력이 흘러넘쳤다. 그리고 그건 혼자만의 생각이 아님을 증명하듯 호텔 복도와 엘리베이터에서 마주치는 여성들 모두 그를 곁눈질하며 돌아봤고, 말을 걸고 싶어 하는 기색이 역력했다. 정복을 차려입은 제스는 매력적인 남성미가 물씬 풍기는 마초남으로 보였다. 그에게선 진정한 남자의 카리스마가 자연스럽게 풍겨 나왔다. 일부러 멋지게 보이려 터프함으로 과장되게 행동을 꾸미지 않아도 그가 진짜 남자라는 건 풍기는 분위기로 알 수 있었다.

「먼저 물어볼 게 있습니다.」

엘리베이터가 로비에 도착하자 그가 먼저 말을 꺼냈다.

「네? 아, 네. 물어볼 게 뭐죠?」

진은 곁눈질로 그를 훔쳐보고 있던 걸 들킨 건가 해서 깜짝 놀랐다. 공연히 마음이 찔려 목소리에 잔뜩 힘이 들어갔다.

「점심에 대해서요. 혹시 부모님 집에서 식사해도 괜찮겠습니까? 미국의 평범한 가정식 요리입니다. 당신이 싫다면 호텔 식당에서 먹을 겁니다.」

그가 깍듯하게 예의를 갖춰 물었다.

「당신 부모님 집을 말하는 건가요? 여기에 계시나요? 아, 혹시 같이 사는 건가요?」

한국에선 결혼하지 않은 많은 독신 남성들이 부모님과 같이 살았다. 제스는 미국인이지만 한국인들처럼 부모님과 같이 살 수도 있는 거니까.

「아니요. 내 집은 기지 근처에 있고 부모님 집은 더 멀리 외곽으로 있습니다.」

그는 고개를 가로저었다.

「난 해외로 많이 돌아다닙니다. 부모님을 자주 찾아뵙지 못해요. 그래서 기회가 될 때마다 보려고 노력합니다.」

「난 괜찮아요. 오히려 초대해 준다면 감사하죠. 하지만 내가 같이 가도 되나요? 가족 모임인데?」

「부모님도 좋아하실 겁니다. 그분들 집은 늘 손님으로 가득 차 있어요. 전에 말했었죠, 아버지가 목사시라고요. 새로운 친구를 사귀는 걸 매우 좋아합니다. 특히 교회를 다니지 않는 무신론자를 만나게 되는 걸 아주 좋아하시죠. 그들을 하나님의 품으로 인도하는 걸 사명으로 여기시거든요. 종교가 있습니까?」

「……글쎄요.」

제스의 질문에 그녀는 망설였다. 성인이 되어서는 따로 종교를 챙긴 적이 없었다.

「어릴 때 잠시 교회나 성당에 가 본 적은 있지만 성인이 되어서는 거의 없어요. 성경책은 읽어 보긴 했지만 그건 믿음에서 비롯된 건 아니에요. 그냥 독서의 일종이었죠.」

진은 솔직하게 대답했다.

「그렇다면 아버지께서 당신을 아주 많이 반기실 거 같군요. 혹시 그런 분위기가 불편하다면 지금 말해 줘요. 부모님은 나중에 찾아뵈어도 괜찮으니까.」

「아뇨. 괜찮아요. 나 때문에 그러진 말아요.」

그녀는 황급히 고개를 저으며 말했다.

「당신 부모님이 어떤 분이실지 궁금했어요. 당신을 보면 당신 아버님께서도 군인이거나 아니면 굉장히 남성다운 직업을 가지고 계실 거 같았거든요. 이를테면, 격투기 운동선수나 운동 코치요. 그런데 목사라고 해서 놀랐어요.」

「하하. 아버진 외모와 다르게 비폭력주의자입니다. 완전한 평

화주의자시죠. 만나 보면 내 말이 무슨 말인지 바로 알 수 있을
겁니다.」

그의 말에 그녀는 그의 부모님이 어떤 분들일지 더욱 궁금해졌
다.

그의 차는 호텔 바로 앞에 주차되어 있었다. 미국에서 흔하게
볼 수 있는 픽업트럭이었다. 그가 차 문을 열어 주자 진은 조심스
럽게 차에 올라탔다.

차 내부는 깔끔했다. 좋은 향기도 났다. 전에 그의 품에서 맡았
던 시원한 박하 향이 코끝을 맴돌았다. 그가 차에 올라타자 박하
향이 한층 더 진해졌다.

차는 곧 출발했다. 진은 괜스레 긴장되는 마음을 진정시키려
가슴을 지그시 눌렀다. 작은 울림이 손바닥을 타고 전해져 왔다.

○ ● ○

그의 차가 아주 잘 손질된 색색의 장미꽃들이 화사하게 피어
있는 정원이 있는 작고 아담한 집에 멈추어 설 즈음 그제야 남의
집을 방문하면서 빈손으로 온 것에 생각이 미쳤다. 꽃다발이라도
샀어야 했다.

하지만 집 정원에 피어 있는 장미꽃을 보자니 어차피 꽃 선물
은 실용성이 없을 듯했다. 정원에 피어 있는 장미가 더 예뻤고 더
싱싱해 보였다.

「초대받아 온 건데 빈손으로 와서 어쩌죠? 미처 생각을 못 했어요.」

「선물은 필요 없어요. 격식을 갖춘 식사 자리도 아닙니다.」

곤란한 표정을 지으며 걱정스럽게 말하자 제스는 별일 아니라는 듯 가볍게 대꾸하며 차에서 내렸다. 진은 그가 조수석 차 문을 열어 주려 돌아오기 전에 서둘러 차에서 내렸다. 역시나 그가 조수석 차 문 쪽으로 걸어오고 있었다.

「한발 늦었군요.」

그가 빙긋 웃으며 말했다.

「누군가 차 문을 열어 주는 데 익숙지 않아서요. 그리고 보다시피 나도 두 손이 멀쩡해요.」

그를 향해 두 손을 들어 보였다. 장난스러운 행동에 그가 조금 더 크게 웃었다. 그의 웃는 얼굴이 좋았다. 그 환한 웃음이 보고 싶어 자꾸 그를 웃게 하고 싶었다.

「이쪽입니다.」

그녀는 제스가 안내하는 곳으로 걸음을 옮겼다. 정원에 나 있는 짧은 돌담길을 걸어 현관문 앞에 도착하자 그가 벨을 누르기도 전에 문이 활짝 열렸다.

「제스, 왔구나.」

안에서 몸집이 작은 나이 든 여성이 나왔다. 그 여성은 제스를 보자마자 환하게 웃더니 그를 끌어안았다. 진은 문을 열고 나온 나이 든 여성이 그의 어머니일 거라고 짐작했다. 웃음이 닮아 있었다.

「어머니, 한국에서 G-스탄으로 의료 파병을 나온 진 킴 대위님이에요.」

제스가 소개를 해 주자 진은 몸에 밴 습관에 허리와 고개를 깊이 숙였다.

「저기…… 진 킴이라고 합니다.」

긴장한 탓인지 목소리가 흉하게 갈라져 나왔다. 게다가 바보처럼 앵무새같이 이름만 되풀이하고 인사를 끝내 버렸다. 만나 뵙게 되어 반갑습니다, 라는 그 흔한 인사말조차 머릿속에 떠오르지 않을 만큼 낯선 상황에 경직되어 있었다.

「반가워요. 아주 예쁘고 예의가 바른 분이시네요. 어서 들어와요. 앤 히버트예요.」

허리를 숙이고 나서야 그의 어머니가 자신의 앞으로 내민 손을 봤다. 진은 얼굴로 열이 오르는 걸 느끼며 뻣뻣하게 꺾여 있는 허리를 반듯하게 펴고 그의 어머니가 내민 손을 공손하게 맞잡았다.

「네. 반갑습니다, 여사님」

「이런, 귀부인을 부르는 것 같은 낯간지러운 호칭은 그만두고 편하게 앤이라 불러 줘요.」

푸근한 인상만큼 말투도 부드러웠다. 진은 제스와 함께 앤의 안내를 따라 집 안으로 들어갔다.

집 안은 바깥의 정원만큼 아기자기하고 예쁘게 꾸며져 있었다. 거실 한쪽 벽 전체에 사진이 든 액자가 빼곡하게 걸려 있었다. 가족사진이었다. 한눈에 봐도 화목해 보이는 사진들이었다.

「제스, 왔구나.」

거실 안쪽에서 나이 든 남성이 쾌활한 목소리로 인사하며 나와 제스를 끌어안았다. 그는 마치 나이 든 제스 같았다. 부자는 놀랄 만큼 똑 닮아 있었다. 큰 키와 어울리는 커다란 덩치에 웃을 때 눈가에 잡히는 주름마저도 빼닮아 있었다.

「이 여성분이 네가 말한 그 군의관 대위님이신 거냐? 난 남자 동료인 줄 알았더니?」

그의 아버지가 눈을 반짝이며 바라봤다. 장난기 다분한 쾌활한 음성까지도 닮아 있었다.

「로버트 목사님이에요. 여기 오기 전에 미리 전화를 드렸어요. 손님이 동행할 거라고 말입니다.」

제스가 그의 아버지를 소개해 주며 덧붙여 설명했다.

「반가워요. 진이라고 불러도 괜찮지요?」

「네. 편하게 불러 주세요. 처음 뵙겠습니다, 목사님.」

아까와 같은 실수를 하지 않고 이번엔 정중하게 인사에 답했다. 맞잡은 손에서 전해지는 로버트 히버트의 힘찬 에너지에 조금이나마 긴장을 풀었다.

「그냥 편하게 로버트라고 불러요.」

편하게 이름으로 부르라는 말에 일단 웃음만 지었다. 한국식 예의범절이 몸에 밴 그녀로서는 어려운 서양식 문화였다.

「마침 식사 준비가 다 된 참이었어요. 다들 손 씻고 식탁으로 오세요.」

앤이 활달한 음성으로 외치고 먼저 부엌으로 들어갔다.

「이쪽으로 와요. 욕실로 안내해 드리겠습니다.」

「네.」

제스가 안내해 준 욕실로 들어가 문을 닫았다. 세면대에서 손을 씻고 거울을 보니 뺨이 발그스름했다. 긴장감 때문인 듯했다. 사랑이 넘치는 가족 모임에 익숙하지 않았다. 사랑으로 가득 찬 자식과 부모의 관계도.

사랑으로 가득 찬 부모와 자식은 여전히 낯설고 이질감이 드는 관계였다. 제스의 가족은 지금 잠깐 보았을 뿐이지만 서로 사랑으로 끈끈하게 연결되어 있었다. 사랑을 주고받는 것에 거리낌이 없었다. 모든 게 자연스러웠다.

똑똑.

노크 소리에 진은 멍한 정신을 수습했다. 문을 여니 제스가 서 있었다.

「혹시 길을 잃은 건가 해서요. 모두가 기다리고 있어서.」

그가 웃으며 말했다. 그도 어느새 편한 옷으로 갈아입은 상태였다. 아무 무늬도 들어가 있지 않은 회색 라운드 티에 청바지를 입은 모습은 군인처럼 보이지 않았다. 아주 편안해 보이는 그 모습이 의외로 아기자기하게 꾸며진 이 작은 집과 조화를 이루며 잘 어울렸다.

집이 주는 편안함인가?

집이란 단어도 생소하게 와닿는 단어였다. 그녀에게 집이란 단순하게 잠을 자는 숙소 그 이상의 의미는 되지 못하기에.

「방금 나가려던 참이었어요.」

진은 서둘러 그를 따라 다이닝 룸으로 갔다. 네모난 식탁에는 이미 그의 부모님이 앉아 있었다. 그녀는 제스와 함께 그들의 맞은편에 앉았다.

「겉옷은 벗어 둬요. 답답할 텐데.」

노출이 있는 원피스여서 카디건을 벗기가 망설여졌다. 하지만 기다리고 있는 세 쌍의 눈들을 마주하고 있자니 벗지 않고 버티고 있기에도 부담스러웠다.

「고마워요.」

다시 찾아든 긴장감에 목소리가 흉하게 갈라져 나오지 않게 조심했다.

「편하게 생각해요. 제스의 친구는 나와 남편의 친구이기도 하답니다.」

앤의 미소는 따뜻했다.

「네. 감사합니다.」

진은 앤을 마주 보며 수줍게 웃었다.

「우린 식사 전 감사기도를 올리는데 괜찮나요?」

로버트가 다정하게 물어 왔다.

「네. 그럼요.」

곧 기도가 시작되었다. 진은 서둘러 눈을 감고 두 손을 모았다.

「주님, 감사합니다.」

로버트는 먼저 진을 위한 기도를 했다. 자신을 향한 기도에 진은 움찔 놀랐다. 로버트는 제스를 통해 자신을 이들 곁으로 보낸 신께 감사를 표했다. 그는 그녀의 인생에서 언제나 신이 함께하길 바란다고 했다.

그는 신이 함께하는 삶을 축복이라고 표현했다. 신에게 축복받는 삶은 고통이 사라지는 행복한 삶이라고 말하고 있었다. 그는 그녀가 그런 삶을 살길 오늘부터 매일 기도하겠다고 덧붙였다.

「이렇게 다 같이 모여 맛있는 음식을 먹을 수 있는 은혜를 내려 주셔서 감사합니다.」

로버트는 아들의 안전에 대해서 기도를 한 다음 앤이 차린 음식에 대한 감사의 마음을 전하며 기도를 끝냈다.

「아멘.」

진은 기도가 끝나자 서둘러 그들을 따라서 '아멘'을 덧붙였다. 누군가가 자신을 위해 기도를 해 준다는 게 이상했다. 모두 낯선 경험이었다.

「어서 들어요.」

식사가 시작되어도 대화는 계속 이어졌다. 제스의 가족들은 음식을 먹으면서도 스스럼없이 서로 이야기를 나누었다. 그 광경마저도 어색한 경험이었다. 어린 시절엔 대부분 혼자서 밥을 먹었고, 간혹 친부와 밥을 먹을 땐 대화는커녕 날 선 긴장감으로 제대로 밥을 씹지도 못했다. 체한 날이 부지기수였다.

어머니의 집에서도 별반 다르지 않았다. 예의와 격식을 이유로 식사 자리에서는 입을 열지 않아야 했다.

「우리 조용한 아가씬 고양이가 혀를 물어 갔나? 도통 말이 없군요.」

그들의 대화를 가만히 듣고만 있던 진은 갑작스러운 질문에 화들짝 놀랐다.

「……죄송해요. 이런 분위기에 익숙지 않아서요. 그러니까, 식사를 하면서 대화를 하는 거요.」

어색한 미소를 지으며 변명하듯 설명했다.

「한국에선 어떤데요?」

「보통 조용히 식사하는 편이에요. 말을 하지 않아요. 식사를 마친 후 다과를 들 때 서로 대화를 나눠요.」

하지만 그때에도 그녀는 대화에 동참한 적이 거의 없었다. 류 대장과 지혁이 같이 없을 때면 다른 가족들에게 자신의 존재는 투명 인간과 다를 바 없었다. 특히 류민영 여사에겐 더더욱 철저하게 무시되곤 했다. 그럴 때마다 어머니는 언제나 죄인의 표정으로 안절부절못했다.

「이해하기 어려운 문화 차이군요.」

「다른 집들은 그러지 않을 거예요. 저희 집 어른들께선, 전통을 중시하셔서 그런 거죠. 옛날 분들이세요.」

「그렇다면 오늘 색다른 경험을 하는 거군요. 음식은 입맛에 맞나요?」

「네. 너무 맛있어요. 훌륭한 요리예요.」

정말 그랬다. 차려진 음식은 언뜻 보기엔 평범해 보이는 미트소스 스파게티와 샐러드, 그리고 오븐에 구운 치킨 요리였지만 맛은 그 어떤 식당에서 먹어 봤던 것보다 더 맛있었다.

「맛있다니 다행이네요. 아가씬 살이 좀 더 쪄야겠어요. 설마 요즘 현대 여성들처럼 다이어트 중인 건가요? 그래서 적게 먹는 거라면 제발 중단하라고 권해야겠군요. 건강에 좋지 않아요. 그리고 지금도 아주 날씬해요.」

담긴 음식을 아직 절반도 채 먹지 못한 상태로 남아 있는 그녀의 그릇을 보며 앤이 상냥한 어조로 물었다. 그들은 벌써 음식을 거의 다 먹어 가고 있었다. 진은 대화를 하면서도 어떻게 그렇게 음식을 빨리 먹을 수 있는지 신기했다.

「아니요. 다이어트를 하는 건 아니에요. 전 음식 먹는 속도가 엄청 느려요. 고쳐 보려 해도 잘 안 되고 있어요.」

아마 어린 시절부터 눈치를 보며 밥을 먹다 보니 느리게 먹는 습관이 든 듯했다.

「그렇담 다행이에요. 천천히 다 들어요. 그다음에 사과 파이를 내올 테니 그것도 많이 들어요. 아주 달콤해요. 제스가 가장 좋아하는 디저트랍니다.」

「네. 감사합니다.」

친근한 앤의 태도가 낯설었지만 불편하진 않았다. 진심 어린 앤의 말은 감동이었다.

식사를 끝날 즈음에는 한결 더 편안한 마음으로 대화에 동참하게 되었다. 거실 소파에 둘러앉아 디저트와 차를 마시며 가족 앨범을 구경하기도 했다. 그들은 그녀가 모르는 제스에 대한 이야기를 많이 들려주었다. 놀랍게도 그는 어린 소년이었을 땐 체구가 무척 작았다고 했다. 현재 그의 체격에선 상상조차 되지 않을 진실이었다. 그는 태어날 때부터 지금처럼 거인이었을 것만 같았다.

하지만 그의 어린 시절 사진을 보여 주자 믿을 수밖에 없었다. 사진 속 소년은 정말로 제스였다. 지금과는 전혀 다른 작은 꼬마였다. 그녀는 제스의 귀여운 소년 시절이 담긴 사진들을 보며 많이 웃었다.

앤의 디저트도 매우 훌륭했다. 진은 이토록 바삭하면서 동시에 사과의 과즙이 촉촉하게 전해지는 파이는 먹어 본 적이 없었다. 놀라운 맛이었다. 제스를 향한 앤의 정성이 듬뿍 담긴 파이였다.

그의 부모님은 상상대로 정말 훌륭한 사람들이었다. 그리고 아들을 몹시 사랑했다. 벽에 걸린 사진과 앨범을 모두 보고 난 후 더 확실하게 알 수 있었다. 어떻게 그럴 수 있는지 궁금해졌다.

어떻게 자식에게 무한한 사랑을 쏟을 수 있지?

다시 만난 어머니도 노력했다. 제스의 부모님처럼 무한한 사랑을 쏟아부으며 많은 정성과 노력을 기울였다. 그러나 어머니의 사랑을 온전하게 받아들이기에 그녀의 마음은 이미 고장 나 있었다. 그녀에게 사랑은 늘 늦은 타이밍으로 찾아왔다. 절실하게 사랑이 필요할 땐 품 안에 잡히지 않아 놓고서, 정작 사랑을 원치 않을 땐 깊숙이 파고들었다. 인생은 참 아이러니했다.

「G-스탄에서의 임무는 이제 끝난 게냐?」

로버트는 아들의 근황에 관해 물었다. 씁쓸한 생각은 지워 내고 대화에 집중했다.

「아니요. 내일 오후에 다시 돌아가야 해요. 갑자기 오게 된 건 기지 내에서 불미스러운 폭행 사건이 발생했기 때문이에요. 그 일과 관련해 조사를 받기 위해서 임시로 온 거예요.」

「폭행 사건이라니? 너와 관련이 된 거니?」

그의 대답에 앤이 놀라며 되물었다.

「아뇨. 다른 병사와 관련된 사건이에요. 진이 여군을 괴롭히고 있던 해병대 장교를 색출해 냈어요. 그 여군을 집단 괴롭힘에서 구해 낸 거죠.」

「어머, 아주 큰일을 하셨네요. 그래서 다친 건가요? 괜찮은 거예요?」

앤이 멍이 든 얼굴을 가리키며 묻자 진은 반사적으로 상처 난 얼굴에 손을 댔다. 완벽하게 가려지진 않은 모양이었다.

「조금 다친 거예요. 그리고 사실 전 별로 한 게 없어요. 오히려 위험 상황에 빠진 절 제스가 구해 줬죠. 저도 도움을 받은 쪽입니다.」

그녀는 고개를 저으며 제스의 말에 부정하는 대답을 했다.

「너무 겸손한 말입니다. 당신이 아니었다면 그 여군은 아직도 그들에게 괴롭힘을 당하고 있었을 겁니다. 아마 더 많은 여군 피해자가 생겼을지도 몰라요. 당신이 한 일은 칭찬받아 마땅합니다.」

그의 칭찬에 진은 기쁘기도 했지만 한편으론 어색하기도 했다. 특히 지금처럼 그의 부모님들이 빤히 바라보고 있는 상황에서는 더욱 어색했기에 말없이 웃기만 했다.

「기지에서 지내고 있나요?」

앤이 불쑥 물었다.

「아닙니다. 기지 근처 호텔에 묵고 있어요. 다른 한국군 장교와 함께요. 그도 목격자여서 같이 조사를 받아야 했습니다.」

「너도 같은 호텔에 묵고 있니?」

「아니요. 전 집이 있잖아요.」

제스가 짤막하게 답했다. 그 대답에 앤은 다시 그와 그녀를 번갈아 쳐다봤지만 진은 그걸 알아차리지 못했다.

「진, 오늘은 이곳에서 자고 가는 게 어때요? 저녁에 교회에서 조촐한 파티가 열릴 예정이거든요. 같이 참석하면 어떨까요? 아주 즐거울 거예요.」

앤이 활짝 웃는 얼굴로 교회 파티에 그녀를 초대했다.

「네? 그, 그게 전…….」

갑작스러운 제안에 깜짝 놀라 말을 더듬었다. 뭐라고 답해야 할지 고민되었다.

「사실 제스를 몇 개월 만에 본 거랍니다. 내일 G-스탄으로 돌아가면 분명 또 오랫동안 못 볼 텐데 오늘 밤 자고 가면 아주 기뻘 거예요. 집에 손님방이 있으니 같이 편하게 묵어가도 된답니다. 그리고 파티도 정말 재밌을 거예요. 댄스파티거든요.」

앤은 한쪽 눈을 찡긋 거리며 유쾌한 어조로 거듭 강조했다.

「하지만…….」

그녀는 계속 망설였다. 한 번도 친구 집에서 잠을 자 본 적이 없었다. 당연했다. 친구가 없었으니까. 그리고 댄스파티라니, 모두 경험해 보지 못한 일들이었다.

「진이 불편할 겁니다. 내일 가기 전에 다시 들르겠어요.」

제스가 끼어들어 대신 거절하는 답변을 내놓았다.

「오…… 불편할까요?」

그러자 약간 시무룩해진 앤이 그녀를 바라보며 재차 물었다. 앤의 눈빛엔 아쉬움이 가득 담겨 있었다. 그 눈빛에 진은 마음이 약해졌다.

「아니에요. 폐가 되지 않는다면 하루 묵어가겠습니다. 꼭 여행 온 기분일 것 같아요. 게다가 댄스파티라니, 정말 재밌을 거 같아요. 비록 전 춤은 못 추지만요.」

결국, 앤의 간절한 눈빛을 지나치지 못하고 진은 하룻밤 자고 가라는 제안을 받아들였다.

「그건 걱정하지 말아요. 그냥 음악에 몸을 맡기면 되니까.」

앤이 다시 환하게 웃으며 기뻐했다. 손님이 하루 묵고 가는 게 오히려 불편한 일일 텐데도 앤은 진심으로 좋아하고 있었다.

「그리고 제스가 춤을 꽤 잘 춘답니다. 남편을 닮았죠. 금방 배울 수 있을 거예요. 그럼 난 파티에 가기 전에 손님방 준비를 좀 할게요. 차를 마시며 제스와 천천히 얘기를 나누고 있어요.」

앤은 소파에서 일어나더니 말릴 새도 없이 남편인 로버트를 데리고 2층으로 올라가 버렸다. 갑자기 거실에 제스와 둘만 남게 되자 진은 묘하게 어색해졌다.

「부모님께서 조금 극성이죠. 아시다시피 자식은 나 혼자라.」

제스가 멋쩍은 웃음을 지었다.

「무척 좋은 분들이신걸요.」

그의 부모님을 오늘 처음 봤지만, 오랫동안 알고 지낸 것 같은 친숙한 기분이 들었다. 그와 처음 친구가 되었을 때 느꼈던 기분과 비슷했다. 앤과 로버트는 제스만큼이나 사랑이 넘치는 사람들이었다.

「지금이라도 호텔로 가고 싶다면 말해요. 데려다 드리겠습니다.」

「아니에요. 어차피 거기서 할 일도 없었는걸요. 잠자는 장소만 바뀐 거잖아요. 그리고 사실 조금 궁금하기도 했어요.」

「뭐가 말입니까?」

「친구 집에서 자는 거요. 한 번도 없거든요. 어떤 기분일까 궁금했어요.」

「한 번도요? 어릴 때도? 설마 친구 집에서 자고 가지 않는 것도 한국의 전통문화인 겁니까?」

「아니요. 전통문화는 아니에요. 전에 말했죠. 난 친구가 별로

316

없다고요. 사실 정말 없어요. 친구라고 꼽을 수 있는 사람은 태영 정도예요. 하지만 태영이와는 성인이 되어서 친구가 된 거니까요. 집에 놀러 가 성인 남녀 단둘이 파자마 파티를 할 순 없잖아요.」

물론 태영은 스스럼없이 자신의 집에 놀러 올 것을 여러 번 청했었지만 그녀가 거절했었다. 태영이 불편해서는 아니었다. 다만 친구 집에 놀러 간다는 것 자체가 낯설었다.

「휴우…… 그렇군요. 둘이서 파자마 파티라니.」

제스는 잠옷을 입은 진의 모습을 상상해 내지 않으려 애쓰며 진의 말을 되풀이했다. 게다가 태영과 단둘이라니, 절대 안 될 일이다. 어찌 됐든 태영 그도 남자니까.

「왜 친구가 없던 거죠? 당신은 매우 사랑스러운데요. 그러니까 친구로서 말입니다.」

제스는 자신의 속마음을 진에게 들키지 않으려 친구라는 단어에 조금 힘을 줬다.

「당신은 정말 칭찬이 너무 과해요. 난 칭찬에도 익숙하지 않아요. 하지만 기분은 좋네요. 그렇게 말해 줘서요.」

제스의 칭찬에 쑥스러웠던 진은 얼굴을 붉히지 않으려 일부러 장난스럽게 대꾸했다.

「그렇다면 앞으로는 칭찬에 익숙해질 수 있도록 더 많이 칭찬하겠습니다. 그리고 여전히 내 질문에 대한 답을 피하고 있어요.」

제스가 끈질기게 물어 왔다. 진은 난감했다.

「당신 얘기를 해 봐요. 내 어린 시절 이야기는 아까 다 들었잖아요. 나도 당신의 어린 시절이 궁금합니다.」

제스는 진의 어린 시절이 그다지 행복하지 않았을 것으로 짐작했다. 그녀의 눈물을 목격한 후 든 확신이었다. 잠이 들었다면 듣지 못했을 정도로 숨죽인 흐느낌엔 억눌린 슬픔이 가득했다.

잠에서 깬 진은 단순하게 악몽을 꾼 거라고 말했지만, 그는 그녀의 악몽이 단순한 악몽이 아님을 어렴풋이 알아챘다. 아마도 불우한 과거와 관련이 있을 거라는 게 제스의 결론이었다.

「음…… 무슨 말을 어떻게 해야 할지 모르겠어요. 알다시피 난 내 이야기를 하는 데 익숙하지 않아서.」

진은 계속 머뭇거렸다. 얼굴도 약간 경직되어 있었다. 시선을 피하려 했지만 그는 끈질기게 그녀의 시선을 붙잡은 채 놔주지 않았다. 눈빛으로 설득했다.

「일단 수송기에서 보였던 눈물에서부터 출발하면 어떻겠습니까?」

빙빙 돌리지 않고 단도직입적으로 물었다.

「……별로 유쾌한 이야기가 아니에요.」

단호한 질문에 진은 당황했다. 급격하게 표정이 어두워졌고 목소리에도 그늘이 낮게 깔렸다.

「괜찮아요. 내게 얘기해 주겠습니까?」

그러나 그는 부드러운 말투로 계속해서 끈질긴 설득을 이어나갔다.

「…….」

하지만 진은 쉽사리 말을 하지 않았다. 그는 참을성 있게 기다렸다. 그녀의 눈빛을 붙잡고 놔주지 않은 채 닫힌 마음의 문을 두드렸다.

「……꿈을 꿨던 거 같아요.」

진심이 담신 설득에 진이 어렵게 입을 열었다. 그는 서두르지 않고 기다려 주었다. 그녀 스스로 아픈 과거의 이야기를 꺼낼 수 있도록 조바심을 감췄다.

「요즘엔 잘 꾸지 않았었는데…… 존슨 소령에게 당한 폭력이 자극이 되었나 봐요.」

진은 서글픈 표정으로 웃었다.

「내 어린 시절은, 폭력으로 물들어 있어요. 친아버진 그다지 좋은 사람이 아니었어요.」

첫 시작이 어려웠지 한마디 뱉어 내고 나니 그다음은 쉬웠다.

「전에도 잠깐 말했었죠? 친부는 알코올 중독에 도박 중독이었어요. 나중에는 술이 아닌 다른 거에도 취해 있을 때가 많았는데, 지금 생각해 보면 마약이었던 거 같아요. 아무튼, 온갖 나쁜 것들에 모두 중독되어 있었죠. 그래서인지 폭력적이기도 했어요.」

그리고 악마였죠.

진은 속으로 그 말을 덧붙였다.

「당신을 때렸나요?」

당연히 때렸을 것이다. 알코올과 도박, 마약에 중독된 사람이 얼마나 폭력적으로 변할 수 있는지는 그도 잘 알고 있었다.

아니나 다를까, 그녀로부터 긍정하는 말이 이어졌다.

「네. 그리고 내 어머니도 많이 때렸어요. 결국, 폭력을 못 견딘 어머니가 떠나자 그는 더욱 술에 빠져들었고, 어머니 대신 날 때리기 시작했죠. 내가 어머니를 많이 닮았거든요.」

제스는 분노를 느꼈다. 그녀는 그런 아픔을 겪어선 안 되었다. 어린 소녀가 폭력 앞에서 울부짖었을 모습이 떠오르자 고통스러운 마음이 들었다.

「전에 열여섯 살 때부터 어머니가 재혼한 집에서 살았다고 했었죠? 몇 살 때 어머니가 떠난 겁니까?」

「아마 예닐곱 살 때쯤이요.」

젠장!

그러면 진은 거의 10년 가까이 폭력적인 아버지 밑에서 고통받아 온 거다. 잔인한 진실에 저절로 인상이 찌푸려졌다.

「왜 당신 어머닌 당신을 두고 혼자 떠난 겁니까? 본인이 떠나버리면 혼자 남은 당신이 친부에게 어떤 고통을 받을지 알았을 텐데요.」

「……막다른 길에 몰렸던 거예요. 어머닌 스스로를 챙길 여력도 안 될 만큼 무너졌던 거죠.」

어머니에게도 과거 암흑의 시절은 고통이었다. 정상적인 삶이 아니었기에 정상적인 사고방식을 유지할 수가 없었을 것이다.

진은 씁쓸한 한숨을 삼켰다.

「아버진 날 절대 포기 안 했어요. 아마 날 붙들어 두면 어머니가 영원히 자신의 곁에서 도망가지 않을 거라고 생각했던 거 같아요. 도망가도 다시 돌아오거나.」

악마는 한심했고 또 비겁했다. 그런데 그녀는 그런 한심하고 비겁한 악마를 두려워하고 있는 것이다. 기가 막힐 정도로 나약한 자신이 끔찍할 정도로 싫었다.

「난 어머니를 붙들어 두기 위한 일종의 도구였던 셈이죠. 항상 그렇게 말했거든요.」

진은 상처도, 상처에 따른 고통도 없는 척 애써 덤덤한 척하려 했다.

「…….」

제스는 분노했지만 침묵을 지키며 고통스러운 이야기를 경청했다. 진의 음성에는 씁쓸함 담겨 있었다. 메마른 공허함이 가득 느껴지는 건조한 음성에 그는 그녀의 손등에 자신의 손을 올렸다. 한기가 깃든 손은 매우 차가웠다.

「어머닌 많이 고통스러워했어요. 거의 매일매일 매를 맞았죠. 친부는 이유도 없이, 때로는 온갖 것들을 구실 삼아 어머니를 때렸어요. 내 기억 속 어머니의 얼굴은 언제나 상처투성이였어요. 머리부터 발끝까지 온통 멍들어 있었죠.」

끔찍한 이야기뿐이었다. 그는 어린 소녀가 느꼈을 무한한 공포와 슬픔에 가슴이 아팠다. 폭력의 기억들은 쉽사리 지워지지 않는다. 트라우마로 남아 있을 게 분명했다. 그 증거의 한 예로 그녀는 아직도 악몽에 시달리고 있었다. 자면서도 눈물을 흘릴 만큼 고통과 밀접해 있었다.

「정말 유쾌하지 못한 이야기죠? 사람의 기분을 우울하게 만드는 이야기예요.」

그녀의 눈동자에는 슬픔이 가득했다.

「그런데도…… 더 듣고 싶어요?」

진은 확인하듯 다시 물었다.

「당신에겐 고통스러울 거라는 건 압니다.」

떨리고 있는 진의 손을 강하게 붙잡았다.

「하지만 고통스러운 기억은 숨길수록 더욱 고통스러워지는 법입니다. 상처를 억지로 감춰선 안 된다고 생각합니다. 도망치는 건 올바른 해결책이 될 수 없어요. 때로는 누군가에게 털어놓는 그 자체만으로도 상처의 무게가 조금은 가벼워질 수도 있는 겁니다. 그러니 내게 말해 주겠습니까?」

상처들을 내게 나눠 줘요. 당신이 조금이나마 편해질 수 있게.

마지막 말은 그저 생각으로 남긴 채 그는 진의 이야기를 기다렸다. 그녀의 얼굴은 고통으로 물들어 있었다.

「불행한 환경에서 자라다 보니 외향적이고 밝은 성격이 되지 못했어요. 늘 주눅 들어 있었고 소심했죠.」

진은 다시 천천히 이야기를 이어 나갔다.

「게다가 마을 사람 전체가 아버지를 아주 싫어했어요. 하루가 멀다고 행패를 부리며 돌아다녔거든요. 그러다 보니 자연스레 날 보는 시선도 곱지 못했어요. 또래 친구들은 나를 피하거나 아니면 괴롭히거나 둘 중 하나였어요. 거기선 친구를 사귈 수가 없었어요.」

그래서 늘 외톨이였죠.

진은 아직도 눈을 감으면 생기 없이 파리한 안색을 한 아이가 떠올랐다. 늘 구석에 웅크리고 앉아 사람들의 시선을 피하던 불쌍한 아이는 그녀의 어린 시절이었다.

「당신 아버진 어떻게 되었습니까?」

설마 지금도 당신을 괴롭힙니까?

제스는 알고 싶었다. 아니, 알아야만 했다.

「열여섯 살 때 어머니와 다시 살게 되었다고 했는데, 혹시 아버지가 돌아가신 겁니까?」

「아뇨. 도박 빚을 갚을 수 없어서 도망쳤어요. 돈을 빌린 사채업자들 손에 죽지 않으려 야반도주를 한 거죠. 나만 혼자 버려두고. 난 차라리 다행이라고 생각했어요. 아버지의 폭력에서 벗어나게 되었고 이리저리 철새처럼 옮겨 다니는 삶에서도 벗어날 수 있었으니까요. 그 뒤론 할머니와 둘이 살았는데, 할머니도 건강이 좋지 않았어요. 얼마 지나지 않아 돌아가셨고, 난 정말 혼자가 되었죠. 장례 마지막 날 어머니가 찾아왔어요. 내 앞에…… 무릎을 꿇고 용서를 빌었어요. 어린 날 놔두고 가 버린 것에 대해 용서를 빌었죠. 그렇게 어머니 집에서 살게 된 거예요.」

악마에게서 해방되었을 때 그녀는 처음으로 자유란 걸 맛보았다. 그래서 악마가 되돌아오지 않길 그녀는 간절하게 빌고 또 빌었다. 악마에게 맞을 때마다 주문처럼 읊조렸던 그때의 기도들보다 더 많은 간절함이 들어가 있는 기도를 수없이 올렸다. 그러자 정말 놀랍게도 신은 10년 가까이 묵살해 왔던 그녀의 기도에 응답을 해 주었다. 그녀의 간절한 기도를 비로소 들어준 것이다. 어머니를 보내 그녀가 육체적으로나마 악마에게서 벗어날 수 있게 해 주었다.

「하지만 어머니 집에 가게 돼서도 비슷했어요. 환경은 좋아졌지만…… 난 친구 사귀는 법을 몰랐어요. 그래서 그냥 혼자 있는 걸 택했어요. 마음이 더 편했거든요. 눈치 보지 않아도 되니까.」

진은 억지로 입가를 들어 올려 웃으려 했지만 얼굴 근육은 굳어만 갔다. 어릴 적 과거의 기억이 떠오를 때면 조건반사적으로 얼어붙었다.

그래서 누구에게도 과거의 이야기를 하려 하지 않았다. 심지어 그녀를 처음 빛으로 이끌어 준 지혁에게도. 같은 고통을 공유하고 있는 어머니를 대할 때도 마찬가지였다. 결코 과거의 그 무엇도 입 밖으로 꺼내지 않았다. 어머닌 그 자신이 상처를 극복한 경험을 토대로 어린 딸도 정신과 상담을 받으며 과거의 고통에서 벗어나 치유되길 바랐지만, 그녀는 그것도 거부했다.

그녀는 철저하게 과거의 기억에서 자신을 분리하려 했다. 아무 일도 겪지 않은 것처럼. 악마와 살았던 적도 없는 것처럼. 그리고 폭력의 희생양이 아니었던 것처럼. 과거의 자신과 현재의 자신을 완전히 분리하고 상처를 숨기기만 했다.

하지만 그 방법은 성공하지 못했다. 과거는 끈질기게 현재를 따라다녔고, 현재뿐만 아니라 미래의 삶에까지도 부정적 영향을 끼치려 했다. 그녀를 여전히 외톨이로 만들었고, 폭력의 늪에서 허우적대게 했다. 끊임없는 고통을 안겼다. 절망의 늪을 절대로 빠져나가지 못하게 발목을 붙잡아 어둠 속에 고립시켰다.

그랬었는데…….

지금 그녀는 과거에 관해 이야기하고 있었다. 자신과 가장 가까웠다고 생각한 지혁에게도 차마 털어놓지 못했던 어린 시절 학대받은 기억을, 비록 일부일지라도 제스에게는 털어놓고 있었다.

대체 왜?

제스를 쳐다봤다. 자신의 손을 꽉 잡아 주고 있는 그의 손을 물끄러미 바라봤다. 커다란 손이 전하고 있는 온기는 무척 따뜻했다. 보호받는 기분이 들었다. 위로도, 그리고 사랑받는 것 같은 착각이 잠시 일었다.

사랑이라니…….

물론 사랑엔 여러 종류가 있다. 제스가 그녀에게 주고 있는 사랑은 우정이다. 그러니 사랑이라는 단어를 가져다 쓰기보다는 애정이라고 표현하는 게 더 정확하리라. 애정이 어려 있는 우정.

어쩌면 그가 보여 주고 있는 그 진심에 용기를 얻어 처음으로 타인에게 아픈 기억을 털어놓을 수 있었던 게 아닐까? 그가 전하고 있는 따뜻한 위로와 애정, 그리고 우정, 그 모든 게 합쳐지자 용기가 생겨난 것이다. 그는 정말 놀라운 사람이었다.

그래서 한편으로는 무섭기도 했다. 그를 잃게 되는 순간이 찾아오는 것이.

「진, 당신은 정말 대단해요. 그런 환경 속에서도 이렇게 훌륭하게 성장했잖아요. 의사가 되었고, 사람들을 돕기 위해 군인이 되었죠. 그래서 G-스탄까지 온 거고요. 당신은 강한 여성입니다.」

아뇨, 난 겁쟁이에 비겁자예요. 그리고 도덕적이지도 못해요. 내 첫사랑은 의붓오빠예요. 그와 불미스러운 행동을 한 것에 대한 추문을 피하고자 도망치듯 G-스탄으로 떠나온 거예요.

진실의 말들이 혀끝에서 빙빙 맴돌았지만, 그녀는 억지로 삼켜 버렸다. 제스에게 한국을 떠나온 진짜 배경에 대해 털어놓기가 두려웠다. 지혁과 벌였던 그 불미스러운 사건을 알게 되면 자신을 다른 시선으로 볼 게 분명했다. 그게…… 두려웠다. 제스마저도 비난하는 눈길로 쳐다볼까 봐.

「아뇨. 난 나약해요. 당신이 생각하는 것만큼 강하지도 않고 또 그다지 좋은 여자도 아니에요. 그리고 박애 정신은 일부였다고 말했잖아요.」

모든 진실을 사실대로 털어놓는 대신 그녀는 자신을 향한 그의 칭찬의 말을 부정하는 걸로 타협을 봤다.

「일부도 있는 건 있는 겁니다. 진, 당신에게 조금 관대해져 봐요. 당신은 자신에게만 너무 엄격한 잣대를 들이대고 있어요.」

그는 강한 힘으로 그녀의 손을 붙잡고 있었다. 그 단단한 손길의 위안에 진은 하마터면 울음을 터트릴 뻔했다. 설명할 수 없는 낯선 감정들이 가슴으로 퍼졌다.

「…….」

복잡하고 어지러운 감정들 속에서도 단 한 가지 확실하게 알 수 있는 건, 그의 목소리가 가진 힘이었다. 그의 저음의 음성은 용기를 내게 했고 그녀로 하여금 무한한 신뢰를 갖게 만들었다. 그가 너는 강한 여성이다, 라고 말하면 진실로 느껴졌다. 정말로 강한 여성이 된 것만 같았다. 그녀로 하여금 무한한 자신감을 가지게 했다. 자존감을 높여 줬다.

「당신은 정말 멋진 남자예요.」

진은 진심과 존경을 담아 말했다. 그녀의 눈은 그를 향한 무한한 신뢰로 반짝거렸다.

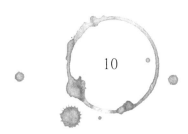

10

수년 만에 찾은 교회는 어색했다. 어릴 때를 제외하곤 찾지 않은 교회였다. 가끔 조용한 곳에 혼자 있고 싶을 때만 병원 안에 마련된 예배당을 찾았을 뿐이다. 그마저도 병원을 나와 군에 입대한 후로는 전혀 없었다. 그랬기에 다시 찾아온 교회는 그녀에게 무척 어색하고 부담스럽게 다가왔다. 자신과 어울리지 않는 엄숙하고 순결한 장소에 온 것 같아 무거운 중압감이 느껴졌다.

제스와 그의 부모님을 따라 차에서 내린 진은 생각보다 교회의 크기가 작은 것에 그나마 조그만 위안을 얻었지만 딱딱한 긴장감은 여전했다. 주먹 쥔 손바닥에서 축축하게 땀이 배어 나왔다.

「편하게 생각해요. 단순한 사교 파티일 뿐입니다. 예배도 없어
요.」

날 선 긴장감을 눈치챘는지 제스가 그녀의 손등에 손을 얹어
오며 지그시 힘을 주었다. 그 작은 스킨십에 진은 화들짝 놀랐다.
그의 부모님 집 거실에 앉아 깊은 대화를 나눈 이후 그녀는 묘하
게 그를 의식하고 있었다.

누구에게도 자신의 어린 시절 깊은 상처에 관련해서 솔직하게
털어놓았던 적이 없었기에 시간이 흐르자 점차 혼란스러운 마음
이 들었다. 그를 마주 보기가 어색하고, 그가 자신을 어떻게 받아
들였을지 내내 신경 쓰였다

제스는 같이 있으면 무척 편안하고 다정한 사람이었다. 그녀를
위험에서 구해 준 믿음직스러운 사람이기도 했다. 그리고 그는 대
화를 나누기에 즐거운 상대였다. 그는 타인의 이야기를 매우 잘
들어 주었고 포용력 또한 깊은 사람이었다.

그러나 그 모든 것에도 불구하고 그들이 서로를 알게 되고 친
구가 된 시간은 매우 짧았다. 마음속 깊은 상처를 스스럼없이 드
러내는 진지한 대화를 나눌 사이까진 아닌 것이다.

하지만 그녀는 제스에게 자신의 가장 약한 부분을 드러냈다.
심지어 그녀는 어린 시절 상처를 고해 성사하듯 털어놓으면서
미국으로 오는 수송기 안에서처럼 다시 그의 가슴에 안겨 울고
싶은 충동마저도 느꼈다. 자신의 등을 토닥여 주던 그 따뜻한 손

길을 다시 느껴 보고 싶었다. 그건 완벽하게 보호받는 느낌이었다.

그 느낌이 떠올라 그녀는 저도 모르게 손을 잡아 뺐다. 그의 손이 닿았던 그녀의 손등에선 아직도 화끈거리는 열기가 전해지고 있었다.

「이런, 놀라게 할 생각은 없었습니다. 긴장한 것 같아서.」

그녀의 과민한 반응에 제스가 멋쩍은 웃음을 지었다.

「미안해요. 교회에 온 건 너무 오랜만이라서…… 약간 긴장했나 봐요. 꼭 학교에서 잘못을 저지르고 꾸지람을 듣기 위해 교무실로 불려 온 학생이 된 심정이에요.」

「하하. 편안하게 즐겨요. 정말 단순한 사교 모임일 뿐입니다.」

그녀의 말에 제스는 부담감은 전혀 느끼지 말라는 장난스러운 제스처를 취했다. 그리고 다시 그녀의 등을 가볍게 두드렸다. 그의 손길이 등에 닿자 가슴 한 부근이 뻐근해졌다. 아픔이 느껴지는 통증은 아닌, 이상한 울림이었다.

「네.」

진은 가슴에 손을 얹어 잔잔한 진동을 억누르며 고개를 끄덕였다.

「사실 생각보다 교회가 아주 크지 않아 마음이 한결 편안해졌어요.」

작은 교회이니만큼 안에 모인 사람도 그다지 많지 않을 거라고 그녀는 지레짐작했다. 하지만 제스를 따라 들어간 교회 안은 꽤 많은 사람으로 채워져 있었고 이미 시작된 파티의 열기로 흥겨움이 가득 느껴졌다.

사실 파티라는 말은 예스러운 표현이었고, 그의 말대로 친목 모임에 가까웠다. 다과와 음료가 준비된 테이블이 한쪽에 길게 놓여 있고, 사람들은 텅 빈 공간을 자유롭게 돌아다니며 서로 인사를 나누거나 아니면 제각각 무리를 지어 대화하고 있었다.

「사람들이 꽤 많네요.」

진은 자신도 모르게 제스의 팔을 잡으며 작게 중얼거렸다.

「그렇군요.」

그가 팔을 잡은 그녀의 손등을 다정하게 토닥거렸다. 하지만 진은 많은 사람이 모여 있는 교회라는 장소가 주는 긴장감에 바싹 얼어 있는 상태라 그의 친밀한 행동을 인식하지 못했다.

「진, 이쪽으로 와요. 사람들을 소개해 줄게요.」

앤과 로버트가 그녀를 보며 손짓했다. 그들의 웃음기 어린 음성에 같이 서 있던 사람들의 이목이 그녀에게로 집중되었다. 그녀와 제스의 사이가 약간 흥미롭다는 시선이었다. 진은 그제야 자신이 제스의 팔에 매달려 있단 걸 알아차리고 황급히 그의 팔을 놓고 앤과 로버트에게로 갔다. 얼굴이 화끈 달아올라 손바닥으로 가리고 싶었지만, 더 이상하게 생각될까 싶어 참았다.

「다들 인사해요. 한국군 장교 진 킴 대위님이에요.」

그녀가 가까이 다가가자 앤이 친절하게 모여 있던 사람들에게 소개를 해 주었다.

「안녕하세요.」

「반가워요.」

「분위기가 군인처럼 보이지 않아요.」

「군의관이에요.」

사람들의 쏟아지는 인사에 진은 정신을 집중하며 그들 모두와 인사를 나누었다. 모두 근처 주민들이었고 오랫동안 같은 교회를 다닌 사람들이라고 했다.

그들 중에는 제스와 학창 시절을 함께했던 사람들도 있었다. 그들은 처음엔 제스와 무슨 사이인지 궁금한 듯 호기심 어린 눈빛으로 살피다가 그녀가 그와 똑같은 군인 신분임을 알게 되자 저절로 호기심이 풀렸는지 자연스럽게 다른 화제로 넘어갔다. 제스와의 관계를 단순한 동료 사이라고 여기는 듯했다. 안 그래도 한꺼번에 쏟아지는 관심은 감당하기 버거웠던 진은 사람들의 관심에서 벗어나는 것에 안도했다.

사람들은 스스럼없이 앤과 로버트, 그리고 제스와 예전 일들에 관해 대화를 주고받다가도 중간중간 진을 위해서 친절한 설명을 덧붙여 주기도 했다.

진은 아주 흥미롭게 그들의 이야기를 경청했다. 그녀가 모르는 제스의 어린 시절이나 학창 시절이 궁금했기에 그의 친구들이 하는 이야기에 귀를 기울였다.

제스는 여러모로 그녀와 달랐다. 그는 언제나 밝음에 있었고 또 신과 함께였다. 제스와 함께였던 신은, 그리고 이곳 교회에 모인 많은 사람이 말하고 있는 신은 한결같이 사랑이 가득한 신으로 표현되고 있었다. 인자하고, 은혜롭고, 세상 모든 사람을 사랑하고, 그들을 모두 품으로 끌어안는 포용력의 신. 그녀가 알고 있던 무관심의 신과는 아주 많이 달랐다.

왜? 똑같은 하나님인데…….

한국의 하나님과 미국의 하나님은 다른가?

진은 의문이 들었다. 하지만 자신의 그런 의문스러운 생각을 표현하진 않았다. 이곳에 모인 사람들은 너무나 순수했다. 사랑이 넘쳤다. 그리고 믿음에 아무런 의심도 없어 보였다. 그들도 제스처럼 빛 그 자체였고, 그녀의 발을 옭아매던 어둠의 늪 같은 건 존재조차 알지 못했다. 그런 그들의 틈에 끼어 있다 보니 진은 이질감이 들었다.

사람들은 음악이 흘러나오자 자유롭게 오가던 대화를 중단하고 자연스럽게 짝을 지어 음악에 맞춰 춤을 추기 시작했다. 앤과 로버트도 무대로 나가 춤을 즐겼다.

진은 한쪽에 서서 그 모습들을 구경하며 그들이 가진 밝음을 동경했다. 그녀의 시선은 어느새 다시 제스를 찾고 있었고 그를 발견하자 작은 미소가 입가에 자동으로 걸렸다.

그의 댄스 파트너는 학창 시절 친구의 어린 딸이었다. 키가 그의 허벅지 정도밖에 오지 않는 어린 소녀를 위해 제스는 구부정하게 허리를 숙이며 스텝을 밟고 있었다.

어린 소녀는 제스의 능숙한 리드에 맞추어 빙글빙글 돌며 천진난만한 웃음을 얼굴 한가득 머금었다. 진은 그 모습이 너무 예쁘고 사랑스러워 두 사람에게서 눈을 떼지 못했다. 제스는 정말 좋은 아버지가 될 자질이 보였다.

그녀의 악마와는 달랐다. 어린 시절 악마와 살 때 그녀는 세상의 모든 아버지는 모두 악마인 줄 알았다. 자신의 아이를 끊임없이 매질하고 욕설과 저주를 퍼부으며 학대할 것으로 생각했다. 하지만 아니었다.

학교에서 만나는 또래 아이들의 얼굴은 밝았고 그녀 얼굴에 드리워진 그늘이 그들에겐 없었다. 학교 앞까지 데려다주고 하교 시간에 맞추어 아이들을 데리러 오는 아버지들을 봤을 땐 그 낯선 광경에 어린 그녀는 꽤 큰 충격을 받았었다. 세상의 아버지들이 모두 악마는 아니라는 사실은 어린 그녀에겐 엄청난 문화 충격이나 다름없었다.

그런데 그녀의 악마는 대체 왜 보통의 아버지들처럼 되지 못했을까?

왜 자신의 피와 살을 이어받은 자식을 학대한 거지?

왜 자신의 자식을 하나의 생명체로 보지 않고 누군가를 억압하는 족쇄로, 도구로써 사용한 걸까?

언제나 그녀를 따라다니는 의문이었다. 그 대답은 악마 본인만이 해 줄 수 있으나 그녀는 어른이 되어서도 악마에게 묻지 못했다. 자신을 찾아온 악마에게 매섭게 따지기는커녕 눈조차 마주치지 못했다.

겁쟁이…….

진은 쓴웃음을 지으며 고개를 휘저어 유쾌하지 못한 옛 기억을 쫓아 버렸다. 이곳은 순결한 곳이다. 더러운 악마에 대한 기억을 떠올려선 안 되는 공간이다. 우울한 기억도 어울리지 않는 밝음의 장소였다.

「한 곡 추겠습니까?」

어느새 다가왔는지 제스가 바로 눈앞에 서 있었다. 그리고 손을 내밀고 있었다. 방금까지 그의 파트너였던 어린 소녀는 이번에는 자신의 아빠와 신나게 춤을 추고 있었다. 해맑은 미소를 머금은 소녀는 무척이나 행복해 보였다.

「난 춤을 못 춰요.」

진은 멋쩍은 웃음을 지으며 어깨를 으쓱해 보였다. 거절도, 승낙도 아닌 애매한 답변이었다. 그러자 제스가 씩 웃었다. 장난기 다분한 개구쟁이 소년 같은 미소였다.

「그냥 마음이 가는 대로 움직이는 겁니다. 어렵게 생각하지 말아요.」

그러더니 그녀의 손을 잡아끌고 무대 중앙으로 나갔다. 제스에게 이끌려 나가는데 곡이 바뀌었다. 빠른 박자의 경쾌한 음악 대신 느린 박자의 음악이 흘러나왔다. 그러자 방금까지 무대를 차지하고 있던 어린 파트너를 가진 사람들은 무대를 벗어나고 대신 척 보기에도 부부이거나 연인처럼 보이는 커플들이 무대를 채웠다. 그들은 스스럼없이 서로를 다정하게 껴안고는 음악에 맞춰 느릿느릿 몸을 움직이기 시작했다.

진은 갑자기 바뀐 느린 곡조의 음악에 어찌해야 할지 몰라 멍청하게 서 있기만 했다. 그러자 이번에도 그가 먼저 손을 뻗어 그녀의 허리를 감아 가까이 끌어당겼다. 그리고 아주 천천히 발을 움직였다.

진은 머뭇머뭇하다가 제스가 리드하는 대로 그의 스텝을 따라 발을, 또 몸을 움직였다. 시간이 지나자 긴장으로 딱딱해져 있던 근육들이 서서히 이완되면서 뻣뻣했던 몸이 한결 부드럽고 자연스러워졌다. 어느새 그와 함께하는 춤을 즐기게 되었다.

「이상해요.」

「뭐가 말입니까?」

「꼭 이상한 나라에 와 있는 것 같아요. 앨리스가 된 듯한 기분이에요.」

「그럼 난 토끼인 겁니까? 앨리스를 꾀어내는?」

그가 빙그레 웃으며 물었다.

「토끼라기엔 당신은 너무 큰걸요. 그러니까, 체격이요. 당신은…… 잭과 콩 나무에 나오는 거인 같아요.」

「그건 앨리스 동화가 아니잖습니까?」

「그래도 동화잖아요.」

「그리고 착하지도 않고. 악당이라고요.」

「음…… 그럼 미녀와 야수에서의 야수는 어때요?」

「거인에 야수라…… 더 좋은 건 없습니까?」

「야수가 왜요? 왕자라고요.」

그녀의 말에 제스가 낮게 낄낄거렸다.

「이왕이면 그냥 왕자가 더 좋지 않겠어요? 생김새가 사람인. 신데렐라나 백설 공주의 왕자들 같은.」

「하지만 난 미녀와 야수 동화를 더 좋아했어요. 특히 마법이 풀리기 전 야수를.」

「의외군요. 왜입니까?」

「듬직하잖아요. 다른 동화 속 왕자들은 약해 보여서 오히려 보호해 줘야 할 거 같거든요. 하지만 야수는 생김새부터 강하잖아요.」

야수는 스스로를 보호할 수 있죠.

진은 생각했다.

「앨리스도 강하죠.」

「…….」

그의 말에 그녀는 그저 말없이 웃었다.

아니…… 난 나약해요. 다만 그렇지 않은 척할 뿐.

그녀의 속마음은 제스의 말과 반대였다. 하지만 표현하진 않았다.

「춤을 잘 추네요. 따로 배운 건가요?」

진은 안전하게 화제를 돌렸다. 그의 품에 안겨 다시 눈물을 보이고 싶지 않았다.

「부모님 덕분입니다. 틈날 때마다 음악을 틀어 놓고선 춤을 추곤 하셨어요. 그러다 보니 자연스럽게 습득하게 된 겁니다.」

「낭만적이네요.」

「사춘기 시절엔 고역이었습니다. 학교 친구들이 놀려 댔죠.」

하지만 그의 목소리엔 애정이 묻어 있었다. 그가 얼마나 앤과 로버트를 사랑하는지 고스란히 전해졌다.

「앗!」

진은 빙그레 웃으며 머릿속으로 화목한 가족의 모습을 상상해 보다가 그만 제스의 발을 밟고 말았다.

「미안해요.」

그녀는 당황해 제스의 품에서 떨어져 나오려 뒤로 한 발 물러났지만 곧바로 허리를 감싸고 있던 그의 단단한 손아귀 힘에 제지당했다. 그는 아까보다 한층 더 가까이 그녀를 끌어당기고 있었고, 그로 인해 서로의 몸이 더욱 밀접하게 맞닿아지게 되었다.

진은 자신의 가슴과 배, 그리고 허벅지에 제스의 단단한 몸이 꽉 밀착되자 한순간 숨을 쉬는 걸 잊어버렸다. 그러다가 머리가 어질어질해지며 숨이 막혀 오자 그제야 참고 있던 숨을 크게 뱉어 내며 부족한 숨을 채웠다.

「괜찮아요. 아프지 않습니다.」

「계속 당신 발을 밟을 거 같아요. 그러니…….」

'그만 춰야겠어요.' 라고 말하려 했지만 제스가 틈을 주지 않고
중간에 끼어들었다.

「한 번도 춤춰 본 적이 없는 겁니까? 그러니까…… 남자와?」

「네. 처음이에요.」

「그렇다면 영광인걸요.」

「뭐가요?」

「당신과 공유할 수 있는 추억이 생겼다는 게 말입니다. 당신
기억 속에 내 자리가 생긴 거니까. 언제나 처음은 오래 기억되는
법이죠.」

「…….」

진은 다시 입을 다물 수밖에 없었다. 그리고 잠시 생각했다.

단순하게 친구로서 하는 말인가? 보통 친구들은 이런 대화를
스스럼없이 하는 건가?

진은 슬며시 제스를 올려다봤다. 그의 얼굴은 여전히 밝은 웃
음만이 존재하고 있었다. 그의 표정은 선량했고 천진난만했으며
순수했다. 헷갈릴 건 없다.

……그는 좋은 친구야.

마음과 머릿속으로 세뇌하듯 되뇌며 스스로를 꾸짖었다. 역시
그녀는 친구를 사귀는 일에 서툴렀다.

쓸데없는 오해나 하려 하다니…….

과도한 상상에 민망해진 마음을 웃음으로 가리며 그녀는 입을 열었다.

「나야말로 영광이에요. 점심에 초대해 주어서. 덕분에 색다른 경험을 해 볼 수 있었어요. 아…… 이런, 당신이 정말 앨리스의 토끼였네요.」

그녀의 말이 우스운지 그는 다시 껄껄 웃었다. 웃는 그의 얼굴은 매력적이었고 핸섬하게 보였다.

정말로…….

그녀는 또다시 생각했다. 역시 제스의 웃는 얼굴은 보기 좋다고.

○ ● ○

'당신은 정말 멋진 남자예요.'

제스는 잠을 이룰 수 없었다. 진이 던졌던 말들이 그의 수면을 방해하고 있었다. 물론 그녀는 단순히 친구로서 자신을 생각하고 있단 걸 잘 알았다. 그녀의 음성엔 편안함이 묻어 있었고 무한한 신뢰가 존재했다. 뜨거운 욕망은 전혀 섞여 있지 않은 순수한 우정에서 비롯되어 나온 말이다.

알면서도 진정되지 않는 흥분으로 야기된 심란함에 뒤척이다가 결국 침대에서 일어나 앉았다. 자신의 방 바로 옆방에 진이 잠들어 있었다. 그들 사이엔 얇은 벽 하나만이 존재했다. 유혹을 느꼈지만, 그녀가 잠들어 있는 옆방으로 숨어 들어가지 않기 위해 무던히 애를 썼다.

그녀는 그를 친구로서 믿고 있었다. 그리고 같은 군인으로서. 그녀가 그를 보며 느끼는 건 단순한 우정이었다. 그 순수한 믿음을 더럽힐 순 없다.

문득 한국에서 그녀를 기다리는 남자가 있을지 궁금해졌다. 어림짐작으로 없을 것이라 여기고 있을 뿐, 직접 물어본 적은 없었다.

아직도 그의 손엔 그녀의 가느다란 허리를 감싸 안았을 때 느꼈던 부드러운 감촉이 남아 있는 상태였다. 그녀는 품에 딱 들어맞았다. 가녀린 몸은 아주 부드러웠으며 치명적일 만큼 달콤했다. 그의 정신은 아직도 몇 시간 전 그녀를 안고 춤을 추던 시간 속에 머물러 있었다.

그녀의 모든 것이 미칠 듯이 궁금했다. 그녀를 기다릴 남자가 있을지, 혹은 그녀가 기다리는 남자가 있을지. 하지만 그녀는 친구를 잘 사귀지 못한다고 했다. 친구가 거의 없다고 했다. 남자와 춤을 춰 본 적도 없다.

그렇다면 남자도 없지 않을까?

제스는 자신을 비웃었다. 진은 언젠간 떠날 사람이다. 그녀의 파병 기간은 길지 않았다. 아니면 그녀보다 자신이 먼저 G-스탄을 떠나게 될 수도 있었다. 그가 G-스탄에 머무는 건 한시적이다. 명령 불복종에 대한 최종 처분이 내려지게 되면 다시 본국으로 돌아가야 했다. 꼭 본국이 아니더라도 또 다른 전쟁터로 떠나게 될 수도 있다.

진은 한국인이다. 그녀의 집도, 직장도 모두 한국에 있었다. 한국과 미국은 먼 거리였다. 장거리 연애를 하기엔 가까운 거리가 아니었다.

젠장, 연애라니…….

끝없이 뻗어 나가는 생각에 당황했다. 진은 그를 전혀 남자로 인식하지 않고 있다. 그저 타국에서 사귄 친구 정도로만 생각하고 있을 게 분명했다. 그가 지금 느끼고 있는 감정과는 다를 것이다. 시간이 지날수록 그의 감정은 커지고 있었다. 점점 속수무책으로 그녀에게 빠져들고 있었다.

진은 멋진 여성이었다. 불우한 어린 시절을 보내고도 놀랄 만큼 반듯하게 잘 자랐다. 직업적으로도 성공했다. 그렇게 되기까지 아마도 수많은 노력을 기울였을 것이다.

담담한 어조로 어린 시절에 관해 이야기하던 진의 얼굴이 떠올랐다. 무심한 말투로 상처를 감추었지만 그는 그녀가 아직도 어린 시절의 아픈 기억에 고통받고 있음을 눈치챌 수 있었다.

그는 이야기를 듣는 내내 얼굴도 모르는 그녀의 친부에게 강렬한 증오를 느꼈다. 힘없는 자에게 폭력을 행사하는 건 크나큰 죄악이었다. 그는 목사인 아버지처럼 완벽한 비폭력주의자는 아니었지만 적어도 약자에게 폭력을 사용해선 안 된다고 생각했다.

하물며 어린아이들에게는 더더욱. 그들은 마땅히 보호받아야 할 존재다. 아무 이유 없이 매를 맞았을 어린 시절의 진을 생각하자 분노가 일었다. 상처 입고 힘겹게 살아왔을 삶이 가여웠고 더 이상 상처받지 않도록 보호해 주고 싶었다.

침대에서 일어나 창가로 다가갔다. 쉽게 잠들 수 있을 것 같지 않았다. 그의 마음속은 어느새 두 가지 마음으로 분열된 채 치열하게 싸우고 있었다. 그녀가 잠들어 있을 옆방으로 찾아가고 싶어 하는 마음과 그 유혹을 필사적으로 억누르려 하는 또 다른 마음. 그는 지금 이 순간 진이 잠들어 있는 옆방으로 몰래 기어들어 가지 않기 위해 모든 자제력을 그러모으며 필사적으로 버티고 있었다.

끓어오르는 몸의 열기를 식히기 위해 창문을 열었다. 새벽 공기가 밀려들어 왔다. 상념이 뒤엉킨 한숨을 내뱉고 크게 숨을 들이마셨다. 새벽 공기에 실린 여러 가지 향기가 코끝을 자극했다. 잘 손질된 정원의 나무와 잔디에서 올라오는 싱그러운 자연의 향기였고, 정원 가득 피어 있는 장미꽃에서 풍겨 나오는 진한 꽃향기도 있었다. 그리고⋯⋯.

진한 장미 향에 가려 미약했지만, 분명히 느낄 수 있는 레몬 향기가 새벽 공기를 따라 달빛 비추는 창문을 통해 방으로 흘러 들어오고 있었다. 그건 진의 향기였다.

장미 향보다 더 달콤하고 치명적인 유혹을 머금은 레몬의 향.

제스는 충동적으로 발코니로 한 걸음 나아갔다. 시선을 옆으로 돌리니 운명처럼 그곳에 그녀가 있었다. 잠옷 대신 건네주었던 흰색 티셔츠를 입고서 달빛 쏟아지는 창가에 기대어 서 있었다. 환상보다 더 환상 같은 광경에 박제된 것처럼 그 자리에서 꼼짝도 할 수 없었다.

꿈결 같은 시선은 손수건을 향해 있었다. 자그마한 손으로 꼭 붙들고 있는 새하얀 손수건을, 그녀는 꿈꾸는 듯한 얼굴로 바라보고 있었다. 그가 준 손수건이었다. 그녀의 눈물을 닦아주었던, 그날의 손수건이었다. 이성 한 가닥이 툭 하고 끊어졌다.

진은 잠을 이룰 수 없었다. 혼란스러웠다. 혼란스러움은 몸속 신경 세포가 얼 만큼 차가운 물로 샤워를 하고 난 후에도 사라지지 않았다. 여전히 이유 모를 흥분감에 정신은 혼란스러웠고 심장은 진동했다.

춤 때문인 건가?

애써 여러 가지 이유를 만들어 냈다. 그것도 한 이유일 수 있었다.

그와 추었던 춤은 놀라울 만치 기분이 좋았으니까. 몸과 몸이 틈 없이 밀착되어 있었음에도 별다른 거부감을 느끼지 못했다. 오히려 단단한 육체의 감촉을 약간은 즐기기도 했다. 그건 엄청난 일이었다.

과거의 상처를 솔직하게 털어놓은 게 도움이 된 걸까?

그의 따스한 눈빛이, 다정한 위로의 말들이, 용기를 불어넣어 주려는 듯 손등을 두드리던 사려 깊은 행동들이 다시금 떠올랐다.

그는 다정했다. 무턱대고 동정하지도 않았다. 그저 불우한 시절을 견뎌 온 자신을 칭찬해 주었다. 그건 인간 대 인간으로 인정받은 기분이었다.

늘 타인의 인정을 바라 왔다. 어머니의 가족들이 자신을 인정해 주길 바랐고, 그래서 언제나 치열하게 노력했었다. 그들이 원하는 인물이 되고자 했다. 어머니에겐 상처받지 않은 씩씩한 딸의 모습으로, 양아버지에겐 기대를 저버리지 않는 믿음직한 자식의 모습으로, 의붓언니에겐 사랑스럽고 귀여운 여동생으로, 류민영 여사와 그 부모님에겐 남들에게 자랑할 만한 훌륭한 조카와 손녀로서 인정받고 싶었다. 그리고 지혁에겐…….

이상했다. 제스와 함께 있을 때면 지혁에 대한 생각을 잊을 때가 많았다. 지혁은 커다란 주춧돌이었다. 불안정한 어둠에서 빠져나올 수 있도록 도와준 빛이자, 다시 어둠으로 끌려들어 가지 않도록 중심을 잡아 주는 든든한 버팀목이었다.

단 한 번도 타인인 남자를 이성으로, 연애 대상으로 생각해 본적이 없었다. 물론 지혁을 짝사랑하고 있던 것도 이유 중 하나였지만 또래 여자 친구들이 모여 이성 교제에 대해 이야기하고 이성과의 스킨십에 대해 열을 올릴 때도 별 관심이 없었다. 아니,

관심을 두려 하지 않았다.

타인과의 신체 접촉에 어려움이 있었기에 보통의 소녀들처럼 자연스럽게 관계를 받아들일 수 없었다. 어머니의 애정이 깃든 손길에도 어색함과 불편함을 먼저 느꼈다.

낯선 타인과의 신체 접촉에 있어서는 조금 더 심각했다. 붐비는 버스나 지하철에서 타인과 몸이 밀착될 때면 공포가 밀려들었다. 공황 발작이 일어나듯 목이 졸리는 느낌이 들며 숨이 꽉 막혔다.

진은 자신이 겁내는 게 낯선 사람들의 존재인 것인지 스킨십 그 자체인 건지 헷갈렸다. 다만 확실한 건 타인이 친밀한 접촉을 해 올 때면 경계심이 발동되었고 그 상황에서 벗어나려 애썼다.

지혁만이 예외였다. 열병 같은 사춘기를 겪으며 지혁을 향한 마음으로 한창 가슴 설레어 할 때, 그녀도 첫 키스를 꿈꿔 본 적이 있었다. 상상 속에서 이루어지는 첫 키스 상대는 언제나 지혁이었다. 지혁만은 절대 자신을 다치게 하지 않을 거라는 확고한 믿음이 그녀의 머릿속에 깊이 뿌리박고 있었기 때문이었다.

한국을 떠나오는 결정적인 계기가 되었던 지혁과의 그 짧은 입맞춤에서 확인할 수 있었다. 거북스러운 공포감은 느껴지지 않았다. 안전하다고 여겼다. 절대 자신을 다치게 하지 않을 거라는 맹목적인 믿음이 존재하고 있었다. 지혁의 키스는 순수하고 순결했다.

하지만 그뿐이었다. 지혁과의 키스는 아름다웠고, 순수했고 또 행복함을 느끼게 했지만 그건 보호받는 안전함에서 오는 행복함 이었다. 귓가에 울리는 종소리는 없었다. 힘이 빠져 무릎이 후들 거리지도, 세상이 빙글빙글 돌아가는 어지러움도 없었다. 단지 안 전하다는 생각만이 드는 입맞춤이었다. 완벽하게 보호받고 있다 는 느낌. 상대가 지혁이었기에 가능했던 거다.

그 입맞춤에 지혁이 아닌 낯선 남자를 대입시켜 보면 익숙한 두려움이 엄습했다. 혐오스러웠고 구역질이 났다. 결국 안전함 이 보장되는 입맞춤이었기에 지혁과의 키스를 두려워하지도 혐 오스러워하지도 않았던 것이다. 그걸 사랑이라 말할 수 있을 까?

'넌 어렸었고…… 나를 믿는 우상 숭배에서 오는 감정을 사 랑이라고 착각하고 있는 거라고 생각했어.'

오래전 지혁이 했던 말이 다시 머릿속에 떠올랐다.

정말 그랬을까?

어린 시절 느꼈던 그 사랑의 감정들은 모두 우상 숭배에서 오 는 경외감이었을까?

보호받고 싶고 안전을 보장받고 싶은 본능적인 욕구에서 오는 감정을 사랑이라고 착각했던 걸까?

정리되지 않는 복잡한 생각들에 머리가 아팠다.

진은 무릎에 올려 둔 새하얀 손수건을 바라봤다. 제스의 손수건이었다. 남성미 넘치는 터프가이 군인과 손수건의 조합은 어울리지 않았지만 의외의 여성스러운 취향이 귀엽게 느껴졌다.

손수건을 집어 들어 살짝 코끝에 갖다 대 보았다. 이미 여러 번 세탁했기에 손수건에선 향긋한 비누 냄새만 났다. 그럼에도 손수건에서 여전히 그의 향기가 나는 것 같았다. 성인 남자의 향기.

어쩌면 제스의 티셔츠를 입고 있어서인지도 모른다. 원피스 길이만큼 내려오는 커다란 티셔츠를 입고 있으니 마치 그의 품에 안겨 있는 듯한 착각마저 들었다.

진은 어느새 미국으로 오는 수송기에서 있었던 그와의 포옹에 대해서도 생각하게 되었다. 나직한 음성은 부드러웠고 넓은 어깨는 단단했다. 그리고 그의 심장에서 울리던 고동 소리는 편안했다.

일정한 간격으로 쿵쿵 뛰던 심장 소리는 침전된 기분을 달래 주었고, 뾰족하게 날카로워져 있던 신경을 차분하게 만들어 주었다. 그때를 생각하면 기분이 묘했다.

쿵. 쿵. 쿵.

가슴이 뛰었다. 제스에 대한 생각을 할 때면 지금처럼 심장이 거세게 뛰었다. 두려운 상황에서 공포감을 느낄 때의 심장 울림이 아니었다. 불안한 기분은 전혀 들지 않았다.

그럼 이 울림의 정체는 뭐지?

정답을 알 수 없는 혼란스러움에 마음이 어지러웠다. 침대에서 일어나 창문가로 다가갔다. 활짝 열려 있는 발코니 창문에 비스듬히 기댔다.

여전히 제스의 향기가 코끝을 맴돌았다. 손에 들린 손수건으로 다시 시선이 갔다. 손끝으로 펼쳐 얼굴에 대 보았다. 마른 천의 사각거리는 감촉이 기분 좋았다. 시원한 청량감이 물씬 느껴지는 바다 냄새가 났다. 인공의 향기. 상상이라고 치부하기에는 너무나 생생해 무심코 고개를 들었다.

발코니 너머로 보이는 어스름한 인영에 심장이 다시 한없이 아래로 떨어져 내렸다. 제스였다. 그가 어둠 속에 서 있었다. 강렬한 눈빛에 순간 너무 놀라 창문에 기대 있던 등을 꼿꼿하게 세웠다. 그 바람에 손바닥 위에 올려놓았던 손수건이 창문 아래로 떨어졌다.

"앗!"

나비가 날갯짓하듯 허공을 나풀나풀 날다가 서서히 땅바닥으로 떨어져 내리는 손수건의 움직임을 따라 정원 아래로 시선을 내렸다. 허공을 부유하던 손수건은 잘 손질된 탐스러운 장미 꽃밭 위로 떨어졌다.

창밖으로 떨어진 손수건을 속수무책으로 바라보다가 천천히 시선을 돌렸다. 그는 여전히 알 수 없는 눈빛을 한 채 어둠 속에 서 있었다. 그와 눈이 마주치자 감전된 사람처럼 전율이 일었다.

그 순간 미동 없이 일관된 자세로 딱딱하게 서 있던 그가 갑자기 몸을 움직였다. 흑표범처럼 날쌘 움직임이었다. 그는 발코니 난간을 잡고 가볍게 뛰어넘더니 벽을 타고 단숨에 아래로 내려갔다. 그의 움직임은 힘이 실려 있었지만 신기하게도 아무런 소리가 나지 않았다. 조용하고 고요한 움직임이었다.

그가 장미 꽃밭 위로 떨어진 손수건을 집어 들었다. 그리고 내려갈 때와 마찬가지로 조용하고 날랜 움직임으로 이번엔 현관문 위 포치 난간을 잡고 위로 오르더니 순식간에 그녀가 있는 방의 창문까지 올라왔다.

열린 창문을 넘어 방 안으로 들어오는 조용한 움직임을 멍하니 지켜보기만 했다. 움직일 수가 없었다. 소리 내 말을 할 수도 없었다. 그저 어둠 속에서 반짝 빛나고 있는 그의 두 눈을 마주 보고 서 있기만 했다.

그가 천천히 다가와 손을 내밀었다. 커다란 손엔 새하얀 손수건이 붉은 장미 한 송이와 함께 들려 있었다. 아직 피지 않은 작은 봉우리였지만 선홍빛으로 빛나는 붉은색은 아주 강렬했다.

「당신에게 묻고 싶은 게 있습니다.」

그가 낮게 속삭였다. 고요한 침묵을 깨는 저음의 허스키한 음성은 열기를 머금고 있었다.

「……뭘요?」

일자로 굳게 다물려진 입술을 간신히 떼고 멍하니 물었다. 숨막힐듯한 긴장감에 저도 모르게 무의식적으로 메마른 입술을 혀로 적셨다.

「애인이 있습니까?」

「……아뇨…….」

지혁을 좋아했고 한 번의 입맞춤을 했지만, 애인 사이는 아니었다.

「한 가지만 더 확인하겠습니다.」

제스의 음성엔 여전히 흔들림이 없었다.

「……..」

「당신에게 키스해도 되겠습니까? 친구가 아닌 남자로서.」

쿵.

심장은 또다시 소리를 내고 있었다. 그의 낮고 깊은 음성은 그 어떤 설탕보다도, 진한 초콜릿보다도 더 달콤했다. 진은 그 거부할 수 없는 달콤함에 그저 눈만 깜박거렸다. 고요한 정적 속에 짧은 몇 초의 시간이 흐른 후 제스가 소리 없이 다가왔다.

함께 춤을 췄을 때처럼 그의 단단한 팔이 그녀의 허리에 닿았다. 그러자 그의 부드러운 숨결이 얼굴로 느껴졌다. 처음엔 이마에, 그다음엔 파르르 떨리고 있는 두 눈가에, 마지막으로 다물려져 있는 입술에 닿았다. 입술에 닿은 그의 입술의 감촉은 단단하면서도 한없이 부드러웠다. 그는 그녀의 모든 걸 빨아들일 듯 강렬하게 입술을 탐했다.

아…….

진은 깨달을 수 있었다. 입맞춤과 키스의 차이를. 제스가 지금 그녀에게 하는 건 입맞춤이 아닌 키스였다. 진정한 키스. 입술과 입술이 맞부딪치고, 입술을 빨아들이고, 서로에게 숨결을 불어넣으며 에로틱하게 서로의 혀가 얽히고 있는 지금의 행위는 오로지 키스라는 단어로만 설명될 수 있는 그런 완전무결한 행위였다.

어디선가 바람에 실린 종소리가 방으로 들어오고 있었다. 나직하게 울려 퍼지는 소리에 다리가 후들거렸다. 그녀가 딛고 서 있는 발밑의 바닥이 거센 블랙홀에 빨려 들어가듯 제멋대로 흔들리고 있었다. 방 안이, 세상이 빙글빙글 회전하기 시작했다. 정말로 토끼를 따라 이상한 나라로 굴러떨어지는 앨리스처럼 그녀는 정신을 차릴 수가 없었다.

○ ● ○

지혁은 맨 마지막으로 비행기에 올랐다. G-스탄으로 향하는 비행기였다. 이제 조금만 더 참으면 진을 만날 수 있었다. G-스탄으로 떠나기까지 그는 매분, 매초 청와대에서 날아오는 공문을 초조하게 기다렸다. 그리고 마침내 주혜의 말처럼 그의 팀을 G-스탄을 방문하는 외교 사절단의 경호팀으로 보내 달라는 청와대의 공문을 받아 들고서야 비로소 안심할 수 있었다.

물론 떠나기 전까지 또 아버지의 방해 공작이 있을까 봐 불안이 완전하게 사라지진 않았지만 이번엔 무슨 일이 있더라도 갈 생각이었다. 다행스럽게도 아버지의 방해 공작은 일어나지 않았다.

그는 진과 대화를 해야 했다. 성숙하지 못한 자신의 행동들에 대해서 사과를 해야 했다. 그리고 더는 옳지 못했던 그날의 행동에 대한 대가를 자신이 아닌 진이 치르게 놔두지 않을 작정이었다. 온 가족들과 초대받아 온 손님들이 지켜보는 앞에서 무릎을 꿇던 진의 모습이 다시금 떠올랐다. 그날 진이 느꼈을 치욕스러움이 고스란히 전해졌다.

'멍청이.'

가슴이 찢기듯 아팠다. 스스로 주먹을 날리고 싶을 만큼 자신의 멍청함에 대해 꾸짖었다. 진을 그런 식으로 대해선 안 되었다. 그렇게 정원 구석에 몰래 숨어서 하는 도둑 입맞춤은 해선 안 되는 일이었다. 진은 충분히 존중받아야 했고 그 자신에게 소중한 여자였다. 그러니 이제 모든 걸 바로잡을 시간이다.

지혁은 재킷 안 주머니에 넣어 둔 반지 상자를 꺼냈다. 몇 년 전 보석 가게 앞을 지나다가 무심결에 샀던 반지였다. 작은 보석만 하나 박힌 심플한 디자인의 플래티넘 반지였다. 은은하게 빛나는 반지를 본 순간 지혁은 진의 가느다랗고 긴 손가락을 떠올렸다. 액세서리를 착용한 모습을 한 번도 본 적이 없었지만 진의 하얗고 가느다란 손가락에 우아하게 잘 어울릴 거 같았다.

하지만 반지는 몇 년째 그의 책상 서랍에 머물러 있었다. 그도 알았다. 진과의 결혼이 절대 쉽지 않다는 사실을. 그럼에도 그는 결혼을 꿈꿨다. 인생의 동반자로 자신의 울타리 안에 영원히 진을 넣어 두고 싶었다. 그렇게 되기 위해선 그들에게 넘어야 할 산이 무수히 많았지만 지혁은 기꺼이 그 산을 넘을 생각이었다.

그는 벌써 두 번이나 큰 실수를 했다. 처음은 14년 전 진의 고백을 거절했을 때였고, 두 번째는 정원 구석에 숨어서 한 떳떳치 못한 입맞춤이었다. 이제 더 이상의 실수는 용납되지 않는다. 세 번째 실수는 없어야 했다. 지금 이대로 진을 놓치면 그는 아마 평생을 후회 속에서 살아갈 게 분명했다.

지혁은 그동안 자신의 곁에 진이 있음을 너무나 당연하고도 익숙하게 생각했다. 그 당연한 익숙함 때문에 그에게 있어 진이 사랑이라는 걸 인지하지 못했다. 자신을 향해 밝게 웃어 주던 웃음을 떠나보내고서야 지혁은 진이 없는 인생은 고통이라는 걸 깨달았다.

최초의 사랑 고백 이후 대학으로 떠난 진은 연락도 잘 하지 않았다. 자신에게 부담을 주지 않기 위해서 일부러 피한다는 걸 알았다. 조금이라도 피해가 갈까 두려워하며 그녀는 그와 다른 가족들로부터 더욱 멀어지려 했다.

왜 그때 바로 진에게 가지 않았을까? 무엇이 두려워서?

그때 진에게 다가갔어야 했다. 그녀를 홀로 내버려 두지 말았어야 했다. 하지만 그는 진에게 다가가는 대신 거리를 두었다. 진의 마음을, 또 스스로의 마음을 외면했다. 지혁은 용기없고, 비겁하기도 했던 과거의 자신을 비난했다.

'넌 정말 멍청이야.'

지혁은 자책했고 또 후회했다.

시간이 흐를수록 진은 아름다워졌다. 그 전에도 아름다웠지만, 그의 울타리를 벗어나 홀로 선 진은 더욱 아름다웠고 또 한층 강해져 있었다. 그리고 그의 앞에서 철저하게 여동생이 되었다. 단 한 번도 그 선을 넘어오지 않았다. 과거의 그가 가족이란 명분을 내세워 그녀의 고백을 거절했던 것처럼 진도 비슷하게 행동했다. 그를 가족으로서만 대했다.

그 태도에 지혁은 불안을 느꼈다. 무서웠다. 진이 영원히 자신의 울타리에서 벗어날까 봐 두려웠다. 계속 그를 필요로 하길 원했다. 다시 그를 숭배해 주길 바랐다. 포물선을 그리며 다정하게 웃는 그 예쁜 두 눈에 그를 향한 사랑을 가득 채우고 자신을 올려다봐 주길 욕심냈다.

이기적인 걸 알았지만 그는 영원토록 그녀에게 있어 우상으로, 영웅으로, 사랑으로 살아가고 싶었다. 결국, 그 초조함을 이기지 못하고 지혁은 진에게 입맞춤을 했다. 사랑을 고백했다. 그를 향한 진의 사랑을 확인하고 싶었고 자신에게만 묶어 두고 싶었다.

그러나 잘못된 장소에서의 입맞춤이었고 진을 잃을지도 모른다는 막연한 두려움에 휩싸여 준비 없이 내던진 충동적인 고백이기도 했다. 겨우 겁쟁이에서 벗어나는가 했더니 이번엔 멍청이로 돌변하고 말았던 것이다.

지혁은 제발 자신이 늦지 않았기를 빌었다. 모든 걸 바로잡아야 했다. 할 수만 있다면 시간을 되돌리고도 싶었다. 처음으로 진에게서 사랑을 고백받았던 14년 전 그날로. 진의 마음을 되돌릴 수 있게 되길 간절하게 빌었다.

제발 아직 늦은 게 아니길…….

지혁은 눈을 감은 채로 빌고 또 빌었다. 그러나 막연한 불안감이 그의 가슴을 태우고 있었다.

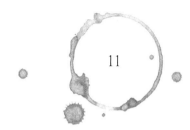

11

콰앙.

다분히 신경질적인 손놀림 한 번으로 라디오는 무참하게 박살났다.

〈이 더러운 이교도들!〉

라디오를 타고 흐르는 소식에 그는 분노했다. 지금 들어와 있는 이방인들만으로도 신은 분노하고 있는데 더 많은 이방인을 이곳으로 보내려 하고 있었다. 다 외교를 빙자한 침략일 뿐이다. 이 나라를 온갖 이방인들로 채우려는 수작이었다.

더러운 인종들. 미국은 약탈자였다. 그리고 한국 또한 그 약탈을 도우면서 생기는 이득을 취해 가려는 하이에나 같은 족속들이다. 저들은 모두 청소되어야 했다. 다시는 더러운 손길을 뻗치지 않도록 이 나라에서, 이 지구상에서 몰살시켜야 했다.

세계에는 불필요한 인종들이 너무 많았다. 저들은 자신들이 만들어 낸 갖가지 허상들을 거룩한 신이라고 외치면서 사람들로 하여금 진정한 신을 외면하게끔 하고 있다. 세상의 질서를 흐트러뜨리는 짓이다.

우상 숭배는 죄악이다. 세계는 지금 죄악으로 물들어 가고 있다. 썩어들어 가고 있었다. 흐트러진 질서를 바로잡아야 한다. 다시 옛날로 돌아가야 한다. 고르스탄이 세계의 주인이었던 그때로. 정숙했던 여자들이 완전한 순종을 보이던 순결한 고대의 시간으로.

그건 신이 그에게 준 임무이자 그를 따르는 모든 형제에게 주어진 의무였다. 세계는 그와 형제들을 중심으로 돌아가야 했고, 그러기 위해선 가장 먼저 눈앞에 있는 적들을 제거해야만 한다. 이 나라의 중심에 들어와 주인 행세를 하려 하는 저 더러운 족속들을 모두 죽여야만 한다.

그는 비밀스러운 지령이 빼곡하게 적혀 있는 쪽지를 불에 태우고 의자에서 벌떡 일어났다. 머릿속으로 빠르게 계획들이 세워져 갔다. 철저하게 준비해야만 한다. 다행히 그와 같이 깨어진 의식을 가지고 있는 형제들은 많이 있었다. 아직 이 나라에 희망이 있는 것이다.

그들은 선지자다. 신이 지켜 주는 그들이 있는 한 세상에 두려울 건 없다. 물론 약간의 희생은 있겠지만. 그러나 큰일을 이루려면 약간의 희생은 필수 불가결한 요소였다. 그 희생을 발판 삼아 전쟁의 마지막엔 그와 형제들이 승리를 누릴 것이다.

그는 지하실로 향했다. 계단을 내려가 문을 열자 비밀스러운 공간이 드러났다. 그와 형제들은 이 공간을 혁명의 방이라고 불렀다. 이곳은 적들을 섬멸하려는 계획들이 은밀하게 세워지는 공간이었다. 혁명의 방에 놓인 탁자 위엔 적들의 정보가 적힌 수십 장의 기밀 문서들이 일정한 간격에 맞춰 늘어져 있었다.

최대한 적들의 정보를 많이 알아야 했다. 적을 알아야 승리도 쉬워지니까.

그는 이미 수십 번, 수백 번 훑어 내린 정보들을 다시 눈으로 꼼꼼히 살폈다. 이제 조금만 더 기다리고 준비하면 드디어 심판의 날이 시작된다.

비밀스러운 공간엔 문서들만 있는 게 아니었다. 수백 정의 총기와 그 총기들에 맞는 총알 상자들이 어지럽게 널려 있었다. 그리고 폭탄들. 적들은 자신들이 창조한 저 괴물들에게 몰살당할 것이다. 이 얼마나 아이러니한 일인가. 그리고 또 얼마나 유쾌한 일이기도 한가. 살인 무기를 바라보는 그의 얼굴엔 만족스러운 웃음이 검게 드리워지고 있었다.

곧 정의를 세울 날이 도래할 것이다. 신의 이름으로.

○ ● ○

"흐아암! 너무 지루합니다. G-스탄이 아닌 미국으로 파병 온

거면 얼마나 좋을까요. 구경 못 한 곳이 수두룩한데 다 돌아보지
못해 너무 아쉬워 죽겠습니다."

태영이 하품을 크게 하며 소리쳤다. 조용한 침묵을 깨는 과장
된 말과 행동에 진은 손에 든 작은 유리병 속에 담긴 붉은 장미꽃
에서 시선을 떼고 태영을 바라봤다. 별다른 대꾸 없이 말간 웃음
만 보이자 태영은 또다시 둘러보지 못한 미국의 관광지들을 나열
해 가며 아쉬움을 토로했다. 진은 태영의 말을 가만히 들어 주며
웃음만 지었다. 사실 미국에서의 일들이 모두 꿈처럼 느껴지고 있
었다. 현실 같지 않았다.

정말로 꿈을 꾼 게 아니었을까?

"그나저나 4일째에 어디 가신 겁니까? 조사받고 호텔로 가 보
니 없으시던데."

태영의 질문으로 그날의 일이 혼자만의 상상이거나, 꿈을 꾼
게 아니었음을 다시 실감할 수 있었다.

"응?"

우물쭈물하며 질문에 대한 답변을 쉽게 하지 못하자 태영이 귀
신같은 눈치로 심상치 않은 낌새를 알아차리고 가자미 같은 눈매
로 바라봤다.

"이거, 이거 수상합니다. 빨리 말하십시오."

"어딜 가긴, 그냥…… 밥 먹으러 나갔었지."

그녀는 극히 단순하게 일부의 사실만을 말했다.

"어디로 말입니까?"

하지만 태영도 만만치 않았다. 그는 계속 조사관 같은 눈초리를 던지며 추궁을 했다.

"어, 근처……에서?"

"호텔 근처요?"

호텔과 해병대 기지에서 멀리 떨어진 곳에 있었지만, 그녀는 현명하게 고개를 끄덕였다.

"어…… 그렇지."

"점심, 저녁 다 드시고 오신 겁니까?"

"응. 관광도 하면서 저녁도……."

진은 말끝을 흐렸다.

"호텔 근처였으면 저녁 먹고도 그리 늦지 않게 호텔로 돌아오셨겠습니다."

"그렇지, 근처여서……."

"와! 딱 걸리셨습니다."

말이 다 끝나기도 전에 태영이 격하게 소리쳤다. 무언가 확신에 찬 태영의 음성에 그녀는 제 발이 저려 뜨끔했다.

"늦게 오신 거 다 압니다."

"어, 생각해 보니까…… 디저트도 먹었었네. 그래서 아마 더 늦었을 거야."

"몇 시쯤에 오셨는데요?"

"음, 아마도…… 01시 가까이 돼서 왔었던 거 같기도 하고."

진은 허둥지둥 머리를 굴려 가며 말을 짜냈다.

"디저트 가게가 진짜 멀리 있었나 봅니다."

"응, 조금?"

이번엔 약간 자신 있게 큰 목소리로 대답했다. 어쨌든 진실이었다. 제스 부모님 집은 호텔에서 한 시간이 넘게 걸리는 거리였으니까. 멀리 있었던 건 맞았다.

"와, 진짜 딱 걸리셨습니다. 대위님 외박하셨죠?"

"뭐? 너…… 어떻게 알았어?"

태영의 말에 진은 깜짝 놀랐다. 마치 나쁜 짓을 하고 들킨 아이처럼 소스라치게.

"제가 관광하고 호텔로 돌아와 대위님 방으로 찾아간 게 01시 넘어서였습니다. 없기에 02시 조금 지나서 다시 방으로 전화해 보니 전화도 안 받으셨습니다."

"어…… 길이 엇갈렸나? 그때 아마 자고 있었을……."

"아침 일찍 가 봤었습니다. 한참 두드려도 반응 없으셨거든요. 어디를 갔는데 외박까지 하셨습니까? 저한테 거짓말까지 하는 거 보니 정말 수상하십니다."

태영이 득의양양한 표정을 지은 채 날카롭게 추궁했다.

"어, 그게…… 식사를 하러 간 건 맞아. 그러니까…… 아니, 잠깐! 이게, 웃겨 아주. 너 나 감시하니?"

진은 우물쭈물 변명을 늘어놓으려 하다가 스치는 생각에 눈을 매섭게 위로 치켜뜨려 애쓰며 과장된 하이 톤의 음성으로 소리쳤다. 나이로 보나 계급으로 보나 상급자는 자신이었다. 하지만 태영은 늘 그녀보다 한 수 위였다.

"이제 아셨습니까? 전 대위님 감시자 역할로 G-스탄에 온 겁니다. 그러니 빨리 실토하시는 게 이로우실 겁니다."

태영이 눈을 더 크게 부릅뜨며 오빠 같은 태도로 단호하게 말했다. 너무나 당연하게 감시자의 신분을 인정하는 태영의 뻔뻔스러울 만치 당당한 행동에 진은 결국 백기를 들었다. 스파이에게 자신의 불리한 점을 눈치채게 한 이상 부드러운 회유만이 정답이었다.

"밥 먹으러 나간 거 맞아. 다만 좀 먼 곳이어서……."

말끝을 흐렸다.

"혼자서요?"

"그건…… 아니고."

"그럼 누구와 나가신 겁니까? 설마 히버트 중위님입니까?"

"응."

"헉! 같이 외박하신 겁니까? 그러니까 두 분이 함께 밤을?"

태영이 외마디 비명 비슷한 탄성을 내질렀다.

"아니야! 중위 부모님 댁에 간 거야. 초대받아서. 해병대 기지에서 좀 떨어진 외곽에서 살고 계시거든. 거기서 하루 자고 온 거야. 그러니까 게스트 하우스에서 하루 묵은 거랑 비슷한 거지."

태영의 말에 진은 당황하며 크게 소리쳤다. 손사래를 치며 부정하다가 결국 모든 행적을 실토했다.

"대박! 혹시 히버트 중위님이랑 사귀십니까? 부모님 집에서 같이 식사까지 하는 그런 사이가 된 겁니까?"

"아니야! 친구로 초대받아 간 거거든. 넌 나보다 훨씬 더 어리면서 생각하는 게 왜 그리 구시대적이니? 촌스럽게. 그러니까 미국은 친구들끼리 서로 집에 막 초대하고, 초대받고, 가서 다 같이 밥도 먹고 그러거든. 특별한 게 아니야."

진은 보편적인 미국 문화라고 주장하며 소리쳤다.

"아, 친구요. 그러면 그대로 보고드려도 괜찮으십니까? 부총사령관님께? 대위님이 남자 사람 친구인 미군 중위님의 부모님 댁에 가서 하룻밤 자고 오셨다고요."

"뭐? 야! 너, 너…… 대체 원하는 게 뭐야?"

진은 다시 항복을 선언했다.

"진작 그렇게 나오셔야지요. 빨리 털어놓으십시오. 두 분이 무슨 사이이신 겁니까?"

태영은 의기양양하게 승리자의 미소를 지으며 다시 밀착 조사에 들어갔다.

"진짜로 네가 상상하는 그런 사이는 아니야. 음…… 중위는 오랜만에 본국에 간 거고 그래서 잠깐 시간을 내서 부모님을 찾아뵌 거지. 그게 다야."

"대위님은 왜 데리고 가신 겁니까? 부모님 집엘?"

"어…… 친구니까. 그리고 중위 아버님은 목사이셔. 새로운 친구를 사귀시는 걸 좋아하신대. 특히 무교인 사람들을."

진은 살짝 머뭇거리다가 단순하게 얼버무렸다.

"수상합니다? 남자랑 여자랑 그저 순수하게 친구만은 될 순 없거든요. 그 미군 중위님이 대위님 꼬셔 보려고 하는 거 아닙니까? 어떻게 한번 해 보려고? 그래서 부모님 집에도 데려갔던 거 아닙니까? 아니, 잠깐! 부모님 집에 갔던 건 진짜 맞으십니까? 혹시 딴 데로 새셨던 건 아니고요?"

친구라는 그녀의 대답에 노골적으로 불신을 드러내며 태영이 추궁했다. 태영의 말에 진은 불현듯 그날 밤 일을 떠올렸다. 하지만 이내 머리를 휘저으며 그 생각을 털어 냈다. 눈치 빠른 태영이 혹시라도 그날 밤 일에 대해 알아챌까 두려웠다.

"어? 맞거든. 그리고 뭘 어떻게 해 봐? 중위는…… 그냥 친절한 거야. 내가 혼자 호텔 방에 처박혀 궁상떨고 있을 게 불쌍하니까 배려 차원에서 같이 데려간 거지. 넌 무슨 말도 안 되는 불순한 생각을 하는 거야. 선량한 사람을 그런 식으로 매도하는 거 아니다."

진은 일부러 태영을 흘겨보며 말했다.

"남자는 다 늑대입니다. 조심하십시오. 앞으로 제가 두 눈 크게 뜨고 지켜볼 겁니다."

태영이 손가락 두 개를 펴더니 자신의 눈을 가리키고는 다시 반대로 돌려 그녀를 가리키며 강조했다.

"뭐? 허참, 이게 진짜 오냐오냐했더니 막 기어오르네? 상급자의 위엄 한번 보여 줘? 군장 메고 연병장 한번 뛰어 볼래? 이 면

타국 땅에서?"

진은 결국 최후의 수단을 썼다. 치사하지만 계급으로 밀어붙이기를 시전했다.

"와…… 치사하게 계급으로 공격하십니까? 그럼 제 뒤엔 부총사령관님이 있으십니다."

공격을 공격으로 받아치며 태영이 으름장을 놨다. 진은 태영의 기세에 눌리지 않으려 필사적으로 노력했다. 날카로운 매의 눈매처럼 매섭게 째려봤다. 기 싸움에서 밀리면 지는 거다, 라고 속으로 되뇌며 버텼다.

"흠흠! 이게 다 대위님을 걱정해서 하는 말입니다. 진짜 세상 남자들은 모두 다 늑대라니까요. 음흉하다고요."

그녀의 매서운 눈빛에 밀린 건지 아니면 상급자를 협박한 게 조금은 걱정이 되는지 태영이 먼저 꼬리를 내렸다. 그러면서도 계속 그녀를 위한 말이었음을 거듭 강조했다.

"그건 그렇고…… 그건 뭡니까?"

태영이 창틀에 올려 둔 유리병을 가리키며 물었다. 진은 작은 승리에 만족하다가 장미가 다시 화제에 오르자 또다시 뜨끔했다.

"장미잖아."

진은 최대한 흔들림 없는 음성으로 답했다.

"저도 시력 완전 좋거든요. 장미인 건 압니다. 무슨 장민데 유리병에까지 고이 넣어 가지고 있으신 거냐고요. 아직 피지도 않은 봉우리 꽃이 뭐가 예쁘다고요."

"어……."

진은 잠시 고민했다.

"달랑 한 송이 들어 있는 거 보니 누구한테 받은 거 같진 않은데…… 설마 받은 겁니까? 달랑 한 송이를? 남자한테서?"

태영이 또 가자미 같은 눈을 하고 그녀를 봤다. 위험했다. 진은 빠르게 머리를 굴렸다. 방금까지 제스와는 단순한 친구 사이라고 박박 우겼는데 제스에게서 받은 장미란 걸 알게 되면 태영은 또다시 피곤하게 물고 늘어질 게 뻔했다. 그래서 그녀는 비장의 방법을 썼다.

"이건 그냥 장미가 아니야."

그녀는 눈을 동그랗게 뜨고 과장된 말투를 썼다.

"그럼 뭔데요?"

"너 장미와 관련된 일화가 무수하게 많다는 거 알아?"

주의를 흐트러트리는 가장 좋은 방법은 동문서답이 최고였다.

"네?"

"나도 라디오에서 들었는데 말이야. 너 고대 유럽에서 숙녀들이 화장실을 가고 싶을 땐 뭐라고 했는지 알아? 숙녀 알지? 레이디들?"

진은 태영을 마주 보며 사뭇 진지한 얼굴로 물었다.

"네? 갑자기 그게 무슨 소립니까? 유리병 장미에 관해 물었는데 다짜고짜 난센스 퀴즈는 뭡니까?"

태영은 뜬금없이 동문서답을 내놓고 있는 그녀를 의아한 눈빛으로 쳐다보며 고개를 갸웃거렸다.

"이게 다 연관이 있는 거야. 그러니 한번 맞춰 봐."

"연관이 있다고요?"

"응."

"흠…… 고대 유럽에 레이디, 화장실이라…… 모르겠습니다. 그냥 볼일 보러 간다고 했겠죠. 뭐라 하고 갔는데요?"

그녀의 거듭된 말에 태영도 뜬금없는 동문서답의 답이 궁금해졌는지 잠시 머리 굴려 생각해 보는 것 같았다. 그러나 아무리 머리를 굴려 봐도 정답을 모르겠는지 이마를 찌푸리며 되물었다.

"장미 한 송이 꺾어 올게요."

진은 새침한 목소리로 말했다.

"네?"

"고대 유럽에서는 숙녀들의 입에서 화장실이란 단어나 볼일을 보러 간다는 말을 하는 게 전혀 숙녀답지 않다고 여겼거든. 그래서 숙녀들은 볼일을 보러 가고 싶으면 조용히 일어나 '장미 한 송이 꺾으러 갔다 올게요.'라고 말하고 볼일을 보러 갔다고 해. 그리고 실제로 장미를 꺾어 오기도 했대."

"에? 허무 개그입니까? 그 얘기가 그 유리병 장미랑 무슨 상관인데요?"

그녀의 설명에 태영이 어이없단 표정을 지었다. 그 반응에 진은 씩 웃었다.

"그러니까 지금 내가 하고 싶은 말의 요점은 이 유리병에 담긴 장미가 바로 그런 이유를 담고 있는 장미라는 거지. 화장실이나 다녀오겠단 소리야. 숙녀답게. 고로 넌 앞으로 내 자리에 장미꽃이 있으면 내가 화장실 간 줄 알고 꼬치꼬치 캐묻지 않아야 한다는 말이기도 해. 궁금증은 해소됐겠지? 그러면 이제 남의 사생활 조사는 그만 좀 하시지. 그거 악취미야."

진은 고개를 갸웃거리는 태영의 머리에 약하게 꿀밤 한 대를 때리고는 의자에서 벌떡 일어났다.

"아, 대위님! 완전 썰렁합니다."

꿀밤 맞은 머리를 긁적이며 태영이 황당하다는 표정으로 소리쳤다. 격한 반응에 진은 장난스럽게 웃음을 터트리며 진료실 문을 열었다. 그러다 스치는 생각에 다시 뒤를 돌아봤다.

"너 사실대로 말해 줬으니 첩자 노릇은 하지 마. 알지? 입에 지퍼 채우는 게 이로울 거야."

하지만 태영은 놀림받은 것에 대한 복수라도 하듯 얄밉게도 어깨만 으쓱해 보이며 대답을 하지 않았다. 진은 약이 올랐지만 일단 신중하게 행동했다. 지나친 닦달은 역효과만 내는 법이다. 지금은 물러나야 할 때였다. 진은 손에 쥔 유리병을 군복 주머니에 안전하게 집어넣고 진료실을 나섰다. 태영이 다시 셜록 홈즈 뺨치는 매서운 눈썰미의 조사관으로 변신하기 전에 도망치듯 후퇴했다.

근무는 한참 전에 끝났지만 진은 오늘도 기지 이곳저곳을 돌아다니다가 야심한 시각이 다 되어서야 숙소로 향했다. G-스탄으로 돌아온 이후부터 그녀는 제스를 피해 다니고 있었다. 혹시나 그와 마주칠까 싶어 식당에도 가지 않았다. 태영에게 부탁해 진료실로 식사를 가져오게 하거나 기지 안의 PX나 에이페스(Aafes) 트럭에서 간단하게 사 먹었다. 숙소로 갈 땐 주변을 이리저리 살피며 다녔다. 그리고 정말 기적적인 일이 아닐 수 없었지만 그러한 노력이 헛되지 않게 그녀는 아직까진 운 좋게도 제스와 마주치지 않을 수 있었다.

왜 그를 피하고 있는 건지는 딱 꼬집어 말할 수 없을 만큼 복잡했다. 하지만 분명한 건 제스로 인해 복잡한 머리가 더욱 혼란스러워졌다는 거였다. 정확하게는 그와의 키스 이후로 더더욱.

아직도 그날 새벽의 키스를 떠올릴 때면 다리가 후들거리고 심장 박동이 빨라졌다. 발작을 일으키려는 심장 질환 환자처럼 심장이 제멋대로 뛰었다. 제스와는 친구다. 그리고 친구들은 키스를 하지 않는 법이다. 하지만 그는 그녀에게 키스했다.

그건 무슨 의미인 걸까?

단순히 새벽 시간대에 흔히 느낄 수 있는 감성에 젖어 들어 달빛이 아름답게 비치는 몽환적인 분위기에 취해 키스한 걸까?

그런데 왜 제스의 키스를 거절하지 않았지?

그는 분명 키스를 하기 전 먼저 동의를 구하는 질문을 던졌었다. 키스해도 좋을지. 그녀는 거부하지 않았다. 거절도, 확실한 승낙도 하지 않은 채 멍하니 그를 바라보기만 했었다. 더 정확하게 말하자면 그의 단단한 입술을 바라봤다. 그녀와의 키스를 원하고 있노라고 달콤하게 속삭였던 그의 입술을.

그의 목소리엔 힘이 있었다. 깊은 저음으로 나직하게 울리는 음성은 그녀로 하여금 안 된다는 말을 꺼내지 못하게끔 했다. 결국, 거절하는 말을 않은 채 노골적으로 그의 입술을 바라보고 있는 자신의 행동을 승낙으로 받아들인 그가 먼저 키스를 해 왔다.

제스와의 키스는 이게 바로 키스구나, 라는 생각이 들게 하는 진정한 키스였다. 어릴 적 읽었던 동화 속의 왕자가 공주에게 했을 법한 낭만적인 키스, 발밑이 꺼지고 세상이 빙글빙글 돌아간다는 설명이 딱 들어맞는 소설 속의 한 장면 같은 키스였다. 그리고 아무것도 생각할 수 없게 만드는 기억의 망각을 부르는 힘을 가진 키스이기도 했다.

그건 위험했다. 비록 제스와 키스를 나누던 그 순간에는 전혀 위험하다는 생각은 들지 않았지만. 하지만, 마법 같은 순간이 지나자 그녀는 두려워졌다. 제스에게 느끼는 감정이 정확하게 무엇인지 파악도 하지 못하고 있는데 그녀는 또다시 원하고 있었다. 그날 새벽을 회상하고 있는 바로 지금 이 순간에도 그녀는 그와의 키스를 원하고 있었다.

맙소사.

이건 뭐지?

진은 격하게 고개를 가로저으며 몹쓸 생각들을 떨쳐 내려 했다. 만에 하나라도 제스가 그녀의 이런 생각들을 눈치챈다면 어떻게 반응할지 두려웠다.

'진, 미안합니다. 그날의 키스는 그저 단순한 키스예요. 아무 의미도 없는…… 그저 새벽의 감성적인 분위기에 취해 충동적으로 했던 키스입니다.'

만약 제스가 정말로 그렇게 말한다면…….

엄청나게 복잡한 심경에 휩싸일 거 같았다. 물론 자신부터도 애인이 아닌 친구 사이일 뿐인 제스와는 키스 같은 건 하면 안 되는 거라고 절대적으로 생각하고는 있었지만, 제스의 생각도 그녀와 한 치의 다름도 없이 동일하다는 걸 알게 되는 일은 그다지 유쾌하지만은 않을 것 같았다. 상상만으로도 그녀의 마음은 고속으로 돌아가는 롤러코스터에 타고 있는 것처럼 심장이 가파르게 상승했다가 아래로 뚝 하강하는 듯했다.

그러니 아직 준비 상태가 아닌 거다. 아무렇지 않다는 듯 태연한 얼굴로 제스와 대면하기에는 아직 너무 일렀다. 마음의 준비가 조금 더 필요했다. 어지러운 마음을 추스르고 머릿속 혼란이 잠잠해질 때까진 당분간 그를 피해 다니는 게 좋을 것 같았다.

휴…….

진은 길게 한숨을 내쉬고는 고개를 푹 숙인 채로 터벅터벅 먼지 쌓인 길을 걸었다. 숙소에 거의 다 와 가고 있었다. 피곤했다. 오늘 진료실은 아주 한가했음에도 반나절에 가까운 시간을 몽땅 제스와 나누었던 키스에 대해 곱씹어 보는 데 할애한 탓에 기운이 쏙 빠져 있었다. 거기에 한술 더 떠 근무가 끝난 후에도 숙소로 바로 가지 않고 기지 이곳저곳을 정처 없이 배회하고 다녀서인지 피곤은 두 배로 증가하고 있었다.

진은 몸에 쌓인 피로와 또 숙소에 거의 도착해 가고 있다는 생각에 팽팽하게 유지하고 있던 경계의 끈을 살짝 느슨하게 풀어 버렸다. 바쁘게 주변을 살피던 것을 잊고 멍하니 바닥만 보고 터벅터벅 걸었다. 그래서 멀지 않은 거리에 정면으로 사람이 서 있다는 걸 인지하지 못했다.

탁.

"아얏."

이마와 머리에 와 닿는 둔탁한 충격에 그제야 고개 숙인 그녀의 두 눈으로 빛바랜 황색 전투화가 보였다.

「죄송합니다. 앞을 잘 보지 않고 걸…….」

자신의 부주의함을 꾸짖으며 부딪힌 상대방에게 사과하려 고개를 들며 입을 열었다. 그러나 부딪힌 상대방의 얼굴을 확인한 순간 그녀의 말은 짧은 비명으로 끝을 맺었다.

"아, 깜짝이야."

불시에 강한 충격으로 깜짝 놀란 사람들이 으레 그러듯 그녀 또한 하던 말을 제대로 끝맺지도 못한 채 자동으로 터져 나오는 놀란 탄성음을 입 밖으로 흘려보냈다. 영어로 시작된 말은 요란한 한국어로 끝을 맺고 있었다.

「…….」

그녀가 부딪힌 사람은 제스였다. 아니, 그냥 제스가 아닌 이런 제길, 제스였다. 심장이 발끝으로 추락하는 느낌에 마치 쇼크가 올 것만 같았다. 그만큼 눈앞의 제스를 보고 소스라치게 놀랐다. 그녀의 격한 반응에 그는 한쪽 눈썹을 치켜세우며 알 수 없는 눈 빛으로 바라보고 있었다. 그녀는 일단 놀란 가슴을 진정시키려 애쓰며 필사적으로 머리를 굴렸다. 엄청나게 불편한 이 우연한 마주침을 무사히 넘길 방법을 찾으려 했다.

「피해 갈 생각은 말아요. G-스탄에 도착한 이후부터 날 피해 다니고 있었단 걸 알고 있습니다. 하지만 지금은 절대 피해 갈 수 없습니다.」

딱딱하게 굳은 제스의 음성에 그녀는 뜨끔한 표정을 숨기지 못했다. 그는 그녀가 그동안 그를 피해 다녔던 사실을 정확하게 맞췄다.

「음…….」

이제 보니 지금의 이 우연한 마주침은 결코 우연으로 만들어진 게 아닌 것 같았다. 그는 숙소로 들어가는 입구 앞을 지키며 그녀를 기다리고 있었던 게 분명해 보였다. 마치 지옥의 입구를 지키는 케르베로스처럼. 그만큼 제스는 아주 무서운 얼굴을 하고 서 있었다.

제스는 진의 당황해 하는 반응에 자신의 예상이 들어맞았음을 확인했다. 역시 그녀는 이곳저곳으로 숨어 가며 자신을 피해 다니고 있었다.

흠……

한숨이 나왔다. 그는 오늘도 그녀를 찾아 일부러 진료실까지 찾아갔음에도 만나지 못하고 허탕을 쳐야 했다. 아마도 자신이 오는 것을 보고 그녀가 일부러 피한 게 분명해 보였다. 진은 G-스칸으로 오고 난 후부터 계속 그를 피하고 있었다.

번번이 진료실에서 허탕을 치자 그는 이번엔 숙소 앞에서 진을 기다렸다. 그녀가 방에 들어가지 않았음을 먼저 확인한 후 몇 시간 전부터 입구를 지키고 서 있었다. 그리고 그러한 노력이 헛되지 않게 그는 마침내 진을 잡아낼 수 있었다. 현장에서 검거했으니 그녀도 이번만큼은 절대 그를 피해 도망가지 못할 것이다.

「따라와요. 할 말이 있으니까.」

말과 동시에 작은 등에 손을 얹어 땅 위에 붙박이 상태로 서 있는 그녀의 발을 억지로 움직이게 했다. 그는 자신이 원하는 장소에 도착할 때까지 일부러 딱딱하게 행동했다. 사실 조금 화가 나 있기도 한 상태였기 때문에 평소처럼 그녀를 향해 부드럽고 신사적인 태도를 유지하고 있기가 힘들기도 했다.

아니, 그는 지금 상당히 화가 난 상태였다. 그녀가 그동안 자신을 피해 오고 있었음이 명확하게 드러난 순간 그녀를 드디어 만났다는 유쾌함은 싹 사라졌다. 그래서 그는 오가는 사람이 없는 야외 훈련장에 도착할 때까지 그녀의 등에 얹은 손을 풀지 않고 자신에게서 도망가지 못하게 단단히 잡고 있었다.

「왜 날 피하는 겁니까?」

마침내 자신이 원하는 인적 없는 장소에 도착하자 그는 진을 정면으로 마주 보며 단도직입적으로 물었다. 두 손은 허리에 얹은 채로 호전적인 전투태세를 갖추었다.

「네? 피하다뇨…….」

진이 메마른 웃음을 보이며 순진무구한 목소리를 냈지만 그는 속지 않았다.

「피한 거 다 압니다. 날 속일 생각은 말아요.」

「…….」

「진.」

시선을 피하며 침묵을 지키고 있는 진을 바라보며 그는 재차 이름을 불렀다.

「……맞아요. 피해 다닌 거.」

그러자 결국 그녀가 실토했다. 제스는 조용히 한숨을 내쉬었다.

「왜입니까?」

「…….」

「진.」

또다시 단호하게 이름을 부르며 대답을 재촉했다.

젠장.

그녀의 속마음을 알아야 했다. 무슨 생각을 하는 건지 진의 머릿속을 이리저리 짐작해 보고 상상하는 것도 이젠 지겨웠다. 사실 이런 대화는 키스했던 그날 새벽에 바로 나누었어야 했다.

하지만 그는 진에게 시간을 주고 싶었다. 그녀는 존슨 소령에게 당한 폭행의 충격에서 완전히 벗어난 상태가 아니기도 했고 또 친부에 관한 이야기를 털어놓은 후 감정적으로 많이 약해져 있는 상태기도 했다. 그는 그녀의 약해져 있는 마음 상태를 이용하고 싶진 않았다.

그래서 그는 키스 후 얌전히 자신의 방으로 돌아갔다. 그녀와 더 많은 걸 나누고 싶었지만 정말 평생의 자제력을 총동원해 가까스로 동물적인 욕구를 억눌렀다. 진은 키스만으로도 무척 혼란스러워하고 있었다. 그녀를 겁먹게 하고 싶진 않았다.

그러나 그녀도 분명 끌리고는 있었다. 그날 새벽 창문틀에 기대어 손수건에 얼굴을 묻고 있는 진의 모습을 발견한 순간 그는 숨겨진 감정을 알아차릴 수 있었다. 그녀도 분명 원하고 있었다. 그를 친구가 아닌 이성으로 느끼고 있었다.

손수건을 바라보는 그녀의 표정에 자신감을 얻어 그는 한 발 더 다가갔다. 그리고 남자로서 그녀를 원하고 있음을 고백했다.

그녀와의 키스를 원하고 있노라고 당당하게 표현했다. 그날 그녀와 나누었던 키스는 환상적이었다. 그날의 키스의 여운은 아직도 그의 입술에 남아 진과의 키스를 갈망하게 만들었다.

분명 진은 키스를 거부하지 않았다. 진도 분명 그날의 키스를 좋아했다고 그는 자신했다. 수줍어하기는 했지만 분명히 그의 가슴에 퍼지던 열정과 동일한 열정을 그녀의 얼굴에서 보았고, 맞대어진 가슴을 둥둥 울리던 거대한 심장 박동에서도 느낄 수 있었다. 그녀의 가슴은, 심장은 그를 향해 격렬하게 뛰고 있었다.

그러나 새벽이 지나고 아침이 밝아서 다시 마주한 진은 친구 상태로 돌아가 있었다. 그녀는 마치 그와 키스를 나눴던 적도 없다는 듯 행동했다.

처음엔 단순히 여자로서 느끼는 쑥스러움이라고 생각했다. 그래서 신사도를 발휘해 모른 척해 주었다. G-스탄으로 돌아오는 수송기 안에서도 태영을 방패막이로 내세우며 그의 접근을 허용치 않았을 때도 그는 설마 했었다. 조금씩 이상한 기분이 들긴 했지만 그는 여전히 진이 쑥스러워하고 있는 거라고 애써 좋게 생각했다. 그래서 태영과 존을 과도하게 의식하며 어색해하는 그녀를 배려해 억지로 접근하지 않았다. G-스탄에 도착할 때까지 차분하게 기다렸다.

멍청했지.

제스는 자조적으로 생각했다. 진은 G-스탄에 도착한 후 그에게 머리카락 한 올 보이지 않게끔 피해 다니기 시작했으니까.

빌어먹을.

이제 그는 알아야 했다. 진의 감정을. 더불어 그가 느끼고 있는 감정도 고스란히 그녀에게 말하고 싶었다. 그녀를 원하고 있다고. 또 한 번의 키스를 원하고 있다고. 아니, 한 번으로는 부족했다. 숫자로는 셀 수 없는 무한대의 키스를 원했다.

「우린…….」

「우린, 그다음은요?」

제스는 진이 또 망설이자 말을 부추기며 재차 물었다.

「우린 친구잖아요! 친구랑은…… 키스하는 거 아니잖아요. 우린…… 키스 같은 거 하면 안 돼요.」

진은 양 볼을 새빨갛게 물들이며 거의 비명을 지르듯 다급하게 소리쳤다. 그 모습마저 사랑스러웠다. 그는 확실히 진에게 푹 빠져 있었다. 그는 지금 이 순간에도 그녀에게 키스하길 원하고 있었다. 오밀조밀 움직이는 그 작고 도톰한 입술을 완전하게 그의 입으로 덮어 빨아들이고 싶었다.

단지 친구일 뿐이라고 확고하게 선을 긋는 말을 야속하게 내뱉고 있는 그 입을 강렬하게 탐하며 그가 원하고 있는 건 단순한 우정이 아니라는 걸 확실하게 몸으로, 또 행동으로 알려 주고 싶었다. 하지만 참아야 했다. 그녀가 겁을 집어먹길 원치 않았다.

「왜 안 됩니까?」

키스 욕구를 억누르며 그는 질문을 던졌다.

「말했잖아요. 우린 친구니까요. 키스는…… 이성 관계, 아니,

그러니까 연인 관계인 사람들이 나눠야 하는 그런 특별한…… 행위잖아요.」

천진난만한 아이 같은 순수한 말에 그는 결국 딱딱한 표정을 풀 수밖에 없었다. 비실비실 웃음이 새어 나왔다. 도저히 웃지 않을 수가 없었다.

진은 너무 순수했다. 그리고 그를 미치게 할 만큼 보수적이고 도덕적이기도 했다.

「세상에. 당신처럼 키스를 점잖게 표현하는 사람은 처음 봅니다, 진.」

「놀리지 말아요. 난 지금…… 아주 진지해요.」

터진 웃음에 그녀가 약간 분개해하며 소리쳤다. 하지만 그 모습마저도 그에겐 즐거움이었다. 너무나 예뻐 보였고, 품으로 끌어당겨 꽉 깨물고 싶을 만큼 사랑스러웠다.

「나도 마찬가집니다. 당신은 정말 사랑스러워요. 그래서 난 당신에게 빠져드는 걸 멈출 수가 없습니다.」

「……..」

진이 놀란 눈으로 빤히 바라봤다.

「네? 어, 그러니까…… 당신 말은…….」

「네. 당신을 좋아해요. 친구로서도 당신은 매우 좋지만 난 친구 이상을 원합니다. 당신이 조금 전 말한 바로 그 연인 관계를 원해요. 키스를 나누는. 그리고 그 이상도 나눌 수 있는 그런 완전한 연인 관계 말입니다.」

「……맙소사…….」

눈을 깜빡이지도 못하고 멍하게 얼이 빠진 채로 말까지 더듬거리는 진의 반응에 그는 웃었다.

「네. 정말 맙소사입니다.」

「난…… 뭐라 말해야 하는 건가요? 그게…… 머리가 복잡해요.」

제스의 웃는 얼굴을 보면서 진은 처음으로 유쾌한 기분이 아니었다. 정말로 머리가 지끈거리고 있었다. 그날의 키스를 실수라고 치부하지 않는 제스의 태도에 묘하게 마음이 설레었지만, 곧바로 지혁과의 일이 꼬리를 물고 머릿속으로 따라붙자 그녀의 감정은 다시 죄책감으로 변하기 시작했다.

「뭐가 복잡하다는 겁니까? 난 혼자고 당신도 혼자잖아요. 한국에서 당신을 기다리는 남자는 없잖습니까?」

「…….」

진은 제스에게 사실을 털어놓아야 할 때가 왔음을 직감했다.

「진…….」

「잠깐만요. 내가 먼저 말할게요. 당신에게 꼭 해야 할 말이 있어요. 이 말을 듣게 되면 아마도 날 좋지 않게 생각하게 될 거예요. 사실…… 그래서 그동안은 얘기하지 않았어요.」

그녀는 그의 말을 가로막으며 서둘러 말을 했다.

「무슨 말입니까?」

제스는 웃음기가 싹 사라진 진의 얼굴을 바라보며 물었다. 그녀의 진지한 어조에 긴장감이 들었다. 예감이 좋지 않았다. 말이 안 되는 걱정과 염려였지만 딱딱한 표정을 짓고 서 있는 진의 입에서 사실 그녀는 이미 결혼을 했다거나 아니면 한국에 애인이 있다는 말들이 나오는 게 아닌가 두려워졌다.

「내가 한국을 떠나 이곳으로 파병을 온 이유요. 전에 당신이 몇 번 물었지만 말하지 않았었죠. 순수한 이유로 이곳에 온 게 아니라서 일부러 대답을 피한 거였어요. 한국에서…… 불미스러운 일이 있었어요. 집안일이에요.」

진은 조금이라도 늦게 사실을 밝히고 싶어서 일부러 한 단어씩 끊으며 말했다. 그런 마음을 대변하듯 입도 잘 떨어지지 않았다. 침이 바싹 마르며 긴장감이 두 배가 되었다.

「아저씨, 그러니까 양아버지요. 생신을 축하하는 파티가 있는 날…… 집 정원에서 지혁, 그러니까 전에 말한 의붓오빠요. 오빠와 입맞춤을 하는 걸…… 고모님에게 들켰어요. 그, 날 엄청 싫어한다는 가족 중 한 명이요. 난리가 났었죠. 모든 가족이…… 그리고 초대받아 온 손님들까지 오빠와 내가 한 짓을 알게 됐어요. 그래서 이곳에 온 거예요. 도망쳐 온 거죠. 끔찍한 스캔들을 피해서.」

진은 문제의 사실을 입에 담는 순간부터 눈을 질끈 감고 속사포처럼 이야기를 털어놨다. 이제 제스에게 모든 사실을 숨김없이 까발렸다. 눈을 뜨기가 두려웠다. 그가 비난의 눈초리로 자신을 노려보고 있을까 봐 무서웠다. 제스마저도 그녀의 행동에 대해 비난의 말들을 쏟아 낸다면 견딜 수 없을 거 같았다.

　그러나 영원히 이대로 눈을 감고 서 있을 순 없었다. 그래서 그녀는 마음의 준비를 단단히 한 채 떨리는 눈꺼풀을 힘겹게 들어 올려 제스를 마주 봤다. 그의 눈빛을 살폈다. 자신을 향하고 있을 비난을 찾았다. 하지만 그의 눈빛은 아까 전과 동일했다. 그녀를 향한 혐오감은 전혀 깃들어 있지 않았다. 심지어 비난도 없었다. 그저 약간 놀란 듯한 기색의 표정을 짓고 있을 뿐이었다.

　「그게 끝입니까? 그 일 때문에 이곳에 온 겁니까?」

　「……네.」

　그의 질문에 진은 고개를 끄덕였다.

　「지. 혁. 그를 사랑합니까?」

　제스는 숨을 내쉬는 것도 멈추고 단숨에 물었다. 그녀의 입에서 나올 말이 두려웠지만 확인해야 했다. 그가 상상하던 최악의 시나리오는 아니었지만 아주 조금은 비슷하기도 해서 불안했다. 그러니까 진에게 남자가 있기는 있었다.

　「……첫사랑……이었어요. 과거에, 그러니까 열아홉 살 때 오빠에게 고백했던 적도 있어요. 물론 거절당했고요. 당연한 일이었죠. 그 고백은 절대 해선 안 되는 거였어요. 너무 어려 충동을 조절하지 못한 거죠.」

　진의 음성은 떨리고 있었다. 하지만 그녀의 대답은 충분하지 않았다. 그래서 그는 다시 물었다.

「지금은요? 현재도 그를 사랑합니까? 그래서 그와…… 키스한 겁니까?」

마라톤을 완주한 사람처럼 그의 심장은 위태롭게 덜컹거리고 있었다.

「……모르겠어요. 전엔 확실하게 안다고 생각했는데 이곳에 오고 나선 모든 게 헷갈려졌어요. 내가 확신해 마지않았던 사실들이…… 정말은 사실이 아닐 수도 있겠단 생각도 들어요.」

진은 한없이 고요해진 제스의 눈을 지그시 바라보다가 이내 고개를 숙였다. 지혁을 향한 그녀의 감정이 사랑인지 집착인지 아집인지 어느 순간부터 불분명해졌다. 그녀는 마음을 파고든 혼란스러움에서 아직 답을 찾아내지 못한 상태였다. 그래서 제스의 질문에 명확한 답변을 내놓지 못했다.

「오빠…… 나에게 버팀목 같은 존재였어요. 내가 중심을 잃고 쓰러지지 않도록 늘 곁에서 잡아 주었거든요. 그래서 난 늘 오빠에게 의지하고픈 마음이 컸어요. 마치 알을 까고 나온 오리가 맨 처음 본 대상을 엄마라고 믿고 따르는 것처럼요. 오빠 내게 그런 존재였어요.」

그녀는 잠시 말을 멈추고 숨을 골랐다. 제스는 가만히 기다려 주고 있었다. 그 흔들림 없는 단단한 시선에 마음이 한결 차분해지자 다시 말을 이어나갔다.

「난 오빠를 만나기 전까지 정말 엉망이었어요. 음침하고 우울하고…… 사람들과 대화하는 법을 전혀 모르는 아주 폐쇄적인 아이였어요. 집단에 전혀 끼지 못하는 외톨이 은둔자요. 사회에 섞여 들지도 못하는. 오빠 그런 날 밝은 빛으로 이끌어 준 사람이에요. 사회성을 기르게 도와줬어요. 사람들과 정상적으로 어울릴 수 있도록 방법을 알려 줬어요. 오빠가 아니었다면 난…… 지금처럼 평범하게 살지 못했을 거예요. 여전히 외톨이로 은둔자처럼 사회와 등지고 살았을 테죠. 그래서…… 음침한 그늘 속에서 살지 않도록 나를 밝은 빛으로 이끌어 준 오빠에게 감사하는 마음이 컸어요.」

아직도 폐쇄적인 성격이 남아 있긴 했지만 어린 시절 때보다는 아주 양호한 편이었다. 적어도 보통의 사람들처럼 다른 사람들과 교류도 하고 일반적인 대화를 나눌 수 있는 평범한 상태까지 왔으니까.

「그를 원합니까? 여자가 남자를 원하는 방식으로?」

「……같은 길을 걸어가고 싶었어요. 내가 다시 길을 잃지 않도록…… 오빠에게 의지하고 보호받고 싶었죠. 그땐 어렸었고…… 지금보다 더 강하지 못했거든요. 지금도 마찬가지예요. 난 여전히 너무 나약해요. 그리고 오빠를 생각하면 가슴이 아파요. 내가 오빨 너무 힘들게 한 거 같아서. 오빤 착한 남자거든요. 정말 지나칠 정도로요. 한국에선 장남에게 거는 기대의 무게가 아주 무거워요. 특히 오빠네 집은 오빠에게 거는 기대가 더욱더 커요. 그러다 보니 오빠는 책임지는 삶에 익숙해져 있어요. 날 보면서도 내 인생을 책임지고 거들어 줘야 한다는 생각을 강하게 가지고 있죠.」

강박증이라고 생각될 만큼. 진은 자신이 지혁을 그렇게 만든 것 같아 더욱 죄스러웠다.

「그와는 연인 사이였습니까? 가족들에게 키스하는 모습을 들키기 훨씬 전부터?」

「세상에! 아니요. 오빠…… 그냥 오빠예요. 가족인 거죠. 어렸을 땐 잠시 그 사실을 망각했었지만 바보 같았던 고백 이후로 우린 완벽하게 오빠와 동생으로만 지냈어요. 난 그 선을 넘지 않으려 항상 노력했어요. 그날 밤 입맞춤 전까진.」

「하지만 계속 그를 좋아했던 거죠?」

「연인 사이가 되지 못한다고 해서 오빠 향한 감정이 사라지진 않았어요. 네. 어릴 때도 오빠 좋아했고 지금도 여전히 오빠를 좋아해요. 여러 가지 의미로요. 오빠 가족이고, 내 어릴 적 우상이고, 친구예요. 첫사랑이기도 하고요.」

그녀는 제스의 물음에 고개를 끄덕이며 설명했다.

「그것뿐인가요? 육체적인 끌림은요? 남자로 그를 원하지 않요? 깊은 관계로 발전되고 싶지 않습니까?」

「네? 그, 그런…… 그런 생각은 하지 않아요. 오빠…… 가족이에요.」

제스의 노골적인 물음에 그녀는 얼굴을 붉히며 크게 소리쳤다. 고개를 좌우로 강하게 휘저으며 강조했다.

「하지만 그와 키스를 했잖아요.」

「그건…….」

당신과 했던 키스에 비교하면 그건 그저 입술과 입술이 맞부딪힌 정도예요. 순수한 애정이 묻어나는 입맞춤이요. 하지만 당신이 내게 한 키스는…… 열정이 있었죠. 거대한 파도에 휩쓸리는 것처럼 정신을 차릴 수가 없었어요. 처음 느껴 보는 격렬한 감정이었어요.

진의 생각은 마음속으로만 이어졌다.

「사고였어요. 충동이 만들어 낸 불행한 사고죠.」

진은 제스와 나누었던 열정이 가득했던 키스의 감상평에 대해서는 현명하게 입을 다물고는 간결하게 대꾸했다.

「그렇다면 대체 뭐가 문제인 겁니까?」

「네?」

의도를 분명하게 파악할 수 없는 제스의 질문에 그녀는 멍청한 표정을 지으며 되물었다. 그의 말뜻이 이해가 가지 않았다.

「과거에도 지혁이란 남자와 연인 사이였던 게 아니고, 현재도 그는 당신의 애인이 아니잖습니까? 그런데 뭐가 문제라는 거죠?」

「그게 전부예요? 내가…… 역겹지 않아요?」

그녀는 긴장을 감추지 못한 얼굴로 그를 올려다보며 물었다.

「대체 왜 당신을 역겨워해야 합니까?」

제스는 오히려 그녀의 물음이 이해 가지 않다는 듯 눈썹을 치켜세우며 의아한 표정을 짓고 있었다.

「의붓오빠와 키스했으니까요. 그건…… 도덕적이지도 않

고…… 올바른 처신이 아니에요. 가족을 배신하는 짓이죠. 비난받아 마땅한 몹시 나쁜 짓이에요.」

너무나 덤덤한 그의 태도에 그녀는 도리어 스스로 더욱 거친 비난의 말들을 쏟아 냈다.

「이런, 진. 정말 말 그대로 의붓오빠잖아요. 혈연관계로 이어지지 않은 단순히 어머니의 재혼으로 생긴 의붓형제예요. 게다가 그와는 열여섯 살 때 처음 만났잖습니까. 열여섯 살이면 한창 첫사랑에 빠질 나이죠. 그리고 엄밀히 말하면 근친상간도 아닙니다. 그와 같이 잠을 잔 것도 아니고 단순히 키스 한 번 했을 뿐이고요.」

「……그리 간단한 문제가 아니에요.」

진은 앵무새처럼 비슷한 말을 반복했다.

「아니, 간단한 겁니다. 사실 난 그보다 더 안 좋은 걸 상상했어요. 당신이 사실은 결혼한 유부녀라거나 아니면 최소한 한국에 당신을 기다리는 애인이 있다는 건 줄 알고 잔뜩 겁먹었습니다. 쫄아 있었죠. 내게 중요한 건 그 두 가지뿐입니다. 난 당신이 의붓오빠와 잤다고 해도 아주 많이 놀라진 않았을 겁니다. 물론 눈이 뒤집히는 질투에 휩싸이기는 했겠죠. 아니면 당신을 차지한 그를 부러워하거나. 하지만 그뿐입니다.」

「맙소사…… 이게 문화 차이인 건가요? 가족과 키스해도 아무렇지 않은?」

진은 놀란 눈으로 그를 바라보며 크게 소리쳤다. 제스는 씩 웃고 있었다. 장난기 다분한 얼굴로.

「물론 아무런 문제가 없지만도 않겠죠. 하지만 충동적인 키스 한 번에 스스로 너무 자학할 필요까진 없다는 겁니다. 한국을 떠나 위험 나라인 이곳까지 도망쳐 올 만큼 나에겐 그다지 대단한 이유는 아니라는 거죠. 의붓오빠와의 키스는.」

「집에선 난리가 났어요. 고모님은 미친 듯이 고함을 질러 대며 욕설을 퍼부어 댔어요. 가족뿐만 아니라 초대되어 온 친한 손님들까지 그 난장판을 고스란히 목격했어요. 아저씨도 화가 나 오빠를 때렸고요. 나는, 나 때문에 부자 관계가 틀어질까 봐 죽도록 겁이 났어요. 그래서 모두의 눈앞에서 잠시 떠나 있기로 한 거예요. 머리도 너무 복잡했고, 사람들의 비난이 싫고 무섭기도 했어요.」

그날 일만 생각하면 아직도 손에서 땀이 났다. 진은 가슴을 치는 죄책감에 한숨을 내쉬었다.

「대체 어떤 키스였기에 그 고모님이란 사람은 그렇게 난리를 친 겁니까? 당신이 그에게 마구잡이로 달려들었나요? 그를 덮친 겁니까?」

「아니에요! 난…… 절대 오빠한테 달려들지 않았어요. 누굴 막 덮치진 않는다고요.」

진은 흥분으로 한층 커진 목소리로 강하게 부정했다. 얼굴이 달아올랐다. 거울을 보지 않아도 자신의 얼굴은 이미 잘 익은 토

마토나 홍당무보다 더 새빨개져 있을 것이다. 게다가 제스는 여전히 이 모든 상황이 재미있다는 듯이 웃고 있었다.

그러자 그녀는 서서히 화가 나려 했다. 비록 실제로는 그에게 화를 내지는 않겠지만 어쨌든 속마음에선 화가 부글부글 끓어오르고 있었다.

「하하. 나도 압니다. 농담이에요. 짐작해 보자면 아마 의붓오빠가 먼저 당신에게 키스했겠죠. 당신은 남잘 덮칠 만큼 격정적이진 않으니까요. 오히려 너무 얌전하죠. 성인군자 같다는 말 많이 듣죠? 당신은 지나치게 도덕적이어서 윤리 교과서에 나올법한 사람이에요.」

그리고 그는 사실 진의 그 도덕적이고 윤리적인 성인군자 같은 면모 때문에 미칠 지경이었다. 그녀는 너무 어려웠다. 그가 다가서지 못하게 벽을 만들고 있었다. 그 점이 그를 미치게 했다. 게다가 자신은 올바른 그녀에 비해 너무 타락한 생각들을 가지고 있기도 했다.

그는 지금 이 순간에도 진의 단정하게 채워져 있는 군복을 머릿속으로 아주 열심히 하나하나 벗겨 가며 그 안에 든 매끄러운 알몸을, 살결을 상상하고 있었다. 그녀의 살결은 아주 부드럽고 또 아주 향기로운 냄새를 머금고 있을 것이다. 그 향기에 흠뻑 취해 그녀의 온몸을 자신의 입술로 더듬어 가며 속속들이 느껴 보고 싶었다. 제스는 군복 바지의 앞부분이 지나치게 조이자 그제야 위험한 상상을 멈췄다.

제길.

진은 너무 매혹적이었다. 그윽한 눈빛만으로도 그를 이제 막 성에 눈을 떠 억누르지 못하는 왕성한 성욕에 지배되곤 하던 사춘기 10대 시절로 되돌려 놓고 있었다.

「맞아요. 난 재미없고 따분한 여자예요.」

제스의 말은 틀리지 않았다. 진은 진심으로 고개를 끄덕였다. 그녀는 치명적인 매력으로 남자를 달아오르게 유혹하는 팜므 파탈이 아니다.

「또 자신을 평가 절하하고 있군요. 그것도 어릴 적 암울했던 시절에서 오는 트라우마 같은 겁니까?」

그가 살짝 눈살을 찌푸리며 물었다.

「있는 그대로의 사실을 말하는 거예요. 난 나약해요. 재밌지도 않고 따분하기도 하고요. 아직 당신이 모르는 단점들이 무수하게 많아요. 아무튼, 이 모든 이야기의 최종 결론은 당신도 마찬가지라는 거예요. 우린 친구였어요. 지금도 친구가 맞겠죠? 친구끼리는 키스 같은 건 나누지 않아요. 그리고 난…… 아직 머리가 복잡해요. 확실하게 정리가 끝난 상태가 아니에요. 게다가 난 한국군이에요. 당신은 미군이고요. 우린 국적도 다르죠. 둘 다 파병 기간이 끝나면 서로의 나라로 돌아가야 해요.」

제스와의 헤어짐에 대해서는 생각해 본 적이 없었다. 존슨 소령의 폭행 사건 때문에 잠시 한국으로 귀국 조치 되지 않을까 걱정하긴 했었지만 그건 단순히 한국으로 돌아가고 싶지 않다는 걱정이 더 컸었다. 그러나 지금 이 순간 서로의 귀국에 관련된 말을 꺼내 놓고 보니 마음이 복잡해졌다.

제스가 미국으로 돌아간다?

그가 미국으로 돌아가거나 아니면 그녀가 파병 기간이 종료되어 한국으로 돌아가게 되면 끝이었다. 더는 얼굴 볼 일이 없는 거다. 완전한 헤어짐. 물론 서로가 본국으로 돌아가더라도 원한다면 연락하며 지낼 수도 있다. 일종의 펜팔 친구처럼 말이다. 지금은 인터넷이 발달해서 이메일이나 전화, 문자로 더 편리하게 서로 안부를 주고받을 수 있겠지만 오래가진 않을 게 분명했다. 시간이 흐르면서 자연스럽게 연락이 끊기게 될 것이다.

제스와의 이별은 무척 아쉬울 것 같았다. 아니, 그것보다 더 복잡한 감정이 들었다. 정확한 단어로 표현해 낼 순 없었지만, 많이 슬퍼질 것 같았다. 아니, 이미 슬펐다. 제스와의 이별을 생각하자마자 그녀의 심장이 지금 느끼고 있는 감정은 외로움과 슬픔이었다.

「휴, 좋습니다. 그럼 잠시 시간을 두고 생각하기로 하죠. 당신의 복잡한 머리와 감정을 정리할 시간. 그리고 다시 얘기하는 겁니다.」

제스는 작게 한숨을 내쉬며 진에게 말했다. 더 오랜 기다림은 그에게 있어선 고통이었지만 그녀에게 무턱대고 자신의 감정을 강요할 순 없었다. 진에게도 감정을 생각해볼 수 있을 시간을 줘야 한다.

「또다시 얘기한다고요? 언제요? 그러니까 얼마나 시간을 준다는 거죠? 난…… 모르겠어요. 내가 얼마의 시간이 필요한지도.」

시간을 준다는 그의 말에도 진은 두 눈을 동그랗게 치켜뜨며 고개를 가로젓고 있었다. 그 사랑스러운 모습에 그는 다시금 위험한 충동이 일 뻔했지만, 자제력을 그러모아 억눌렀다. 지금 그녀에게 손을 뻗으면 결코 얌전하게 행동하진 못할 테니까.

「글쎄요. 하지만 바라건대 당신의 복잡한 머리가 정리되는 시간이 부디 오래 걸리지 않았으면 좋겠군요. 예전의 난 참을성이 많은 사람이었지만 이상하게도 당신과 관계된 일에 있어서는 자꾸만 쉽게 자제력을 잃어버리고 있거든요. 그러니 당신이 따분하고 지루함을 느끼게 하는 재미없는 여자라는 발언은 이제부터 자제하도록 해요.」

「난…….」

제스의 얼굴은 그 어느 때보다 더 진지하고 심각해 보였다. 심연을 알 수 없는 깊고 깊은 눈동자에 진은 버릇처럼 또다시 스스로를 깎아내리는 말을 하려다가 멈칫했다. 위험스럽게 빛나고 있는 그의 눈빛은 자기 비판은 그만 멈추라고 경고하고 있었다.

「진, 당신은 그 어떤 폭탄보다도 더 해체하기 까다롭고 어려운 아주 위험한 여자입니다. 하지만 내 주특기는 지휘와 폭파이고 난 꽤 유능한 폭탄 해체 전문가입니다. 그러니 당신의 무장된 마음을 꼭 해제시키고 말 겁니다.」

쿵.

나직하지만 힘이 가득 실린 깊이 있는 제스의 말에 진은 심장이 덜컹 내려앉았다. 그는 그녀의 눈을 지그시 바라보고 있었고 장난기가 사라진 얼굴은 진지했다. 위험하리만치 달콤한 그의 말은 마력이 깃들어 묘한 힘이 있다. 사람의 마음을 홀리는 놀라운 힘. 그녀는 그의 목소리가 가진 신비스러운 힘에 대해 확신했다.

12

오랜만에 바쁜 날이었다. 진료실은 많은 군인들로 북적거렸다. 진은 바쁘게 일하는 덕분에 자연스럽게 제스와 나눴던 대화나 키스에 대해서도 생각하지 않을 수 있었다. 적어도 근무 시간만큼은. 간혹 가끔은 근무 중에도 불쑥불쑥 그의 얼굴이 떠오를 때도 있었지만 오늘만큼은 정말 그럴 틈이 없었다.

모두 새로 파병 온 군인들 덕분이었다. 그녀는 새로 파병 온 의료진들과 함께, 역시 같은 날 파병 온 한국 군인들의 건강 검사를 시행하느라 몹시 바빴다. 오전부터 그들의 피를 뽑고 질병 유무를 체크하고 예방 주사를 접종시켰다. 파병 군인들은 한국에서 G-스탄으로 떠나오기 전 모두 신체검사를 완료했지만 총책임자의 지시로 이곳에서도 한 차례 더 기초적인 검사가 시행되었다.

다행스럽게도 파병 군인들의 건강 상태는 별문제 없었다. 다만 그들은 고국인 한국을 떠나 타국에 왔다는 긴장감으로 대부분 얼어 있었다. 그녀가 태영과 함께 처음 G-스탄으로 왔을 때 그랬던 것처럼 새로 파병 온 한국 군인들 모두의 얼굴엔 앞날에 대한 막연한 불안감과 걱정이 어려 있었다.

왜 아니겠는가. 이곳은 격전지였다. 한국도 전쟁 국가이긴 했지만 아주 오래전부터 휴전 상태였기 때문에 나이 어린 젊은 세대들은 전쟁을 피부로 직접 느껴 보지 못했다. 직접 경험해 보지 못한 일에 대한 공포감은 상상에 의해 더 커지는 법이다. 진은 파병 군인들이 느끼고 있을 미지의 테러 전쟁 국가에 대한 두려움과 긴장에 대해 충분히 공감할 수 있었다.

"대위님께서도 기지 밖으로 나가 보셨습니까?"

검사가 막바지에 이르자 군인 한 명이 물었다. 아직 어린 병사였다.

"의료 봉사로 몇 번."

처음 의료 봉사를 나갔던 마을 외에도 그녀와 태영은 몇 군데 마을을 더 나간 적이 있었다.

"별일 없으셨습니까?"

"응. 별일……."

"왜 별일이 없었겠냐. 아주 살벌했지."

그녀가 말을 끝맺기도 전에 곁에 있던 태영이 중간에 말을 가로채며 살벌한 음성으로 대신 대꾸했다.

"무슨 별일 말입니까?"

그러자 어린 병사가 약간 더 겁을 집어먹은 목소리가 되어 재차 물었다.

"으아, 완전히 살벌했지. 태어나 그런 살벌한 상황은 또 처음이었다니까."

어린 병사의 겁먹은 얼굴에 태영이 더욱 표정을 구겨 가며 한층 더 과장된 몸짓과 말투로 말을 받았다. 진은 속으로 한숨을 내쉬었다.

또 시작이군. 저 못 말리는 과장과 허풍.

태영은 지금 가뜩이나 분쟁이 이는 낯선 나라로 파병을 와 불안한 상태에 있는 순진한 어린 병사를 놀려 먹으려 하고 있었다.

저 장난기를 누가 말려?

진은 어깨를 한번 으쓱거리며 잠시 내버려 두었다.

"대위님과 난 여느 때와 같이 구름 떼처럼 몰려든 지역민들을 정신없이 진료하고 있던 참이었어. 피습으로 다친 곳도 봐 주고, 약도 챙겨 주고, 예방 주사도 놔 주면서 정말 정신이 하나도 없었는데 긴장을 늦추면 안 되었어. 언제 어디서 반군들의 총알이 날아들지 모르니까."

"초, 총알이요?"

"아무튼, 그렇게 정신없이 모여든 사람들을 봐 주고 있는데 갑자기 쾅 하는 소리가 들리는 거야. 그러더니 곧 자욱한 짙은 안개 같은 연기가 마구 피어오르기 시작했어."

어느새 진료실 안 군인들은 모두 숨을 죽이며 태영의 이야기를 경청하고 있었다.

"진료 막사 주변은 순식간에 아수라장으로 변했어. 그 순간 누군가 소리치는 거야. 폭탄이다! 총알이다! 그다음 바로 또 쾅쾅거리는 소리가 났어. 그러자 그때부터 사람들이 모두 패닉 상태에 빠져 총알을 피하려 바닥에 엎드리거나 도망가려고 미친 듯이 이리저리 뛰어다니기 시작한 거지."

태영은 몸짓과 발짓까지 적절하게 섞으며 과장된 긴장감을 만들어 내고 있었다.

"하지만 그땐 이미 자욱한 연기로 한 치 앞도 안 보이는 상황이었어. 사람들은 폭발음이 날 때마다 비명을 내지르며 서로 뒤엉켜 부딪히고 밀어내고…… 아, 정말 난장판이었지. 그런데 그 순간이었어. 대위님과 내가 서 있는 방향으로 뭔가가 엄청난 속도로 뛰어오고 있는 거야. 짙은 연기에 가려 잘 보이지 않았지만 얼마 떨어지지 않은 거리에서 정말 빠르게 달려오고 있었어."

"헉! 적들이 나타난 겁니까?"

태영의 말을 잠자코 듣고 있던 군인 중 한 명이 놀란 표정으로 크게 소리쳤다. 그들은 모두 진지했고 공포에 떨고 있었다.

"당연히 적이 나타난 거라 생각했지. 그리고 그 찰나 같은 순간에 난 비록 나보다 상급자이지만 연약한 여성이기도 한 김 대위님을 구해야 한다는 생각을 했어. 분초를 다투는 매우 시급한 상황이었지만 난 득달같이 대위님 앞으로 달려들어 정면에서 빠르게 달려오고 있는 정체 모를 적으로부터 대위님이 가려지게 했지. 그리고 재빨리 주변에 있던 미군들에게 상황을 알렸어. 아, 그 순간 무기를 가지고 있지 않은 걸 아쉬워했지. 내가 무기만 들고 있었어도 적을 빠르게 제압할 수 있었을 텐데 말이야."

"소위님께서도 총을 쏘실 줄 아십니까?"

"이 자식들이…… 마, 내가 이래 봬도 훈련받을 때 사격에서 백발백중을 자랑했어. 내가 비록 의료 쪽에 큰 뜻이 있어 간호 장교가 된 거지 전투도 가능하다고. 어쩌면 해병대를 능가할지도. 내가 또 어릴 때부터 태권도와 유도를 배워 유단자에 중, 고등 때는 복싱까지 해서 방어와 공격 둘 다 가능하단 말이지."

진은 점점 부풀려져 허황된 공상 소설 수준이 되어 가고 있는 태영의 말에 기가 찼다. 그러나 또 한편으론 재밌기도 하고 웃기도 했다.

"그래서 그게 뭐였습니까? 진짜 반군이 나타난 겁니까?"

"그게 뭐였냐면, 몸집이 황소만 한……."

"강아지였어. 폭발 소리는 현지 꼬마가 장난으로 양동이에 폭죽을 넣고 터트린 거였고, 연기는 폭죽이 터지는 소리에 놀란 군인이 터트린 연막탄이었어. 너희처럼 이제 막 G-스탄에 온 어리바리 일병 하나가 폭죽 소리에 놀라 실수로 터트린 거지."

진은 태영의 허풍을 삽시에 제압하며 이야기를 끝맺었다.

"대위님!"

태영이 항의하듯 크게 소리쳤다.

"강아지가 아니라 커다란 개였습니다. 크기도 황소만 했습니다."

태영은 두 팔을 넓게 벌려 크기를 과대 포장했다.

"그래. 그렇다고 해 두자. 그래도 넌 날 구해 주려고 내 앞으로 몸을 던진 게 아니라는 말은 해둬야겠다. 넌 그 황소만 한 개를 피하려고 달려온 거였어."

결국, 그 문제의 개는 제스가 짠 하고 나타나 단숨에 제압했었다.

"에이, 뭡니까. 다 허풍이셨습니까?"

진의 폭로에 진료실 안 군인들이 모두 일제히 태영을 바라보며 탄식과 야유를 퍼부었다.

"이것들이, 군기가 다 빠졌지. 군장 메고 연병장 한번 뛰어 볼래? 이 먼 타국 땅에서?"

어린 군인들의 야유에 태영이 눈을 크게 부릅뜨고 협박조로 소리쳤다. 치사하게 계급으로 밀어붙이며.

"으이그. 그래, 너부터 뛰자. 군장 메고 이 먼 타국 땅에서."

진은 태영의 이마에 가볍게 꿀밤을 먹이며 군인들의 피를 뽑은 주사기를 마저 정리했다. 이제 라벨 붙여 정리만 하면 오늘의 근무는 끝이었다.

"대위님!"

태영은 자기편을 들어 주지 않는 것에 부루퉁하게 입을 삐죽이며 툴툴거렸다.

"얼른 정리나 해. 검사 완료된 병사들 정리해서 내보내고."

"네에."

태영이 시무룩하게 대답했다.

"그런데 두 분도 환영식에 오시는 겁니까?"

진료실을 나가던 군인 중 한 명이 질문을 던졌다.

"환영식?"

군인의 질문에 진은 어리둥절해했다. 전혀 들은 바가 없었다. 그때 태영이 아차, 하는 얼굴로 말을 전했다.

"아참! 깜박했는데 오늘 새로 파병 온 부대 환영식이 있답니다. 다음 주부터 실전 투입이니 그 전에 긴장 한번 풀어 주려나 봅니다. 대위님과 저도 필수 참석이랍니다."

"몇 시에?"

"19시입니다."

"나 참, 빨리도 말한다."

근무가 끝나도 쉬러 갈 수 없음에 그녀는 깊은 한숨을 내쉬었다.

○ ● ○

환영식 분위기는 한창 무르익어 가고 있었다. 햄버거와 감자튀김, 그리고 탄산이 전부였지만 파병 온 군인들은 낯선 분쟁국에 와 있다는 긴장감을 풀고 흥겨운 분위기를 즐기고 있었다. 그녀도 주크박스에서 흘러나오는 흥겨운 멜로디에 맞춰 손뼉을 치며 들뜬 분위기에 동조했다. 동전을 넣으면 유행하는 노래를 들려주던 옛날과 달리 요즘 주크박스는 컴퓨터를 사용하여 꽤 많은 곡이 담겨 있었다. 고전과 현대를 적절하게 혼합한 듯한 주크박스는 한국의 노래방 기계와 비슷하면서도 달랐다. 버튼을 누르면 노래가 재생되는 건 똑같았지만 가사가 나오는 화면은 없었고 옛 서부 영화에서나 나올 법한 클래식한 외형을 가진 낡은 주크박스의 몸체에 빼곡히 박힌 버튼을 눌러 노래를 선택하면 해당 곡의 CD가 차르르 소리를 내며 돌아갔다. 주크박스에는 최신 유행하는 곡은 없었지만 놀랍게도 한국 가요는 포함되어 있었다. 한국 군인들은 떼창으로 노래를 따라 부르며 분위기를 한껏 달아오르게 했다.

"네. 노래 아주 잘 들었습니다. 100점 만점에 몇 점?"

총책임자의 노래가 끝나자 태영이 마이크를 넘겨받아 진행했다.

"1,000점."

태영의 능청스러운 질문에 모여 있는 군인들이 크게 한목소리로 대답했다.

"자, 이 한창 무르익은 분위기에서 이제 누구의 노래를 들어 볼까요?"

"한태영! 한태영!"

태영의 질문에 군인들이 무대 위를 가리키며 한목소리를 냈다.

"네, 그렇다면 여러분들의 성원에 힘입어 저 한태영이 한 곡 뽑아 올리겠습니다. 하지만 젓가락도 두 짝이고 짚신도 짝이 있다는데 저 혼자 하면 섭섭하죠. 한태영이 있으면 누가 있다?"

태영의 바람잡이에 진은 서서히 불안해졌다.

어? 설마…….

"바로, 바로…… 이곳의 홍일점이자 미모의 군의관님이신 김진 대위님 무대로 나와 주세요!"

으아악.

진은 속으로 비명을 내질렀다.

"와아."

"우우우."

태영의 폭탄선언에 군인들 모두 의자에 앉아 있는 그녀에게로 시선을 돌렸다. 그리고 뒤이어 힘찬 함성과 우레와 같은 박수 소리가 터져 나왔다. 진은 당황해 태영을 향해 눈을 동그랗게 뜨며 고개를 가로저었다. 명백한 거절의 표시였다.

너 하지 마!

그녀의 의사 표현은 제대로 전달되었다. 그러나 태영은 절박함 이 담긴 그 의사 표현을 간단하게 묵살했다.

"어어! 함성과 박수 소리가 작단다. 더 힘차게 박수!"

"와아아."

"노래해! 노래해!"

"노래해!"

태영의 지시에 군인들은 지붕이 떠나가라 함성을 내질렀다. 천 둥 같은 박수 소리는 덤으로 따라붙고 있었다.

"자, 얼른얼른 나오세요. 대위님, 이 분위기 망치실 겁니까?"

태영의 반 협박적인 말에 진은 결국 울며 겨자 먹기 식으로 의자에서 일어났다. 그녀는 쭈뼛쭈뼛하다가 주크박스 앞에 서 있는 태영 옆으로 가 섰다.

"우리 한국군 부대의 꽃! 거짓말 조금 보태서 지금보다 더 긴 머리였을 땐 군부대 내에서 여신으로 통했죠."

"하지 마라. 그만해!"

낯 뜨거워지는 태영의 말에 진은 이를 꽉 깨물며 복화술로 눈치를 줬다. 옆구리도 쿡쿡 찔러 가며.

"네네. 얼른 노래하고 싶으시다고요. 그럼 바로 본론으로 들어가서 노래 시작하겠습니다! 정말 이 노래가 여기에도 들어 있다는 것에 큰 감동을 느꼈습니다. 역시 한국 걸 그룹의 힘은 대단합니다. 원조 군통령!"

또 그 노래였다. 한국에서도 장교들 회식 자리가 있을 때마다 그녀의 팔을 잡아끌어 노래방 기계 앞에 서게 했던 그 노래. 저주받을 군인들의 워너비 아이돌 소녀들의 노래. 태영은 상급자에게 점수를 따기 위해 애교를 떨 때면 오빠라는 가사 대신 상급자의 이름이나 직급을 넣어 부르곤 했다. 곧 익숙한 전주 부분의 멜로디가 울렸다.

아…… 역시나.

진은 고개를 푹 숙였다. 하지만 어쩌랴. 노래는 이미 시작되었는데. 그녀의 노래를 듣고 저들이 후회한다 해도 이미 늦은 거다.

그녀는 만인이 인정한 엄청난 음치였다. 음정, 박자, 멜로디 어느 것 하나 제대로 맞는 게 없었다. 그녀가 듣기에도 자신의 노래는 고막을 괴롭히는 소음 공해나 다름없었다.

"자, 여신 김 대위님께 큰 박수 부탁드립니다!"

태영이 허락도 없이 뒤에서 그녀의 쪽 찐 머리를 고정한 고무 줄을 잡아당겼다. 고정 핀을 잃은 머리카락은 찰랑거리며 쇄골 부근까지 내려왔다. 당황스러웠지만 상황을 돌이킬 수 없음에 그녀는 마음의 결단을 내리고 얼굴에 철판을 깐 뒤 고개를 들었다.

그래, 3~4분만 참으면 되는 거잖아.

진은 이가 갈리는 걸 참아 내며 속으로 중얼거렸다. 초롱초롱한 눈빛들을 한 채 무대를 바라보는 군인들의 맑은 눈망울을 실망시킬 수 없어 그녀는 질끈 눈 한번 감고 창피함을 무릅쓰기로 했다. 그래도 박자를 놓치지 않기 위해 경쾌한 멜로디에 온 신경을 집중했다.

처음 시작은 태영이었다. 교태 섞인 몸짓으로 안무를 추며 우스꽝스럽게 느껴질 만큼 높은 가성을 내는 태영의 노래에 군인들은 기뻐하며 환호를 보냈다. 순전히 걸 그룹 노래의 힘이었다.

"자, 이번엔 대위님 차례십니다."

본인의 파트가 끝나자 태영이 바통을 넘겼다. 진은 빠르게 심호흡을 한 번 한 다음 마이크를 입에 가져다 댔다. 어색함과 긴장으로 꽉 잠긴 목에선 기괴하기 짝이 없는 음색이 흘러나왔다. 박자와 리듬이 깡그리 무시된 노래는 가사를 전달하는 그 이상이 되지 못했다. 국어 책을 읽는 것과 다를 바 없었다.

창피함으로 얼굴이 새빨갛게 달아올랐지만, 긴장감에 잔뜩 굳어 있는 얼굴 근육을 억지로 움직여 방긋 웃는 표정으로 노래를 계속 이어 나갔다. 비록 음정, 박자 모두 제멋대로였지만 목소리만은 아주 애교스럽게 꾸며 내며 상실된 음악성을 개그로 승화시켜 보려 처절하게 노력했다. 한국에 있을 때 몇 달을 태영에게 달달 볶여 가며 억지로 배워야 했던 어설픈 율동까지 곁들여 가며 혼신의 힘을 쏟아부었다.

"우와아."

나름대로 최선을 다해 노력하고 있는 그녀의 열의가 민망해지지 않을 정도로 무대 앞을 빼곡하게 메우고 있는 군인들은 열정적으로 함성을 질러 주고 있었다. 정말 순전히 걸 그룹 노래의 위대함이었다.

삐익.

"와아아."

입으로 내는 휘파람 소리와 떠들썩한 함성이 다시 한번 지붕을 들썩이게 했다.

○ ● ○

장거리 정찰을 마치고 다시 부대로 복귀했을 땐 긴장으로 굳어진 근육이 뻐근했다. 제스는 비좁은 트럭에서 나와 뭉친 근육을 풀었다.

「버거집으로 바로 갈 거죠?」

마이크가 활달하게 물어 왔다. 그의 얼굴은 오랜 시간 위험 지역을 이동해 왔다는 긴장감이 전혀 없이 밝은 표정이었다.

버거집이라니.

땀과 먼지에 얼룩진 군복을 얼른 벗어 던지고 싶었던 그는 고개를 절레절레 저었다. 금요일 저녁이었지만 햄버거에 맥주를 마시는 것보단 휴식이 필요했다. 진을 보러가야 했다. 그녀를 만나는 게 자신에게는 달콤한 휴식과도 같았다. 그녀의 얼굴이 떠오르자 조금 전까지 피곤했던 기분이 싹 가시는 듯했다. 진을 생각하는 것만으로도 그는 혈기왕성해졌다.

「안 간다고요? 정말요?」

그의 간결한 대답에 마이크가 의외라는 듯 두 눈을 크게 뜨고 되물었다. 그리고 짓궂은 미소를 가득 드리우며 그를 쳐다봤다.

왜 저러지?

마이크의 장난기 다분한 표정에 제스는 불길한 기운을 느꼈다.

「안 가면 후회하실 텐데. 오늘 거기서 새로 파병 온 한국군 부대 환영회가 열린다고 태영이 말하던데요. 당연히 킴 대위님도 계시겠죠? 뭐, 안 가겠다면 저희만 가도록 하겠습니다. 중위님.」

「뭐…….」

「얼른 가서 킴 대위님이나 봐야지.」

마이크가 멍청한 표정을 짓고 있는 그에게 짓궂은 윙크를 해

보이고는 다른 부대원들과 앞서서 걸어갔다. 존도 그를 한 번 쓰
윽 바라보더니 무리에 섞였다. 걸어가면서 무슨 말을 하는지 크게
웃음을 터트리는 그들을 보며 그는 이를 갈았다.

아마도 그가 뒤를 따라오는지 따라오지 않는지에 대해 내기를
하는 것이리라. 그는 성급하게 노라고 대답한걸 후회했다. 그는
울프 팀 대원들과 일정한 거리를 유지하며 천천히 걷기 시작했다.
그러나 이내 조급한 마음이 밀려들자 체면 따위는 팽개치고 빠르
게 달렸다.

진이 있는 곳으로.

"와아아."

나무 문을 밀치고 안으로 들어가자 기차 화통을 삶은 듯한 무
지막지한 환호성이 귀를 아프게 때렸다. 박박 깎은 머리 스타일에
똑같은 군복을 차려입은 젊은 군인들은 모두 앞을 바라보며 열정
적으로 환호를 보내고 있었다. 그 군인 무리에서 진의 모습을 찾
았지만 테이블 어디에서도 그녀는 보이지 않았다.

그는 군인 무리를 헤치며 그녀를 찾아 앞으로 나아갔다. 군인
들은 모두 한 덩어리로 뭉쳐 결속을 다지고 있는 듯 서로서로 어
깨동무를 하고 있어 덩치 큰 자신조차도 그들 무리를 헤치고 앞
으로 나아가기가 쉽지 않았다. 게다가 귀를 때리는 군인들의 우렁
찬 함성과 박자 감각을 상실한 수준의 시끄러운 노랫소리는 집중
력을 흩트리게 했다.

「와우, 귀청 떨어지겠네.」

뒤따라 들어온 마이크와 울프 팀 대원들도 눈앞으로 보이는 열광의 도가니에 탄성을 내질렀다.

「와, 엄청나네요.」

마침내 인간 방패들을 헤치고 앞으로 나아가자 비로소 진을 찾을 수 있었다. 그녀는 군인들이 옹기종기 에워싸고 있는 주크박스가 설치된 무대 앞에 서 있었다. 아니, 그저 서 있기만 한 게 아니라 그녀는 놀랍게도 주크박스에서 흘러나오는 멜로디에 맞추어 노래를 부르며 춤을 추고 있었다. 환한 미소를 가득 드리우며 머리를 풀어 헤친 진의 모습은 반짝반짝 빛이 났다. 사랑스러웠다. 앙증맞은 인형이 살아 숨 쉬고 있는 것 같았다.

그는 자기도 모르게 얼굴 가득 웃음을 지었다. 한국 노래를 부르고 있어 가사를 알아들을 순 없었지만, 그녀가 한 음절씩 노래를 부를 때마다 군인들은 환호성을 질렀다. 그는 진의 새로운 모습에 푹 빠져들었다. 그녀는 몹시 사랑스럽고 귀여웠다. 비록 엄청난 음치로 음정 박자가 전혀 일치되고 있지 않지만, 그에게는 그녀의 노랫소리가 그 어떤 유명 팝가수가 부르는 노래보다 더 감미롭게 들렸다.

「어라? 킴 대위님인데요.」

마이크가 뒤에서 중얼거렸지만 그의 정신은 오로지 진을 향해 있었다. 그녀의 환한 미소에 중독되고 빠져들어 한순간도 다른 곳으로 눈을 뗄 수가 없었다. 넋을 잃고 앞만 바라보았다.

삐익.

「킴 대위님!」

마이크가 크게 휘파람을 불며 진의 이름을 외쳤다. 그러자 그 순간 그녀가 옆으로 몸을 틀었다. 살짝 돌아선 진의 시선이 그에게 머물렀다. 눈이 마주쳤다고 생각한 순간 그녀가 더 활짝 웃었다.

쿵.

여지없이 그의 심장은 반응을 보였다. 박동과 호흡이 빨라지며 열이 올랐다. 반짝반짝 빛나는 보석 같은 미소에 홀린 그는 진에게서 눈을 뗄 수가 없었다. 사랑이었다. 그는 어느새 그녀를 사랑하고 있었고 그 사실을 무대 위에서 노래 부르고 있는 그녀의 모습을 보며 완전하게 깨닫게 되었다.

단순히 좋은 정도가 아니다. 그는 그녀의 전부를 원하고 있었다. 밤이 되면 그녀를 품에 꺼안고 함께 잠이 들길 원했고 아침에 눈을 떴을 때 제일 먼저 그녀의 얼굴이 보였으면 싶었다. 그는 잠시의 연애를 원하는 게 아니다. 영원한 사랑과 행복을 바라고 있었다.

맙소사…….

그는 생경한 감정에 조금 두렵기도 했지만, 그 두려움마저 좋았다. 진과 관련된 감정들이라면 그 어떤것이라도 감당할 자신감이 생겼다.

"네, 열정적인 무대였습니다. 한국군 부대의 영원한 아이돌 김 대위님께 커다란 박수 부탁드립니다."

노래가 끝났다. 태영이 무슨 말을 소리치자 모든 군인이 함성을 내지르며 천둥과 같은 박수를 쏟아 냈다. 진은 웃고 있었지만 쑥스러운지 손바닥으로 양 볼을 감싼 채 고개를 숙였다. 그리고 무대 아래로 내려오려 했다. 바로 그가 서 있는 곳으로.

그녀를 품에 안고 싶었다. 그녀의 달콤한 향기를 가득 들이마시며 사랑을 속삭이고 싶었다. 그녀에게 필요한 만큼의 충분한 시간을 준다고 말했었지만, 그의 마음은 자꾸만 조급해졌다. 당장 무릎이라도 꿇고 사랑을 구걸하고 싶은 심정이었다.

그는 자동으로 한 걸음 앞으로 나아가며 무대에서 내려오려 하는 그녀를 잡아 주려 오른손을 내밀었다. 그러자 그녀가 얼굴을 살짝 붉히며 그의 손을 잡고 천천히 한 계단씩 걸어 내려왔다.

「이건 예상치 못한 새로운 모습인데요?」

「으…… 제발 기억에서 잊어 줘요. 태영 때문에 억지로 올라간 거예요. 완전 끔찍했죠? 난 엄청난 음치거든요.」

「전혀요. 사랑스러웠습니다. 내겐 그 어떤 유명 가수가 부른 것보다도 더 감미로운 노래였어요.」

「와…… 내 노래가 듣기 좋다고 말해 준 사람은 당신이 처음이에요. 물론 내 기분을 좋게 해 주려는 당신의 친절한 배려겠지만 자꾸만 그렇게 과도한 칭찬의 말을 남발하면 난 곧 심각한 부작용을 겪게 될지도 몰라요. 당신의 칭찬이 정말 사실인 줄 착각하고서 내 콧대가 하늘 높은 줄도 모르고 아주 드높아질 거라고요.」

「하지만 난 사실만을 얘기한 겁니다.」

그는 짐짓 억울하다는 표정을 지어 보였다. 그러자 그녀가 다시 작게 웃음을 터트리며 주먹 쥔 손으로 그의 어깨를 가볍게 두드렸다.

「당신은 군인이 될 게 아니라 심리 치료사가 더 어울렸을 거같아요. 지금이라도 직업을 바꿔 볼 생각은 없나요?」

「흐음. 그냥 당신만을 위한 전담 심리 치료사로만 있는 건 어떻겠습니까?」

「그건…… 재능 낭비일 거 같은데요.」

마지막 남은 계단을 내려오면서 진이 작게 속삭였다.

「전혀요. 그 재능은 당신이 있어야지만 발휘될 수 있거든요.」

한 발짝씩 가까워질수록 진의 향기가 진하게 코끝을 맴돌았다. 손에서 손으로 전해지는 따스한 온기가 그의 마음을 떨리게 하고 있었다.

「엇!」

마지막 계단을 내려오던 그녀의 발걸음이 위태롭게 흔들렸다. 그는 재빠르게 다른 손을 뻗어 균형을 잃은 그녀의 몸을 단단하게 붙잡았다. 그의 가슴에 안기다시피 한 그녀의 몸에서 퍼져 나오는 향기와 온기에 저절로 팔에 힘이 들어갔다. 아주 조금만 팔을 끌어당기면 그녀를 품에 안을 수 있었다.

그를 올려다보고 있는 그녀의 까만 눈망울은 환한 웃음과 함께 잔잔한 떨림을 내포하고 있었다. 내면 깊숙이 감추어진 그녀의 열정과 마주하자 주변의 모든 움직임이 일순간 정지되었다. 떠들썩한 환호성도, 흥겨운 노랫소리도, 두런두런하는 사람들의 말소리마저도 모조리 정지된 상태로 접어들었다. 그의 눈엔 오로지 그를 바라보고 서 있는 진의 모습만이 비치고 있을 뿐이었다.

참을 수 없는 유혹에 결국 충동을 이기지 못하고 두 팔 가득 부드럽게 감겨 오는 몸을 껴안으려 그녀의 손을 잡은 자신의 손에 힘을 준 그 순간, 정적인 상태를 깨트리는 소음이 등 뒤에서 잔잔하게 울려 나왔다.

"진아."

그 작은 소음에 주변은 다시금 소란스러움을 뿜어냈다.

"진아."

다정함이 물씬 풍기는 그 낯선 음성은 그녀의 이름을 부르고 있었다. 그 음성에 고개를 돌리자 동양인 남자가 눈에 들어왔다. 남자의 시선은 명확하게 진을 향해 있었다.

"오빠……."

낯선 동양인 남자를 발견한 그녀의 두 눈이 놀라움으로 점점 커졌다.

그녀의 입술을 비집고 튀어나온 낯선 언어에 그의 심장은 커다란 굉음을 울리며 빠르게 질주했다. 신경 세포를 타고 흐르는 낯선 긴장감이 그를 불안하게 만들었다.

누구지?

남자의 체격은 아주 크지 않았지만 큰 키에 어울리는 균형 잡힌 몸매는 보기 좋게 호리호리했다. 부드러운 곡선을 그리고 있는 얼굴은 선한 인상을 그리고 있었지만 각진 턱선은 강한 남성미도 함께 풍기고 있었다. 남자는 마이크와 존만큼이나 미끈하게 잘생긴 미남자였다.

설마…….

제스는 본능적으로 알았다. 바로 눈앞에 서 있는 저 동양인 남자가 지혁이라는걸. 그걸 깨달은 순간 그의 머리와 몸은 딱딱하게 굳어 갔다.

○ ● ○

삐익.

「킴 대위님!」

그녀를 부르는 귀에 익은 음성과 요란한 휘파람 소리에 옆으로 고개를 돌린 순간 진은 제스를 발견할 수 있었다. 그는 무대 옆 벽 쪽에 서 있었다. 얼굴 가득 웃음꽃이 만개한 그의 얼굴은 그녀의 심장을 요동치게 했다. 자신을 향해 미소 짓고 있는 제스를 발견한 순간 그녀는 너무 놀라 하마터면 박자를 놓칠 뻔했다.

가까스로 박자에 맞춰 노래를 이어 가는 그녀의 얼굴은 새빨갛게 익어 가기 시작했다. 엉망진창인 노래를 듣고 있는 제스를 보니 너무 창피했다. 난생처음 엄청난 음치인 자신의 목이 원망스럽게 느껴졌다. 옥구슬이 굴러가는 청아한 음색은 아니더라도 귀를 폭행하는 수준은 아니어야 했다. 아니면 박자라도 제대로 맞추던가.

그러나 그녀의 노래는 한참이나 수준 미달이었다. 그럼에도 다시 흘긋 훔쳐본 제스의 얼굴은 여전히 환한 웃음이 자리하고 있었다. 진심으로 즐겁다는 표정이었다. 그리고 사랑도 가득 담겨 있었다.

사랑이라니…….

진은 과대망상 수준인 생각에 스스로 놀란 마음이 되었다. 그는 단순히 그녀를 원한다고만 했다. 연인 관계가 되고 싶다고 했다. 키스 이상을 나누는 그런 연인 관계. 좋아하는 감정과 사랑하는 감정은 엄연히 다르다. 제스는 사랑이란 말은 사용하지 않았다. 그러니 저만치 앞서 나가려는 상상을 이쯤에서 멈춰야만 했다.

그는 사랑을 고백한 게 아니야. 그의 욕망을 고백한 거지. 남자로서의 욕망.

진은 속으로 읊조렸다.

한편으론 놀라웠다. 그녀가 제스와 같은 남자의 욕망을 불러일으킬 수 있다는 사실이. 그녀는 섹시함과는 거리가 멀었다. 이제껏 사회생활에서 만났던 겉으로 보기에 멀끔하고 정상적으로 보이는 남자들은 단 한 번도 자신을 연애 대상으로 보거나 생각하지 않았다. 적어도 그녀가 알기로는.

그래서 그날 새벽, 제스로부터 남자가 여자를 원하는 방식으로 자신을 원하고 있단 걸 들었을 때 조금 우쭐한 마음이 든 것도 사실이었다. 자신감도 생겼다. 누군가 진심으로 자신을 원한다는 사실이 두려우면서도 가슴이 설레었다.

진은 다시 제스를 몰래 훔쳐봤다. 그의 웃음을, 그리고 자신을 바라보고 있는 그의 눈빛을 바라봤다.

쿵. 쿵. 쿵.

제스를 볼 때면 그녀의 심장은 바쁘게 펌프질을 했다. 가벼운 미열을 느꼈고 숨결도 가빠졌다. 지금처럼. 그녀의 호흡이 가빠지고 목소리가 떨리는 건 지금 부르고 있는 노래 때문만은 아니었다. 이 이상한 현상의 원인은 제스였다.

언젠가부터 그를 생각할 때면, 심장의 쿵쾅거림이 심해졌다. 특히 그와의 키스를 떠올릴 때면 그 증상은 더 심해지고는 했다. 게다가 더 심각한 건 그와의 키스를 또 원하고 있다는 거다. 조심하지 않으면 자신이 먼저 키스를 애걸하며 그에게 달려들지도 몰랐다.

미쳤어.

진은 자신의 생각에 다시 얼굴을 붉혔다. 그녀는 격정적인 성격과는 한참이나 거리가 멀었지만 이상하게도 제스와 함께 있으면 격정적인 정열에 휩싸이고 싶은 생각이 들었다.

정말로 머리가 이상해진 게 분명해.

진은 제스와 관련된, 그러니까 그와 나눴던 키스에 대한 생각을 저만치 구석으로 밀쳐 내고 다시 노래에 집중했다. 그러나 집중하려는 순간 허무하게도 노래는 끝이 났다. 무슨 정신으로 끝까지 노래를 불렀는지도 기억나지 않았다.

"와아아."

감사하게도 엉망진창인 그녀의 노래 실력에도 무대 앞을 빼곡히 채운 군인들은 흥겨운 표정으로 환호성까지 질러 주고 있었다. 진은 그들의 열렬한 환호성에 감사 인사를 전한 뒤 태영에게 마이크를 건네주고 제스가 서 있는 곳으로 걸음을 옮겼다.

이상하게 마음이 조급해지고 있었다. 아직 지혁으로 인한 복잡한 머릿속은 정리되지 않았고, 바보 같았던 실수로 불거진 문제에 대한 명쾌한 해결도 내지 못한 상태이면서도 그녀는 제스에게 다가가고 싶었다. 무슨 말을 해야 할지 아무 생각도 나지 않았지만, 그의 얼굴을 보는 것만으로도 너무 반가운 마음이 들었고 신이 났고 또 마냥 기뻤다.

보고 싶었던 거야…….

그렇게 생각한 순간 심장을 파고드는 잔잔한 설렘의 감정을 감지할 수 있었다. 제스를 바라보며 웃었다. 그도 여전히 그녀를 바라보며 웃고 있었다. 발걸음이 더 빨라졌다. 무대를 내려가는 계단에 다다르자 그가 손을 내밀었다. 앞으로 뻗어 있는 크고 단단한 손은 흔들림이 없었다. 두근거리는 설렘으로 상기된 얼굴을 한 채 그녀는 그의 손을 잡고 천천히 계단을 내려갔다.

「이건 예상치 못한 새로운 모습인데요?」

그가 윙크를 하며 장난스럽게 먼저 말을 던졌다.

「으…… 제발 기억에서 잊어 줘요. 태영 때문에 억지로 올라간 거예요. 완전 끔찍했죠? 난 엄청난 음치거든요.」

장난기가 다분히 들어간 말에 그녀도 장단을 맞추며 우스꽝스럽게 눈을 데굴데굴 굴렸다.

「전혀요. 사랑스러웠습니다. 내겐 그 어떤 유명 가수가 부른 것보다도 더 감미로운 노래였어요.」

쿵.

낮게 울리는 허스키한 음성은 심장에 무리를 줄 정도로 거센 파동을 일으켰다. 의식하지 않으려 해도 자꾸만 그의 존재가 의식되었다. 그를 볼 때 느끼는 감정을 우정이라고 치부하기엔 부족함이 있었다.

아니, 아주 커다란 차이가 있었다. 태영과 같이 있을 때는 심장이 이렇게 요란스럽게 뛰었던 적이 단 한 번도 없었다. 하지만 제스를 생각할 때나 그와 눈을 마주하고 서 있을 땐 그녀의 심장은 요란한 울림을 만들어 냈다.

「와…… 내 노래가 듣기 좋다고 말해 준 사람은 당신이 처음이에요. 물론 내 기분을 좋게 해 주려는 당신의 친절한 배려겠지만 자꾸만 그렇게 과도한 칭찬의 말을 남발하면 난 곧 심각한 부작용을 겪게 될지도 몰라요. 당신의 칭찬이 정말 사실인 줄 착각하고서 내 콧대가 하늘 높은 줄도 모르고 아주 드높아질 거라고요.」

농담을 섞어 가며 아무렇지 않은 척했지만 쿵쾅거리는 심장의 소음과 열기를 진정시키려 그녀는 그의 손을 잡고 있지 않은 다른 손으로 가슴 부근을 지그시 눌렀다.

「하지만 난 사실만을 얘기한 겁니다.」

제스의 표정은 장난스러웠지만 동시에 한없이 진지했다. 그의 유머러스한 태도에 웃음을 터트리면서도 자신을 향한 그의 마음에 그녀는 가슴이 설레었다. 더는 설레는 마음을 감추기가 어려웠다. 여전히 머릿속은 해결되지 않은 복잡한 문제로 어지러웠지만 지금 이 순간 자신의 심장이 제스로 인해 떨리고 있다는 건 분명한 진실이었다.

이 손을 계속 잡고 있어도 괜찮을까?

하지만…….

두려워…….

또다시…… 버려진다면…….

두 갈래의 마음이 어지럽게 섞이고 있었다. 하지만 그를 향하는 걸음을 멈추지는 않았다.

「당신은 군인이 될 게 아니라 심리 치료사가 더 어울렸을 거 같아요. 지금이라도 직업을 바꿔 볼 생각은 없나요?」

그가 부리는 마법은 신기할 정도로 위대했다. 정말 마법처럼…….

「흐음. 그냥 당신만을 위한 전담 심리 치료사로만 있는 건 어떻겠습니까?」

그의 얼굴로 은은하게 퍼져 가는 다양한 빛깔과 열정이 스민 온기를 가진 감정 중에서 공통으로 발견되는 건 진심이었다. 그녀를 향한 그의 마음은 진심이었다. 그게 친구로서의 우정이든, 남자로서의 본능적 욕구이든, 아니면 그녀가 바라고 있을지도 모를 환상 같은 사랑이든.

그것 중 어느 것이라도 상관없을 것 같았다. 지금 중요한 건 자신을 향하고 있는 그의 마음이 진심이라는 것과 그의 진심 어린 마음에 자신의 심장이 파동을 일으키며 열정적으로 뛰고 있다는 사실이었다.

「그건…… 재능 낭비일 거 같은데요.」

마지막 남은 계단을 내려가면서 작게 속삭였다.

「전혀요. 그 재능은 당신이 있어야지만 발휘될 수 있습니다.」

두려워…….

알아…….

그래도…… 괜찮아…….

하지만…… 또다시…… 버려지면?

바보…….

「엇!」

떨림으로 진동을 느낀 두 발이 엉키며 걸음을 꼬이게 했다. 균형을 잃은 몸이 비틀거렸다. 그러자 그의 단단한 두 팔이 그녀의 몸을 흔들림 없이 잡아 주었다. 고개를 들어 그를 올려다보았다. 풍부한 감정이 알알이 흩뿌려져 있는 그의 눈동자는 찬란하게 빛나고 있었다. 그리고 그 반짝임 한가운데에 자신이 있었다.

맞아…….

괜찮을 거 같아.

그와의 거리는 겨우 한 발짝 남짓이었다. 그 작게 남아 있는 거리를 좁히려 걸음을 옮겼다.

"진아."

그러나 마지막 남은 한 걸음을 떼려 한 그 순간 멀지 않은 곳에서 날아드는 귀에 익숙한 또 다른 음성에 우뚝 멈춰 서야만 했다.

설마…….

지혁이었다. 사막의 무더운 열기에 환상으로 툭 튀어나온 신기루처럼 지혁이 눈앞에 존재하고 있었다. 지혁은 놀랍게도 제스의 등 뒤에서 걸어 나오더니 그녀 앞에 섰다. 그리고 손을 내밀었다. 평소 때와 다름없는 다정한 몸짓이었다. 어깨에 와 닿는 지혁의 손길에 진은 그를 멍하니 바라보다가 고개를 돌려 제스를 쳐다봤다. 지혁의 옆으로 제스가 서 있었다. 그는 지혁을 바라보고 있었다.

13

집중력이 흐트러져 있었다. 먼지가 풀풀 이는 땅바닥에 납작 엎드려 감시 망원경으로 허름한 3층짜리 창고 건물 내부를 주시하고 있었지만, 눈앞으로 자꾸만 어젯밤 일들이 떠올라 집중을 방해하고 있었다.

제길.

이렇게 산만해 있다간 적에게 들킬 수 있다. 정신 차려야 했다. 제스는 집중을 방해하는 머릿속 장면을 지워 내고 감시 망원경으로 보이는 풍경에 온 신경을 쏟았다. 꼭두새벽부터 진행된 작전이었다. 발각되면 새벽부터의 수고가 모두 허사가 되는 것이다.

창고 주변은 조용했다. 개미 새끼 한 마리도 보이지 않았다. 그러나 안심할 수 없는 조용함이다. 그들이 가진 정보에 따르면 분명 저곳에는 적들의 폭탄이 있었다. 폭탄이 있는 곳엔 당연하게 적들도 숨어 있다.

다만 눈에 보이지 않을 뿐이지.

제스는 다시 한번 창고 안과 바깥 주변을 면밀히 살피고 감시 망원경을 내렸다. 주변은 어느새 어둠으로 물들어 가고 있었다. 이 어둠을 틈타 빠르게 적의 본거지로 침투해야 한다. 그는 납작 엎드린 몸을 소리 없이 일으킨 후 뒤를 보며 수신호를 했다.

따라와.

그 수신호에 뒤에 대기 중이던 울프 팀 대원인 에릭과 리차드가 역시 조용한 움직임으로 따랐다.

창고로 가기 위해선 절벽 아래로 내려가야 했다. 엄청 높은 절벽은 아니었지만 그래도 까딱 잘못하다간 목이 부러질 수 있을 만큼은 충분히 깎아지르는 절벽이다. 위험해도 절벽을 타고 내려가는 게 창고까지의 이동 거리를 줄여 주고 적에게 노출될 위험이 적었다. 창고는 측면으로 자리 잡고 있어 절벽이 입구와 창문을 면하고 있었다.

「어째 불길한데요.」

에릭이 뒤에서 작게 속삭였다.

제스는 어깨에 감고 있던 로프를 풀어 바닥에 고정했다. 여러 번 잡아당겨 보고 확인한 후 줄을 타고 절벽 아래로 내려가기 시작했다.

서둘러야 한다. 혹시 있을지 모를 저격을 경계해야 했다. 절벽에 매달려 있는 상황에서 적에게 노출되면 그는 바로 죽은 목숨이니까. 다행히 몇 번의 움직임 동안 적에게 저격당하지 않았고 그는 무사히 땅에 발을 디딜 수 있었다.

서둘러.

절벽 위로 수신호를 보내자 에릭과 리차드도 줄을 타고 아래로 내려왔다. 제스는 발소리를 죽이고 민첩하게 창고 안으로 숨어들었다. 가진 정보와 몇 시간 동안 감시한 결과 폭탄은 지하에 있을 가능성이 매우 컸다. M4A1 카빈의 총구를 앞으로 장전한 채 그들은 조심스럽게 지하로 내려갔다.

건물 내부는 전체적으로 어두웠고 지하로 내려가는 계단은 더 어두웠다. 그러나 그는 어디로 가야 할지 어디에 발을 디뎌야 할지 잘 알고 있었다. 야간 투시경 속 제스의 눈동자는 흔들림이 없었다. 지하로 내려오자 퀴퀴한 냄새를 풍기는 습기가 코를 찔렀다. 그리고 예상대로 그곳엔 찾고 있던 물건이 있었다.

적들의 폭탄과 여러대의 컴퓨터, 건물 내부 전체를 비추고 있는 감시 카메라의 화면이 어둠 속에 숨어 있었다. 그는 빠르게 감시 카메라 화면을 눈으로 훑었다. 1층과 3층에서 어슬렁대고 있는 적의 모습이 발견되었다. 숫자는 많지 않았지만 보이지 않는 곳에 더 숨어 있을 수 있었다.

폭탄은 구석진 안쪽 공간에 숨어 있었다. 제스는 야간 투시경으로 보이는 폭탄의 존재에 짧게 안도의 한숨을 내쉬었다. 이제 임무는 거의 다 끝났다. 가장 힘든 부분이 남아 있지만 6~10분 정도면 이 망할 임무도 끝이다.

그는 임무가 끝나자마자 진에게 가기로 마음먹었다. 그녀와 지혁 사이에 어떤 일이 벌어지고 있는 건 아닌지 불안해하며 혼자 상상의 나래를 펼치는 것에는 지쳤다. 확실하지 않은 건 딱 질색이다. 그는 진과 관련된 일에선 늘 조바심이 났다. 팀원들은 그를 가리켜 자제력의 제왕이라고 칭송했지만 정작 그는 진을 떠올리기만 해도 철통같던 자제력 따위는 먼지처럼 흩어져 버렸다.

「이상 무.」

지하 내부를 조심스럽게 살피던 에릭과 리차드가 낮게 읊조렸다. 그러나 경계를 늦추지 않고 장전된 M4A1 카빈을 꽉 거머쥐고 있었다.

「정보 카피해.」

그의 명령에 에릭이 컴퓨터 앞으로 다가가 작은 칩을 연결했다. 자동으로 해킹 프로그램이 실행되며 보안을 뚫고 정보를 읽어 들이기 시작했다.

그는 조심스럽게 폭탄 앞으로 갔다. 폭탄은 검은색 가방에 들어 있었다. 바깥으로 나와 있는 선은 없었다. 혹시 모를 속임수를 확인하려 가방의 겉면을 샅샅이 만져 나갔다.

깨끗하다는 게 확인되자 가방 문을 열었다. 가방 안은 또 다른 덮개로 덮여 있었다. 그 덮개를 천천히 들어 올리자 비로소 복잡하게 엉켜 있는 선들이 모습을 드러냈다. 최첨단의 부품들이 빼곡히 박혀 있는 사제 폭탄은 꽤 정교했지만 원격 조정이 아닌 수동으로 작동시키는 타입이었고 타이머는 작동되고 있지 않았다.

「폭탄 입수.」

— 빠르게 접선 장소로 이동한다.

임무 보고에 무선 헤드셋을 타고 명령이 전달되었다. 울프 팀에게 주어진 임무는 CIA에서 넘겨받은 정보를 토대로 적의 본거지를 찾아내 잠입해 들어가 적들이 눈치채기도 전에 적들이 가진 정보를 해킹한 후 폭탄을 수거해 가는 것이었고, 임무는 거의 성공을 목전에 두고 있었다.

이제 왔던 길로 소리 없이 되돌아가면 되었고 그 일은 그다지 어렵지 않았다. 접선 장소에 도착하면 임무는 완전하게 끝이 나고 바로 기지로 복귀할 수 있었다. 그다음엔 진을 만나러 가면 된다.

만나면 무슨 말을 해야 하지?

그는 분명 그녀에게 필요한 만큼 시간을 준다고 했었고 정말 그럴 생각이었다. 하지만 그건 지혁이란 남자가 G-스탄에 나타나기 전이다.

그 남자는 대체 왜 온 거지?

멍청이. 그걸 모르겠어?

당연히 진을 보러 온 거였다.

불현듯 어젯밤 그 남자의 눈빛이 떠올랐다. 그건 그가 그녀를 바라볼 때의 눈빛과 비슷했다. 아니, 완벽하게 똑같았다. 그 남자는 단순히 여동생을 만나러 이 먼 나라까지 온 게 아니다. 그 남자에게 있어서 진은 동생이 아니었다. 그녀를 여성으로서, 이성으로서 생각하고 있었다.

그러니까 진에게 키스했겠지.

당연한 걸 어렵게 깨닫고 있는 스스로에서 욕을 퍼부었다.

어젯밤 둘이 따로 만났을까?

진은 그 남자를 아주 간단하게 소개했다. 그리고 그 남자에게 그를 소개해 줄 때도 아주 간단하게 설명했다.

'인사해요. 전에 말한 적 있죠? 한국 UDTSEAL에 속해 있는 오빠가 있다고요. 류지혁 대위예요.'

'여기는 제스 히버트 중위예요. 해병대 소속 특수부대 팀을 이끄는 지휘관이에요. ……이곳에 와서 새로 사귄 친구이죠.'

그 빌어먹을 친구.

그녀가 그와의 관계를 단순한 친구 사이로 표현했을 때 그는 증명해 보이고 싶었다. 진의 가는 허리를 꽉 끌어안고 지혁이란 그 사내 앞에서 당당하게 권리를 주장하고 싶었다.

이 여잔 내 꺼야. 내 여자라고!

하지만 미치고 팔짝 뛰게도 그에게는 그럴 권리가 없었다. 그 사실이 몹시 불만스러웠다. 어색한 소개가 끝나고 서로를 자세하게 탐색할 여유도 없이 진은 피곤하다는 핑계를 대며 서둘러 숙소로 돌아가 버렸다.

그리고 더 미칠 노릇은 숙소로 향하는 그녀의 곁에 그가 아닌 지혁이 있었다는 것이다. 그 남자는 아주 자연스럽게 진의 옆자리를 차지하며 그녀를 숙소까지 바래다주었다.

다정하게 붙어 나란히 걸어가는 두 사람의 모습을 그저 뒤에 서서 멍청한 시선으로 바라만 봤던 그날 밤 그는 한숨도 자지 못하고 뜬눈으로 밤을 지새웠다.

지혁과 따로 만났을까?

지혁이 나타났을 때 진은 매우 놀란 표정이었다. 놀란 감정 다음엔 여러 감정이 복합적으로 뒤섞인 표정이 되었다.

젠장.

그는 폭탄이 담긴 가방 문을 닫았다. 그리고 서둘러 가방 손잡이를 잡고 바닥에서 일어섰다.

삐이익.

가방을 들고 일어난 순간 고막을 찢어 놓고도 남을 날카로운 경보음 소리가 울려 퍼지기 시작했다.

탕. 탕. 탕.

그리고 세 발의 총성.

그는 죽었다. 그리고 그의 뒤에 있던 에릭과 리차드도 죽었다. 가슴의 뻐근한 통증에 그는 인상을 썼다. 순식간에 불이 켜지고 지하는 대낮보다 더 밝아졌다.

「중위님, 나 보란 듯이 서 있으면 어찌합니까? 덩치라도 좀 작아야 못 맞추는 시늉이라도 할 텐데, 이건 뭐 눈뜬장님이 아니고서야 눈에 확 띄는 화려한 표적이 바로 코앞에서 나 잡아 잡수 하고 기다리고 있는데 안 맞출 수가 있나.」

마이크가 깐죽대는 음성이 그가 한 말 그대로 바로 코앞에서 들려왔다. 마이크는 바로 앞에 있었다. 더 정확하게는 지하 창고 창문 바깥에 있었다.

로프에 매달려 어둠과 완벽하게 동화되어 있는 마이크의 얼굴엔 의기양양한 미소가 한가득이었다.

환장하겠군.

가장 초보적인 실수를 저질렀다. 그리고 그 실수 한 번에 세 명의 목숨이 날아갔다.

창문이 있다는 걸 봤지만 바깥을 확인하지 않았고, 폭탄이 담긴 가방의 아랫면도 살피지 않았다. 멍청한 실수였고, 그 멍청한 실수로 적에게 목숨을 잃었다. 비록 가짜로 죽은 거였지만.

이번 임무는 모의 훈련이었다. 최소한으로 주어진 정보로 얼마나 빠르고 정확하게 적들의 숨겨진 본거지를 찾아내는지, 또 흔적

없이 적진에 침투하여 목표물을 빼내 올 수 있는지에 대한 훈련. 그 모의 훈련에서 그는 가장 위험하고도 무능한 실수를 저질러 팀을 몰살시켰다. 한숨이 나왔다.

「별일이네요. 모의 훈련에서 중위님이 꼬리를 잡히시다니요.」

존이 나타나 그의 실수를 아프게 꼬집었다.

「아예 넋을 놓고 있었다니까, 대체 뭘 생각하고 있었을까나? 아니지, 누구를 생각하고 있었으려나, 가 더 정확한 말인가?」

마이크의 말에 그는 뜨끔했다.

「장비나 챙겨. 기지로 복귀한다.」

제스는 최대한 평정심을 그러모으며 마이크의 놀림에도 흔들리는 모습을 보이지 않으려 했다.

「중위님은 빨리 기지로 복귀하고 싶은 마음에 총에 맞아 준 거야. 그러니 너무 의기양양해하지 말라고.」

에릭이 투덜거리는 음성으로 소리쳤다.

「기지에 돈뭉치라도 숨겨 놨습니까?」

낄낄거리는 팀원들의 물음에도 그는 못 들은 척하고 바깥으로 나갔다. 울프 팀을 태워 갈 헬기는 이미 준비되어 있었다. 그는 팀원들을 닦달해 헬기에 구겨 넣고 빠르게 기지로의 복귀 명령을 내렸다.

몰골은 엉망이었다. 모의 훈련을 하느라 몇 시간을 더러운 먼지를 뒤집어써 가며 땅바닥에 납작 엎드려 있었던 탓에 군복은 흙투성이에 엉망으로 구겨져 있었고 얼굴의 위장 크림은 땀과 범벅되어 끈적거렸다.

설상가상으로 팀원들이 기지로 돌아오는 내내 그가 했던 멍청한 실수들에 대해 일일이 꼬집어 가며 짓궂게 놀려 대는 바람에 피곤함은 두 배가 되었다. 당장 뜨거운 샤워가 필요했다.

후우…….

그다음엔 진을 향한 욕망을 잠재우기 위한 찬물 샤워도.

그는 장비를 정리하는 팀원들을 뒤로하고 먼저 비행장을 나왔다. 시선은 자동으로 진료실이 있는 건물로 향했다.

근무 시간은 이미 한참 지나 있었지만, 진료실엔 불이 켜져 있었다. 그건 진료실에 아직 진이 남아 있다는 걸 의미했다. 태영의 모습이 보였다. 그는 막 출입문을 열고 밖으로 나오고 있었다.

「태영…….」

태영의 이름을 부르다가 그는 멈칫했다.

진?

거리가 있어 한순간 검은 머리카락만 보고 진인 줄 착각했다.

그러나 더 가까이 다가가자 그가 진으로 착각했던 여군은 낯선 동양인 여자였다. 군복 차림의 여자는 매우 매력적이게 아름다운 외모를 지니고 있었지만 아름다운 얼굴에는 날카로움이 가득 담겨 있었다. 그리고 몹시 화가 나 있어 보였고 그 분노는 태영을 향하고 있었다.

여자는 태영과 몇 마디 대화를 주고받더니 갑자기 태영의 정강이를 세게 차 버린 뒤 진료실 건물로 들어가 버렸다.

뭐지?

제스는 눈을 가늘게 뜨고 그 광경을 지켜보다가 태영에게로 다가갔다.

「태영.」

태영은 방금 자신을 때린 여자를 따라 다시 진료실로 향하고 있었다. 그의 부름에 태영이 고개를 돌렸다.

「엇, 중위님.」

그를 보자 태영이 깜짝 놀란 표정을 지었다.

「진은 아직 진료실에 있는 건가?」

「어, 그게…….」

「방금 그 여군은 누구지?」

「어, 그게…… 지금 상황이…….」

태영은 계속 말끝을 흐리며 대답을 회피하고 있었다.

「어이, 태영.」

장비를 정리하고 뒤늦게 비행장에서 나온 울프 팀 대원들이 그와 태영이 서 있는 앞으로 곧장 걸어왔다.

「거봐, 내가 중위님은 이곳에 와 있을 거라 했지.」

마이크가 활기찬 음성으로 놀리듯 말했다.

「태영, 킴 대위님은 안에 있지? 중위님께서 모의 훈련 중 가슴 부상을 입으셔서 말이야. 진찰을 받아야 해.」

「킥킥.」

마이크의 농담에 울프 팀 대원들이 웃음을 터트렸다. 하지만
태영은 따라 웃지 않고 여전히 난감한 표정을 짓고 있었다.

「음, 그게 지금은 상황이 안 좋습니다. 그게…… 아무튼 미군
진료실로 가십시오.」

「뭐?」

「그럼 저는 3차 대전이 발발하는 걸 막아야 해서요.」

태영은 알아들을 수 없는 말을 빠르게 내뱉더니 진료실 건물로
날다시피 뛰어 들어갔다. 허둥지둥하는 모습에 걱정이 되었던 제
스는 태영을 뒤따라 진료실로 향했다.

"야!"

건물 복도로 들어서자마자 여자의 히스테릭한 고함이 들렸다.
그 뒤를 잇는 우당탕거리는 둔탁한 소음도. 모두 진료실 안에서
나오고 있는 소리였다. 제스는 빠르게 문이 활짝 열려 있는 진료
실로 내달렸다.

진료실엔 그의 예상대로 진이 있었다. 그리고 지혁도 함께였다.
그는 잠시 멈칫했다. 그러나 곧바로 다시 움직였다.

젠장.

조금 전 바깥에서 봤던 그 여군이 흥분으로 상기된 얼굴을 한
채 진에게 달려들고 있었다.

여자는 한 손으로 진의 머리카락을 우악스럽게 잡아당기며 다
른 쪽 손은 높이 치켜세우고 있는 채였다. 허공으로 올라간 여자

의 손은 정확하게 진의 오른뺨으로 방향을 틀고 있었다.

그는 망설이지 않고 몸을 날렸다.

탁.

높게 들려진 손이 진의 뺨을 때리기 전 그는 아슬아슬하게 여자의 손목을 붙잡을 수 있었다. 제스는 여자의 손목을 부러뜨릴 듯 강하게 거머쥐었다.

○ ● ○

난데없는 지혁의 등장에 진은 마음이 어지러웠다. 그가 G-스탄으로 올 줄은 생각조차 하지 않았었다. 게다가 분명 한국을 떠나오기 전 혹시나 지혁이 자신을 쫓아 G-스탄으로 오는 바보짓은 못 하게 막아 달라고 류 대장에게 미리 부탁도 했었다.

류 대장이 지혁을 순순히 보내 줬다는 게 의아했지만, 어쨌든 결론적으로 지혁은 지금 G-스탄에 와 있었고 그건 조만간 그와 얼굴을 마주한 채 대화를 해야 한다는 걸 의미했다.

그는 어젯밤 당장 대화를 나누길 원하는 눈치였지만 그녀는 습관처럼 모른 척 피해 버렸다. 게다가 제스와 함께 있는 자리에서 지혁과 대화를 나누는 건 현명하지 못했다.

그는 무슨 생각을 했을까?

제스가 신경 쓰였다. 어젯밤 이후로 제스를 보지 못했다. 이번에는 그녀가 일부러 피하고 있는 상황이 아닌데도 말이다. 그럼에도 숙소나 식당에서 마주치지 않는 건 그가 이곳에 없다는 걸 의미했다. 아마도 기지 밖으로 임무를 나간 듯했다.

차라리 다행인 건가?

제스에게 지혁과 함께 있는 모습을 보여 주고 싶진 않았다. 그의 고백을 들은 이후 마음이 혼란스러웠다. 사실 지금의 혼란스러움은 오래되었다. 그날 새벽녘, 그와 키스를 나눈 이후부터 진은 그의 생각을 멈출 수가 없었다.

휴…….

저절로 한숨이 튀어나왔다. 오늘은 근무가 없는 날이었지만 새로 파병 온 군인들의 혈액 검사 결과를 확인한 후 건강 검진 보고서를 작성해야 했다. 보고서 작성은 몇 시간 전에 벌써 끝마쳤고 의료 물품 체크도 완료했기에 더는 할 일이 남아 있지 않았지만 복잡한 상념 때문에 진료실을 떠나지 못하고 있었다.

"저, 대위님……."

"너 먼저 들어가. 난 조금 더 있다가……."

태영의 음성에 진은 뒤를 돌아보며 말을 하다가 멈칫했다. 지혁이 문가에 서 있었다.

"……들어갈게."

진은 잠시 지혁을 바라보다가 다시 태영을 보며 말을 마무리 지었다.

"네. 그럼 저 먼저 들어가 보겠습니다."

태영은 잠시 그녀와 지혁을 번갈아 바라보다가 머뭇머뭇 진료실을 나갔다. 태영이 사라지자 진료실 내부엔 침묵만 감돌았다.

"여긴 어쩐 일이야?"

결국, 그녀가 먼저 무거운 침묵을 깨고 질문을 던졌다.

"널 만나러 왔어."

지혁은 약간 긴장한 듯 보였다.

"대체 왜?"

"대화를 하려고."

"난 더 이상 할 말 없어. 해야 할 말은 여기 오기 전 한국에서 모두 했었어."

G-스탄으로 떠나오기 전날 그녀는 지혁을 만나 확실하게 못을 박았다. 그날 밤 정원에서의 키스는 불행한 사고였을 뿐이라고, 그저 실수일 뿐이었다고.

"진아."

지혁이 애원 섞인 어조로 그녀의 이름을 불렀다.

"제발 모두를 힘들게 하지 마. 오빠 지금 착각하고 있는 거야."

지혁의 애처로운 눈빛과 음성에도 진은 단호하게 말을 했다. 한국에서처럼 머뭇거려선 안 된다.

'더 모질게 대해…… 여지를 주지 마.'

진은 속으로 강하게 읊조렸다.

"널 사랑해."

"……."

진은 말없이 지혁을 바라봤다. 그의 얼굴엔 죄책감으로 인한 슬픔이 동시에 어려 있었다. 그녀를 먼 타국 땅으로 쫓아 보냈다는 자책감에서 오는 미안함일 것이다.

"나도 오빠를 사랑해. 하지만, 가족……으로서야."

지혁의 눈을 똑바로 마주보며 말을 끝맺는 순간 불현듯 깨달을 수 있었다. 놀랍게도 그동안 머릿속을 복잡하게 만들던 상념들이 그 한 단어로 설명이 되었다.

가족.

지혁을 좋아하고 사랑했다. 하지만…… 남자로서 원한 건 아니다.

오빠 가족이야.

스스로의 마음을 억누르려 주문처럼 외우던 때와는 달랐다. 그녀의 마음은 열아홉 살 때와 다르게 변해 있었다.

지혁은 가족이다. 그녀가 숭배하는 우상이다. 그를 사랑했고 지금도 사랑하고 있지만 연애 대상으로서는 아니다. 지혁을 생각하는 그녀의 마음엔 열정이 없었다.

어젯밤 G-스탄에 홀연히 나타난 지혁을 봤을 때 무척 놀라기는 했다. 생각지도 못한 대상을 전혀 뜻밖의 공간에서 마주쳤을 때 느끼는 놀람이었다. 그리고 그뿐이었다. 그가 오로지 그녀를 만나기 위해 몇천 킬로를 횡단해 왔다는 사실에 대한 설렘은 전혀 느껴지지 않았다.

"……."

지혁은 말이 없었다. 그의 얼굴에 떠오른 쓸쓸한 표정을 보자 미안한 마음이 들었다. 그러나 지금 분명하게 관계를 정립하지 않는다면 나중에는 더 큰 상처를 주게 될지도 몰랐다. 지혁을 사랑하지만, 남자로서는 사랑하지 않았다.

지혁을 남겨 두고 한국을 떠나올 때 그녀는 미련을 두지 않았다. 아쉬워하지 않았다. 조금도 망설이지 않고 G-스탄행을 결정했다.

지난날을 생각해 보니 지혁의 곁을 떠날 때 한 번도 망설였던 적이 없었다. 오히려 지혁의 곁에 끝까지 남아 있음으로써 가족 관계가 끝장나게 되는 걸 더 두려워했다. 지혁을 잃고 싶지 않았다. 가족으로서.

내가 원한 건 가족이야.

혼자인 게 두렵고 외로워서 지혁을 이용하려 했다. 그 사실을 이제 와서 깨달았다. 너무 늦게, 먼 길을 돌아서.

"진아……."

"내가 처음 오빠에게 마음을 고백했을 때 오빠 내 사랑이 우상 숭배라고 말했었지?"

"……."

"오빠 말이 맞아. 난 오빠였기에 사랑했던 거야. 안전했으니까. 오빠 나를 향해 웃어 주고 따뜻하게 손을 내밀어 준 첫 번째 사람이었으니까. 어둠 속에 있던 나를 빛으로 인도해 주었어. 그래서 난 오빠만은 절대 나에게 상처도 주지 않고 날 아프게 하지 않을 거라고 생각했던 거야. 오빠를 사랑하는 게 내가 할 수 있는, 유일하게 안전한 사랑이라고 믿었어."

진은 지혁을 바라보며 천천히 자신의 마음을 설명해 나갔다.

"그것도 사랑이잖아. 사랑은 여러 종류야. 아주 다양해. 이유가 뭐든 너도 날 사랑한 거잖아. 지금도, 사랑하잖아."

지혁의 말도 옳았다. 사랑은 여러 종류가 있다. 그러나 이성 관계에서 오는, 연인과의 사랑은 단 하나다.

'그건 열정이야.'

우상을 존경하는 마음과는 달랐다. 그녀는 지혁과의 키스를 몇 날 며칠 곱씹으며 설레 하거나 가슴 두근거려 하지 않았다. 그와 다시 키스하고 싶다는 생각도 하지 않았다. 지혁과의 키스를 떠올릴 때 드는 감정은 슬픔과 두려움이었다. 결코, 해서는 안 될 나쁜 짓을 했을 때 느끼는 감정.

진실로 지혁을 남자로서 사랑했다면 죄책감은 들지 않아야 했다. 도덕적으로 지탄받을지라도 정말 남자로서 지혁을 사랑했다면, 그와의 키스를 떠올릴 땐 조금이라도 설레는 감정도 느껴야만 했다.

그러나 지혁과의 키스를 곱씹을 때 스미는 감정은 죄책감과 미안함뿐이었다. 심지어 지금 눈앞에 있는 지혁을 올려다봐도 그녀는 다시 그와 키스하고픈 마음이 들지 않았다.

하지만 제스는 달랐다. 그를 떠올릴 때면······.

"결혼하자."

"……뭐?"

지혁의 폭탄선언에 그녀는 한순간 정신이 멍해졌다.

"너와 결혼하고 싶어. 진심이야. 네가 없는 인생은 생각할 수 없어. 널 잃고 싶지 않아. 제발 내가 널 책임질 수 있게 허락해 줘. 이 난장판을 수습할 수 있게 내게 기회를 줘. 널 이곳으로 내 몬 게 바로 나야. 모든 게 내 잘못이라고. 그런데 벌은 네가 받고 있잖아. 그래선 안 되는 거야."

"……."

지혁이 품 안에서 표면이 벨벳 천으로 덮인 작은 상자를 꺼내 더니 그녀 앞으로 내밀며 뚜껑을 열었다. 상자엔 반지가 들어 있 었다. 작은 다이아몬드가 박힌 반지는 형광 불빛에 더욱 반짝거렸 다.

"맙소사…… 오빠, 이제 보니 오빠도 나만큼이나 바보 천치야. 구제 불능이야."

목소리가 떨리고 있었다. 기쁨 때문이 아니다. 분노였다. 그녀 자신과 지혁을 향한.

"오빠 착한 남자 콤플렉스에 빠져 있어. 세상 사람 모두를 책 임지려 해. 오빠가 굳이 책임지지 않아도 될 사람들까지도."

진은 천천히 절망이 깃들어 가고 있는 지혁의 눈을 바라보며 슬프게 웃었다.

"우린 결혼 못 해. 오빠도 알잖아?"

"법적으로 우린 남남이야. 피가 섞인 남매도 아니야. 진짜 가족이 아니야."

그 말에 심장이 욱신거렸다.

"……진짜 가족은 어떤 건데? 같은 피가 흐르는 거?"

의도하지 않았지만 목소리가 날카로워졌다.

"그 뜻이 아니야. 내 말뜻은……."

그녀의 조금 차가워진 음성에 지혁은 몹시 당황하고 있었다. 그 안쓰러운 모습에 진은 마음을 풀었다. 그가 어떤 의미로 그런 말을 했는지는 알았다. 다만, 그럼에도 상처받았다. 스스로의 못난 자격지심이었지만 습관처럼 마음은 위축되었다.

"알아. 하지만 도덕적으로는? 세상 사람들의 시선은 어떻게 감당하려고? 그리고 선이는? 그 아이에겐 대체 뭐라고 설명할 건데?"

"……."

지혁은 다시 말이 없어졌다.

"선이는 우리를 어떤 호칭으로 불러야 할 건지 생각해 봤어? 우린 선이에게 오빠고, 언니인데 그 애가 우릴 보고 오빠와 언니라고 불러야 할지, 아니면 형부와 새언니라고 불러야 할지 혼란스러워할 게 분명하잖아. 또 어머니는 어떻고? 난 내 친어머니에게 어머니나 엄마라는 호칭 대신 시어머니라고 불러야 해. 그게 얼마나 말도 안 되는 웃기는 난센스야?"

생각하면 할수록 더 말이 안 되는 사이야. 우린.

왜 그걸 난 이제야 깨달은 거지?

바보같이…….

아니, 이미 오래전부터 알고 있었어. 다만 모른 척하고 있었을 뿐이지.

넌 정말…… 나쁜 애야.

진은 스스로 힐난을 쏟아 냈다. 그동안 혼자가 되는 게 두려워 진실을 모른 척하며 눈을 감고 있었다.

"그럼 같이 떠나자. 아무도 우리를 모르는 곳으로. 너와 함께라면 갈 수 있어."

지혁은 허황된 말을 하고 있었다. 자신도 그걸 알고 있을 텐데 애써 모른 척하는 게 눈에 보였다. 지혁은 그녀가 그의 곁을 떠나 홀로 서는 걸 두려워하고 있었다. 그녀를 책임지지 않아도 된다는 사실에 그는 두려움을 느끼고 있었다.

바보…….

지혁에게 있어 책임감은 자신의 존재 이유였다. 평범하지 않은 집안의 장남으로 태어난 자의 무거운 굴레. 그는 작은 일탈을 꿈꾸고 있는 거다. 그녀를 향한 그의 사랑엔 분명 그것도 조금은 포함되어 있을 것이다. 그녀가 안전한 사랑의 대상으로 그를 생각한 것처럼.

"오빠 분명 후회하게 될 거야. 모두를, 모든 걸 버리고 떠난 걸. 오빠의 가족, 오빠의 목표와 꿈을 내던진 걸."

지혁은 잘못된 선택을 했을 때 벌어질 처참한 진실을 깨달아야

453

했다. 그녀는 그 차디찬 현실을 깨닫게 해 주려 했다.

"네가 함께라면, 그것만으로도 난 충분히 행복할 수 있어."

지혁은 필사적이었다. 사랑을 갈구하고 있었다. 잘못된 사랑을, 착각으로 비롯된 환상을 좇고 있었다.

"오빠 정말 바보야. 오빠 지금 잘못된 감정에 치우쳐 진실을 똑바로 직시하지 못하고 있어. 나도 한때 그랬어. 하지만 난 이제 깨달았어. 오빨 좋아했고 사랑했어. 아니, 지금도 좋아하고 사랑해. 가족으로서. 오빤…… 내게 있어 그냥 오빠야. 남자가 아니었어."

최후통첩이었다. 오랜 착각을 깨부수는.

"그동안 난 우상으로 경배하고 숭배한 거야. 하지만 이젠 아냐. 오빨 존경해. 내 삶을 구해 준 오빠를. 세상엔 어둠이 아닌 빛도 있다는 걸 알게 해 준 오빠를. 그리고 가족이 되어 준 오빠를. 난 늘 다른 가족들에게 진정한 가족의 일원으로서 인정받고 싶었어. 겉으론 아닌 척했지만 마음은 그랬던 거 같아. 나도…… 한때 는 오빠와 결혼하면…… 가족의 일원으로 인정받을 수 있지 않을 까 잘못된 생각도 한 적이 있었어. 정말 바보 같지? 진정한 가족 은 그렇게 되는 게 아닌데 말이야."

진은 슬피 웃었다. 그녀는 정말 바보였다. 그리고 지혁은 그녀 보다 더한 바보였고. 이젠 그녀가 그를 도울 차례다. 잘못된 착각 으로 혼란에 빠져 있는 지혁을 올바른 길로 인도해 주어야 한다. 그가 그녀를 구해 줬던 것처럼, 어둠에 파묻혀 있던 그녀를 빛으로 걸어 나오게 이끌어 준 것처럼 그가 자신의 자리를 찾아갈 수 있도록 도와야 한다.

"오빠도 이성을 되찾은 후 진지하게 생각해 보면 이 반지의 주인은 내가 아님을 깨닫게 될 거야. 아마 그때가 되면 우린 서로 이 일을 추억으로 회상하며 웃긴 해프닝이었다고 배를 잡고 웃어 댈지 몰라."

진은 여전히 반지가 담긴 벨벳 상자를 내밀고 있는 지혁의 손을 따뜻하게 맞잡으며 속삭였다.

"진아, 난……."

지혁은 말을 잇지 못했다. 그의 눈빛은 혼란스러움을 가득 담고 있었다.

"오빠가 진정으로 날 동생이 아닌 여자로 사랑했다면 그런 식으로 키스하진 않았을 거야. 사실 정확히 표현하자면 우리가 나눴던 키스는 깊은 키스는 아니었어. 그러니까 연인들이 나누는 열정이 가득 담긴 불타오르는 키스가 아니었다는 말이야. 우리의 키스는 단순히 서로의 입술과 입술이 아주 조금 맞부딪친 것에 불과했어. 오빠 자신도 알고 있을 거야."

그녀의 말에 지혁의 얼굴은 혼란스러움에서 한층 더 나아가 얼이 빠진 멍한 표정으로 바뀌고 있었다.

"난 이곳에 와서 남녀 간의 진정한 키스가 어떤 건지 조금 알게 되었어. 나에게 그 차이를 가르쳐 준 사람이 있거든."

"뭐? 너……."

지혁이 말을 하다 말고 멈칫했다.

"난 오빠와 있는 지금 이 순간에도 그 남자가 생각나."

사실이었다. 제스가 보고 싶었다. 막상 입으로 그 말을 내뱉고 나니 못 견딜 정도로 제스가 그립고 보고 싶었다.

어젯밤 애매한 상황에서 그를 남겨 두고 자리를 피했던 일이 계속 마음에 걸렸다. 미안하고, 그가 오해하고 있을까 봐 두려웠다. 그녀를 향한 그의 관심이 사라질까 봐 무서웠다.

그의 눈빛이 좋았다. 그녀를 바라볼 때의 열정이 듬뿍 담긴 뜨거운 정열이 좋았다. 곰곰이 생각해 보면 그녀는 언제나 그를 보고 싶어 했고 자주 그를 생각했다.

아마도 그의 이름을 알게 된 그 순간부터였을까?

아니면 그의 이름을 부른 그 순간부터?

그것도 아니면, 그가 그녀의 눈물을 닦아 주던 그 순간부터일 지도 모른다.

그녀의 무의식은 언제나 제스를 찾고 있었다. 다만 그걸 깨닫지 못하고 있었을 뿐.

"너, 설마……."

지혁의 눈이 커졌다. 충격과 놀라움으로.

"야!"

그러나 지혁은 말을 이을 수 없었다. 진료실을 가득 메우는 날카로운 날 선 고함에 대화는 중단되었다.

설마…….

익숙한 고함이었다. 깜짝 놀라 진료실 문 쪽을 바라보니 놀랍게도 그곳에 지수가 서 있었다.

그녀는 서슬 퍼런 눈빛으로 그녀와 지혁을 죽일 듯이 노려보고 있었다. 아니, 어쩌면 그녀만 죽이고 싶어 하는 걸지도. 지수에게 있어 미움의 대상은 오직 그녀뿐이었다.

"망할 기집애! 네가 G-스탄으로 온 게 다 이유가 있었지? 오빠를 이곳으로 꼬여 내려고 그렇게 서둘러 한국을 떠났던 거야. 이곳에서 아예 살림이라도 차리려고 했어?!"

지수가 성큼성큼 걸어오더니 어깨를 밀치며 사납게 소리쳤다. 불시의 공격에 진은 잠시 균형을 잃고 비틀거렸다.

"류지수!"

지혁이 화난 음성으로 지수를 노려보며 소리쳤다. 하지만 그의 성난 눈빛에도 지수는 전혀 아랑곳하지 않았다. 오히려 더욱더 분노했다. 지혁의 손에 들린 반지가 담긴 상자를 보고는.

"오빠, 진짜 미쳤구나. 아주 단단히 미쳤어. 설마 결혼이라도 할 작정이야? 고작 저딴 계집애 때문에 가족 전부를 버릴 셈이었던 거야?"

지수가 날 선 음성으로 지혁에게 소리 질렀다.

"……."

"그런 거 아니야."

진은 최대한 침착한 어조로 지수를 진정시키려 했다.

"너 정말 구제 불능이구나. 정말 도둑년이야. 하긴 그 아비에 그 딸인 거지. 도둑놈 밑에서 도둑년이 나오는 거지. 그 더러운 피가 어디 가겠어?"

"……."

심장이 또다시 욱신거렸다. 이번엔 아까보다 조금 더 많이. 지수가 아픈 부분을 건드리자 그녀는 상처받았다. 진은 아직도 지수의 날 선 독설이 자신을 상처 입힐 수 있다는 사실이 놀라웠다. 익숙해졌다고 생각하고, 무감각해졌다고 여겼었는데 그건 착각이었다. 지수의 독기 가득한 비난에 그녀는 아직도 상처받고 있었다.

"언니에겐 난 여전히 동생이 아닌 거지?"

그녀가 서글프게 웃으며 말하자 되돌아오는 건 비웃음이었다.

"언니라고 부르지 마. 소름 끼치니까. 내가 왜 네 언니야? 네가 우리 집에 처음 온 날 말했잖아? 너랑 가족 될 생각 조금도 없다고. 네가 군인이 되었다고 정말 우리와 한 가족이라도 된 거 같니? 착각하지 마. 넌 도둑놈의 딸일 뿐이야."

"류지수! 그만해, 대체 넌……."

지혁이 대신 분개하고 있었다. 지나온 시간 동안 지수가 독설을 날릴 때마다 그는 그녀를 대신해 지수와 싸웠다. 그리고 그녀는 항상 지금처럼 그의 등 뒤에 숨어 있었다.

역겨웠다. 아무것도 하지 않는 스스로가.

"대체 왜 날 미워하는 거야?"

가슴에 응어리진 감정을 억지로 토해냈다.

"그걸 모르겠어? 네가 우리와 어울린다고 생각해? 네 주제를 알아!"

지수의 야유 섞인 비난은 거리낌이 없었다. 그 당당함에 익숙지 않게 화가 치밀었다.

"그게 날 미워하는 네 이유야? 넌 정말 고모님과 똑같아. 아저씨의 딸이 아니라 고모님의 딸이라고 해도 아마 모두 수긍할지도 몰라."

어디서 용기가 솟았을까? 진은 자신의 입에서 터져 나온 날카로운 말에 스스로 놀랐다.

"뭐?"

지수도 뜨악한 표정을 짓고 있었다. 제 발 저린 도둑처럼. 지수는 류민영을 사랑했지만 한편으론 자신을 구속하는 류민영을 애증하고 있기도 했다. 진은 그걸 알고 있었다. 그래서 그렇게 소리쳤다. 지수도 자신만큼 상처받길 바라며 지수의 약한 부분을 꼬집은 것이다.

"아니, 넌 그냥 고모님이야. 꼭두각시나 다름없어. 고모님의 말투와 행동을 그대로 따라 하잖아. 날 미워하는 것조차 온전한 네의지는 맞는 거야? 아니면 습관처럼 고모님이 시키는 대로 날 증오하고 미워하는 거야? 네 마음속에 온전한 네 의지가 있기나 한거야?"

한번 터진 독설은 끝도 없이 나오고 있었다. 진은 자신이 할 수있는 최대치의 공격을 퍼부었다. 노골적으로 지수에게 상처 주는 말을 했다. 그러나 그 말은 사실이기도 했다. 정말로 지수는 점점 류민영과 똑같이 닮아 가고 있었으니까. 류민영은 늘 입버릇처럼 출신에 대해 꼬집으며 신분 차이를 운운했다.

"뭐? 이, 이 기집애가! 너 다시 한번 지껄여 봐!"

놀랍게도 지수는 정말로 그녀의 말에 상처를 받고 있었다. 그 사실이 놀라웠다.

그래, 지수도 알고 있겠지. 류민영이 얼마나 속물적이고 이중적인 인간인지를.

진은 씁쓸하게 웃었다. 그러자 그녀의 웃음에 지수는 더욱 자극을 받은 듯했다. 지수의 얼굴은 더 일그러질 수 없을 만큼 끔찍하게 일그러져 있었다.

짝.

지수의 세찬 손바닥이 말릴 틈도 없이 전광석화처럼 뺨을 후려치고 지나갔다. 동시에 지혁의 고함도 터져 나왔다.

"류지수! 너 이게 무슨 짓이야!"

지혁이 분노한 표정으로 지수의 팔을 세게 움켜잡았다. 그러나 지수는 여전히 아랑곳하지 않았다. 그의 분노는 아무런 권한도 가지고 있지 않다는 식이었다. 화를 내는 지혁을 지수는 조금도 신경 쓰지 않았다.

"네가 정말 싫어. 미칠 만큼 싫다고!"

지수의 악에 받친 비명이 진의 귀를 아프게 울렸다.

"……."

진은 입술을 깨물었다. 뺨은 아프지 않았다. 아픈 건 마음이었다.

"제발 좀 진정해. 나와. 나가서 차라리 나한테 소리치고 화내."

지혁이 지수의 팔을 놓지 않고 그녀를 진료실에서 끌어내려 했다. 그러나 상대는 지수였다.

"이거 놔!"

지수는 거세게 몸부림을 치며 팔을 붙잡고 있는 지혁의 손을 거칠게 털어 내고는 온 힘을 다해 그를 옆으로 세게 밀쳐 버렸다. 지혁은 비록 지수보다 체격도 두 배는 더 크고 힘도 두 배는 더 강했지만 마음은 모질지 못했다. 남자보다 힘이 약한 여성에게 거칠게 행동하지 못했다. 지수의 팔을 강하게 붙잡기는 했지만, 그녀를 다치게 하지 않기 위해서 지혁은 본능적으로 힘의 강도를 약하게 조절했다.

그리고 지혁의 그런 부드러운 성향을 지수는 아주 잘 알고 있었다. 지수는 거침이 없었다. 그녀는 화가 날수록 더욱 다혈질로 변했다.

"엇……."

지수의 강한 몸부림과 함께 세차게 떠미는 힘에 지혁이 잠시 균형을 잃고 비틀거렸다. 그러자 그 짧은 찰나의 기회를 놓치지 않은 지수가 지혁이란 방패막이 사라진 그녀에게 거칠게 달려들었다.

"야! 네깟 게 뭔데 나를 판단해. 네깟 게 대체 뭔데 내 인생에 들어와 내 것이었던 걸 점점 **빼앗아** 가는 건데!"

지수는 점점 더 악에 받쳐 소리를 지르고 있었다. 그리고 동시에 거칠게 손을 뻗었다.

"그나마 남아 있는 그 머리카락도 몽땅 뽑히고 싶나 보지? 그래, 어디 다시 한번 더 지껄여 봐. 아까처럼 계속 덤벼 보라고!"

지수의 억센 손아귀에 그녀의 머리카락이 속수무책으로 잡혀 들어갔다.

"아앗……."

머리를 타고 흐르는 아릿한 통증에 진은 눈살을 찌푸렸다. 지수의 손을 떨어뜨리기 위해 머리 위로 손을 올리려 했지만, 다음 순간 또다시 자신의 **뺨**으로 날아드는 지수의 살기 어린 손바닥을 발견하곤 오래 묵은 습관대로 질끈 눈을 감아 버렸다. 지수의 거친 손에 잡힌 머리칼 때문에 어차피 피하기엔 늦었다. 대응보다 체념이 더 편했다.

"류지수!"

균형을 잃고 비틀거리던 지혁이 뒤늦게 고함을 내지르며 지수에게 손을 뻗었다. 그러나 이미 늦었다. 지수를 붙잡기엔 지혁이 한발 늦게 움직였다. 진은 눈을 감고 **뺨**으로 날아들 폭력을 기다렸다. 그 찰나의 순간에 또다시 제스의 얼굴이 얼핏 떠올랐다.

탁.

"앗!"

그러나 아무리 기다려도 지수의 거친 손바닥이 느껴지지 않았다. 대신 손목이 붙들리는 소리와 함께 지수의 신경질적인 비명이 울려 퍼졌다. 진은 감았던 눈을 떴다. 그리고 그대로 얼음이 되었다.

제스였다.

어떻게 된 영문인지 홀연히 나타난 제스가 지수의 손목을 낚아채고 있었다.

진은 후회했다. 그를 보고 싶어 했던 아까 전의 마음을. 지금 이 순간 가장 보고 싶지 않은 사람은 바로 제스였다. 이 난장판을 그에게만은 보여 주고 싶지 않았다. 수치스러움에 울컥 눈물이 차올랐다.

그리고 열려 있는 진료실 문밖 복도에 서 있는 태영과 울프 팀 대원들까지 발견한 순간 창피함은 두 배가 되었다. 그들도 이 모든 난장판을 모조리 지켜보고 있었다.

진은 수치심과 창피함으로 얼굴이 달아올랐다. 비죽 터져 나오려 하는 눈물을 쓰게 삼키며, 제스에게 손목이 붙들려 움직이지 못하는 지수의 다른 손에서 자신의 머리카락을 거칠게 빼낸 후 진료실에서 뛰쳐나갔다.

앞만 보고 달렸다. 수치스러운 현장에서 최대한 멀리 도망치고 싶었다. 싸움과 폭력의 후유증으로 이미 흥분 상태인 심장은 빠른 뜀박질로 더욱 거세게 날뛰기 시작했다. 숨이 차오르며 호흡이 가

빠져 왔지만 그녀는 달리는 걸 멈추지 않았다.

사라지고 싶었다. 땅속으로 꺼지거나 하늘로 솟거나, 아니면 먼지가 되어 흩어져도 좋았다. 당장 숨을 곳이 필요했다. 이 수치스러움을 숨길 수 있는 혼자만의 공간으로 가야 했다.

진은 빠르게 복도를 지나 건물 출입문을 거칠게 제치고 바깥으로 나갔다. 그러나 건물 밖으로 나와 얼마 달리지도 못하고 어깨를 붙드는 강한 힘에 이끌려 다시 되돌려 세워졌다.

제스였다.

그의 강한 눈과 마주쳤다.

○ ● ○

「진!」

그는 화가 났다. 진을 때리기 위해 막무가내로 달려드는 낯선 여자에게 화가 났고, 진과 다정하게 손을 맞잡고 서 있던 지혁에게 극심한 질투를 느꼈다.

그리고 무엇보다 아직 지혁에게 감정이 남아 있어 보이는 진의 표정에 불안했다. 그녀의 흔들리는 눈빛을 마주한 순간 그의 심장은 조각나고 있었다.

게다가 더 화가 나는 건 폭력에 대응하지 않는 진의 무덤덤한 태도에 있었다. 진은 여자가 행사하는 폭언과 폭력을 참고만 있었다. 표독스러울 만치 날카로운 표정으로 거센 고함을 내지르고 있는 여자의 입에서 좋은 소리가 나올 리는 만무하다는 건 바보가 아닌 이상에야 눈치로 알아차릴 수 있었다. 여자가 격렬하게 내뿜고 있는 보디랭귀지는 분명 적대적 공격뿐이었다.

그런데 진의 태도는 기가 막힐 정도로 담담했다. 아니, 순응과 체념으로 보였다. 여자의 폭력을 고스란히 떠안으려 하고 있었다.

생각해 보면 진은 그런 식이었다. 자신의 안위보다 남을 더 먼저 생각했다. 그로 인해 자신에게 쏟아지는 피해를 감수하면서까지.

부당한 폭력에 맞서 싸우지 않고 가만히 견디고만 있는 그녀의 바보스러울 만치 착한 면모에 참기 어려울 만치 화가 치밀었다. 그녀가 괴롭힘 당하는 게 싫었다. 그 괴롭힘으로 그녀가 고통받는 것도 싫었다. 그녀가 상처받지 않도록 지켜 주고 싶었다. 모두에게서, 특히 지혁이란 남자에게선 더더욱.

젠장!

그의 감정은 그런 여러 가지 이유를 자양분 삼아 생성되는 거센 분노와 질투가 어지럽게 뒤섞이며 뜨겁게 활활 타오르고 있었다.

제스는 진의 어깨를 붙잡고 당당해지라고 소리치고 싶었다. 문제로부터 도망치지만 말고 맞서 싸워야 하는 거라고 알려 주고 싶었다.

그리고 머릿속을 혼란스럽게 만드는 과거의 첫사랑 따윈 내던져 버리고 자신에게 오라고 고함치고 싶었다. 아니, 제발 자신의 사랑을 받아 달라고 매달려 애걸하고 싶었다. 자신이 아닌 다른 남자는 그 고운 눈에 담지도, 사랑하지도 말라고 애원하고 싶었다.

「진! 멈춰요. 이렇게 도망치지만 말고…….」

그러나 도망치는 진의 어깨를 붙잡아 강제로 돌려세운 순간 그의 질투와 분노는 모두 허공으로 흩어져 버렸다. 그녀는 울고 있었다. 여전히 소리도 크게 내지 못하며 숨죽여 눈물만 흘리고 있었다. 상처가 고스란히 묻어 나오는 그 눈물에 그는 와르르 무너졌다.

'그저 싫을 뿐이에요. 누구나 싫어하는 게 한 가지씩은 있잖아요. 난 싸움을 싫어해요. 욕설도, 성난 고성도.'

짙은 슬픔이 어려 있던 진의 쓸쓸한 음성이 귓가를 생생하게 울렸다. 쇠망치로 머리를 한 대 얻어맞은 것 같은 둔탁한 충격도 함께 실려 왔다. 비로소 그 말의 뜻을 완전하게 이해할 수 있었다.

이 멍청한 놈.

지금 그녀에게 필요한 건 위로였다. 질투심에 휩싸인 성난 음성이 아니다. 폭력 앞에서 도망치지 말라는 어설픈 훈계나 윽박지름도, 제발 사랑을 받아 달라는 철부지 아이 같은 징징거림도 아니었다. 지금 그녀에게 필요한 건 그저 따뜻한 위로였다. 그는 가슴으로 그녀를 꽉 끌어안았다.

「제스……놔줘요, 지금은…….」

「쉿. 아무 말 말아요. 그냥 내게 기대요. 미안합니다.」

울먹거리는 음성으로 말하며 품에서 벗어나려는 진의 행동을 제지하며 그는 더욱 강한 손길로 그녀의 몸을 감싸 안았다. 그리고 빠른 걸음으로 진료실 건물에서 되도록 멀리 벗어났다.

그녀에겐 조용한 장소가 필요해 보였다. 상처 입은 마음을 추스를 수 있을 만한 인적 없는 장소여야 했다.

그는 어깨를 붙잡고 있는 손을 풀지 않고 그녀를 자신의 옆구리에 단단히 밀착시킨 채 며칠 전 대화를 나눴던 야외 훈련장으로 데리고 갔다. 그녀는 혼자 있고 싶어 했지만 그는 진을 홀로 내버려 둘 수 없었다. 곁에 있어 주고 싶었고, 흐르는 눈물을 닦아 주고 싶었고, 어설프게 주제넘은 훈계를 하려 했던 걸 사과하고 싶었다.

비록 실제로 그녀 앞에서 자신의 질투에 휩싸인 감정을 터트렸던 건 아니지만 그런 걸 조금이나마 생각했다는 사실만으로도 그는 진에게 미안한 감정이 들었다.

그리고 스스로에게 화가 났다. 그는 화낼 자격도, 훈계할 자격도 없었다. 질투로 인한 분노를 표출하는 것도, 진에게 감정을 강요하는 것도 옳지 않았다.

야외 훈련장에 도착하자 그는 그녀의 어깨를 감싸 안은 팔을 풀었다. 대신 진료실 건물 앞에서처럼 다시 자신의 가슴팍으로 그녀의 얼굴을 끌어당겼다. 그리고 손바닥으로 그녀의 작은 등을 토닥였다.

그녀가 견뎌 온 과거의 무게를 그가 마음대로 가볍게 판단해선 안 되는 일이다. 그녀는 아직도 과거의 고통에서 완전하게 벗어난 상태가 아니었다. 어쩌면 그건 당연한 일이기도 했다. 어린 나이에 형성된 폭력에 대한 트라우마는 생각보다 더 강력할 수 있다. 쉽사리 떨쳐 낼 수 없는 아픔일 것이다. 타인이 가진 아픔의 깊이와 크기를 자신의 잣대로 측정하는 건 잘못되었다.

「놔줘요…… 당신에게 이런 모습 보여 주고 싶지 않아요.」

진이 작게 저항하며 품에서 벗어나려 했다.

「쉿. 잠시만 이대로 있어요. 당신을 안아 주고 싶어요. 위로하고 또 사과도 하고 싶어요. 지혁과 함께 있는 당신을 보고 화가 났습니다. 그래선 안 되는 건데 내 감정을 앞세웠어요. 미안합니다. 미안해요, 진.」

「흐흑…….」

제스는 다정하게 속삭이며 진의 저항을 가볍게 물리쳤다. 그러자 그녀가 저항을 멈추고 그의 품 안으로 파고들었다. 그녀의 떨리는 손이 등에 와 닿자 그는 한층 더 깊게 꽉 끌어안았다. 조금의 빈틈도 허용치 않으며 그녀의 가는 등과 허리를 두 손으로 껴안았다.

「당신은 사랑스러워요.」

「흐흑……흑…….」

「당신이 잘못한 건 없어요. 당신 잘못이 아닙니다. 당신은 정말 착하고 사랑스러운 여자예요.」

울고 있는 진의 귓가에 작게 속삭였다. 그녀의 상처 입은 마음이 조금이라도 치유될 수 있길 원했다. 그녀가 자기 연민에 빠지지 않길 바랐다.

「……미안해요. 저기, 이제 괜찮아요. 괜찮아졌어요.」

한참의 시간이 흐른 후 품에 안겨 흐느끼던 진이 한 걸음 물러서며 고개를 들었다. 그녀의 눈물은 어느새 멈춰 있었다. 자신의 품에서 벗어나려 하는 그녀의 허리를 다시 붙잡아 끌어안고 싶었지만 제스는 현명하게 충동을 자제하며 한 발짝 물러났다.

「고마워요.」

진의 음성은 여전히 떨리고 있었다.

「너무 창피해요. 그런 모습을 보이다니…….」

그녀는 시선을 피하며 멋쩍은 웃음을 지었다. 그녀의 코는 아직 빨개 있었고 울음으로 꽉 잠긴 음성은 약간 허스키해져 있었다.

「아까 그 여자가 당신 의붓언니입니까?」

「……네. 정말 성질이 대단하죠?」

제스의 물음에 진은 씁쓸한 미소를 지으며 대답했다. 아직도 지수의 거친 행동과 독설에 상처를 받는 자신이 바보 멍청이처럼 느껴졌다. 아니, 자신은 바보였고 멍청이였다. 그녀는 제스를 제대로 쳐다보질 못했다. 그에게 이미 말했던 것처럼 너무나 창피했다. 바보 같은 모습을 보인 것도 모자라 그의 품에 매달려 울기까지 하다니 모든 게 엉망이었다. 깊은 한숨만 나왔다.

「난 정말 바보 멍청이에요.」

입버릇처럼 자기 비하 발언이 툭 튀어나왔다. 머릿속 생각이 무의식중에 흘러나온 것이다.

「맞아요. 당신은 정말 바보에다 멍청이입니다.」

「…….」

제스도 그녀의 말에 동조하고 나섰다. 그러자 두 배로 더 비참하고 두 배로 더 부끄러워졌다. 그녀는 그의 시선을 피해 고개를 숙였다. 이젠 제스마저도 나약하고 바보 같은 자신에게 정이 떨어졌을 거라고 생각하니 마음이 더욱 쓸쓸해졌다.

「정말 미련스럽게 착하기만 하고 싸움도 못 하는 바보 멍청이죠.」

푹 숙인 머리 위로 제스의 음성이 깊게 울렸다. 그의 음성에는 웃음이 스며있었다.

「…….」

진은 번쩍 고개를 들고 그를 바라봤다. 그의 눈을 마주 봤다. 그의 눈은 장난스러움을 가득 내포한 채 반짝거리고 있었다.

「당신에게 뭐가 필요한지 알 거 같군요.」

그는 한쪽 눈을 찡끗해 보이며 말을 했다.

470

「나한테 뭐가 필요한데요?」

진은 멍청한 음성으로 그의 말을 되풀이해 물었다.

「파이터 정신입니다.」

「뭐라고요?」

그의 말이 잘 이해되지 않았다.

「당신도 의붓언니 못지않게 거친 싸움꾼이 되어 봐요. 체면이나 점잖은 예의범절은 몽땅 내려놓고 무식하게 같이 싸우는 겁니다. 때로는 쓸데없이 시비를 걸어오는 사람들에겐 개소리하지 말라고 윽박지를 줄도 알아야 합니다. 당신은 싸움하는 방법을 배울 필요가 있어요.」

「싸움하는 방법을 배운다고요? 어떻게요?」

「싸움에 있어 최우선 순위는 욕입니다. 우선 욕부터 해 봐요. 상대방의 기를 죽이기에 거친 욕설을 내뱉는 것만큼 효과적인 방법은 없으니까. 덤으로 험상궂은 표정까지 지어 보이면 더 확실한 기선 제압이 될 겁니다.」

「욕을 하라고요? 어떻게요? 난 한 번도 욕을 해 본 적이 없어요.」

「이런, 욕할 줄도 모릅니까? 정말 순둥이 아가씨가 따로 없군요. 자, 날 따라 해 봐요. 우선 두 눈을 가늘게 뜨면서 힘을 팍 줘야 합니다. 이때 절대 상대방 눈을 피해선 안 됩니다. 눈길을 피한다는 건 싸움에서 항복선언을 하는 것과 똑같으니까. 이렇게 두 눈에 살기를 가득 담아 노려봄과 동시에 소리치는 겁니다.」

그녀의 대답에 그는 과장되게 고개를 가로저으며 한숨을 푹 내쉬었다. 그러더니 설명과 함께 자세를 취하고는 거세게 고함쳤다.

「나쁜 년!」

이마와 미간에 잔뜩 주름이 잡힌 그의 표정은 확실히 험악해 보였다.

「무슨…….」

진은 황당했다. 제스의 입에서 욕설이 튀어나오자 괴상하게 변해 가고 있는 현재 상황에 헛웃음이 나오려 했다. 그는 불과 몇 분 전까지 완벽히 신사적인 태도로 울고 있던 자신을 달래 주고 있었다. 다정한 손길로 그녀의 등을 두드려 가며 부드러운 말투로 따뜻한 위로를 속삭이고 있었다. 그런데 몇 분이 지난 지금은 거리의 불량배 같은 모습으로 탈바꿈하더니 욕을 가르치려 하고 있었다.

「자, 얼른 해 보라니까요.」

눈이 휘둥그레진 채 멍한 시선으로 그를 바라만 보며 가만히 서 있는 그녀를 향해 제스는 재촉하는 말을 했다.

「나쁜 년!」

「……나쁜……년.」

계속되는 제스의 채근에 진은 할 수 없이 그가 알려 주는 대로 욕을 따라 했다.

「이런, 지금 동화책 읽습니까? 더 격한 감정을 살려야지 상대방 기가 죽는 겁니다. 싸움은 배짱입니다.」

자신 없는 표정을 지으며 욕을 내뱉는 그녀의 패기 없는 모습에 제스는 엄한 훈련 교관 같은 음성으로 불합격을 통보했다.

「나쁜 년!」

그리고 다시 강한 악센트를 넣어 가며 욕설을 내뱉었다.

「푸웁.」

진은 과장된 제스의 말투가 웃겨 작게 웃음을 터트렸다. 돌아가는 상황이 종전의 일이 생각도 안 날 만큼 우스웠다.

「진, 나는 지금 장난하는 게 아닙니다. 진지하다고요. 집중을 좀 해 주겠어요?」

그는 엄격한 훈련 교관 같은 말투와 표정을 계속 유지하며 나무랐다.

「푸흡. 미, 미안, 해요. 하지만 웃긴걸요. 지금 상황이.」

「난 아주 진지합니다. 얼른 따라 해요.」

그는 다시 또박거리는 정확한 발음을 뽐내며 시범을 보였다.

「나쁜 년!」

「나쁜 년!」

제스의 진지한 표정과 음성에 진은 웃음을 참아 가며 그를 따라서 다시 욕을 내뱉었다. 이번엔 아까보다 더 격한 감정을 넣어서.

「훨씬 좋아졌군요. 그럼 이번엔 이렇게요.」

제스는 포기하지 않고 또 다른 욕을 가르쳤다.

「빌어먹을 나쁜 년아!」

「빌어먹을…….」

「더 강하게 말해야 합니다.」

「빌어먹을!」

부추기는 그의 말에 진은 눈을 꽉 감고 최대한 격앙된 감정을 넣어서 강하게 욕설을 내뱉었다.

「좋아요. 계속 좋아지고 있군요. 이번엔 조금 길게 말해 보죠.」

그는 자신을 따라서 착실하게 욕설을 내뱉는 그녀에게 윙크를 던지며 격려의 말을 아끼지 않았다. 하지만 장난기를 머금은 아이 같은 모습은 오래가지 않았고 그는 다시 과장되게 불량스러운 표정을 지었다.

「시팔! 쓸데없이 주절대는 그 입 좀 닥치시지!」

「풉. 아…… 미안해요. 음…….」

너무나 진지한 표정으로 거친 깡패처럼 욕설을 내뱉는 그의 상반된 모습에 진은 다시 웃음이 터졌다.

「시…… 시팔…… 시팔!」

가까스로 비실비실 터져 나오는 웃음을 정리하고 그가 했던 대로 욕을 뱉어 냈다.

「이…이, 입 닥쳐!」

「다시 한번 더 해 봐요.」

「시팔! 입 닥쳐!」

진은 눈을 질끈 감고 제스가 하라는 대로 욕을 했다. 아까보다 더 큰 목소리로 고함치듯 길게 욕설을 소리쳤다.

「이 나쁜 년아!」

그러자 놀랍게도 마음이 편해졌다. 후련한 기분이 드는 것에 놀라 그녀는 눈을 크게 뜨고 제스를 바라봤다.

「세상에, 속이 조금 후련해졌어요. 시원한 느낌이에요.」

「그게 적절하게 욕을 사용할 때 느낄 수 있는 바람직한 감정인 거죠. 가슴이 뻥 뚫리는 기분 말입니다.」

제스는 다시 웃고 있었다. 아까 전의 무서운 훈련 교관 같은 모습은 온데간데없어지고 원래의 다정하고 유쾌한 소년 같은 모습으로 돌아와 있었다. 그는 밝게 웃으며 장난스럽게 눈을 찡긋해 보였다. 그 짓궂은 모습에 진은 다시 웃음을 터트렸다.

「또 알려 줄래요?」

「적극적인 자세가 아주 맘에 드는군요.」

그녀의 말에 그가 킬킬거리는 웃음과 함께 칭찬을 날렸다. 그리고 또 다른 욕설을 입에서 뱉어 냈다.

「멍청아, 지금 장난해?! 마지막으로 경고하겠는데 혼나기 싫으면 당장 썩 꺼져!」

험상궂은 인상을 팍 쓰는 그의 표정은 영락없는 거리의 불량배였다.

「까불지 마!」

하지만 일부러 과장스럽게 지어 보이는 험악한 표정은 귀엽게만 보였다.

「지옥으로나 꺼져 버려!」

욕설을 내뱉는 그의 모습도 그녀의 두 눈에는 사랑스럽게만 비쳤다.

「엿이나 먹어!」

그는 착실하게 가운뎃손가락까지 펼쳐 보이며 교육에 최선을 다했다.

「멍청아! 마지막 경고야, 까불지 마! 당장 꺼져!」

훌륭한 조교의 시범이 끝나자 그녀는 알려 준 대로 성실히 욕을 따라 했다.

「지옥으로나 가!」

소리를 지를수록 기분은 상쾌해져 갔다.

「입 닥쳐!」

아까 전까지만 해도 그녀의 기분은 엉망이었다. 우울했고, 비참하기도 했었다. 지수의 날 선 독설과 난데없는 폭력에 위축되어 있었다. 게다가 난장판 같던 싸움의 현장을……

아……

아니, 그건 싸움이 아니었다. 일방적인 폭행의 현장이었다. 그녀의 무기력함이 적나라하게 드러난 부끄러운 장면이었다. 그녀는 자신의 나약한 모습이 제스와 다른 사람들에게 목격되었다는 사실이 수치스러웠다.

「빌어먹을 나쁜 년!」

하지만 제스가 시키는 대로 욕을 내뱉은 순간 기분이 다시 유쾌해졌다. 마음속 응어리가 한결 풀리는 듯했다. 그의 말처럼 가슴이 뻥 뚫린 느낌이었다. 또다시 욕설에 대한 충동이 끓어오르고 있었다.

「류지수!」

이번엔 그가 시키지 않았음에도 자발적으로 뒤돌아서 아무도 없는 먼지만 가득 쌓인 너른 공터를 향해 크게 소리 질렀다.

「이 나쁜 년아!」

두 손을 입가에 대고 마치 산 정상에 오른 사람들이 야호를 외치는 것처럼 진은 지수를 향해 세찬 욕을 퍼부었다.

「지옥으로나 가 버려!」

변하고 싶었다.

「꺼져 버려!」

변할 수만 있다면.

「씨팔!」

스스로에게 하는 선언처럼 그녀는 욕을 소리쳤다.

「그 입 좀 닥쳐!」

가슴속 쌓아 두었던 울분을 토해 내듯 욕을 쏟아 냈다.

"류지수! 이 심술만 가득 찬 마녀 같은 계집애! 넌 언니도 아냐! 너야말로 구제 불능에 천하에 둘도 없는 몹쓸 년이야!"

어느새 욕은 한국말로 바뀌었고 마음속에 쌓여 있던 울분이 속사포처럼 터져 나왔다.

"쓰레기는 내가 아니라 바로 너라고! 나도 너 진짜, 재수 없어!"

가슴속 깊이 응어리로 맺혀 있던 원망의 외침은 메아리가 되어 멀리, 아주 멀리까지 퍼져 나갔다. 속이 후련했다. 비록 지수의 눈앞에서 외치는 욕설은 아니었지만 이렇게라도 쏟아 내고 나니 기분이 한결 개운해졌다.

홀로 대나무 숲에 서서 임금님 귀는 당나귀 귀라고 소리치던 복두장의 심정이 이해되었다. 가슴에만 묻어 두고 있던 말을 입 밖으로 꺼낸 것만으로도 많은 게 달라진 기분이 들었다. 유쾌했고, 용기가 샘솟았다. 지수의 눈앞에서도 방금 내뱉은 말들을 모조리 할 수 있을 것만 같았다.

「와우, 정말 빨리 배우는 학생이군요.」

제스가 곁에 서서 웃으며 소리쳤다. 그를 돌아보며 같이 웃었다. 그가 좋았다. 유쾌한 웃음이 좋았고, 웃을 때 반달 모양으로 휘어지는 부드러운 눈매는 사랑스러웠고, 다정하게 이름을 부를 때 더욱 허스키해지는 음성은 가슴을 설레게 했다. 그 모든 게 좋았다.

「그럼요. 어릴 적부터 배우는 건 빨랐거든요. 공부를 잘했어요. 다시 해 볼까요?」

불안감도 두려움도 없었다. 그와 함께일 땐.

「해 봐요.」

그는 고개를 끄덕였다.

「빌어먹을!」

제스의 동조에 진은 다시 어두운 공터를 향해 크게 소리 질렀다.

「지옥으로나 꺼져 버려!」

그가 지었던 험상궂은 표정도 흉내 내며 욕설을 뱉어 냈다.

「이 나쁜 년아!」

욕설을 내뱉는 중간중간 자꾸만 웃음이 터져 나왔다. 비죽비죽 끼어드는 웃음 때문에 잠시 욕하는 걸 멈추다가도 웃음이 잠잠해지면 다시 숨이 차오를 때까지 거친 욕설을 퍼부었다.

「가슴이 너무 후련해요. 17년 치 체증이 단박에 사라진 기분이에요.」

목이 아파 더는 큰 소리가 안 나올 만큼 기진맥진해져서야 그녀는 욕하는 걸 멈췄다. 가쁜 숨을 몰아쉬며 그대로 바닥에 등을 대고 벌러덩 드러누웠다.

「기분이 너무 좋아요.」

그녀가 먼지 덮인 바닥에 드러눕자 제스도 따라서 바닥에 등을 대고 누웠다. 가만히 하늘을 올려보았다. 구름 한 점 없는 검은 하늘에는 무수히 많은 별이 보석처럼 알알이 박힌 채 반짝거리고 있었다. 눈이 부실 만큼 찬란한 빛을 내뿜고 있는 별들을 만져 보려 천천히 두 손을 허공으로 들어 올렸다.

반짝반짝 빛을 내는 별들은 금방이라도 손에 잡힐 듯 가깝게 느껴졌다. 눈물이 나올 만큼 아름다웠다. 가슴이 벅차오르고 있었다. 지수를 향해 소리치던 욕설의 흥분이 아직 남아 있는지 온몸의 신경 세포가 팽창하고 있는 기분이었다.

아니면…….

또 다른 이유가 떠오르자 웃음도 같이 새어져 나왔다. 고개를 옆으로 돌려 제스의 얼굴을 쳐다보고 싶은 충동을 억지로 눌러 참으며 그녀는 하늘 위 별들을 바라봤다. 그와 처음 친구가 되던 날도 지금처럼 별들이 반짝거리며 빛나고 있었다. 그의 머리 위에서 찬란한 빛을 내뿜고 있었다. 마치 후광처럼.

지금도 그랬다. 땅에 등을 대고 나란히 누워 있는 그녀와 그의 몸 위로 반짝반짝 빛나고 있는 별들은 금방이라도 비가 되어 쏟아져 내릴 것 같았다. 무척이나 로맨틱했다. 마법 같은 순간이라고 생각했다.

「너무 아름다워요. 낭만적이에요. 서울에선 저렇게 크고 반짝거리는 별은 보지 못하거든요. G-스탄에 오길 정말 잘한 거 같아요. 이곳에 올 수 있었던 게 내겐 행운이에요.」

당신을 만날 수 있었으니까요.

그러나 마지막 말은 목구멍 안으로 꿀꺽 삼켜 버렸다. 다시 검은 하늘을 반짝반짝 수놓고 있는 별들에 집중했다. 쿵쿵거리는 심장의 울림을 들으며.

「내겐 당신이 더 아름답습니다. 하늘의 반짝이는 별들보다.」

나른하게 속삭여지고 있는 나직한 음성에 그녀는 결국 충동을 참지 못하고 옆을 바라봤다. 그러자 제스와 눈이 마주쳤다. 그도 고개를 돌린 채 그녀를 바라보고 있었다. 그의 얼굴은 여전히 잔잔한 웃음이 감돌고 있었지만, 표정은 한없이 진지했다.

「…….」

입을 열고 어떤 말이라도 하고 싶었지만, 시간이 정지된 곳에 있는 사람이 된 것처럼 아무 말도 할 수가 없었다. 움직일 수도 없었다. 그저 눈을 뜨고 그를 마주 보고 있을 수밖엔 그 어떤 다른 행동도 할 수가 없었다.

「진.」

그가 그녀의 이름을 불렀다. 그의 눈을 지그시 바라봤다. 그의 눈동자는 빛나고 있었다. 하늘 위 떠 있는 별들보다 더 강하게 빛나고 있었다. 그녀는 빛나는 그의 눈동자 속에 비치고 있는 한 얼굴을 들여다봤다. 그를 바라보고 있는 그녀 자신의 얼굴을.

그의 눈동자에 비치는 그녀의 얼굴에는 수많은 감정이 서려 있었다. 그녀는 그 감정의 정체가 무언지 알고 싶어 더 깊숙하게 제스의 눈을 들여다보았다.

그러나 흐릿하게 보이는 음영 속에서 세세한 감정까지 알아내기엔 주변은 너무 어두웠다. 그녀와 그를 비추고 있는 불빛이라곤 하늘에 수놓아져 있는 달과 보석처럼 알알이 박혀 은은하게 빛나고 있는 별들뿐이었다.

「당신에게 묻고 싶은 게 있습니다.」

「……난…… 좋아요.」

그녀의 뜬금없는 밑도 끝도 없는 대답에 그가 한쪽 눈썹을 들어 올리며 의아한 눈빛을 보냈다.

「뭐가 좋다는 겁니까?」

「당신이 지금 하려는 질문에 대한 답이요. 내 대답은 좋아요,
예요.」

「하지만 난 아직 질문을 던지지도 않았는데요?」

「알아요. 하지만 알 것 같아서요. 당신이 하려는 질문이 어떤
건지. 다시 한번 말하지만 내 대답은 좋아요, 예요.」

진은 그를 바라보며 수줍게 웃었다. 그리고 자신의 솔직한 마
음을 일부 표현했다.

「진……..」

진의 밝고 환한 웃음에 제스는 넋을 잃을 지경이었다. 그녀는
정말 아름다웠다. 그리고 그를 향해 환하게 웃어 주고 있었다. 오
직 그에게만 시선을 고정한 채.

「당신은 정말 남자를 미치게 하는 거대한 마력을 가진 위험한
여자입니다. 난 그런 당신에게 더 깊이 빠져들고 있어요. 헤어 나
올 수가 없습니다.」

그는 천천히 상체를 일으킨 다음 그녀에게 더 가까이 다가갔
다.

「제스……..」

그리고 그의 이름을 부르며 살짝 벌어지고 있는 그녀의 입술에
자신의 입술을 내리눌렀다. 그를 향해 반짝 빛나고 있는 영롱한
두 눈을 바라보며 키스했다. 그녀의 입술은 세상의 그 어떤 것보
다 더 부드러웠고 달콤했다. 제스는 그 달콤함에 흠뻑 취해 그녀

의 입술을 강하게 빨아들였다.

14

G-스탄으로 온 후 헬기를 타고 이동해 보는 건 처음이었다. 진은 헬기 아래로 내려다보이는 광경에 눈이 아찔하기도 했지만 동시에 구름 속을 떠다닌다는 사실이 신기하고 재밌었다.

비행기를 타는 것과는 또 느낌이 달랐다. 조금 더 하늘과 가깝게 밀착된 느낌이었다. 비록 엄청난 소음에 귀가 시끄럽긴 했지만 문밖으로 보이는 풍경은 그걸 감수할 만큼 너무나 멋지고 아름다웠다.

구름 속을 거닌다는 말뜻을 조금이나마 이해할 수 있는 그런 멋진 장관이었다. 물론 직접 걷고 있는 건 아니었지만 구름을 뚫고 날아가는 헬기 안에 있자니 마치 구름 속에 있는 듯한 느낌을 강하게 받았다.

그녀를 태운 헬기는 G-스탄 내 한국 대사관으로 가고 있었다. 외교 문제로 G-스탄을 방문한 청와대 고위 인사들의 호출이었다. 오전 만찬 모임 중 반정부주의 사람들과 마찰이 빚어지며 말썽이 생겼다. 폭력 사태는 G-스탄 현지 경찰과 한국 UDTSEAL 팀이 함께 빠르게 진압했지만 국방부 장관을 비롯한 청와대 인사들 몇몇이 찰과상을 입었고 VIP 호출에 한국군 책임자는 가장 빠른 헬기 편으로 그녀를 한국 대사관으로 배달시켰다.

그녀를 태운 헬기는 얼마 후 대사관 옥상에 무사히 착륙했다. 진은 의료품들이 들어 있는 큰 가방을 챙겨 들고 헬기에서 내렸다. 엄청난 소음과 함께 프로펠러가 돌아가며 발생하는 휘몰아치는 바람이 정신을 쏙 빼놓게 했다.

"이쪽으로 와."

옥상에 대기하고 있던 지혁과 군 관계자가 그녀를 서둘러 대사관 건물 안으로 들어가게 했다. 혹시 있을지 모를 저격에 대비해 고개를 푹 숙이게 한 채 자신들의 몸으로 그녀의 몸을 가린 채 밀착 경호했다. 진은 지혁이 이끄는 대로 신속하게 뛰었다.

지혁과는 진료실 소동 이후 처음 보는 거였다. 지혁이 G-스탄에서 수행하는 임무는 이번 청와대 고위 인사들의 경호였다. 그녀는 지혁이 이곳에 오기까지 꽤 힘든 여정을 거쳤다는 걸 알 수 있었다. 아마도 추측컨대 그녀의 부탁을 받은 류 대장의 방해로 결국에는 청와대로까지 손을 뻗은 모양이었다. 어떤 방법으로 청와대로까지 경유하게 되었는지는 알 수 없었지만 그가 G-스탄으로 오기까지 큰 노력을 기울였을 건 분명했다.

하지만 애초에 오지 말았어야 할 방문이었다. 너무 무모했고, 매사 계획을 세우고 행동하던 그의 진중한 성격과는 너무나 다르게 충동적이었다. 하긴, 갑작스러웠던 그의 사랑 고백과 입맞춤 또한 가히 충동적이기는 했다. 평소와 다른 행동을 할 만큼 압박에 의한 스트레스가 심했을 거라고 생각하니 진은 그가 안쓰러웠다.

지혁의 얼굴을 조심스레 살펴보니 무척이나 피곤해 보였다. 제대로 수면을 취하지 못한 사람처럼 눈이 새빨갰고 실핏줄이 터져 있었다. 피부 또한 푸석푸석했다. 초췌한 모습에 더욱 마음이 아팠다.

그에게 상처를 주고 싶지 않았다. 더군다나 자신을 쫓아 무리하게 G-스탄에까지 온 상황에선 더더욱 그를 상처 입히고 싶지 않았다. 하지만 지금의 힘든 여정은 그녀와 지혁 모두에게 필요한 일들이었다. 어릴 적 환상은 깨져야 했다.

사실 자신을 쫓아 G-스탄까지 와 준 지혁으로 인해 그녀는 스스로 쌓아 두었던 환상과 착각에서 바로 설 수 있었다. 확신을 얻은 것이다. 자신의 마음이 어디로 향해 있는지에 대한 바른 정답을 극명하게 도출해 낼 수 있었다. 혼란스러웠던 마음을 깨끗하게 정리할 수도 있었다.

모두 지혁이 G-스탄에 나타나 준 덕분이었다. 마음을 정리하고 다시 한번 진실과 제대로 마주 보게 될 수 있었다. 그러나 그 일이 지혁에게는 상처 되는 일이기도 했기에 마냥 기쁘지만은 않았다.

"아무 일 없이 무사히 도착해 다행이다. 내가 기지로 가서 직접 데려오고 싶었는데 알다시피 여기 소란이 모두 정리되지 않아서 자리를 비울 수가 없었어."

지혁은 여전히 친근한 목소리로 그녀의 안전을 염려하고 있었다.

"여기 올 때까지 아무 일도 없었어. 헬기를 따라붙는 적의 전투기도 없었고 미사일도 날아들지 않았어. 걱정하지 마."

진은 어색한 기류를 조금이라도 완화해 보려 장난을 조금 섞어 대답했다.

"이곳은 분쟁 구역이야. 늘 위험이 도사리고 있어. 항상 조심해야 하는 곳이야."

지혁은 여전히 진지한 표정으로 걱정을 풀지 않았지만 그래도 아까보다는 얼굴 근육이 한결 부드럽게 풀리고 있었다. 작게나마 미소를 보였다.

"알아."

"지수 행동에 대해선 내가 대신 사과할게. 미안해, 진아."

"누군갈 대신해 오빠가 사과할 필요는 없어. 지수 언니에 대해선 더더욱. 내가 지수 언니와 풀어야 할 문제야."

진은 지혁을 향해 밝게 웃어 보이며 차분하게 말했다.

"넌…… 더 강해졌구나."

지혁은 어딘가 모르게 쓸쓸한 눈빛이었다.

"치료가 끝나면 기지로 돌아가기 전에 같이 식사를 하자. 오랜만에."

"그래."

지혁의 청에 진은 고개를 끄덕였다. 지수에게 방해를 받아 대화를 결론짓지 못했으니 마저 이야기를 나누자는 의미라는 걸 알았다. 그에게 다시 상처를 주어야 한다는 게 마음 아팠지만 시간을 끌면 끌수록 상처는 커지는 법이다. 힘든 일일수록 지체해서는 안 되었다.

진은 지혁의 안내를 받아 대사관 내에 있는 귀빈실로 향했다. 그가 닫힌 문을 똑똑 두 번 노크했다.

"네, 들어와요."

안에서 인기척이 들렸다. 문을 열고 들어가니 국방부 장관과 비서로 보이는 남자가 서류를 보며 서로 이야기를 나누고 있었다. 지수도 그 곁에 서 있었다. 지수는 이번 외교 방문에서 청와대 고위 인사들과 함께 온 군 관계자의 통역 업무를 맡아 G-스탄으로 온 거였다. 그녀를 만나러 온 지혁을 쫓아오기 위해 통역관을 자원한 게 분명했다.

안으로 들어서자 지수의 매서운 눈빛이 날아들었다. 언제나 그녀를 위축되게 만드는 적대감 가득한 서늘한 눈빛이었다. 평소라면 그 눈빛에 마음 아파하며 긴장했겠지만 오늘은 아니었다. 그녀는 평소와 다르게 지수의 독기 어린 눈빛을 피하지 않았다. 차가운 냉기가 뚝뚝 떨어지고 있는 그 사나운 눈을 정면으로 마주 봤다. 눈길을 피하지 않고 마주하자 지수가 조금 놀란 기색을 드러냈지만 곧 빠르게 다시 냉정함을 유지하는 게 보였다.

아까 전 지혁의 말처럼 그녀는 더 강해졌다. 물론 아직도 나약한 면은 많았지만 그래도 예전보다는 지수 앞에서 당당해질 수 있었다. 자신이 지수 앞에서 죄인처럼 주눅 들어야 할 이유는 없었다. 바보 같게도 이제야 그걸 깨달았다. 그녀는 변하고 있었고 그건 모두 제스 덕분이었다. 진은 혼자 작게 웃었다. 제스를 생각할 때면 그녀는 항상 웃음이 났다. 미소가 절로 지어졌다.

진은 또다시 제스를 생각하고 있는 자신을 발견하곤 고개를 살짝 흔들었다. 지금은 그를 생각할 적절한 상황이 아니었다. 지혁이 곁에 있었고 오랜 적인 지수가 그녀를 죽이고 싶다는 열망이 가득한 사나운 눈빛으로 쏘아보고 있는 이 상황에선 더더욱 정신을 바짝 차려야 했다.

"기다리게 해서 미안하네."

국방부 장관과 비서의 대화가 끝났다. 비서가 방을 나가자 지혁과 지수도 그 뒤를 따라 방을 나섰다.

"괜찮습니다."

비로소 할 일이 생겼다. 그녀는 가방에서 혈압 측정기를 꺼내 먼저 국방부 장관의 혈압을 쟀다. 혈압은 정상이었다. 혈당수치는 조금 불안정했지만 심각할 정도는 아니었다. 국방부 장관의 건강엔 별 이상이 없어 보였다. 간단한 검사를 마치고 혈당을 조절하는 약물 투여 후 챙겨 온 여분의 약을 장관에게 건네주었다.

"끝나셨습니까?"

진료가 끝남과 동시에 아까 나갔던 비서가 다시 들어와 중요한 회의가 곧 시작될 거라고 알려 왔다.

"네. 끝났습니다. 장관님, 그럼 건강 유의하십시오."

"고맙네."

비서의 재촉에 진은 서둘러 구급 가방을 챙겨 예의 바르게 인사를 한 뒤 귀빈실을 나왔다. 밖으로 나오니 지혁은 없고 지수만 남아 있었다.

"따라와. 다른 사람들은 아래 응접실에 있어."

지수는 차갑게 말을 내뱉더니 앞장서서 걸어갔다. 그녀가 잘 따라오는지 확인도 하지 않고 제 할 말만 하고는 앞서서 걸어가는 행동은 참으로 매몰찼다. 온기라고는 1도 없었다. 진은 쓴웃음을 삼키며 지수의 뒤를 서둘러 따라갔다. 지수는 성질도 굉장히 급해서 늑장 피우는 걸 제일 싫어했다. 전형적인 한국인의 빨리빨리 습성이 몸에 배어 있었다.

"너 앞으로 어쩔 셈이야?"

큰 보폭으로 성큼성큼 걸어가던 지수가 아무도 없는 비상계단으로 들어서자마자 예고도 없이 다시 그녀 쪽으로 방향을 틀고는 냉기가 뚝뚝 묻어나는 음성으로 차갑게 물었다. 진은 갑자기 등을 돌리고 마주 서는 지수의 행동에 하마터면 얼굴을 부딪칠 뻔했지만 아슬아슬하게 발을 멈춰 섰다.

"뭐가?"

지수의 차가운 눈을 마주 보며 물었다.

"몰라서 물어?"

그녀의 평온한 물음에 지수가 성마르게 빽 소리쳤다. 성난 고함에 진은 깜짝 놀랐다.

하여간 저 성질머리.

다혈질인 류민영 여사와 어릴 때 한동안 같이 살아서 그 영향을 받은 탓이었다. 친어머니가 병으로 돌아가신 후에 우울해하는 어린 지수를 류민영 여사가 잠시 보살폈다고 들었었다.

아들밖에 없는 류민영에겐 지수가 딸이나 마찬가지였다. 핏줄을 중시하는 부모님과 똑같이 류민영 또한 제 핏줄에 대한 애착이 대단히 강한 편이었다. 제 배 아파 난 자식에 대한 사랑도 유별났지만, 남동생의 자식들에게도 애착이 대단했다.

지혁은 집안의 장남인 탓에 어릴 때부터 철이 일찍 들어 별달리 손이 가지 않았지만 지수는 달랐다고 했다. 집안의 막내로 철부지였고, 오랜 세월 병치레를 한 어머니에게 받지 못한 보살핌을 류민영에게 갈구했다. 류민영은 온전히 자신만의 방식으로 애정에 굶주려 있는 어린 소녀에게 무한한 사랑을 나눠 주었다.

류민영은 좋은 집안의 장녀로 태어나 물질적으로 어느 것 하나 부족함 없이 누리는 부유한 삶에 익숙했다. 보통 사람들보다 우위에 선 높은 위치에서 오는 만족을 인생의 최대 행복이라고 여겼고, 부와 명예에서 오는 행복만이 진정한 삶의 기쁨이라는 가치관을 가진 사람이었다.

그녀는 떠받들어지는 삶에 익숙해져 있어 아주 오만했고 귀족적인 성향이 강했다. 그래서 늘 사람을 상하로 구분 짓는 데 익숙했다. 본인과 비슷한 수준의 사람인지 아니면 더 아래인 사람인지 계급을 나누길 좋아하고, 본인보다 한참 아래 계급에 위치해 있는 사람들은 전부 하인 그 이상으로는 생각하지 않았다.

그러니 그런 류민영의 밑에서 어린 시절을 보낸 지수도 그 영향을 받지 않을 수 없었을 것이다. 어린아이들은 스펀지와 같아서 주변 환경을 잘 빨아들인다. 그리고 카멜레온과 같은 적응력을 보이며 성장해 나간다. 지수의 성격이 날카롭고 뾰족하게 모가 나 있는 건 어찌 보면 류민영의 영향이라고 할 수 있었다. 그런 의미에서 지수는 현재까지도 류민영의 영향을 많이 받고 있었다.

지수는 그녀 못지않게 아버지인 류 대장과 고모인 류민영 여사에게 인정받으려 지나칠 정도로 무한한 노력을 기울이며 살았다. 그래서 지수의 인생은 늘 경쟁이었다. 그녀와 벌이는 무한경쟁 속에서 허우적댔다. 그녀도 한때는 그 경쟁에 자극받아 지수를 이겨 보려 했던 시절도 있었다. 제스에게 말했던 것처럼 그녀가 군의관이 된 이유 중의 하나도 지수와의 경쟁 때문이었다.

그러나 진은 곧 그것이 부질없음을 깨달았다. 그녀가 지수를 어떻게든지 이겨 보려 발버둥 치는 것만큼 지수 또한 더욱 처절하게 자신과의 경쟁에 임했다. 그녀가 군의관이 되어 대위로 임관된 것에 엄청 분해 하던 지수는 그날부터 진급에 목숨을 걸었다. 사관 학교를 다닐 때보다 몇 배는 더 노력하며 스스로를 몰아쳤다.

마침내 그녀와 동일 계급인 대위로 진급했을 때 자신 앞에서 의기양양해하던 지수의 얼굴은 행복과 기쁨, 그리고 해냈다는 자부심으로 가득 차 있었다. 그 처절한 노력을 보며 진은 지수에게 미안함과 안타까움을 느꼈다. 지수의 삶엔 여유가 없었다. 언제나 날 선 긴장감이 배어 있는 인생이었다.

자신과의 경쟁으로 인해 지수의 인생이 더 힘들어지고 있다는 걸 깨달은 순간 진은 경쟁에서 내려왔다. 누군가를 끊임없이 미워하고, 타인을 이기기 위해 자신의 인생을 쉼 없이 몰아붙이는 삶을 살고 싶진 않았다. 타인과의 경쟁에서 이겼다는 만족감을 인생의 최대 행복으로 놓고 살고 싶지 않았다.

"넌 절대 오빠와 결혼 못 해. 내가 끝까지 막을 거니까. 그러니 일찌감치 정신 차려, 이 기집애야. 아버지 밑에서 자랐다고 네가 정말 우리 아버지 딸인 거 같아? 좋은 집안의 귀한 딸인 거 같냐고? 아니, 넌 여전히 알코올 중독자에 인간 말종 쓰레기 같은 네 친부랑 똑같은 쓰레기일 뿐이야."

지수는 일부러 더 악독한 말을 퍼부어 대고 있었다.

진은 자신이 상처 입길 바라며 빛내고 있는 지수의 날카롭고 매서운 눈을 마주 보며 서글픔을 느꼈다. 지수를 향한 서글픈 감정이었다. 지수의 삶은 그녀를 향한 증오와 미움으로 가득 차 있었다. 정확한 이유는 알 수 없었지만, 어렴풋이 예상해 보자면 자신이 존재하고 나타남으로써 지수 인생이 위협당하고 가진 것들을 그녀에게 빼앗기고 있다고 여기는 듯했다.

하지만 그녀는 절대로 지수가 가진 것들을 빼앗으려 한 적이 없었다. 모든 게 지수의 오해였다. 그러나 지수는 그 오해를 풀 생각을 전혀 하지 않았다. 적대감을 풀지도 않았다. 누군가를 그렇게 오랫동안 미워하고 싫어하는 건 자신의 인생을 지치게 하고 피곤하게 하는 일일 텐데도 지수는 거기에서 헤어 나오지 못하고 스스로 인생을 파괴하고 있었다. 그 점이 안타까웠다.

그래서 진은 용기를 내기로 했다.

"닥쳐."

"뭐? 너, 지금 뭐라고……."

"그 입 닥치라고. 넌 나쁜 년이야."

"뭐?"

그녀의 입에서 튀어나온 거친 단어에 지수의 표정이 바뀌었다. 그런 지수를 바라보자니 우스운 기분이 들었다.

"난 이제 네가 하는 독설에 상처 입지 않아. 넌 더는 날 상처 입힐 수 없을 거야. 나도 이제부턴 가만있지 않을 테니까."

조용하지만 강한 힘이 실린 단호한 어조로 지수에게 선언하듯 말했다. 사실이었다. 이제 지수는 그녀 삶에 중요 인물이 되지 못한다. 지수에게 동생으로서 사랑받고 싶고 인정받고 싶다는 욕구도 들지 않았다. 지수와 진정한 가족이 되지 못한다 하더라도 진은 상관없었다. 자신을 미워하고 배척하는 가족은 이제 그녀 쪽에서 사양이었다.

제스 덕분에 깨달았다. 류 대장 가족의 일원이 되는 것만이 그녀가 가족을 가질 수 있는 단 하나의 유일한 방법은 아니라는 사실을. 가족을 이룰 방법은 많았다. 그녀만 원한다면 언제든지 자신만의 진정한 가족을 만들 수 있었다. 오로지 사랑만으로 형성되는 가족이 진정한 가족이었다.

과거에 두려움을 느끼고, 그 두려움에서 벗어나고픈 마음에서 비롯한 비틀린 집착으로 오랫동안 곁에 있어 준 사람에게 의지하고 기대려만 하는 건 좋지 않았다. 타인을 이용하려는 마음 없이 오직 순수한 사랑만이 목적과 이유가 되어 이루어진 가족이 더 의미가 있는 것이다.

그리고 그런 진정한 가족 관계는 온전히 자신의 힘으로 이루어야 했다. 누군가가 대신 해 줄 수 없다. 스스로 행동해야만 했다. 피하기만 하는 건 잘못된 행동이었다. 반대로 무작정 감내하고 희생하려 했던 것도 옳은 방법이 아니었다.

"뭐? 네가 오빠랑 결혼할 생각에 아주 간이 배 밖으로 나왔구나? 같잖은 객기도 부릴 줄 알고 말이야."

지수는 여전히 비웃는 눈초리를 거두지 않고 비아냥거렸다. 저런 표정과 말투는 정말 류민영 여사와 흡사했다. 지수는 정말로 완벽하게 류민영의 꼭두각시가 되었다. 그녀를 대할 때면 지수는 늘 류민영이 되었다.

류민영은 끊임없이 어머니를 괴롭히고 집안의 분란을 조장했었다. 그녀가 열여섯 살에 처음 류 대장의 집으로 살러 들어갔을 때도 어린 시절부터 잘 길들여 온 지수를 뒤에서 조종해 그녀를 괴롭히게 했다. 시기와 질투를 불어넣고 경쟁을 부추겼다. 지수는 류민영에 의해 이제는 본인만의 색채가 사라져 버린 알맹이가 없는 빈껍데기가 되었다.

류민영의 꼭두각시.

그리고 아마 지수도 그렇게 변해 버린 본인의 모습을 스스로 깨닫고 있을지 모른다고 진은 생각했다. 진료실에서의 소동에서 그걸 확신할 수 있었다. 그녀가 지수를 향해 넌 류민영의 복사판이라고 말했을 때, 잠깐이었지만 지수의 수치심을 똑똑히 읽어 낼 수 있었다. 약간의 슬픔과 상처도.

"지혁 오빠와 결혼할 생각은 전혀 없어. 한때는 그런 상상을 했던 적도 있지만 그건 어릴 때였어. 너에게도 첫사랑이 있겠지? 여자라면 누구나 한 번쯤 첫사랑 상대와 동화 같은 결혼식을 올리는 환상에 빠지게 되잖아. 나도 마찬가지였어."

"……."

"오빠에 대한 내 마음은 어릴 적 순수했던 첫사랑에 대한 환상 같은 거였어. 죽을 때까지 오빤 내게 있어 믿음직스럽고 존경하는 우상이자 처음으로 내게 사랑이란 감정이 무엇인지 알려 준 고마운 사람일 거야. 그리고 내 순수했던 시절의 첫사랑이기도 할 거고. 그건 시간이 아무리 지나도 변치 않아. 하지만 그뿐이야."

"뭐……."

지수가 중간에 끼어들려고 했지만 진은 틈을 주지 않았다.

"친부의 폭력으로 공포에 떨며 냉정한 세상에 두려움과 환멸을 느끼던, 그래서 처음으로 자신에게 손을 내밀어 준 단 한 사람에게 매달리고 의지하려던 나약한 어린 소녀는 이제 어른이 되었어. 물론 아직도 많이 나약하지만 조금씩 강해지려고도 하고 있어. 존경하는 우상을 향한 경외심을 사랑이라고 고집하며 착각에 빠져 있지 않아. 환상과 오랜 집착에서 스스로 벗어난 거야. 용기를 내서."

"……."

지수는 말을 하려 했지만 붕어처럼 입만 뻥긋거리며 정작 소리로 표현해 내진 못하고 있었다.

"그러니 이제부턴 쓸데없는 상상이나 하며 자신과 상대방을 괴롭히려 하지 마. 그건…… 결코 너에게도 좋지 않은 일이니까. 미움은 상대방이 아닌 자신을 갉아먹어."

"네, 네가 뭐, 뭔데…… 대체 뭐라고 네가 나한테 훈계질이야? 너 아주, 아주…… 웃기는 애구나."

진심이 담긴 충고에도 지수는 여전히 비웃음을 흘리며 고함을 질렀다. 그러나 미세한 떨림이 일어나고 있는 두 눈에선 아까의 당당한 오만함은 찾아볼 수 없었다. 흔들리고 있는 것이다.

"내가 하고 싶은 얘기는 끝났어. 네가 날 어떻게 생각하고 있는지 잘 알고 있지만 난 앞으로도 널 가족으로 생각할 거야. 넌 선이처럼 내 자매야. 비록 선이와 달리 우린 같은 피로 이어지진 않았지만, 꼭 피로 이어져야만 가족이 될 수 있는 건 아니잖아. 혈연으로 이어지지 않았어도 진정한 가족이 되어 살아가고 있는 사람들은 무수히 많아."

진은 지수를 바라보며 싱긋 웃었다. 그리고 말을 이어 나갔다.

"네가 나를 자매로, 동생으로 여기지 않더라도 난 이제 상관없어. 그건 오롯이 네 자유 의지이고 네 마음이니까. 그렇다고 나에게 상처를 줄 생각은 하지 마. 넌 그럴 권리는 없어. 앞으로는 나도 네가 날 함부로 대하지 못하게 할 거야. 예전처럼 가만히 당하고만 있진 않을 거야."

지수 앞에서 자신의 모든 속마음을 솔직하고 당당하게 토해 놓고 나니 마음이 후련해졌다. 제스와 함께 지수를 향한 욕설을 퍼부어 댔던 그날 밤처럼 속이 뻥 하고 뚫리며 상쾌했다. 당당하게 맞서니 오히려 마음이 더 편안했다. 죄의식은 들지 않았다. 당연했다. 그녀의 잘못이 아니니까. 친부가 저질렀던 만행은 친부의 잘못이었다.

나는…….

잘못한 게 없어.

그녀는 피해자였다. 과거엔 그 사실을 인정하기가 너무 힘이 들었다. 자신이 폭력의 희생양이었단 사실이 수치스러웠으니까. 숨겨야만 하는 일이라고 여겼다. 친부를 낳은 조모가 그렇게 말했었고, 학대 받는 어린 소녀를 외면하던 마을 사람들도 그런 눈빛들이었으니까. 그들은 모두 암묵적으로 쉬쉬하며 고통받는 한 여자와 어린 소녀를 방관했다.

과거의 상처를 스스로 인정하자 그녀는 어느 정도 마음의 평화를 되찾을 수 있게 되었다. 아직 어릴 적 모든 트라우마에서 완전하게 벗어난 건 아니었지만 학대받았던 시절의 고통에서 조금씩 치유되어 가고 있는 느낌이었다.

진은 지수를 마주 보며 당당히 웃었다.

지수는 얼이 빠져 있었다. 지수의 얼굴색은 파랗다가 하얗다가 또 노래졌다가 다시 새파래졌다가 하며 빠르게 여러 가지 다양한 색깔들로 수시로 바뀌고 있었다.

"너, 너…….."

말도 버벅대고 있었다.

"왜 이렇게 용감해졌냐고? 당당해졌냐고? 싸움하는 방법에 대해 배웠거든. 나도 싸움꾼이 되어야 한댔어. 불의에 맞서 싸우는 파이터가 되라고 했어. 그래서 욕하는 법도 배웠어."

"뭐?"

"류지수 넌 정말, 정말 나쁜 년이야. 17년 전에도 넌 나쁜 년이었고, 17년이 지난 현재에도 넌 여전히 지독하게 나쁜 년이야."

진은 지수의 두 눈을 똑바로 바라보며 소리쳤다.

"내가 인간 말종 쓰레기의 자식이라서 나 또한 쓰레기라고? 천만에, 난 쓰레기가 아니야. 나도 사람이야. 너와 똑같은 보통의 사람. 독설에 상처받고 아파하는 감정을 느끼는 사람이라고. 그러니 앞으로는 말조심해. 날 쓰레기라고 부르지 마. 오히려 사람을 지위와 계급으로 따져 가며 대하는 네가 더 쓰레기야."

"이, 이, 너, 너…… 너……."

"앞으로도 나에게 있어 네가 나쁜 년이 될지 말지는 네가 선택하도록 해. 늙어 죽을 때까지 나를 향한 비뚤어진 미움으로 증오만 하며 살아갈 건지, 아니면 이제라도 마음을 고쳐먹고 개과천선해서 편하게 살아갈 건지. 이제 스스로 선택해 봐. 이 빌어먹게 나쁜 년아!"

진은 제스에게 배운 대로 정확한 발음으로 한 자 한 자 딱 부러지게 욕을 뱉어 냈다. 두 손은 전투적으로 양 허리에 짚었다.

"너, 너 뭐……."

지수는 경악스러운 표정으로 심하게 말을 더듬었다. 우스꽝스러운 표정에 웃음이 나왔다. 빙긋 웃는 얼굴로 지수에게 조금 더 가까이 다가갔다.

"그리고 네게 갚아야 할 게 있어."

충분히 가까워졌다고 판단될 만큼 지수와의 거리가 좁혀졌을 때 진은 예고 없이 한 손을 허공으로 치켜들었다. 그리고 그대로 지수를 향해 돌진시켰다. 정확하게는 무방비 상태로 있는 지수의 뒤통수로 손을 날렸다.

퍽.

경쾌한 파열음이 조용한 복도를 시원하게 울렸다. 지수의 작은 머리통이 앞으로 푹 숙여졌다.

"앗!"

불시의 공격에 지수의 놀란 눈빛이 충격과 격앙으로 물들었다.

"이건 G-스탄까지 쫓아와 진료실에서 날 때린 것에 대한 정당한 복수야. 네가 비록 나와 같은 대위로 진급했을지 몰라도 여전히 호봉은 내가 더 앞서 있어. 그러나 지금 때린 이 뒤통수 한 대로 진료실에서의 네 폭력은 퉁쳐 주기로 할게."

지수의 뒤통수를 사정없이 가격한 뒤 당당한 어조로 폭력의 정당성을 주장한 진은 눈 깜짝할 사이에 당한 불시의 공격에 충격으로 얼이 빠져 있는 지수를 홀로 남겨 둔 채 계단을 내려갔다.

"야! 이 기집애야!"

뒤늦게 정신을 수습한 지수의 분에 찬 새된 비명이 등 뒤로 날아와 꽂혔지만 진은 신경 쓰지 않았다. 깔끔하게 지수를 '개무시' 했다. 그리고 배운 대로 가운뎃손가락만 펼친 채로 오른손을 높이 쳐들었다. 조용한 계단으로 그녀의 경쾌한 웃음소리와 뚜벅거리는 발소리가 유난히 크게 울려 퍼지고 있었다.

○ ● ○

지혁과의 식사는 취소되었다. 예정 없이 잡힌 G-스탄 내 고위 공직자들과의 회의로 경호를 맡은 지혁도 같이 떠나야 했다. 언제 끝날지 모르는 마라톤 회의가 될 게 분명하기에 식사는 다음으로 미뤄졌다.

진은 다친 사람들의 치료가 끝나자 식당에서 가볍게 식사를 한 뒤 다시 미군 기지로 돌아가기 위해 바깥에서 차량을 기다렸다. 헬기는 청와대 인사들을 태워 갔기에 그녀는 트럭으로 이동해야 했다. 사실 돌아갈 때도 헬기를 타게 될 거라고는 기대하지 않았기에 큰 아쉬움은 없었다. 마침 기지로 복귀하는 육군 정찰조 부대가 있어 그녀는 그 틈에 끼어 가기로 했다.

「이제 출발할 겁니다. 오르시죠.」

「네.」

한 시간가량 대기하고 있자 정찰조의 트럭 두 대가 도착했다. 그녀는 커다란 진료 가방을 들고 마지막 트럭의 뒷좌석에 올라탔다.

그녀가 올라타자마자 트럭은 출발했다. 정찰 부대가 탄 수송 트럭이 앞장을 섰다. 그리고 대사관을 벗어나자 또 한 대의 트럭이 그녀가 탄 트럭 앞으로 합류했다. 물품을 실어 나르는 트럭 같은데 군용차는 아니었다.

「저 수송 트럭은 뭐죠? 군용이 아닌 거 같은데요?」

진은 조수석에 타 있는 육군장교를 향해 물었다.

「몬스터사의 무기 수송 트럭입니다.」

「몬스터요?」

「용병 회사죠. 들어 본 적 없으신가요? 규모가 꽤 큰 용병사입니다. 아다만스사에 뿌리를 두고 있거든요.」

「아, 아다만스사는 알아요. 하지만 그 회사는 보석 회사잖아요. 용병도 키우나요?」

보석에 문외한인 사람도 한 번쯤 들어 봤을 만큼 아다만스사는 세계 각국에 다이아몬드 광산을 가지고 있는 국제적인 기업이었다. 한국에서도 신문의 사회 경제면을 펼치면 심심치 않게 관련 기사를 읽을 수 있었다.

「워낙 거대 기업이다 보니 다방면으로 뿌리가 뻗어 있죠. 최근엔 군수업체도 사들여 무기 개발 쪽으로도 손을 뻗고 있어요. 저 트럭에 들어 있는 게 지금 개발 중인 무인 전차입니다. 컴퓨터로 조종하고 화력도 어마어마해요. 정말 이름대로 괴물 같은 놈이죠.」

「대단하네요. 용병은 처음 봤어요.」

「G-스탄엔 군인만큼 용병들 숫자도 많아요. 이곳뿐만 아니라 전쟁이 이는 곳엔 즐비하게 널려 있죠. 전쟁은 돈이 되니까. 질 나쁜 용병들도 많이 섞여 있어요.」

「전쟁으로 돈을 번다니 서글픈 말이네요. 저들도 그런 용병들인가요? 질이 나쁜?」

「뭐, 대외적인 평은 나쁘지 않아요. 미군과도 여러 차례 일한 적이 많고 군인 출신 용병들도 많아요.」

「그나마 다행이네요.」

진은 앞서가고 있는 수송 트럭을 흘깃 바라봤다. 커다란 로고가 퍽 인상적이긴 했다. 필기체로 휘갈겨 써진 글자가 괴물의 형상을 띠고 있었다. 언뜻 보면 으스스한 섬뜩한 느낌을 주고 있었다.

「다분히 위협적이죠? 괴짜 같기도 하고. 용병에 대한 사람들의 좋지 않은 선입견을 부추기는 로고라니. 소문엔 기업 총수가 직접 디자인한 거라더군요.」

트럭에 새겨진 로고를 보는 그녀의 시선을 알아차린 육군장교가 한쪽 입가를 올리며 웃었다.

「아다만스사의 총수 말인가요? 의외네요. 하긴 보석 회사와 용병도 어울리지 않지만요.」

「다르게 생각해 보면 제법 어울리는 조합입니다. 피의 다이아몬드라는 말이 괜히 생겨난 게 아니거든요.」

「아.」

수긍이 갔다.

「애착이 있나 보죠? 직접 로고까지 디자인한 거 보면.」

「용병이었단 소문이 있어요.」

「정말인가요?」

「이런저런 소문이 무성하죠. 워낙 유명 인사니까. 그를 노리는 각종 납치범과 테러범들로부터 직접 자신을 보호하기 위해 개인 군대를 꾸리려고 용병사를 설립한 거라는 말도 있습니다.」

「그게 사실이라면 대단하네요.」

육군장교는 아다만스사를 둘러싼 다른 여러 가지 무성한 소문들에 대해 얘기해 주다가 트럭이 도시를 벗어나자 대화를 중단하고는 주변 정찰에 신경을 기울였다.

대사관이 있던 대도시를 벗어나자 비포장도로가 나왔다. G-스탄은 주요 도시 외에는 도로가 잘 정비되어 있지 않아 차를 타고 이동하기에 그다지 좋은 환경이 아니었다. 덜컹거리는 흔들림에 그녀는 안전벨트의 줄을 손으로 꽉 잡았다.

익숙한 흔들림이긴 했지만 몸이 피로해지긴 했다. 그래도 그나마 쿠션감 있고 등받이가 있는 좌석에 앉아 갈 수 있음을 다행으로 여겼다. 여러 명의 군인이 서로 마주 보고 일렬로 나란히 앉아서 가야 하는 수송 트럭에 탔다면 더 힘들었을 테니까.

제스는 기지로 복귀했을까?

대사관으로 오기 전 방문 앞에 붙어 있던 쪽지로 제스와 울프 팀이 새벽 일찍 야외로 훈련을 나간 사실을 알고 있었다. 쪽지엔 18시나 19시쯤 기지로 돌아올 거 같다고 적혀 있었다. 진은 손목에 차고 있는 시계를 흘긋 봤다. 시곗바늘은 15시를 가리키고 있었다.

잘하면 제스보다 더 빨리 미군 기지에 도착하거나 늦어도 엇비슷한 시간에 도착할 수 있을 것 같았다. 쪽지엔 기지 복귀 시간만 적혀 있긴 했지만, 그녀는 그가 저녁 식사를 같이 하자는 의미로 쪽지를 남긴 거라고 짐작했다.

흔들리는 차 안에서 아무런 대화 없이 앉아만 있자니 저절로 제스 생각에 사로잡혔다.

여러모로 다른 점이 많음에도 진은 제스에게 빠져드는 걸 멈출 수 없었다. 그는 외국인이었다. 미군 장교였고 일반 군인도 아닌 위험한 임무를 밥 먹듯이 하는 특수부대원이었다. 그는 한국말도 할 줄 몰랐다. 그들에겐 극명한 문화 차이가 존재했다.

그리고 아마도 그는 그녀보다 연애 경험이 더 풍부할 것이다. 물론 직접 물어본 적은 없지만 서른다섯 해를 살아오면서 계속 혼자 지내진 않았을 건 분명했다. 그는 외향적이니 친구들도 많았을 것이다.

그와 반대로 그녀는 친구를 사귀는 것에 서투른 것처럼 연애는 더 젬병이었다. 사실 남자를 사귀어 본 적이 없다. 어릴 때부터 지혁만을 좋아했었기에 다른 사람이 눈에 들어오지 않은 이유도 있었다.

게다가 고백하고 차인 뒤에는 오로지 학업에만 열중했었다. 아무리 머리가 좋은 편에 속하고 공부를 잘했어도 의대를 다니는 일은 절대 만만치가 않았다. 장학금을 받으려면 치열하게 공부에만 몰두해야 했다.

대학 생활의 꽃이라 불리는 동아리 활동도 전혀 하지 않았고 MT에는 단 한 번도 참석하지 않았다. 수업이 끝난 이후에는 늘 학교 도서관에 틀어박혀 전공 서적들에 파묻혀 살았다. 그런 그녀를 보며 동기들과 선배들, 심지어 교수님 몇몇까지 독종이라고 불렀다. 공붓벌레 독종.

물론 사람들의 그런 비아냥거림은 별로 개의치 않았다. 자신을 향한 타인들의 수군대는 험담에는 이미 익숙했고, 자신과 별 상관 없는 타인들이 내뱉는 험담들보단 장학금을 받지 못하는 상황이 벌어지는 게 더 무섭고 두려웠었다.

성인이 되어서까지 어머니와 류 대장으로부터 금전적인 도움을 받고 싶지 않았다. 물론 학교 등록금 외의 기숙사비나 전공 서적들을 사는 소소한 비용들과 생활비는 어쩔 수 없게도 그들의 도움을 받아야 하긴 했지만, 그래도 가장 큰 액수가 들어가는 등록금은 오롯이 혼자의 힘으로 해결하고 싶었다.

그래서 독종 소리를 들어 가면서까지 치열하게 학업 공부에만 매달렸고, 그 노력이 헛되지 않게 의대를 다니는 내내 과탑을 한 번도 놓친 적이 없었다. 졸업도 일찍 했고 국가 고시에도 한 번에 패스했다. 인턴과 레지던트 기간에도 마찬가지였다. 아예 병원에서 살았다. 그건 어머니의 집으로는 돌아가고 싶지 않아서이기도 했다.

어머니의 집으로 가는 것보단 병원 생활이 더 좋았다. 다행히 인턴과 레지던트 생활은 대학 생활보다 더 치열했고 정신없이 바빴기에 어머니 집으로 돌아가지 않아도 될 좋은 구실이 되어 주었다. 그렇게 기숙사를 나와서도 자연스럽게 독립할 수 있었다.

병원에서 지내는 생활은 레지던트 막바지에 접어들었을 때쯤 졸업할 수 있었다. 그녀는 그동안 모은 돈으로 병원 근처에 작은 오피스텔을 구할 수 있었다. 오피스텔은 난생처음으로 가지는 자신만의 공간이자 온전하게 자신의 힘으로만 마련한 첫 집이었다. 감격스러웠지만 여운이 오래가진 않았다. 혼자만의 집이 생겼어도 그녀는 여전히 병원에서 더 많은 시간을 보냈다.

그런 삶을 살아오다 보니 당연하게도 제대로 된 연애를 할 시간적 여유가 없었다. 같은 병원에 근무하는 동료들과도 그 흔하다는 썸 한번 타 본 적이 없었다. 모두 그녀의 숨 막히는 치열함을 부담스러워했다. 같이 일하는 동료로서는 의료 실력에 감탄했지만, 막상 연애 상대로 생각하기에는 자신들보다 더 똑똑한 여자를 좋아하지 않았다.

그리고 혼자인 걸 좋아하는 성격 탓에 항상 사람들과 적당한 거리감을 두는 그녀의 철벽을 깨부술 의지와 행동력이 있는 남자도 없었다. 어차피 그녀도 연애를 중요하게 생각하지 않았고, 그래서 연애보다는 의술을 배우는 것에 더 큰 매력과 보람을 느꼈다.

하지만 제스를 만나고 보니 새삼 자신이 너무 연애에 대해 너무 무지하다는 생각이 들었다. 친구가 아닌 이성 남자에게 어떤 말을 하고 어떻게 행동해야 할지 전혀 알지 못했다.

여기가 한국이라면 인터넷이나 책을 통해 사전 조사를 했겠지만 이곳은 G-스탄이었다. 미군 기지 안에는 서점이나 도서관이 없었다. 그리고 이곳에 올 때 휴대 전화나 노트북은 가져오지 않아 인터넷에 접속할 만한 현대 문명 도구가 없었다. 물론 기지 안에 있는 공용 컴퓨터를 사용하면 되겠지만, 모두에게 오픈되어 있어 사적으로 관련된 조사를 하기에는 조금 꺼려졌다.

게다가 공용 컴퓨터는 많은 군인이 그들의 가족들과 화상 통화를 하기 위해 수시로 모여들었기에 늘 붐비기도 했다.

해서 그동안 귀동냥으로 얻어들은 연애에 대한 팁이 있는지 기억해 보려 했지만 떠오르는 건 없었다.

휴…….

메마른 한숨이 나왔다.

이 모든 것은 그가 마음이 변한다면 다 소용없는 짓이었다.

그녀는 아직 제스와 이야길 나누지 못했다. 그러니 지금의 생각은 앞서 나가는 것일 수도 있었다. 복잡한 머리가 정리된 후 두 사람의 관계에 대해 다시 이야기해 보자고 그는 말했었지만 예기치 않게 지혁이 G-스탄에 나타났고, 진료실 소동이 벌어진 그날 밤에는 서로 대화를 나눌 만한 차분한 상황은 아니었다.

키스를 했었지.

그녀는 무의식적으로 손가락을 올려 입술을 매만졌다. 키스를 나눈 지 많은 시간이 흘렀지만, 아직도 그의 입술 감촉이 느껴지고 있는 것 같았다. 단단하면서도 부드러웠던 입술의 감촉은 쉽사리 지워지지 않고 있었다.

제스와의 두 번째 키스는 첫 번째 키스 때와 비슷하면서도 조금 달랐다. 정신을 차릴 수가 없고 세상이 빙글빙글 돌아가는 어지럼증을 느끼게 한 키스인 건 비슷했지만 첫 번째 키스 때보다 한층 더 에로틱했다.

입술을 완전하게 덮은 그의 입술은 뜨겁고 축축했으며, 강력한 흡인력으로 그녀의 입술을 빨아들였다. 혀와 혀가 얽혀 들었을 때 느껴지던 찌릿한 전율에 조금 기겁하기도 했다. 하지만 그의 입술을 피하고 싶다는 생각은 들지 않았다. 그가 선사하는 미지의 느낌을 조금 더 느껴 보고 싶은 충동이 더 강했다.

진은 스스로가 남자와의 스킨십을 즐기고 있다는 사실이 신기했다. 그간 남자와의 친밀한 접촉을 부담스럽게 여겼으나 제스와 만나게 되고 그와 키스를 나눈 후에는 보통의 여자들처럼 성에 대한 호기심이 들기 시작했다.

그 새로운 변화가 나쁘지 않았다. 그와 나눴던 두 번의 키스 모두 동화 속의 한 장면처럼 낭만적이고 아름답기도 했지만 동시에 관능적이기도 했다. 두려움이나 공포도 전혀 없었다. 남자와 혀가 얽혀 들고 서로의 타액이 입 안에서 뒤섞이는 키스를 나눴지만 그게 더럽다는 느낌은 전혀 들지 않았다. 오히려 그 이상의 것도 느껴 보고 싶다는 생각도 들었다.

키스를 끝낸 후 그녀를 바라보는 제스의 눈빛은 흐리고 탁했다. 열정이라고 표현할 수 있는 뜨거운 열기가 감돌고 있었다. 하지만 그의 눈빛이 무얼 뜻하는지 그녀는 확실하게는 알 수가 없었다. 다만 끝나 버린 키스가 주는 여운에 아쉬움이 들었지만 정작 제스 앞에선 그 사실을 필사적으로 감추었다.

제스는 곧바로 흙먼지가 수북한 땅바닥에서 몸을 일으키더니 신사다운 매너로 손을 내밀었고, 그 손을 붙잡고 일어나자 등에 묻은 흙먼지를 털어 준 후 친절하게 방까지 데려다주었다. 그녀가 방으로 들어가기 전 그는 다시 볼에 가볍게 입을 맞췄지만, 그 이상의 행동은 하지 않았다. 조심스럽게 물러났다.

다음 날에도 별다른 얘기는 나누지 않았다. 평소와 다름없이 일상적인 잡담을 나누는 정도였다. 그랬기에 오늘의 저녁 식사가 더욱 기다려졌다. 제스와의 관계를 발전시키고 싶었다., 그러기 위해서는 먼저 그와 대화를 나눠야했다. 그리고 혹시 오해하고 있을지도 모를 지혁과의 관계에 관해서도 설명하고 싶었다.

그의 마음을 다시 확인하고 싶었다. 그들은 친구였지만 두 번이나 뜨거운 키스를 나눴고, 그는 첫 번째 키스 후 키스 이상을 나누는 관계를 원하고 있다는 뜻을 분명히 밝혔었다. 하지만 그녀는 지혁을 향한 정리되지 않은 마음 때문에 제스의 마음을 받아들이지 않았다.

아니, 잠시 보류한 거라고 해야 하나?

그 당시엔 거절하는 게 올바른 일이라고 생각했었다. 그러나 지혁이 G-스탄으로 와 준 덕분에 그녀는 헷갈렸던 감정의 정체를 확실하게 알게 되었고, 마음을 정리할 수 있었다. 그녀의 심장은 지혁이 아닌 제스를 원하고 있었다. 그와 키스 이상을 나누는 연인 관계로 발전되길 바랐다. 솔직한 감정을 깨닫게 되자 그녀는 더는 다른 문제는 신경 쓰지 않기로 했다.

국적이 다르면 어떤가?

똑같은 사람이었다. 한국과 미국의 거리가 수천킬로미터 떨어져 있다는 점도 문제로 느껴지지 않았다. 지금 같은 공간에 함께 있다는 게 더 중요했다. 언어도 마찬가지였다. 그들은 영어로 의사소통이 가능했다.

그녀는 영어뿐만 아니라 중국어도 수준급으로 구사했다. 러시아어로도 간단한 의사소통은 가능했다. 국경 없는 의사회에 있었던 경험으로 파슈토어도 기초적인 수준이었지만 할 줄 알았다.

지수와 경쟁하던 시절에 얻은 부산물이었다. 지수는 언어 전문가였다. 어릴 때부터 류민영을 따라 해외로 여행을 많이 다닌 탓에 외국어에 익숙했다. 언어에 능통한 지수가 부러웠다. 한때는 지수처럼 되고 싶었다.

아마 지수와의 경쟁 구도에서 벗어나지 않았다면 그녀는 아직도 지수를 이기기 위해 더 많은 언어를 배우려 고군분투했을지도 몰랐다.

하지만 그녀는 지수와 벌이는 경쟁에서 기권패를 던졌고, 그 후론 다른 나라의 언어를 억지로 배우는 일은 관두었다. 비록 발음은 지수처럼 완벽하진 않아도 영어를 읽고 쓰고 말하는 데 있

어서 전혀 어려움이 없었다. 제스와의 관계에서 언어도 장벽이 될
순 없었다. 그러니 연애를 시작하기도 전에 헤어짐에 대해 먼저
생각하지 않기로 했다.

그를 만나기 전 그녀의 내면은 나약하기 짝이 없었다. 과거에
얽매여 끊임없이 자학했다. 그러나 그를 만난 후 그녀는 변화를
꿈꾸기 시작했다. 어린 시절의 기억에서 벗어나고 싶었다. 그러기
위해서는 불행 속을 부유하던 것을 그만두어야 한다. 스스로를 미
워하지 않아야 한다.

변할 것이다. 비록 고통스러웠던 과거의 기억을 단번에 떨쳐
낼 순 없겠지만 조금씩 노력할 것이다.

그 노력의 첫걸음으로 지수의 독설을 묵과하지 않았다. 처음으
로 지수의 눈을 피하지 않았다. 과거의 그녀는 늘 참기만 했다.
지수가 시비를 걸어 올때도, 상처 주는 독설을 쏟아 내어도 그 모
든 불합리를 감내했다. 그녀를 쓰레기 취급 할 때도 수긍했다. 스
스로 자존감을 낮췄다.

그건 명백하게 그녀의 잘못이었다. 타인이 자신을 깎아내리고
공격할 때 참아선 안 되었다.그들과 맞서 싸워야 했다. 친부의 허
물을 대신 뒤집어쓰며 폭력에 가까운 비난을 감내하려 했던 건
잘못이었다.

자신은 피해자였다. 친부에게선 끔찍하다는 단어로 다 표현하
기에 부족할 만큼 고통스러운 물리적 정신적 폭력에 시달렸었고,
모두에게 방치되었다. 친부의 폭력을 그저 개인의 가정사라고 치

부해 버린 마을 사람들의 무관심에 가까운 냉대와 외면으로 어떤 도움도 받지 못했다. 친부의 폭력은 그 어떤 것으로도 정당성을 부여받을 수 없는 잔인한 행위였고, 범죄였다. 가정폭력은 개인의 문제가 될 수 없다. 그러니 누구도 방관해선 안 되었다. 폭력의 피해자가 손가락질 받을 이유도 없다. 수치스러워해서도 안 된다. 부끄러움을 느껴야 하는 건 잔인한 범죄를 저지른 가해자의 몫이다. 잘못은 친부에게 있었다. 그 지극히 상식적이고도 단순한 진실을 그녀는 지금에서야 처음으로 마음으로 받아들이고 있었다.

'변할 거야.'

가만히 참고만 있지 않을 참이다. 제스의 말처럼 그녀에겐 파이터 정신이 절실히 필요했다. 용감한 싸움꾼이 되어야 한다. 앞으로는 지수 못지않은 싸움닭이 될 생각이었다. 앞으로도 정말 필요하다면 대사관에서 지수의 뒤통수를 날렸던 것처럼 약간의 폭력도 불사르리라 다짐했다.

복수 한 번 정도로 세상은 무너지지 않는다. 오히려 과거보다 더 정상적으로, 더 유쾌하게 인생의 톱니바퀴가 돌아갈 수도 있다는 걸 이번 지수와의 일로 깨달았다.

생각이 조금 전 일에까지 이어지자, 뒤통수를 얻어맞고 기절초풍 직전까지 갔던 지수의 황당해하던 표정이 눈앞에 떠올라 그녀는 혼자 킥킥거렸다.

제스가 그 일에 대해 알게 되면 그녀를 자랑스러워 할까? 아마도 그는 또다시 아낌없는 칭찬을 쏟아 낼 것이다. 상상만으로도 뿌듯했다. 제스 역시 그녀의 영웅이다. 그리고 그녀는 어느새 자신의 영웅이 되어 버린 그를 좋아하게 되었다. 지혁을 숭배하기만 하던 때와는 비슷하면서도 달랐다.

제스도 그녀에게 있어 숭배될 수 있는 영웅이지만 기대고만 싶지 않았다. 그와 동등한 존재로서 인정받고 싶었다. 자신을 보호해 주어야만 하는 나약한 대상으로 보지 않는 제스의 눈빛과 태도가 좋았다. 용기를 북돋워 주는 그의 말들을 듣고 있노라면 그녀는 스스로가 더 위대해지는 것 같았다. 자존감이 올라갔다. 강해지고 싶다는 욕망도 생겨났다.

그러니 노력할 것이다. 나약함을 버리고, 스스로를 증오하던 습관도 내려 놓을 것이며, 누구에게도 짐이 되지 않을 만큼 강해질 것이다.

한참 모자란 연애 경험은 이제부터 차근차근 배워 나가면 되리라. 연애에 관해선 완전 초짜였지만 그녀가 자신의 확실한 장점으로 내세울 만한 건 공부였다. 그냥 잘하는 정도가 아니라 매우 잘했다. 열심히 공부한다면 머릿속 부족한 연애 지식정도는 금새 채워 나갈 수 있었다.

서둘러 기지로 돌아가고 싶었다. 지금의 결심이 희석되기 전에 제스를 만나 마음을 고백하고 싶었다. 생각만으로도 가슴이 두근거렸다. 양 볼은 고백의 기대감으로 불그스름하게 열이 피어올랐다.

끼익.

그러나 빠르게 기지로 복귀하고 싶은 그녀의 소망과는 다르게 갑자기 트럭이 정차했다. 급정차로 인한 덜컹거림에 놀란 정신을 수습하고 보니 차 안은 무전 소리로 시끄러웠다. 조수석에 앉아 있던 육군장교가 누군가와 무전을 주고받고 있었고, 무전이 끝나자 육군장교가 그녀를 돌아보며 설명했다.

「죄송하지만 돌아서 가야겠습니다. 지나는 길목에 정체가 불확실한 무장 세력이 있다는 정보가 들어왔습니다. 심각한 건 아니고, 그들도 지나는 길인 듯싶습니다. 반군인지 확실하지 않지만, 만약에 발생할 수 있는 최악의 상황에 대비하는 게 좋을 것 같습니다. 그들이 반군이라는 가정하에 무리하게 그들과 교전하느니 조금 멀지만 산악 지대로 돌아가는 편이 더 안전할 것 같습니다.」

「네, 전 괜찮아요. 당연히 모두의 안전이 더 중요하죠.」

반군인지 모를 무장 세력이 있다는 말에 진은 불안했지만 애써 그 기색을 감추며 의연하게 대꾸했다.

「걱정하지 마십시오. 말했듯이 심각한 건 아닙니다. 만약을 대비하는 겁니다. 불안해하지 않아도 됩니다.」

그러나 육군장교는 그녀의 불안한 기색을 눈치챘는지 살포시 웃으며 안심시키는 말을 했다.

「네. 그렇다면 다행이에요.」

그사이 트럭은 방향을 틀었다. 여전히 미군을 태운 수송 차량과 몬스터사의 무기 트럭이 앞장을 선 채 그녀를 태운 트럭은 가장 뒤에서 그들의 꼬리를 물며 따라갔다.

진은 불안한 마음을 없애려 애써 창문으로 시선을 돌려 트럭이 향하는 곳을 살폈다. 황량한 땅은 먼지 외에 볼만한 게 없었다. 하지만 빠른 속도로 한참을 달리자 곧 먼지만 많던 황량하게 마른 대지가 일부분 사라지고 풀이 나 있는 산악 지대가 나왔다.

G-스탄에 온 뒤로 산악 지대는 처음이었다. 미군 기지도 산악 지대가 아닌 사막화 된 메마른 평지대에 자리 잡고 있었기 때문에 주변엔 풀이라고는 찾아볼 수 없었다. 온통 메말라 버석한 모래들뿐이었다. 지금 지나는 산악 지대도 흙먼지 길이긴 마찬가지였으나 그래도 간간이 초록빛 나무와 풀이 돋아나 있었다.

그녀는 신기한 마음에 정신없이 창밖을 내다봤다. 불안은 색다른 장소가 나타나면서 말끔히 사라졌다. 산악 지대 비탈길은 더 구불구불하고 울퉁불퉁했다. 마치 끊임없이 펼쳐져 있는 자갈밭 위를 지나가는 것처럼 트럭은 거세게 요동치고 있었다. 거칠게 흔들리는 트럭으로 인해 차 천장에 머리를 찧지 않기 위해 그녀는 필사적으로 앞좌석에 손을 대고 지탱했다. 안전벨트를 매고 있었지만 엄청난 흔들림에 몸이 종잇장처럼 팔락거렸다.

「계속 흔들릴 겁니다.」

육군장교 또한 차 천장에 매달려 있는 손잡이를 붙잡으며 짤막하게 말했다.

「네.」

트럭은 이후로 한참을 더 비탈길로 올라갔다. 위로 올라갈수록 점점 더 공기가 차가워지고 있었다. 아마 산악 지대라서 기온이 더 낮아지는 듯했다. 게다가 날도 저물어 가고 있었으니 기온 차가 더 심하게 나고 있었다. 서늘한 공기에 오소소 소름이 돋았다. 진은 손바닥으로 꼿꼿이 일어선 솜털을 쓱 문질렀다.

적막한 고요함이 감돌았다. 그녀는 다시 창밖으로 시선을 돌려 산 아래 길을 바라봤다. 높이가 상당했다. 좌편으로는 기둥처럼 높게 솟은 절벽으로 막혀 있었고 우편으로는 절벽의 내리막길이었다. 비탈길은 자칫 잘못 핸들을 꺾으면 그대로 밑으로 미끄러질 수 있을 만큼 좁고 구불거렸다.

손목시계를 흘긋 봤다. 벌써 17시가 넘어가고 있었다. 마음이 초조해졌다. 제스가 기지로 도착하기 전까지 대사관에 갔던 일에 대한 보고서를 끝내고 숙소로 돌아가 깨끗한 군복으로 갈아입으려면 시간이 촉박할 것 같았다. 울프 팀이 훈련에서 더 일찍 돌아오기라도 한다면 그녀는 땀과 먼지로 범벅된 모습으로 제스와 마주치게 될지도 몰랐다. 그건 절대 피하고 싶었다. 준비된 보기 좋은 상태로 그의 앞에 서고 싶었다.

기지 안이라서 군복은 어쩔 수 없는 선택 사항이었지만 적어도 땀이 배어 있지 않은 깨끗한 새 군복에 향기로운 냄새를 풍기고 싶었다. 날이 저물고 있는 산악 지대의 서늘한 기온 탓으로 땀이 말라 있었지만, 이미 흘렸던 땀들이 군복 곳곳에 스며들어 아마도 전혀 향기롭지 못한 냄새가 나고 있을 게 분명했다.

게다가 먼지를 잔뜩 뒤집어쓴 군복은 시간이 지남에 따라 엉망으로 구겨져 있는 상태였다. 그러니 트럭이 기지에 도착하자마자 보고서를 빠르게 작성한 뒤 바로 숙소로 달려가…….

쾅.

뭐지?

예고 없는 커다란 소음과 땅의 진동에 트럭이 거세게 앞뒤로 요동치자 진은 깜짝 놀랐다. 날카로운 파열음에 놀라 뒤늦게 고개를 들고 앞 유리창을 살폈다.

탕. 탕. 탕.

그 순간 어디선가 총알이 날아들고 있었다. 또다시 '콰콰쾅!' 천둥소리보다 더 요란한 파열음이 울렸다. 그리고 그와 동시에 선두에 있던 미군을 태운 수송 트럭이 요동을 치며 고꾸라졌다. 순식간에 매캐한 연기가 피어오르며 트럭에 불이 붙었다.

옆으로 쓰러진 수송 트럭으로 인해 이제껏 가려져 있던 앞의 시야가 확 트였고 그렇게 트인 시야로 들어오는 앞의 상황을 목도한 진은 충격으로 숨을 급하게 들이켰다.

콰앙.

탕. 탕.

그곳에선 우박처럼 쏟아지는 총알들 사이로 박격포가 터지고 있었다. 전투 상황이었다. 수송 트럭이 갑자기 넘어지며 불이 붙은 것도 저 멀리서 박격포를 어깨에 메고 있는 정체 모를 남자가 쏜 공격 때문이었다. 막 탄이 발포된 박격포의 동그란 입구에서는 하얀 연기가 피어오르고 있었다.

예고 없이 날아든 기습 공격에 미군들은 우왕좌왕하고 있었다. 순식간에 대열이 흐트러져 있는 미군들에게 무장 세력들의 공격이 이어졌다. 그들은 자동 기관총을 꺼내 들고 미군들을 향해 사정없이 갈겨 대기 시작했다.

무장 세력들은 겉보기엔 전혀 적군으로 보이지 않았다. G-스탄의 선량한 시민처럼 보였다. 그러나 그들의 행동은 전혀 선량하지 않았다. 손에 든 총과 수류탄으로 미군과 몬스터사의 용병들을 차례차례 죽여 나가고 있었다. 그들이 팔을 높게 쳐들 때마다 의미를 알 수 없는 글자로 새겨진 문신이 그들의 팔에서 기괴하게 꿈틀거리고 있었다.

쿠당탕탕.

쾅. 쾅.

연속적으로 이어지는 번개 같은 총의 움직임에 미군들이 우수수 쓰러졌다. 마치 도미노 같았다. 맨 앞의 조각 하나를 쓰러트리면 그 뒤의 모든 조각들도 우르르 바닥으로 쓰러지는 도미노를 보는 것 같았다.

쾅.

"아악!"

진은 자동 반사적으로 새된 비명을 내질렀다. 기습 공격에 놀란 미군들과 몬스터사의 용병들이 겨우 대열을 수습하고 응대 사격에 들어갔다. 그러나 이미 아군이 많이 쓰러진 상태라 수적으로 불리해 보였다. 그리고 화력 또한 비교가 되지 않았다.

비록 전투에 투입되지 않는 군의관이지만 그녀도 군인이었다. 척 봐도 무장 세력들이 소지하고 있는 무기들이 어마어마한 화력을 내뿜는 최신식의 무기라는 걸 알 수 있었다. 그리고 무장 세력에게는 그들과 달리 몸을 가릴 수 있는 방어막이 존재했다. 그들은 낡은 트럭 뒤에 몸을 감추고 공격을 쏟고 있었다. 아군이 쏘는 총알들은 적들을 꿰뚫지 못하고 튕겨 나오는 게 더 많았다.

쿠탕탕탕타탕.

쾅. 콰앙.

팝콘을 튀겨 내듯 수류탄이 터지고 있었다. 수류탄이 터질 때마다 미군들의 비명도 같이 쌓여 갔다.

「기습이다! 본부, 공습 요청, 공습 요청. 다시 반복한다. 공습 요청.」

조수석의 육군장교가 무전기로 다급하게 현재 위치를 말하며 공습을 소리쳤다. 그 짧은 사이에도 더 많은 숫자의 아군이 적들의 공격에 속수무책으로 쓰러져 가자 진은 두려움을 느꼈다. 그리고 그 두려움은 운전석에 앉아 있던 운전병과 육군장교 또한 똑같이 느끼고 있었다. 그들 모두 안색이 새파랗게 질려 있었다.

「당장 후진해. 후퇴하라고! 고개 숙여요.」

육군장교가 트럭에서 내리며 운전병과 그녀에게 소리쳤다. 그는 엄호하기 위해 소총을 쥐고 교전이 일어난 바깥으로 뛰어나가 무장 세력들을 향해 총질을 했다. 또다시 쾅쾅대는 폭발음이 들려오며 시체가 쌓였다.

끼이이익.

운전병은 명받은 대로 급히 군 트럭을 후진시키기 시작했다. 거칠게 액셀을 밟아 대는 통에 트럭이 다시 거칠게 요동쳤다. 차를 돌릴 공간이 부족했기에 운전병은 그대로 트럭을 후진으로만 조금 전 올라왔던 산악 지대의 비탈길을 내려가기 시작했다.

"까악."

진은 뒤로 쏠리는 중력의 힘을 이기지 못하고 등받이에 머리를 찧었다. 하지만 아픔을 느낄 겨를이 없었다. 이곳을 벗어나지 못하면 목숨을 잃게 될 수도 있다. 와르르 무너진 도미노가 된 미군들과 몬스터사의 용병들처럼 그녀도 무너진 도미노의 한 조각이 될 수 있었다.

그녀는 떨리는 손을 위아래로, 그리고 좌우로 미친 듯이 휘저어 대며 잡을 만한 걸 찾았다. 한참을 허공에서 허우적거리던 손끝이 차 천장에 붙은 손잡이에 닿자 그녀는 얼른 두 손으로 그걸 꽉 붙들었다.

쾅. 쾅.

"아아악."

또다시 날카로운 폭발음이 들려온다고 생각한 순간, 타고 있던 트럭이 기울어지고 있음을 몸으로 느꼈다. 한 바퀴 크게 회전한 트럭은 메마른 나무들이 삐죽 솟아 있는 비탈길 아래 절벽길로 미끄러지고 있었다. 잡초 같은 풀이 흙먼지와 뒤섞여 나 있는 길로 들어서며 중심을 잃은 트럭은 미끄러지며 가속도가 붙기 시작했다. 운전병이 필사적으로 브레이크를 밟으며 트럭을 멈춰 세우려 하고 있었지만 이미 늦었다.

"꺄아아악."

「아아악.」

방향을 잃은 트럭이 땅에 솟아 있는 작은 바위들에 이리저리 부딪혀 가며 아래로 미끄러지자 진은 거센 비명을 내질렀다. 운전병 또한 거친 욕설과 함께 비명을 지르고 있었다.

「어헉.」

운전병의 몸이 돌연 앞뒤로 크게 뒤흔들리더니 곧 옆으로 기울어졌다. 그가 단단하게 잡고 있던 운전대도 같이 우측으로 돌려졌다. 그 바람에 트럭은 또 한 번 거세게 흔들렸다.

넘어간다.

그렇게 생각한 순간 균형을 잃은 군 트럭은 정말로 먼지 자욱한 땅바닥으로 힘없이 넘어지며 그 상태 그대로 비탈길 아래로 계속해서 미끄러져 내려갔다. 진은 고개를 숙이고 두 손으로 붙들고 있는 천장의 손잡이를 생명줄처럼 필사적으로 움켜잡았다. 안전벨트가 채워져 있는 배와 가슴 부근으로 타는 듯한 아픔이 느껴졌고, 곧 어둠 속으로 빨려 들어갔다.

꽈앙.

비탈길 아래로 한없이 미끄러져 내리던 트럭은 커다란 바위 더미를 들이 박고 나서야 위태로운 질주를 멈췄다. 돌무더기를 들이 받은 트럭은 헛돌아 가는 바퀴의 힘으로 인해 한 번 더 크게 본체를 뒤흔들다가 곧이어 잠잠해졌다.

〈2권에서 계속〉

폭발적인 사랑

초판 1쇄 찍음 2019년 9월 24일
초판 1쇄 펴냄 2019년 10월 1일

지은이 | 해 몽
펴낸이 | 정 필
펴낸곳 | (주)뿔미디어

기획 · 편집 | 심은지, 권지영, 이영은
표지 디자인 | 우 물

출판등록 | 2002년 9월 11일 (제1081-1-132호)
주소 | 경기도 부천시 소향로 17, 303(두성프라자)
전화 | 032)651-6513 / 팩스 | 032)651-6094
E-mail | dahyangs@naver.com
블로그 | http://blog.naver.com/dahyangs
비북스 | http://b-books.co.kr

값 10,000원

ISBN 979-11-315-9840-5 04810
ISBN 979-11-315-9839-9 04810 (세트)

www.b-books.co.kr

www.b-books.co.kr